»Die Gerechten zeigen Gnade ...«
Psalm 37:21

Für Carola

Herzlichen Dank für die selbstlose Unterstützung, ohne die auch dieser Roman nie fertig geworden wäre:
Uta Conrad, Rudi Eppinger, Barbara Feuerstein-Weber, Daniela Fink-Patrick-Scaramelli, Julia Fink, Reinhold und Hilde Friedrich, Ingrid und Franz Jesch, Antje Rössler, Marina Sindichakis, Christof Wessling, Erika und Georg Wessling und vielen anderen.

Zu Autor und Buch

Der Autor ist Jahrgang 1941, in München geboren und verbrachte seine Kindheit und frühe Jugend in Niederbayern. Danach absolvierte er in München eine technische Ausbildung, arbeitete als Facharbeiter und holte über den zweiten Bildungsweg das Abitur nach. Anschließend studierte er in München und Göttingen und arbeitete über zwanzig Jahre als Lehrer für Deutsch, Geschichte und Sozialkunde an einem Gymnasium der Stadt München sowie in der politischen Bildung für Heranwachsende. In der letzten Dekade seiner beruflichen Laufbahn leitete er das städtische Münchner »Pädagogische Institut« für die Fortbildung von Lehrkräften und Erzieherinnen/Erzieher. Wie seine zentrale Romanfigur besitzt er seit über zwei Jahrzehnten ein kleines Ferienhaus auf dem Peloponnes in Griechenland.

Im Jahr 2007 erschien der erste »Michael-Kramer-Kriminalroman« des Autors mit dem Titel »Number One in Niederbayern«. Mit dem vorliegenden zweiten Band bleibt Dietmar Gschrey seinem Vorhaben treu, sich wichtiger Stätten seiner Biografie in Krimiform zu vergewissern. Dabei geht er zwar von realen Verhältnissen aus, nimmt sich aber das Recht, in einer fantasievollen Geschichte über Schauplätze und beteiligte Figuren frei zu verfügen. Das Ergebnis taugt also wieder nicht als Reise und Kulturführer, diesmal für sein Gastland Griechenland. Auch sind etwaige Ähnlichkeiten mit real existierenden Personen ungewollt und wären rein zufällig. Allerdings dürften den Leserinnen und Lesern des Kriminalromans trotz Fantasiewelt und einiger kritischer Inhalte die anhaltende Begeisterung des Autors über seine »zweite Heimat« nicht entgehen.

Dietmar Gschrey

Wunderbares Griechenland

Ein Michael-Kramer-Kriminalroman

Michael-Kramer-Kriminalromane Buch II

Bibliografische Information der Deutschen Nationalbibliothek:

Die Deutsche Nationalbibliothek verzeichnet diese Publikation in der Deutschen Nationalbibliografie; detaillierte bibliografische Daten sind im Internet über dnb.dnb.de abrufbar.

Copyright © 2009 Dietmar Gschrey
Neuauflage 2016
Klappentext: Barbara Feuerstein-Weber
Titelfoto: Jeremy Barwick
Covergestaltung, Layout und Satz: Christof Wessling
Herstellung und Verlag: BoD - Books on Demand, Norderstedt
Reihe: Michael-Kramer-Kriminalromane Buch II

ISBN: 9783743115590

Auftakt

Halleluja, ich lebe noch! Draußen vor meinem Gitterfenster gießt ein Gefängniswärter die mickrigen Palmen des sandigen Innenhofes. Es ist noch sehr früh am Morgen, die Schmerzen und das Erlebte der letzten Tage und Wochen haben mich aus dem Bett geholt. Im Normalfall liebe ich diese frühen Stunden des griechischen Sommers. Die Krankenstube des Untersuchungsgefängnisses teile ich mit dem behandelnden Arzt, der aus Sympathie mit mir sogar die letzten Stunden vor dem von uns mit Spannung erwarteten politischen Putschversuch wach bleiben wollte. Nach dem turbulenten Nachtdienst allerdings schwächelte der Mediziner doch etwas und er ist vor Kurzem wieder eingeschlafen. Irgendwann an diesem Morgen wird mich dann ein Hubschrauber der Antiterrortruppe abholen und zum Hochsicherheitsgefängnis bei Athen bringen. Ich freue mich darauf!

Bewacht oder besser beschützt werden wir im Augenblick noch von Kirios, das heißt »Herrn«, Pelagos, dem Leiter dieser meernahen Anlage am Rande Kalamatas. Die Stadt Kalamata liegt im Süden des Peloponnes (oder auch der – Halbinsel – Peloponnes) und ist unter anderem berühmt wegen des Olivenöls aus ihrer Umgebung. Das Untersuchungsgefängnis grenzt direkt an eine Kaserne. Dies hat sich die letzten Stunden als sehr vorteilhaft erwiesen. Ich hoffe inbrünstig, dass der Wahnsinn bald ein Ende hat. Kirios Pelagos schläft jetzt sogar, effektvoller bei der Wache unterstützt durch zwei schwarzgekleidete Elitepolizisten, schwer bewaffnet vor meiner Zellentür. Seine weitere Karriere, davon ist er offensichtlich mittlerweile überzeugt, hängt ganz wesentlich von meinem Überleben ab. Ein gutes Gefühl, endlich, wenn auch sonst mein Pensionistenleben inklusive meiner hoffnungsvollen neuen Beziehung in letzter Zeit gelinde gesagt ziemlich aus dem Ruder gelaufen ist.

Der Gefängnisleiter wollte mich noch vor ein paar Stunden zur Begrüßung mit einem Gummiknüppel zusammenschlagen. Zum Glück war ich vorbereitet und konnte ihn davon abhalten, größeren Schaden anzurichten. Als Folge dieser Auseinandersetzung ist Kirios Pelagos derzeit Träger eines Kopfverbandes und eines blauen Auges, während ich neben einer verbogenen Metallbrille zu meinen sonstigen Blessuren auch noch einen blau geschwollenen rechten Unterarm mit Platzwunde vorweisen kann. Im Spiegel des Krankenraumes sehe ich einen ramponierten, mittelgroßen und angegrauten Michael Kramer, einen pensionierten Münchner Lehrer über fünfundsechzig, der sich gerade etwas jämmerlich an einem Lächeln versucht: der verstümmelte Bart und die spärlichen Haare angesengt, über der linken Schulter bis weit in den Rücken hinunter ein dicker Verband, darunter eine jetzt genähte und ärztlich versorgte breite Risswunde, im Gesicht zahlreiche Pflaster, darunter kleinere Verbrennungen und in den Augen Reste der Panik der vergangenen Tage. Insgesamt erschöpft bis ins Innerste. Aber ich lebe! Und ich werde weiterleben und meine Lebenslust wird wieder kommen, dazu hänge ich viel zu sehr an diesem Restleben.

Allerdings muss ich mir zu diesem Zweck dringend all das von der Seele schreiben, was ich in jüngster Zeit erlebt habe. Und zwar, wie mich der Polizeipsychologe nach meiner ersten erlebten Katastrophe mit meinem niederbayerischen Schulfreund gelehrt hatte: möglichst ausführlich, detailgenau und, damit auch wirklich Abstand entsteht, gedacht für ein unbekanntes Publikum. Das Hochsicherheitsgefängnis am Rande von Athen wird dafür, hoffe ich, der richtige Ort sein.

Nadelstiche

Am Beginn der Schwierigkeiten versuchte ich der Antwort auf das Warum und Wieso der verwirrenden Ereignisse dadurch näher zu kommen, dass ich mir eine »Stimme des Bösen« erdachte. Kurze Zeit nach dem verstörenden Vorfall in Koroni schien das noch relativ einfach und klar:

»Den blöden Ökofreaks mit ihren Luftnummern werde ich eine Lektion erteilen lassen. Und an einer dieser Ausländertussis wird ein für alle Mal klargestellt, dass es für sie nicht ratsam ist, unseren jungen Griechen mit irrwitzigen Ideen den Verstand zu verwirren!«

Wahrscheinlich kam mein biblisches Bild vom »Bösen« von den fast paradiesischen Umständen, unter denen meine neue niederbayerische Liebe Helga und ich die Monate davor in Griechenland durchlebt hatten. Ich war natürlich alt und skeptisch genug, um nicht auf den Gedanken zu kommen, dieser rauschhafte Zustand ließe sich ungebremst fortsetzen. In gewisser Weise freute ich mich sogar insgeheim auf den Alltag danach. Endlich eine Frau, mit der sich Lust auf die, und nicht Angst vor den Höhen und Tiefen des Alltäglichen einstellte. Und ich hielt mich für reif genug, um den immer knapper werdenden letzten Jahren meines Lebens endlich mit mehr Klugheit zu begegnen. So nahm ich diese unerwartete Begegnung und diesen Gefühlsrausch als ein überwältigendes Geschenk. Und der griechische Frühling und Sommer auf dem Peloponnes boten den idealen Rahmen dafür.

Ich war angeschlagen, aber mit einer steuerfreien Viertelmillion Euro aus dem niederbayerischen Abenteuer mit Toten und Verletzten, in das mich mein verrückter Schulfreund verstrickt hatte, davon gekommen. *)

---

*) Hier verweist der Autor auf seinen ersten Michael-Kramer-Roman. Ausführlichere Hinweise finden sich am Ende dieses Buches!

Manchmal verfolgte mich das Erlebte noch bis in den Schlaf hinein. Ich wachte dann schreiend auf oder weinte auch nur still vor mich hin. Aber ich hatte neben einigen anderen für mich wichtigen Menschen auch die ehemalige Notarsgattin und Soziologin Helga kennengelernt. Sie stand damals kurz vor ihrer Scheidung und war, was ich erst später so richtig realisierte, über zehn Jahre jünger als ich. Helga erlebte kurz darauf wissenschaftlich und damit beruflich eine Art Durchbruch. Ihre Arbeit über »Wandel der Partnerschaftsstrategien im ländlichen Raum seit 1950 am Beispiel Niederbayerns« fand nicht nur bei der Soziologenzunft Anerkennung und Lob. Ein großer Verlag brachte wenig später die Arbeit leicht überarbeitet als Sachbuch für ein breites Publikum heraus. Der neue Titel war weitaus verständlicher: »Willst du mich heiraten? Wie Mann und Frau auf dem Land zu Paaren wurden und werden«. Ich hatte vor einigen Wochen Helga zehn Tage lang auf einer Lesereise quer durch Deutschland begleitet. Für die nahe Zukunft war als Nächstes ein Auftritt der frisch gebackenen Autorin in einer Literatursendung eines großen deutschen Fernsehsenders geplant. Ich freute mich von Herzen über Helgas Erfolg. Und ich war zu diesem Zeitpunkt noch beruhigt, dass sich für meine dynamische Gefährtin ein Betätigungsfeld mit Zukunft abzeichnete. Vor allen Dingen, da wir nicht ganz zufällig hier in Griechenland bei einer Einladung auch noch eine Soziologin am Lehrstuhl der Athener Universität kennengelernt hatten. Diese sympathische Dame ließ sich sehr schnell dafür begeistern, mit Helga eine Zusammenarbeit zu planen. Auf die gleiche Weise wie für das deutsche Niederbayern sollte der Wandel der Einstellungen und des Verhaltens der griechischen Bevölkerung bei der Suche nach einer Partnerschaft in der Region Messenien, also unserem derzeitigen Umfeld, untersucht werden. Die Professorin war sich ziemlich sicher, dafür Geld aus irgendeiner Förderung durch die Europäische Union organisieren zu können.

Mein Ferienhaus in Griechenland liegt in dieser Region Messenien am Rande eines ehemals rein bäuerlichen Dorfes. Die große Halbinsel Peloponnes hat im Süden die Form von drei Fingern, die ins Mittelmeer hinein ragen. Unser Dorf liegt am Beginn, also Norden des westlichen Fingers an dessen Innenseite. Messenien ist hier sehr gebirgig. Diese Anhäufung von Hügeln und Bergen wächst nach einem eher schmalen Streifen Schwemmland an der Küste im Osten in mehreren Stufen ziemlich steil bis zu einem Scheitel von etwa eintausend Metern nach oben, um dann im Westen zum offenen Meer und dem geschichtsträchtigen Städtchen Pilos hin wieder abzufallen. Unser Dorf hat sich in Jahrhunderten auf einer dieser Stufen eingenistet und war wohl bis vor etlichen Jahrzehnten nur über Eselspfade zu erreichen. Das bekanntere und stark von der einstmaligen Herrschaft Venedigs geprägte Städtchen Koroni mit seiner alten Festung lungert, zunehmend herausgeputzt, gute zwanzig Kilometer südlich in weniger steilem Gelände in einer malerischen Bucht. Zu unserem Dorf führt heute von der Küste und einer nicht gerade umwerfenden Nachkriegsortschaft eine kurvenreiche Straße etwa drei Kilometer den Berg hinauf. Von unserer Terrasse aus hat man an guten Tagen einen wunderbaren Blick auf die Bucht von Kalamata und auf das uns gegenüberliegende schroffe Taigetosgebirge der Mani, dem mittleren Peloponnesfinger. Dieses Gebirge hätte mir später beinahe das Leben gekostet. Teile Messeniens galten seit Urzeiten als eine Kornkammer Südgriechenlands und viele seiner Landstriche haben in Vegetation und Landschaftsbild gewisse Ähnlichkeiten mit der Toskana. Nur fehlen vergleichbare kulturelle Highlights aus der Neuzeit. Messenien ist und war vor allem Bauernland. Und viele Lebensformen, Gebräuche und Verhaltensweisen der ursprünglichen Dorfbevölkerung erinnerten mich an das ländliche Niederbayern, wo ich meine Kindheit und frühe Jugend verbracht hatte.

Zusammen mit Helga waren die letzten Monate wie im Flug vergangen. Wir erlebten eine für uns spektakuläre ländliche Osterfeier, wir fuhren mit Fischern aufs Meer, saßen nächtelang am Lagerfeuer, wanderten über Frühlingswiesen oder kochten zusammen. Nach und nach eroberten wir uns die umliegenden Zeugnisse des griechischen Altertums wie Olympia, das antike Messene oder den Nestorpalast. Oder wir besuchten Naturschönheiten wie einen Stufenwasserfall und eine in wildromantischer Landschaft gelegene Wallfahrtskapelle, über die ein großer Baum gewachsen war und unter der ein Fluss entsprang. Wir hatten auch öfter Besuch von griechischen Freunden und aus der internationalen Gemeinschaft der Griechenlandfans, die sich in unserem Landstrich niedergelassen hatte. Helga schrieb viel an Artikeln für diverse Fachzeitschriften und gehobene Illustrierte der Unterhaltungsbranche, und ich verbrachte viel Zeit damit, sie anzuhimmeln. Sie war auch eine begeisterte Bogenschützin und ich frischte meine Grundkenntnisse in dieser Sportart aus den kindlichen Indianerspielen nach und nach soweit auf, dass ich wenigstens aus mittlerer Distanz fast immer die Zielscheibe traf. Wir hatten keine finanziellen Sorgen und meine Alterswehwehchen hielten sich in Grenzen. Sobald es wärmer wurde, gingen wir fast jeden Tag ans Mittelmeer zum Schwimmen. Darüber hinaus fand Helgas Tatendrang in meinem großen Grundstück mit Kräuterbeet, Ölbäumen, Obstgarten und schütteren Blumenbeeten ein weiteres Betätigungsfeld. Bald war meinem doch etwas vernachlässigten umgebauten Eselstall mit Garten und einigen kleinen Zusatzgebäuden die neue ordnende Hand anzusehen. Und da diese Frau offenbar ungeahnte Reserven hatte, engagierten wir uns auf ihr Drängen auch noch in einer von Griechen und Ausländern getragenen lokalen Gruppe zum Schutz der bedrohten Meeresschildkröten. Bei einer Veranstaltung dieser Gruppe fiel dann der erste dunkle Schatten auf unsere scheinbar so heile Welt.

Es war ein Markttag auf der Hafenpromenade von Koroni. In der ersten Julihälfte mischten sich Touristen und Einheimische so ziemlich zu gleichen Teilen. Es wurden in einer überschaubaren Reihe von Ständen Bücher, Kleidung, Süßigkeiten, Elektronik und Touristenramsch angeboten. Das Städtchen war zum größten Teil in das die Bucht umspannende Bergmassiv hinaufgebaut. So stellte die Hafenpromenade mit ihren circa vierhundert Metern Länge darin so ziemlich die einzige ebene Strecke dar. Daher spielte sich das öffentliche einheimische wie auch das touristische Leben vor allem auf dieser kurzen Wegstrecke ab. Die Promenade war gesäumt von Cafés, Tavernen, Restaurants und Läden. Zum Meer hin allerdings gab es nur überdachte zeltartige Sitzplätze, die Lokalitäten selbst und die Läden befanden sich alle in der Häuserzeile jenseits der Promenade. Die Fassaden der durchwegs alten, einstöckigen Häuser waren mittlerweile fast alle restauriert. Das Städtchen mit seiner unleugbaren venezianischen Vergangenheit war anheimelnd, die Ruinen der mächtigen Burg über ihr wirkten immer noch wie eine schützende Hand über dem bunten Treiben am Hafen. Es war laut, mitten durch das Gedränge waren Mopedfahrer und vereinzelt Autos unterwegs, der beginnende Abend tauchte alles in ein blau-violettes Licht. Die Last der Tageshitze war gebrochen, es roch nach Meer, Fisch, Gewürzen, Abgasen … So ähnlich stellt sich ein Mitteleuropäer wie ich das Paradies vor, wenn er denn an so einem Ort und zu so einer Stunde überhaupt noch denken mag.

Ich räkelte mich in einem der Stühle in der letzten Lokalität vor der Hafenmole. Hier öffnet sich die Enge der Promenade in einen kleinen Platz direkt am Fuße des Burgberges. Das Ende der Budenzeile, schon auf dem Platz und mit Blick Richtung Meer und damit zu mir, bildete ein Informationsstand der gemeinnützigen Meeresschildkröten-Schützer. Der Infostand war aus Holz, die Vorderfront beklebt mit Informationen, drei Personen boten Broschüren, Werbematerial und Auskunft über das Schicksal der bedrohten Meeresschildkröte Caretta caretta, erklärten das Wirken des Schutzvereines und sammelten Spenden: der schlaksige, stets lächelnde griechische Student Italo, die kleine blonde und sehr zarte junge englische Studentin Susan und die neue Aktivistin Helga.

Helgas fast verbissener Einsatz in Sachen Meeresschildkröten ging wohl auch zurück auf eine frühere gemeinsame Begegnung mit einem der relativ großen erwachsenen Tiere im seichten Wasser vor einem Gemeindestrand nördlich von Koroni. Wir hatten Taucherbrillen auf und waren baff, plötzlich ganz nah am Strand die gravitätisch schwimmende Meeresschildkröte zu sehen. Das Tier ruderte fast bis zum Strand, blickte suchend und irgendwie ratlos auf die strandnahe Anlage einer Pension, drehte dann ab und schwamm, deprimiert, wie es uns schien, wieder Richtung offenes Meer. Helga unterzog mich einer hochnotpeinlichen Befragung. Ich wusste, dass die Tiere vom Aussterben bedroht sind, dass es nur etwa zwei von tausend Schildkröten schaffen, erwachsen zu werden, und sie erst ab dem Alter von dreißig Jahren in Griechenland, beschränkt auf einige Strände des Peloponnes, der Insel Zakynthos und Kretas, ihre Eier ablegen. Und dass es in Koroni eine Niederlassung des gemeinnützigen Schutzvereins gab, der auch ausländische Aktivisten und Förderer gerne aufnahm. Wir fuhren noch am selben Tag nach Koroni. Einige Tage später halfen wir mit, auf Stränden südlich von Koroni Nester, das sind in Sandkuhlen gelegte und von den Tieren zugeschaufelte Gelege mit etwa hundert Schildkröteneiern, durch Gitter gegen Hunde, Marder und so weiter zu sichern, mit kleinen Netzzäunen zu umfrieden und Schilder in unterschiedlichen Sprachen aufzustellen. Diese Schilder verkündeten Verhaltensregeln für Einheimische und Touristen. Schon einen Tag danach waren wir Mitglieder des Schutzvereins und Helga aktiv engagiert. Mir gefiel diese zupackende Haltung, wie mir so vieles gefiel an dieser Frau.

Und während ich noch Helga beobachtete – mir fiel dazu nur das biblische »mit Wohlgefallen« ein – wie sie ernsthaft eine deutsche Touristin beriet und informierte, ging plötzlich alles sehr schnell.

Urplötzlich rannten schätzungsweise acht bis zehn Männer aus allen Richtungen auf den Infostand zu. Sie brüllten aus Leibeskräften, einige hatten Stöcke in den Händen, andere waren mit Steinen bewaffnet. In wenigen Sekunden war der Infostand zertrümmert, Holzteile flogen durch die Luft, Passanten kreischten. Susan lag von mir aus gesehen rechts neben dem Trümmerhaufen, hielt sich ein Bein und schrie gellend. Italo, der sich zu wehren versuchte, wurde von vier Männern roh auf den Boden geschleudert und Helga lag mit aufgerissenen Augen starr unter einem Gewirr von Holzlatten, Brettern, Balken und herumfliegendem Infomaterial. Noch bevor ich auf den Beinen war, stürzte ein großer, ungelenker Mann mit einer Eisenstange direkt auf Helga zu, stieß mit den Füßen Holztrümmer und Papierstöße beiseite und schlug mit seiner gefährlichen Waffe gezielt und offensichtlich mit voller Kraft auf die am Boden liegende wehrlose Frau ein. Helga zog instinktiv die Füße an, der erste Schlag traf Helgas Schuhsohle, sie schrie vor Schmerz und Todesangst. Der Mann hob erneut die Eisenstange – mein Gott, er zielt auf Helgas Kopf und ich werde es nicht mehr schaffen! – da stand wie aus dem Nichts der alte Fischer Petros aus unserem Dorf am Strand hinter dem Angreifer. Er hatte ein Vierkantholz von etwa einem Meter Länge aus den Trümmern gefischt und schlug zu. Der Angreifer erstarrte kurz, die Eisenstange flog scheppernd zu Boden, dann fiel er um wie ein gefällter Baum. Von der nahen Polizeistation lief ein Polizist auf das Geschehen zu. Ich war bei Helga, befreite sie von den Trümmern und zog sie auf die Beine. »Der wollte mich umbringen ..., der wollte mich umbringen! ...«, stammelte sie kurz vor einer Ohnmacht. Ich drückte sie fest an mich und nickte dankbar in Richtung Petros. »Schweinehund verfluchter!«, presste dieser durch die Zähne. Eine Reihe weiterer Polizisten kamen angelaufen. Außer dem aus Nase, Mund und Augen blutenden bewusstlosen Schläger am Boden waren alle anderen Angreifer verschwunden. Später stellte sich heraus, dass doch einer von ihnen, der gerade auf ein wartendes Motorrad springen wollte, von wütenden Marktbesuchern gestellt, heftig verprügelt und dann zur Polizeistation getragen worden war.

Die Polizei sperrte den Tatort ab. Aus dem ebenfalls nahen »Gesundheitszentrum« kamen drei junge Ärztinnen angerannt, je eine kümmerte sich um Helga, Susan und Italo. Helga wurde auf eine Trage gelegt, erhielt eine Spritze und Eisbeutel um den anschwellenden rechten Fuß. Der halbe Meeresschildkröten-Schutzverein kümmerte sich rührend um die verletzten Mitglieder. Ich umarmte Petros, der nicht gut aussah. Freunde umringten ihn, klopften ihm auf die Schulter und flößten ihm einen Ouzo-Schnaps nach dem anderen ein, bis eine der Ärztinnen einschritt. Endlich kamen zwei Krankenwagen, einer für den bewusstlosen Schläger, der andere für Helga. Sie sollte auf Anraten der Ärztinnen im Krankenhaus Kalamata geröntgt werden und mindestens eine Nacht zur Beobachtung dort bleiben. Vorher noch hatte die Polizei Namen und Adresse von über zwanzig Personen einschließlich mir notiert, die alle bezeugen wollten, das Petros Schlag Helga nach menschlichem Ermessen das Leben gerettet hatte. Der Angreifer erlag übrigens zu unserem Entsetzen auf der Fahrt ins Krankenhaus trotz vorheriger notärztlicher Versorgung seinen schweren Kopfverletzungen. Ich fuhr mit Helga im Krankenwagen mit nach Kalamata. Auf der Hälfte der Strecke bekam ich eine Art Schüttelfrost, der Notarzt gab mir einen Keks und aus seiner Thermosflasche einen Schluck heißen und stark gesüßten Tees.

Der Leiter des Krankenhauses in Kalamata musste einen Bruder oder Cousin haben, der eine Hühnerfarm betrieb. Nur so war es erklärbar, dass es für die Patienten dort in schöner Abwechslung nur zwei Gerichte gab: Hühnerschenkel oder Hühnersuppe! Das Krankenhaus selbst ist ein moderner Bau, der Jahre nach dem großen Erdbeben und der Zerstörung des alten Krankenhauses in den Neunzigern errichtet worden war. Die Ärzte wirkten kompetent, die Geräte waren modern. Bei Helga wurden Stauchungen und Quetschungen am Knöchel und ein Haarriss am Rist festgestellt. Sie erhielt eine Gehschiene und die Empfehlung, sich zu schonen. Wir waren früh vor der Krankenhausverpflegung geflohen und saßen zu Hause auf unserer Terrasse beim zweiten Frühstück. Nach langem Schweigen sagte Helga:

»Dieser Vorfall könnte unser Leben verändern!«

»Du meinst also auch, der Anschlag könnte gar nicht den Schildkrötenschützern gegolten haben, sondern uns beziehungsweise dir?!«

»Der einzige Angreifer mit einer gefährlichen Eisenstange ist ganz gezielt auf mich losgegangen! Dahinter könnte doch zum Beispiel ein Racheakt für das Zerstören des Heroinhandels von Griechenland nach Bayern durch deine Laienermittlungen vor einem Jahr stecken. Ich weiß es nicht, ich weiß es wirklich nicht. Aber ich habe Angst!«, gestand Helga und es war ihr anzusehen.

Damit hatte Helga etwas angesprochen, was mich selbst bereits heftig beschäftigt hatte.

»Sollen wir die Koffer packen und nach Deutschland fahren?«, fragte ich zurück.

»Und wenn wir uns doch irren? Es ist so schön hier, ich hätte nie erwartet, dass ich etwas Derartiges wie mit dir noch einmal erleben darf!« Helga war den Tränen nah.

»Dann lass uns morgen auf die Mitgliederversammlung der Schildkrötenschützer gehen. Vielleicht gibt es wirklich Anlässe, die einen Anschlag auf den Verein und seine Arbeit wahrscheinlich machen«, schlug ich vor und Helgas Miene hellte sich etwas auf.

Unsere Unschuld allerdings und unseren Frieden hatten wir verloren. Ich ging in meine kleine Werkstatt und kramte nach dem alten Kleinkalibergewehr meines griechischen Freundes Nikos. Er hatte es bei mir vor der Polizei versteckt. Deutsche Nachbarn hatten ihn angezeigt, weil sie sich durch seine Schießübungen gestört fühlten. Und weil er, was er nie und nimmer zugegeben hätte, einmal statt seiner aufgestellten Blechdosen eine teure Vase auf der Terrasse der Nachbarn getroffen hatte. Mein Grundstück lag etwas außerhalb des Dorfes, die nächsten Nachbarn waren Griechen und schossen auf der Jagd nach Singvögeln – das war leider nicht verhandelbar – schon einmal eine Schrotladung in meine Hauswand. Ich hatte zwar in der Zwischenzeit einen Waffenschein für Faustfeuerwaffen der bayerischen Behörden, der nach Verhandlungen mit der griechischen Polizei und vor allem auf Betreiben des jetzigen Vizepolizeipräsidenten Dimitrios Mikrojannis auch für Griechenland gültig war. Es war der Dank für meine Hinweise, die den Griechen zu einem spektakulären Schlag gegen den Heroinhandel verholfen hatten, und sollte mich vor Racheakten schützen. Aber ich hatte die Nase voll von Gewalt und Detektivspiel und daher den Revolver in Deutschland vorschriftsmäßig eingeölt in meinen Schrank gesteckt. Auch Helga betrachtete eher angewidert das Kleinkalibergewehr, ließ sich aber den Gebrauch geduldig erklären. Wir verbrachten einen ruhigen, doch angespannten Tag und ich ließ sie nicht aus den Augen. Abends schaltete ich die Außenbeleuchtung an, schloss sorgfältig alle Türen und wir schliefen hinter den dicken Steinmauern des alten Eselstalles, das Gewehr in Reichweite.

Nachmittags hatte ich aber doch noch Kontakt gesucht mit einem weiteren Freund aus der griechischen Polizei, dem jüngsten Hauptkommissar Griechenlands: Jannis Konstandinos, den ich mir vor einem Jahr mit dem Geld des verrückten Schulfreundes als einheimischer Personenschützer für meine griechische Mission geleistet hatte. Er konnte, wie auch sein Vorgesetzter Dimitrios Mikrojannis, durch den Heroinfall einen Karrieresprung machen. Und das, obwohl beide der augenblicklichen Oppositionspartei angehörten und größte Probleme mit dem obersten Polizeichef, dem Polizeipräsidenten von Griechenland, Petros Stephanopoulos hatten. »Offenbar«, meinte Jannis bei einem früheren Telefonat lachend, »ist der Oberboss gerade dabei, bei seiner eigenen Partei in Ungnade zu fallen!«

Nach den üblichen Begrüßungsfloskeln und dem unvermeidlichen Fragen nach dem gegenseitigen Befinden kam ich schnell zur Sache. Ich erzählte Jannis kurz den Vorfall von gestern und unsere Befürchtungen. Jannis war sofort hellwach.

»Du weißt«, sagte er, »dass wir vor einem Jahr zwar den Transportweg des Heroins nach Deutschland unterbrechen und die deutschen Kollegen damit in Verbindung stehende Mordfälle aufklären konnten, wir aber hier in Griechenland in wichtigen Bereichen immer noch im Dunkeln tappen. Wir konnten nichts, aber auch gar nichts darüber in Erfahrung bringen, woher das Heroin in Griechenland kam, wer es wo aufgekauft hatte, wo es gelagert worden war und so weiter. Der Fall hat für mich und Mikrojannis immer noch höchste Priorität, während unser großer Chef ihn einfach ignoriert. Ich werde mich mit dem Polizeidirektor für Kalamata und Messenien, Kirios Alexandros Marinopoulos, in Verbindung setzen. Ich kenne ihn gut und schätze ihn!«

»Jannis, morgen Abend trifft sich der Verein der Meeresschildkrötenschützer in Koroni. Soviel ich weiß, wird auch die Polizei kommen. Es kann ja wirklich sein, dass wie früher auf Zakynthos hier einfach wirtschaftliche Interessen mit Naturschutz aufeinanderprallen!«

»Ich weiß, und ich werde auch da sein. Schon, weil ich unseren Helden vom letzten Jahr wieder einmal sehen will.«

»Der Held hat aber ganz schön die Hosen voll und will endlich sein Privatleben genießen!«

»Kann ich verstehen. Allerdings wäre es leichtsinnig, wenn wir den Anschlag auf deine Freundin einfach ignorieren würden. Bis morgen, ich freue mich auf ein Wiedersehen!«

Am nächsten Morgen bekam ich dann noch einen Anruf des neuen Vizepräsidenten der griechischen Polizei, Dimitrios Mikrojannis. Er stammte aus einem Bergdorf in Messenien. Letztes Ostern hatte er wie fast jeder Grieche mit ländlichen Wurzeln sein Dorf und seine Verwandten besucht und von dort aus auch Helga und mir einen Besuch abgestattet. Er hatte uns stolz Schönheiten seiner Heimat gezeigt und ernsthaft mit uns vereinbart, uns im Herbst wieder zu treffen. Mikrojannis war besorgt und zugleich von einem gewissen Jagdeifer erfasst. Ich erhielt von ihm eine Notnummer, unter der er angeblich Tag und Nacht erreichbar war. Zugleich versprach er, Jannis für den Fall der Fälle mit allen nötigen Vollmachten auszustatten. Helga staunte darüber, welch engen Kontakt ich zu Spitzenbeamten der griechischen Polizei pflegte (ich übrigens auch!) und wir fuhren abends doch etwas beruhigter zum Vereinstreffen nach Koroni.

Die Polizei aus Koroni hatte in weiser Voraussicht für das abendliche Treffen im Gymnasium der Stadt ein Klassenzimmer organisiert. Ein Beamer war in Position gebracht, ein provisorisches Podium aus Schulbänken zusammengestellt. Auf dem Podium hatten bereits Platz genommen: der örtliche Polizeidirektor Alexandros Marinopoulos aus Kalamata, zwei weitere Polizeibeamte und der Staatspolizist Jannis als Vertreter der Polizei, der Vorsitzende des Schildkrötenschutzvereins Kirios Konstandinos Manevis aus Athen, vom örtlichen Vorstand des Vereins in Koroni der Tiermediziner Dr. Figaris und (mit blauem Auge) der lächelnde Italo. Das Klassenzimmer war gut gefüllt, außer vielen Vereinsmitgliedern und Förderern und einer größeren Zahl von Neugierigen zählte ich noch fünf Vertreter der Medien. Auch eine der Ärztinnen von gestern war gekommen. Helga mit ihrer Gehschiene erregte entsprechende Aufmerksamkeit, auch bei den Medienvertretern, und erhielt geballte Zuwendung.

Der Vereinsvorsitzende, ein etwas fahriger und offenbar eher unsicherer, weil überbetont selbstsicher auftretender Grieche um die fünfzig mit beginnender Glatze und respektablem Bauchansatz, eröffnete und begrüßte. Er sprach, soweit ich das verstand, dem Sinne nach von einem »üblen Zwischenfall«, der glimpflich ausgegangen sei und die Schildkrötenschützer geradezu zum Weitermachen auffordere. Da eine in München lebende befreundete Griechin, die mehr als ein halbes Jahr in Griechenland verbringt, unsere Verständnisprobleme bemerkte, setzte sie sich zu uns und spielte Simultanübersetzerin. Der Vereinsvorsitzende übergab die Leitung an Polizeidirektor Kirios Marinopoulos, der vom Typ her eher den freundlichen, langmütigen und volksnahen Polizisten verkörperte. Er leitete die Versammlung sehr zielstrebig und kompetent. Zunächst erklärte er den ersten Abschnitt der Veranstaltung für einen Teil der polizeilichen Ermittlung. Höflich aber bestimmt komplimentierte er die Medienvertreter und die Nur-Neugierigen aus dem Raum. Um keine Unstimmigkeit aufkommen zu lassen, hatte er für diesen Personenkreis im Schulhof ein kleines gesponsertes Büfett organisieren lassen.

Kaum war der ausgeschlossene Personenkreis abgezogen, ließ Kirios Marinopoulos einen echten Knüller vom Stapel. Vorher allerdings hatte er noch kurz Jannis als Vertreter der Landespolizei vorgestellt und erklärt, einige Aspekte des Vorfalles könnten eventuell auf einen Zusammenhang mit einem älteren, das gesamte Griechenland betreffenden Kriminalfall verweisen. Dann ließ er das Licht ausschalten und startete den Beamer. Wir hielten die Luft an. Wie wir danach erfuhren, hatte ein englischer Tourist, der gerade Urlaubseindrücke mit seiner Videokamera festhalten wollte, zufällig den Überfall gefilmt. Bei der anschließenden Zeugenbefragung meldete er dies bei der Polizei, die sich eine Kopie der Aufnahmen anfertigen ließ. Wir sahen und hörten noch einmal das unbeschwerte Treiben vor dem Überfall, dann die Männer laut brüllend und koordiniert von allen Seiten auf den Infostand zurennen, dessen Verwüstung und die Attacken auf das Team des Infostandes. Helga suchte meine Hand und presste sie. Der Angriff auf Helga war deutlich zu verfolgen, der Fischer Petros lief seitlich ins Bild und schlug in dem Moment zu, als der Angreifer zum gezielten Schlag auf Helgas Kopf ausholte. Bevor der erste Polizist ins Bild gerannt kam, war deutlich eine Trillerpfeife zu hören. Blitzschnell flüchteten die Männer nach allen Seiten. Dann wurde der filmende Tourist offensichtlich von der panischen Menschenmenge abgedrängt. Es gab noch ein paar verwackelte Bilder von schreienden Gesichtern, einem Gewirr von Armen und Beinen, dem Zeltdach eines Cafés – und dann brachen die Filmaufnahmen ab.

Im Saal herrschte zunächst einmal betroffene Stille. Polizeidirektor Marinopoulos erläuterte, wie die Polizei zu den Aufnahmen gekommen war, und gab dann zusätzliche Informationen:
»Wir haben den Film von unseren Technikern bearbeiten lassen. Von dreien der Angreifer und dem mittlerweile verstorbenen Schläger mit der Eisenstange konnten wir einigermaßen verwertbare Bilder erstellen!«

Er zeigte über den Beamer hintereinander vier mehr oder weniger gut erkennbare Aufnahmen. Vom Eisenstangenschläger gab es dann sogar noch zwei weitere Aufnahmen aus jeweils anderer Perspektive. Auf die eindringliche Frage des Polizeidirektors, ob denn jemand im Saal eine der abgelichteten Personen kenne oder vorher gesehen habe, fand sich jedoch niemand aus dem Kreis der Anwesenden, der dies bejahen konnte. Auch zu dem von Passanten gefassten und verprügelten Angreifer, der mit Kopf- und Armverband von der Polizei abgelichtet worden war, fand sich niemand, der ihn erkannt hätte.

»Jetzt zu einer der ersten Fragen, die sich aus dem Vorfall ergeben und die ich vorweg behandeln will«, fuhr Kirios Marinopoulos fort: »Ist der einzig wirklich bedrohliche Angriff auf Person und Leben der deutschen Touristin Frau Helga Hocheder Zufall und Willkür, oder steckt System und Absicht dahinter? Dazu haben wir zunächst das Filmmaterial bearbeitet und ausgewertet.«

Er schaltete erneut den Beamer ein. Der Film wurde von dem Zeitpunkt ab gezeigt, zu dem der Eisenstangenschläger zum ersten Mal ins Bild kam. Die Techniker hatten über den Mann einen Pfeil eingeblendet, sodass seine Bewegungen besser zu verfolgen waren. Er lief zunächst auf die am Boden liegende und schreiende Susan zu, hob die Eisenstange leicht an, verharrte Bruchteile von Sekunden, orientierte sich und stürzte dann auf Helga zu.

»Wir stehen bei der Auswertung vor der Frage«, kommentierte Polizeidirektor Alexandros Marinopoulos die Szenen, »hatte der Schläger mit der jungen und zarten englischen Studentin Mitleid, Beißhemmung wie ein großer Hund gegenüber einem Welpen oder suchte er aufgrund irgendeines Auftrages gezielt nach Frau Hocheder? Unserer Meinung nach wissen wir im Augenblick zu wenig, um diese Frage jetzt schon beantworten zu können! Verbleibt also vorerst die zentrale Frage, bei der wir auf alle Fälle mit der Untersuchung ansetzen müssen: Wer hatte Grund, den Verein der Schildkrötenschützer zu schädigen oder einzuschüchtern?«

Bei dieser Frage kam Leben in das Publikum und nach kurzer Zeit redeten so gut wie alle durcheinander. Auf dem Podium meldete sich Italo zu Wort, wobei ihm der Athener Vereinsvorsitzende Kirios Manevis zischelnd seine Wortmeldung ausreden wollte. Italo, die Unbekümmertheit in Person, ließ sich aber davon nicht abhalten. Polizeidirektor Marinopoulos verschaffte sich Ruhe im Saal und bat Italo um seine Stellungnahme.

»Ich weiß nicht, ob dies der Polizei bekannt ist: Wir haben hier in Koroni vor etwa zwei Monaten eine anonyme Drohung erhalten. Der Brief liegt im Büro des Vereins. Leider konnte ich ihn vorher auf die Schnelle nicht finden, was mich sehr verwundert. Dieser Brief, bei dem von Zeitungen ausgeschnittene Wörter und Buchstaben verwendet werden, war ohne Anschrift und Absender nachts in unseren Briefkasten geworfen worden. In dem Schreiben werden wir davor gewarnt, uns auf keinen Fall gegen Grundstücksgeschäfte und Baupläne südlich von Koroni zu stellen. Sie alle wissen, dass dort das zentrale Brutgebiet der Meeresschildkröten liegt!«

Ein Raunen ging durch den Saal. Polizeidirektor Marinopoulos war anzumerken, dass auch er von diesem Vorfall nichts wusste.

»Das ist ja in der Tat mehr als interessant!«, meinte er überrascht und zugleich mit einer Spur Zufriedenheit. »Warum in aller Welt ist der Verein damit nicht zur Polizei gegangen?«

Der Athener Vorsitzende setzte zu einer Erklärung an, aber der Polizeidirektor stoppte ihn mit einer abwehrenden Handbewegung.

»Kirie Manevis, Sie dürfen gleich Ihre Sicht der Dinge darlegen. Aber uns interessiert zunächst die Darstellung des jungen Mannes, der ja immerhin zum lokalen Vorstand in Koroni gehört. Bevor Sie weiterreden«, wandte er sich an Italo, »bitte ich eines der Vereinsmitglieder, zusammen mit einem der anwesenden Kollegen zu Ihrem Büro zu gehen und den Brief zu holen!«

Einer der beisitzenden Polizisten aus dem Podium und eine junge Frau verließen den Raum. Nach einer kurzen Aufforderung an Italo fuhr dieser fort, wobei die Spannung im Raum fast greifbar schien.

»Nun, unser Vorstand hat den Vorfall beraten und wir haben,

wie üblich, daraufhin zunächst unseren Hauptvorstand in Athen informiert. Kirios Manevis bat uns, den Brief an ihn zu faxen und eine Entscheidung des Hauptvorstandes abzuwarten. Er wollte auch ›hinter den Kulissen‹ recherchieren und herausfinden, ob denn wirklich in der Nähe der Schildkrötenstrände Grundstücke verkauft wurden oder gar bereits Baupläne existierten. Allerdings war das schon vor etwa acht Wochen. Wir haben mehrmals in Athen angerufen und erfahren, dass die Erkundigungen schwierig seien und die Angelegenheit irgendwie gar nicht einfach für den Verein!«

»Also haben Sie in Koroni einfach gewartet!?«, fragte der Oberpolizist aus Kalamata nach.

Ein verschmitztes Lächeln huschte über Italos Gesicht. »Herr Polizeidirektor, wir sind doch Griechen. Und einen Griechen ohne Beziehung gibt es wahrscheinlich gar nicht. Also habe ich auf eigene Faust, Kirios Manevis möge mir nochmals verzeihen, einen Freund meines Freundes um einen kleinen Gefallen gebeten ...«

»Und?«, der Polizeidirektor.

»Blöd gelaufen. Der Freund meines Freundes konnte zwar noch erfahren, dass tatsächlich etwas im Busch wäre, dann allerdings hat man ihm die Reifen zerstochen und einen Zettel an den Scheibenwischer geklemmt. Er wird darin aufgefordert, die Finger von der Schildkrötensache zu lassen, sonst würde sein Haus brennen. Da hat er verständlicherweise die Lust verloren, mir einen Gefallen zu tun. Den Zettel habe ich übrigens dabei wie auch die Kopie des anonymen Briefes an den Verein, die wir angefertigt hatten, um den Inhalt des Schreibens nach Athen zum Vorstand faxen zu können!«

Italo kramte in seinem Rucksack, holte zwei Klarsichthüllen mit Inhalt heraus und schob sie dem Polizeidirektor zu. Dieser lächelte, offensichtlich gefiel ihm der forsche und listige Student.

»Das muss ein Nachkomme von Odysseus sein!«, flüsterte mir Helga zu.

»Hoffentlich wird der nie Politiker in Griechenland. Da sind schon zu viele Listige unterwegs, vermute ich!«, war meine Antwort.

»Haben Sie denn von Ihren geheimen Nachforschungen den Hauptvorstand in Athen informiert?«, wollte Hauptkommissar Jannis von Italo wissen.

»Nach längerem Zögern ja – und ich habe mir, wie zu erwarten, ein Donnerwetter von Kirios Manevis eingefangen. Er warf mir vor, mich in Dinge eingemischt zu haben, die für mich eine Nummer zu groß wären. Und im Nachhinein scheint dies ja zu stimmen!«

Kirios Manevis, der zunehmend erregt wirkte, auf seinem Stuhl hin und her rutschte und dessen Kopf im Verlauf der Antworten Italos puterrot angelaufen war, konnte nicht mehr an sich halten.

»Herr Polizeidirektor«, schrie er, »ich protestiere aufs Heftigste gegen Ihre Art der Ermittlung! Das gleicht ja einem Tribunal. Wie können Sie es wagen, solche sensiblen Einzelheiten vor so einem großen Publikum auszubreiten! Sie gefährden den Bestand des Vereins und Sie gefährden damit den Bestand der Meeresschildkröten! Sie sind offenbar unfähig, diesen Fall angemessen anzugehen. Ich werde mich beschweren und um Ihre Ablösung bitten. Ich kenne Ihren obersten Vorgesetzten, den Polizeipräsidenten Kirios Stephanopoulos, sehr gut!«

Und dann ging dem obersten Schildkrötenschützer die Luft aus. Der örtliche Polizeidirektor lächelte nachsichtig.

»Ich kenne meinen obersten Vorgesetzten auch ganz gut! Aber im Ernst, Kirie (übrigens die Anredeform von ›Kirios‹!) Manevis, ich muss mich bei Ihnen entschuldigen. Ich hätte nicht gedacht, dass diese Massenbefragung eine solche Menge von Daten und Hinweisen zutage fördern würde. Umgekehrt müssen Sie mir doch zustimmen, dass die Polizei bei Einzelbefragungen wahrscheinlich Tage und vielleicht sogar Wochen gebraucht hätte, um auf den jetzigen Stand der Ermittlungen zu kommen. Ich vermute zum Beispiel, bitte entschuldigen Sie diese Offenheit, Sie hätten wie vorher hier auf dem Podium den Studenten Italo davon abzubringen versuchen, den anonymen Brief zu erwähnen (Kirios Manevis verfärbte sich bereits wieder dunkel!). Vielleicht irre ich mich ja auch, jedenfalls greife ich Ihren Vorschlag gerne auf und werde hier die halböffentliche Massenbefragung einstellen. Nochmals danke für Ihren Hinweis (Kirios Manevis entfärbte sich etwas). Allerdings werde ich zusammen mit meinen Kollegen anschließend eine kleine Pressekonferenz geben. Die Kollegen von der Presse würden über kurz oder lang doch all dies in Erfahrung bringen, was wir im Augenblick wissen. Und Sie können uns vertrauen, wir werden keine voreiligen Schlüsse ziehen oder gar Urteile abgeben!«

Gerade als der Polizeidirektor die Versammlung schließen wollte, kamen die junge Frau und der Polizeibeamte vom Büro der Schildkrötenschützer zurück. Sie hatten den Brief nicht finden können!

»Nicht ganz so schlimm, wir haben ja dank der Umsicht des jungen Vorstandsmitgliedes eine Kopie. Wir müssen natürlich bei den Ermittlungen auch diese Tatsache berücksichtigen und irgendwann bewerten. Ich schließe hiermit die Sitzung und bitte den Verein, den jetzt eigentlich geplanten Teil der Mitgliederversammlung zu vertagen!«, reagierte der Polizeidirektor.

Hier nickten sowohl der Hauptvorstand als auch die beiden Vertreter des Vereins aus Koroni. Dies war übrigens die erste Äußerung des Tierarztes Dr. Figaris aus Koroni an diesem Abend, der dann sogar den Vereinsmitgliedern noch eine erneute Einladung versprach! Der Polizeidirektor kündigte abschließend in circa zwanzig Minuten eine öffentliche Pressekonferenz in diesem Raum an. Die Menge strömte ins Freie. Helgas Knöchel schmerzte heftig und sie musste sich dringend hinlegen. Bevor wir nach Hause fuhren, vereinbarten wir für den nächsten Tag mit Jannis in einem der Restaurants am Hafen von Koroni ein gemeinsames Mittagessen.

Wir hatten in der folgenden Nacht zunächst recht wenig geschlafen, dafür aber um so mehr über die Ergebnisse der trickreichen Ermittlung des Polizeidirektors aus Kalamata diskutiert. Es war schon gewagt, die Ermittlung als Vereinssitzung zu tarnen und damit zu rechnen, aufgrund der internen Spannungen und unter der Kontrolle der großen Zahl von Menschen möglichst viel zu erfahren. Seine Rechnung war aufgegangen, meine Achtung vor dem Provinzchef entsprechend groß. Die einzelnen Fakten hatten unter dem Strich dazu beigetragen, uns wenigstens etwas zu beruhigen. Zwar war die Zielstrebigkeit des Eisenstangenschlägers, mit der dieser auf Helga losgegangen war, immer noch beängstigend. Und die Möglichkeit, dass Helga dabei getötet oder schwer verletzt werden sollte, schien nach den Filmaufnahmen immer noch mehr als wahrscheinlich.

»Vielleicht sollte«, meinte Helga zur späten Stunde, »an einer typischen Ausländerin wie mir, die zudem nicht den Mitleidseffekt eines jungen Mädchens hervorgerufen hätte, ein Exempel statuiert werden!«

»Also doch wirtschaftliche Interessen, wahrscheinlich touristische Erschließung, gegen Naturschutz. Vielleicht sogar verbunden mit griechischem Nationalismus!? Viele Ausländer engagieren sich ja im Schildkrötenschutz und es wird unter Umständen von den Hintermännern des Überfalls angenommen, dass sie der Grund des Übels seien: Sie beeinflussen mit ihrem Naturschutzgehabe vor allem die jungen Griechen, die dann das Wohl der Heimat – und den Gewinn der Interessierten – aus den Augen verlieren«, führte ich den Gedanken weiter.

»Das heißt also, selbst wenn mich der Angreifer töten oder zumindest schwer verletzen wollte, muss da nicht die griechische Drogenmafia dahinter stecken. So richtig tröstet das nicht, es wirkt aber trotz allem nicht ganz so bedrohlich, weil wir dann nicht gezielt im Visier einer auf Rache sinnenden organisierten Berufsverbrechervereinigung stehen!«, schloss Helga aus unseren Überlegungen.

Wir schliefen dann doch noch einige Stunden mit Nikos Gewehr in Reichweite und seinem zottigen, großen, aber harmlosen Hund im Eingangsbereich. Vor dem Bett, wie ursprünglich geplant, hatte er einfach zu streng gerochen und zu laut geschnarcht!

Am nächsten Morgen hatte Helga einen Termin im Krankenhaus in Kalamata. Der Arzt war mit dem Befund zufrieden, nahm allerdings an der Gehschiene einige Korrekturen vor, um Helga von Druckschmerzen zu befreien. Kalamata, 1986 durch ein starkes Erdbeben schwer zerstört, löste in mir immer gemischte Gefühle aus. Die schönen alten Gründerzeitbauten vor allem im Kern der Altstadt mit seinen verwinkelten Gassen, mit Lehm gemauerten und dann verputzten eher niedrigen Wohnhäusern und eine wunderbare Markthalle waren weitgehend verloren. Es entstanden viele eher triste und seelenlose Wohnviertel und Bürogebäude. Athen ist weit weg, die Zuschüsse eher spärlich und Olympia 2004 ging ohne Auswirkung an dieser sechstgrößten Stadt Griechenlands vorbei. Aber in all ihrem Provinzialismus wird sie zunehmend lebendiger und moderner. Es gibt, hat man erst einmal seine woher auch immer stammende Überheblichkeit abgelegt, schöne Ecken, interessante Museen und Theateraufführungen und gute Lokale zu entdecken. Und eine Stadt am Meer mit Hochschulen, eigener Bucht und umgeben von beeindruckenden Bergen tut sich auf Dauer sowieso schwer, nur grau und hässlich zu wirken.

Wir fuhren von Kalamata aus den Golf von Messini entlang die zum Teil recht kurvigen etwa vierzig Kilometer direkt nach Koroni. Jannis erwartete uns bereits in der vereinbarten Taverne mit ihren überdachten Tischen und Stühlen direkt am Meer, die vorwiegend von Einheimischen aufgesucht wurde. Nach einer herzlichen Begrüßung (Verkehrssprache Englisch!) und nachdem wir unsere große Platte mit Meeresfrüchten, griechischem Salat, viel Weißbrot und einigen zusätzlichen Spezialitäten einschließlich der Getränke vor uns auf dem Tisch hatten, gab Jannis uns einen Überblick über den neuesten Stand der Ermittlungen.

Der Polizeidirektor von Kalamata, dessen Ermittlungsmethoden vom Tag vorher auch Jannis als sehr unkonventionell und erstaunlich effektiv bezeichnete, hatte sich zuerst fast ausschließlich auf den Athener Vereinsvorsitzenden Kirios Manevis konzentriert. Seine Annahme, der engagierte Mann hätte mit Sicherheit in der Zwischenzeit Erkenntnisse gewonnen, die der Polizei viel Zeit und Mühen ersparen würden, erwies sich als berechtigt. Nach kürzester Zeit war der Widerstand des Mannes gebrochen. Und ab diesem Zeitpunkt kooperierte er offenbar bedingungslos. Allerdings hatte ihm der Polizeidirektor vorher zugesichert, die Sache mit dem Zurückhalten des Drohbriefes einfach zu vergessen.

Der Vereinsvorsitzende hatte sehr wohl herausgefunden, dass die an den Strand angrenzenden Grundstücke einen neuen Besitzer hatten. Als er die Rechtsanwaltskanzlei genauer unter die Lupe nehmen ließ (Beziehungen!), die das Geschäft getätigt hatte und zugleich die Umwandlung der erworbenen Grundstücke in Bauland betrieb, machte er eine für ihn schockierende Entdeckung. Der Mann, der dahinter stand, war einer der ganz Reichen in Griechenland und einer der größten Förderer Messeniens. Er war aber auch einer der größten Unterstützer des Vereins zum Schutz der Meeresschildkröten! Noch verrückter wurde der Befund durch die Tatsache, dass der Millionär, der sein Geld mit Tanker- und Containerschiffen verdient hatte, auf der Westseite Messeniens dabei war, eines der größten und anspruchsvollsten griechischen Tourismuszentren zu bauen. Und dieses Zentrum sollte allen nur erdenklichen Umweltzertifikaten gerecht werden. Ein Millionär, dem Naturschutz gegenüber aufgeschlossen, der den Wiederaufbau Kalamatas gefördert, den Bau der Polizeizentrale gesponsert und für Kalamata gerade ein neues Rathaus gestiftet hatte, sollte durch einen billigen und brutalen Überfall den von ihm unterstützten Schildkröten-Schutzverein dazu zwingen wollen, ihn auf Kosten des Naturschutzes Gewinne machen zu lassen!? Kirios Manevis war verwirrt, wütend und ratlos. Die von ihm nach dem Drohbrief kontaktierten Regionalpolitiker winkten ab, sobald er nur den Namen des Millionärs nannte.

Aber auch der sonst so unerschrockene Polizeidirektor Alexandros Marinopoulos war durch diese Nachricht wie vor den Kopf gestoßen. Er hatte Jannis gestanden, dass er im Augenblick nicht wisse, wie er weiter vorgehen solle. Der Staatsanwalt und einige Politiker, die er seinerseits informell um Rat gefragt hatte, hätten ihm dringend abgeraten, dem Millionär in irgendeiner Weise zu nahe zu kommen. Sollte der freigiebige Sponsor der Region seine Unterstützung einstellen, wäre das eine unvorstellbare Katastrophe für Messenien. Der Polizeidirektor solle medienwirksame Aktivitäten entfalten, die aber im Endeffekt keinerlei Ergebnisse bringen dürften, war ihr Ratschlag.

»Der Polizeidirektor Alexandros Marinopoulos war nahe daran, seinen Dienst zu quittieren«, erzählte Jannis, »da habe ich dich ins Spiel gebracht!«

Und damit meinte er mich, Michael Kramer, den pensionierten Lehrer, der gerade fürchterliche Angst davor hatte, die jüngste Vergangenheit könnte ihn eingeholt und ihn und vor allem seine Partnerin in große Gefahr gebracht haben.

»Ich habe dem Oberpolizisten aus Kalamata lang und breit erzählt, wie und wodurch du als Laienermittler erfolgreich warst. Warum solltest du nicht als ausgewiesener Spezialist und Mitglied des Schildkrötenschutzvereines die Nähe des Millionärs suchen und dabei zu klären versuchen, ob dieser Mann wirklich in den Fall verwickelt sein könnte?«

»Jannis, das ist doch nicht dein Ernst?!«, fragte ich ungläubig zurück. Was sich hier abzeichnete, war einfach zu absurd. Und es entsprach absolut nicht meinem festen Entschluss, nie mehr Ermittler zu spielen und mich und andere dadurch in Gefahr zu bringen.

»Ich kann deine Reaktion gut nachvollziehen«, meinte Jannis. »Vergiss aber nicht, wie wichtig es für dich und Helga ist zu wissen, ob der Überfall in Koroni sozusagen eine innergriechische Angelegenheit ist, in den ihr zufällig hineingezogen wurdet, oder inszeniert wurde, um sich an dir zu rächen!«

»Wahnsinn! Wie stellt ihr euch das vor? Ich bin Ausländer, spreche schlecht englisch und kaum griechisch! Ich bin trotz aller Liebe zu diesem Land ein Fremder und werde es wohl immer bleiben!«

»Ach Michael, euer Italo vom Verein ist Grieche und spricht leidlich Deutsch, die englische Studentin Susan spricht zusätzlich griechisch und deutsch – und der verdächtige Millionär hat in Hamburg Schiffbau studiert und spricht wahrscheinlich ein besseres Hochdeutsch als du aus Süddeutschland!«, war Jannis' Antwort. Wieder so ein Odysseus!

»Und ich marschiere einfach zu dem Millionär, der langsam auch einen Namen braucht, und sage ihm, dass ich wissen will, ob er ein böser Bube ist und den Überfall inszenieren ließ, weil ihm die vielen Millionen noch nicht genug sind!«, sagte ich sarkastisch.

»Bitte Michael«, antwortete Jannis ernst, »ich hab das alles auch mit deinem Freund und meinem Chef, dem Vizepräsidenten Mikrojannis aus Athen, besprochen. Du sollst uns helfen, dass in Griechenland nicht wieder einer nur deswegen gefahrlos Unrecht begehen kann, weil er reich ist. Und ich kann dir versichern, solltest du den Verdacht gegenüber Kirios Sotiris Vardakastanis (endlich der Name!) erhärten können, werden wir ohne Rücksicht auf irgendwen und irgendwas die Ermittlungen vorantreiben. Wir von der Polizei werden in der Zwischenzeit auch nicht schlafen. Und sollte der Überfall nichts mit dem Millionär zu tun haben, hast du mein Wort, dass wir dich und Helga mit aller Kraft vor weiteren Racheakten schützen werden!«

»Jannis, ich muss das überschlafen. Bitte sucht nach dem Chef des Überfallkommandos. Vielleicht kann man auf diesem Weg zum Auftraggeber vordringen. Und wenn der gefangene Schläger vernehmungsfähig ist, fragt ihn doch, ob der Eisenstangenschläger einer der ihren war. Nein, noch besser, lasst mich mit ihm reden, wenn ich denn euren Auftrag annehmen sollte!«

»Jawohl, Herr Kollege!«, ulkte Jannis und salutierte.

Helga mischte sich ein: »Er braucht zwar noch meine Genehmigung dazu. Aber ich denke, das wird sich machen lassen!«

»Ich gehe davon aus, dass ihr auch den Freund des Freundes von Italo, dem die Reifen zerstochen wurden, und vor allem sein Umfeld unter die Lupe nehmen werdet?«

Ich verstand nicht so recht, warum Helga und Jannis das alles so lustig fanden. »Selbstverständlich, Sherlock Holmes!«, war zwar keine besonders aufbauende Erwiderung, vor allem wenn sie von Lachtränen begleitet war. Es war aber der Einstieg in einen entspannten und wohltuenden Nachmittag unter Freunden. Den Augenblick nutzen, darin sind viele Griechen offensichtlich Weltmeister. Irgendwann fielen mir dann noch zwei Männer auf, die verdächtig oft in unsere Richtung blickten.

»Keine Angst, das sind Personenschützer aus unserer Abteilung«, sagte Jannis. »Sie werden euch auch noch nach Hause begleiten. Und nachts fährt in relativ kurzen Abständen eine Streife aus Kalamata an euerem Haus vorbei. Du bist für uns als neuer Mitarbeiter doppelt wichtig geworden, musst du wissen!«

Der Mistkerl war sich tatsächlich sicher, dass ich den Affen für sie machen würde!

～

Wieder eine unruhige Nacht, wieder ernste Diskussionen mit Helga. Auf dem Rückweg von Koroni zu unserem Bergdorf hatten wir am späten Nachmittag am Gemeindestrand eines straßennahen Dorfes eine Pause eingelegt. Allerdings nicht, ohne vorher unsere beiden Personenschützer zu fragen, ob sie noch soviel Zeit hätten. Sie hatten. Eine weit geschwungene Bucht, ein wenig gepflegter Sandstrand mit einem nicht zu breiten Steingürtel direkt am und im Wasser. Wieder die Farben des späten Tages mit seinen ins Violette spielenden Blautönen. Die nächsten Badegäste einhundert Meter entfernt, das Wasser glasklar und im Augenblick ohne die geringste Bewegung. Das Hinterland bis zur nahen Küstenstraße locker zersiedelt, darunter noch Ölbäume und schilfige Wiesen mit Ziegen darauf. Nicht dramatisch, aber doch wunderschön und beruhigend trotz einiger Autoleichen, windschiefer Hühnerställe und zerfallenen Häusern auf angrenzenden Privatgrundstücken. Auch auf diesem Strand legen übrigens vereinzelt Meeresschildkröten noch ihre Eier ab! Ich hatte allerdings Schwierigkeiten, die Ruhe dieser Bucht zu genießen. In meinem Kopf rumorte es. Ich suchte krampfhaft nach einem Ausweg, wie ich den Vorschlag meiner Polizeifreunde umgehen könnte. Noch einmal spielten wir durch, ob nicht eine Abreise eine Lösung wäre. Aber Helga war entschieden dagegen:

»Wenn wir unsere Ruhe finden wollen, müssen wir Gewissheit haben, dass nicht in jeder dunklen Straße ein Rächer lauert. Du wirst nicht umhin können, das Deine zu tun, um die Hintergründe des Überfalls aufzuklären. Jannis hat recht! Bitte lass uns lieber überlegen, wie du vorgehen willst, um mit diesem Millionär Vardakastanis in Kontakt zu kommen. Vielleicht löst sich ja der Alptraum auf und wir können irgendwann weiter machen wie bisher – ich wünsch mir das so sehr!«

Helga hatte ja so recht. Also versuchten wir, den (geschützten!) Frieden dieser Bucht so gut es ging doch noch eine kurze Zeit auszukosten und konzentrierten uns dann zu Hause darauf, eine Strategie für die Lösung der Aufgabe zu finden, die sich Jannis und sein Kollege aus Kalamata für mich ausgedacht hatten. Abends, mit Nikos' Gewehr in der Nähe und abwechselnden Streifenwagen vor dem Grundstück, gab es dann noch einen Sieger: Nikos' stinkender Hund schaffte es durch penetrante Hartnäckigkeit doch noch, vor unserem Bett zu schlafen!

Relativ früh am nächsten Morgen rief ich wie vereinbart Jannis in seinem Hotel in Kalamata an. Er hatte, wie er zugab, mit dieser Entscheidung gerechnet. Allerdings konnte ich seinen Worten keinerlei Genugtuung entnehmen. Im Gegenteil, er entschuldigte sich indirekt für unsere »Vertreibung aus dem Paradies«, wie er das nannte. Er kündigte einen Streifenwagen an, der mich nach Kalamata in die Polizeizentrale zu einer Strategiesitzung mit dem Polizeidirektor Alexandros Marinopoulos bringen würde. Wie sich herausstellte, kam in diesem Streifenwagen ein weiterer Uniformierter mit, der während meiner Abwesenheit Helga, das Grundstück und Nikos' freundliches Stinktier bewachte. Ich fühlte mich durch diese letzte Maßnahme in meiner Entscheidung endgültig bestätigt: Zukünftig Griechenland nur noch unter Polizeischutz zu erleben, war weder für Helga noch für mich eine Perspektive. Wir mussten uns einfach über den Grad unserer Bedrohung Klarheit verschaffen!

Der relativ neu wirkende und ebenso reichlich mit Marmor ausgestattete Polizeipalast mit seiner großen Eingangshalle machte zu dieser Stunde einen verschlafenen Eindruck. Jannis erwartete uns vor dem Eingang. Die uniformierte Frau in der Pförtnerloge nickte Jannis kurz zu und vertiefte sich wieder in eine Art griechischer Bildzeitung. Säulen in der Vorhalle, beeindruckender Treppenaufgang, chromblitzender Lift, Klimaanlage. Im zweiten Stock ein großes Vorzimmer mit einem Kaffee trinkenden uniformierten Paar, wieder ein kurzes Nicken in Richtung Jannis und ein gemurmeltes griechisches »Guten Tag, Herr Hauptkommissar Konstandinos«. Und dann im Bürosaal des Direktors Marinopoulos: ausladender Mahagonischreibtisch mit griechischer Fahne und einem kleinen Stoß Akten, Bücherregale, hellbraune Ledercouch, drei dazugehörige Sessel und ein schöner Tisch aus dunklem Olivenholz, weit genug weg, um nicht mit dem Schreibtisch zu konkurrieren. Dazu geschmackvolle, halb-abstrakte Bilder an der weißen Wand und gedämpftes Licht im Raum. Der Polizeidirektor Marinopoulos kam lächelnd um seinen Schreibtisch herum, schüttelte uns herzlich die Hand. Wir stellten auf griechische Art fest, dass es uns allen gut, das heißt ›kala‹ oder gar ›poli kala‹ (sehr gut), ging und versenkten uns in die tiefen Ledersessel. Kaffee, Fruchtsaft und süße Schnitten kamen uniformiert und ausgesprochen graziös getragen durch die Tür. Manchmal, besonders bei jungen Menschen, hat man das Gefühl, sie seien gerade den Bemalungen griechischer antiker Vasen entstiegen. Direktor Marinopoulos konnte mit dieser Bemerkung durchaus etwas anfangen, kam dann aber gleich auf Englisch zur Sache.

»Bitte Herr Kramer, sehen Sie sich um – alles was Sie sehen, ja das ganze Gebäude würde es nicht geben, gäbe es nicht den großen Liebhaber und Förderer Messeniens, den vielfachen Millionär Kirios Sotiris Vardakastanis. Kollege Jannis hat Ihnen von meiner verdammt heiklen Situation erzählt. Ich kenne diesen Millionär, aber nicht gut genug, damit ich ihn persönlich fragen kann, ob ihm sein vieles Geld plötzlich in den Kopf gestiegen ist. Er ist, nach allem, was ich weiß, ganz und gar nicht der Typ, der rücksichtslos und mit primitiver Gewalt seine Ziele verfolgt. Allerdings sprechen die Fakten, die der Leiter des Vereins zum Schutz der Meeresschildkröten ausgegraben hat, eine andere Sprache. Ich bedaure, dass wir Ihre Zwangslage mehr oder minder ausnützen. Ich weiß, wie wichtig es ist, dass Sie und Ihre Lebensgefährtin Gewissheit bekommen, ob der Anschlag nicht doch ein Racheakt gegen Sie persönlich war. Mein Kollege Jannis hat mir erzählt, was Sie vor einem knappen Jahr als Laienermittler erreicht und auch für Griechenland geleistet haben. Ich freue mich, dass Sie mit uns zusammenarbeiten wollen, und bin gespannt, wie Sie vorgehen wollen.«

»Wir haben, ehrlich gesagt, überlegt, ob wir nicht abreisen

sollen. Wenn der Überfall allerdings ein Racheakt war, sind wir in Deutschland auch nicht sicher«, war meine Antwort. »Ich werde also versuchen, uns und Ihnen zu helfen, wenn ich kann. Mein Plan ist eher simpel. Ich brauche eine DVD-Kopie vom Überfall und lasse diese Kirios Vardakastanis zukommen. Zugleich teile ich ihm mit, in welcher Zwangslage ich aufgrund der Ereignisse in der jüngsten Vergangenheit bin. Er erfährt auch, dass der Schildkrötenschutzverein herausgefunden hat, wer der wahrscheinlich neue Besitzer der infrage kommenden Grundstücke ist. Nachdem vorher bereits ein Drohbrief an den Verein ergangen ist (Kopie beiliegend) und niemand im Traum daran denkt, Kirios Vardakastanis könne damit etwas zu tun haben, bleiben zwei Möglichkeiten: Entweder jemand hat den Überfall und den Drohbrief organisiert, um sich an mir zu rächen, dafür spricht der brutale Angriff auf meine Lebensgefährtin, oder jemand will aus welchen Gründen auch immer, dass Kirios Vardakastanis verdächtig und in einen Skandal verwickelt erscheint. Da meine Lebensgefährtin und ich so gut wie unter Polizeischutz stehen und uns die Ungewissheit der Situation sehr belastet, bitte ich den Millionär um ein baldiges Gespräch – natürlich hochachtungsvoll, versteht sich!«

Jannis hatte ich kurz am Telefon von meinem Plan erzählt, jetzt blickten wir beide gespannt auf den Polizeidirektor Marinopoulos. Der schloss kurz die Augen, und dann kam die Frage, die ich erwartet hatte:

»Und was sagen Sie, Herr Kramer, wenn Kirios Vardakastanis Sie fragen wird, warum nicht die Polizei zu ihm kommt und die Situation mit ihm durchspricht?«

»Dass die Polizei erst herausfinden will, wer den Überfall organisiert und wer ihn vor Ort gelenkt hat, um dahinter zu kommen, wer ihm oder mir Böses zufügen will! Und wenn er nachbohrt, frage ich ihn, ob er selbst in unserer Situation einen Förderer und Sponsor, der sich noch dazu für Naturschutz einsetzt, ohne allen Grund und Beweis beunruhigen und belasten würde?«, erwiderte ich.

Kirios Marinopoulos war ein zupackender Mann. Noch ein kurzes Nachdenken, dann nickte er:

»Wir werden es so versuchen. Damit Ihre Aussage vom Polizeischutz glaubhaft ist, wird Sie ein Polizeiauto zum Haus des Millionärs begleiten. Und damit wir keine Zeit verlieren, gehen wir an die Arbeit und formulieren Ihr Schreiben. Zugleich lassen wir die Kopien von DVD und Drohbrief anfertigen. Ich werde organisieren, dass Ihr Brief noch heute per Eilkurier zugestellt wird«. Der Polizeidirektor nahm sein Telefon und gab erste Anweisungen.

Ich hatte noch eine Idee: »Was halten Sie davon, wenn ich Kirios Vardakastanis bitte, er möge auch einen Vertreter des überaus seriösen Anwaltsbüros, das die Grundstücksgeschäfte getätigt hat, dazu einladen. Die Anwälte mögen bedenken, dass ein Verdacht gegenüber dem Millionär natürlich auch einen Schatten auf die Seriosität der Kanzlei werfen würde!«

»Gut gebrüllt, Löwe!«, lächelte der Direktor. »Wenn Sie Erfolg haben, werden Sie Ehrenpolizist von Kalamata!«

Jannis: »Da er schon Ehrenpolizist von Passau ist, haben wir es dann mit einem europäischen Ehrencop zu tun!«

Und dann arbeiteten wir konzentriert über zwei Stunden und belohnten uns anschließend auf Kosten des Budgets der Polizei von Griechenland mit einem schmackhaften Essen am Hafen. Da mich ein Polizeiauto nach Hause fahren würde, konnte ich mir endlich einmal untertags einen Rotwein aus der Region (der jedes Jahr besser wurde) leisten. Bei der Verabschiedung überreichte mir Jannis »mit den besten Empfehlungen Ihres Freundes Kirios Mikrojannis« ein Paket »für alle Fälle«. Ich lag richtig mit meiner Einschätzung: Es war ein baugleicher Revolver mit Munition, wie er sorgfältig geölt in meinem Schrank in München lag. Ich fluchte herzhaft über meinen blöden Schulfreund aus Niederbayern, der mich in diese Welt von Gewalt und Bedrohung getrieben hatte.

Am nächsten Tag klingelte bereits um sieben Uhr morgens unser Telefon. Eine Frauenstimme fragte mich auf Englisch, ob ich schon bereit sei, mit Kirios Vardakastanis zu sprechen. Das ging aber schnell! Ich wurde verbunden und eine sonore Männerstimme wünschte mir auf Deutsch (mit heftigem griechischen Akzent, von wegen besseres Hochdeutsch als ein Süddeutscher!) einen wunderschönen Morgen.

»Es tut mir leid, Herr Kramer, ich habe heute noch einige wichtige Sitzungen und Termine. Darum die frühe Stunde. Das ist ja ungeheuerlich, was Sie mir berichten. Ich hoffe nur, Ihre Freundin wurde durch diesen Schlag nicht ernsthaft verletzt?«

Nachdem ich kurz Auskunft gegeben hatte, fuhr er fort:

»Ich muss das alles unbedingt mit Ihnen besprechen und zwar heute noch. Die Entwicklung ist ausnahmsweise einmal ganz anders gelaufen, als ich geplant hatte. Und ich mache mir Sorgen. Ich will ab heute Abend zusammen mit meiner Frau Eva und meinem jüngsten Sohn Stavros in meinem Sommerhaus im Taigetos für ein paar Tage ausspannen. Machen Sie uns bitte die Freude und werden Sie zusammen mit Ihrer Partnerin unsere Gäste. Mein Hubschrauber könnte Sie beide am Flughafen Kalamata, also nahe Messini, heute Nachmittag um zwei Uhr abholen und Sie auch morgen oder übermorgen dort wieder absetzen. Sie können Ihr Auto am Flughafenparkplatz abstellen, der Mann am Informationsschalter des Flughafens weiß Bescheid. Bitte bringen Sie Ihre Ausweise mit, auch ein reicher Mann lebt quasi unter einer Art Polizeischutz!«

Helga hatte mitgehört und nickte mir begeistert zu. Sie war offenbar froh, nicht noch eine Nacht voller Ungewissheit und Hundegeschnarche in unserem, immerhin liebevoll restaurierten und umgebauten (!) Eselstall verbringen zu müssen.

»Ein großartiger Vorschlag, Kirie Vardakastanis! Wir werden da sein. Ich muss mich allerdings bei der Polizei abmelden und sie wird mich wahrscheinlich zum Flughafen begleiten wollen. So sind im Augenblick die Regeln!«

»Spricht nichts dagegen!«, antwortete der erste Multimillionär, mit dem ich je gesprochen hatte. »Sagen Sie doch bitte dem Polizeidirektor Marinopoulos, er hätte nicht so vorsichtig mit reichen Männern wie mir umgehen müssen. Und ich werde auf Sie und Ihre Freundin aufpassen, genügend Wachpersonal steht herum und außerdem bin ich, wie die meisten griechischen Männer, zum Leidwesen meiner Frau ein Waffennarr!«

»Dann kann ich ja meinen Revolver zu Hause lassen!?«, meinte ich nicht ganz ernst.

»Nein, bringen Sie ihn mit. Ich habe in meinem Ferienhaus einen modernen Schießstand. Wir finden sicher Zeit, um etwas zu üben. Übergeben Sie ihn einfach beim Einsteigen meinem Hubschrauberpiloten, auch davon wird er in Kenntnis gesetzt sein. Aber mir läuft die Zeit davon, Kirie Kramer. Ich komme sicher erst drei Stunden nach Ihnen zum Ferienhaus. Eine für Sie im Augenblick sicher eher unverständliche zusätzliche Bitte: Achten Sie auf meinen Sohn Stavros und versuchen Sie sich einen ersten Eindruck von ihm zu verschaffen. Sie als ehemaliger Lehrer können das wahrscheinlich schon von Berufs wegen. Für mich ist das wichtig, ich werde Ihnen den Grund dafür später noch erklären. Ich freue mich auf Ihre Gesellschaft. Grüßen Sie Ihre Partnerin und haben Sie einen guten Tag!«

»Bis heute Abend, Kirie Vardakastanis und ebenfalls einen guten Tag!«

Den letzten Satz hatte ich auf Griechisch versucht. Ich werde diese Sprache zu meiner Schande leider nie auch nur einigermaßen vernünftig sprechen lernen. Helga fiel mir nach dem Telefonat um den Hals, was wegen ihrer Gehschiene etwas umständlich verlief. Wir waren uns beide einig, dass der erste Eindruck vom reichsten Manne Messeniens eher ermutigend gewesen war. Ich gab den Inhalt des Telefonats anschließend an den Polizeidirektor Marinopoulos weiter, der mir erlaubt hatte, ihn ab halb acht morgens auf seinem Handy anzurufen. Die

Bemerkung des Millionärs, der Direktor sei unnötig vorsichtig in Umgang mit reichen Männern, quittierte dieser mit einem sarkastischen Lachen. Ansonsten war der Oberpolizist aus Kalamata hoch zufrieden mit dem Verlauf der Dinge. Er versprach für heute Transport bis zum Flughafen in einem Streifenwagen und ebenso die Information an Jannis in Tripolis, dessen Dienststelle, weiter zu geben.

»Sie haben es aber eilig, Ehrenpolizist von Kalamata zu werden, alle Achtung!«, witzelte der Polizeidirektor zum Abschied.

∼

Im Gegensatz zu Helga, die mit ihrem reichen Exmann und Notar öfters zum Heliskiing in die Schweiz und vor allen Dingen nach Kanada und die USA gejettet war, stellte der Hubschrauberflug für mich eine Premiere dar. Ich freute mich darauf, auch das erleben zu dürfen. Es war dann auch auf seine Art ein Highlight! Ich war die Strecke von Kalamata über den Taigetos nach Sparta mit dem Auto zum ersten Mal vor vierzig Jahren gefahren, für mich Abenteuer und Landschaftserlebnis pur. Ein wildes Gebirge, eine wilde Strecke, eine wilde Straße und eine überwältigende Natur. Von einem absichtlich langsam und niedrig fliegenden Hubschrauber aus war ich regelrecht ergriffen und kämpfte streckenweise mit den Tränen.

Und dann das Ferienhaus des Kirios Vardakastanis, des Gönners von Messenien und seinen Andeutungen nach auch Besitzer von Grundstücken, angrenzend an die Legestrände der gefährdeten Meeresschildkröte Caretta caretta südlich von Koroni. Wir flogen erst durch eine tiefe, relativ breite, atemberaubende Schlucht, Hunderte Meter senkrecht abfallende Felswände, schäumendes Wasser, ein Saum von Bäumen auf dem Schluchtgrund, die vereinzelt an den Wänden hochschwappten. Der Pilot bittet uns, nach rechts zu blicken: Ein blassgelbes Gebäude scheint unter dem Schluchtrand vor einem Gipfel an einer Felswand zu kleben. Überdachtes führt nach rechts unter dem Gipfel vorbei und verschmilzt mit einem weiteren Gebäude, das neben dem Gipfel über die Schluchtwand ragt. Der Pilot zieht die Maschine hoch und fliegt langsam über der Schluchtflanke zurück: Wir sehen ein großes Anwesen auf einem Plateau neben dem gipfeligen Steinkegel, umgeben von einem ummauerten großen Garten, der neben Bäumen, Sträuchern und Blumen auch einige Nebengebäude umschließt. Das Anwesen ist durch eine recht kurvenreiche Straße mit der ein paar Hundert Meter tiefer vorbeiführenden Verbindungsstraße von Kalamata nach Sparta verbunden. Vor der Mauer ein größerer Parkplatz und ein Hubschrauberlandeplatz mit überdachter Abstelle, halb aus dem Steinkegel geschlagen. Als wir auf dem Landeplatz punktgenau heruntergehen, sehen wir, dass der Hubschrauber mit einer Seilwinde in seine Höhle und ebenso rückwärts wieder auf den Start- und Landeplatz zurückgezogen werden kann. Helga und ich müssen zuerst einmal durchatmen. Neben der Hubschrauberhöhle führt eine breite Glastüre in den Fels. Ein junger Mann Mitte zwanzig kommt heraus, auf den ersten Blick nicht unsympathisch, aber irgendwie verstört wirkend: Stavros Vardakastanis, der jüngste Sohn des Multimillionärs.

Seine Begrüßung in deutscher Sprache: »Bin ich froh, dass Sie da sind!«, scheint ehrlich zu sein, wenn sie uns auch verwundert. Er bittet uns durch die Glastüre, im Inneren ein breiter weiß getünchter Gang, der praktisch aus einer Kurve besteht. Wieder öffnet sich eine Glastüre, wir stehen in einem großen Empfangs- oder Gesellschaftsraum, auf der einen Seite eine große Glasfront zur Schlucht hin und, welch Kontrast, auf der anderen Seite eine große Glasfront mit Blick auf eine Terrasse und den Garten mit Springbrunnen! Eva Vardakastanis, eine große Frau um die fünfzig, in Jeans und Sweatshirt lässig, aber sicher teuer gekleidet, kommt auf uns zu. Sie spricht ebenfalls ganz gut Deutsch:

»Herzlich willkommen auf unserem Bergnest! Sie sehen hier den großen Traum meines jung gebliebenen Mannes verwirklicht! Ich bin übrigens Schwedin und habe meinen späteren Mann in Hamburg kennengelernt, wo ich als Au-pair-Mädchen gearbeitet habe. Sie werden sicher ganz benommen sein von dem Flug und den Eindrücken. Und Frau Hocheder hat wahrscheinlich ein ganz besonderes Ruhebedürfnis. Sie können wählen zwischen einem Gästezimmer direkt an der Steilwand und, wenn Ihnen die Steilwand zu gefährlich erscheint, einem größeren Raum mit Blick auf den Garten.«

Helga und ich blickten uns an: »Steilwand, bitte!«, sagten wir beide gleichzeitig. »Ich werde allerdings an der Wand schlafen und meine tapfere Gefährtin am Abgrund!«, versuchte ich halbernst meine leichte Gänsehaut zu verbergen.

Eva Vardakastanis, offenbar eine unkomplizierte Frau, entschuldigte sich im Voraus. Sie müsse leider noch einmal mit dem Auto wegfahren zu einer lang geplanten Veranstaltung in einem Bergdorf, »um das wir uns etwas kümmern«. Stavros sei immer da, wir könnten bis zum Abendessen gegen acht Uhr im angrenzenden Raum ruhen oder uns von Stavros das Gebäude zeigen lassen, die Bibliothek benutzen, fernsehen, im Garten sitzen oder im Pool schwimmen ...

Unser Zimmer mit Bad und WC war wirklich der verrückteste Ort, den wir je bewohnt hatten. Die Mauern waren aber dick und vertrauenerweckend und die Fenster gingen nicht bis zum Boden. Helga hatte wieder Schmerzen und war um die Pause froh. Sie hatte gehört, wie der Millionär mich gebeten hatte, mir einen Eindruck von seinem Sohn zu verschaffen. Ich ging daher mit ihrem Einverständnis nach einem langen Blick in die Schlucht und einem kurzen Schlaf zurück in den Empfangsraum, um dieser Bitte nachzukommen.

Ich wusste nicht recht, was auf mich zukam. Vor unseren Räumen fand ich zum ersten Mal bestätigt, dass Kirios

Vardakastanis unseren Schutz sehr ernst nahm. Auf einem Stuhl saß ein junger Wachmann mit großem Revolver und Walky-Talky, der mich freundlich grüßte. Offensichtlich hatte Stavros Vardakastanis im Gesellschaftsraum schon ungeduldig auf mich gewartet. Für unsere Verpflegung war gesorgt. Als ich auf seine Frage hin den Zusatzwunsch nach einem griechischen Kaffee »glyko«, also süß, äußerte, sprach er in seine Armbanduhr mit einer »Gorgo«, wohl der Kosename für Georgia. Während wir auf die zwei bestellten moccaähnlichen Kaffees warteten, ging Stavros nervös in dem großen Raum auf und ab. Ich lehnte mich zurück und beobachtete ihn. Er war mittelgroß, Mitte zwanzig, hatte dunkelblonde, bereits etwas schüttere Haare und wahrscheinlich mehr von der schwedischen Mutter als dem griechischen Millionärsvater. Er war nicht gerade ein umwerfend schöner Mann, hätte aber, nachdem was ich so wahrnahm, mit sich und dem Leben zufrieden sein können.

Das war zumindest im Augenblick ganz und gar nicht der Fall. Er wirkte verspannt und, wie schon bei der Begrüßung, regelrecht verstört. Später erfuhr ich von ihm, dass er im Ausland, in Schweden und Deutschland, Betriebswirtschaft und Literatur studiert hatte. Seit nicht ganz zwei Jahren lebte er wieder zu Hause in Griechenland. Eine schon etwas füllige Griechin um die Fünfzig, die »Gorgo« also, brachte Kaffee, kaltes Wasser und »Glyko tou Koutaliou«, das heißt »Löffelsüßigkeit« in Form einer Art Vanillepaste, die man vor dem Genuss auf einem Teelöffel in das kalte Wasser taucht. Es war, soweit ich das beurteilen konnte, selbst auf dem Land völlig aus der Mode gekommen. Ob das etwas aussagte über den Hausherren und seine Einstellung konnte ich nicht beurteilen. Da ich sowieso fast alles liebte, was süß war und was der Arzt mir deswegen verboten hatte, genoss ich die seltene Sünde. Gorgo hatte vor dem Verlassen des Raumes Stavros mütterlich und begütigend die Hand auf die Schulter gelegt. Ich musste etwas erstaunt reagiert haben oder der Nachwuchsmillionär war besonders sensibel:

»Ich mag diese Frau! Sie hat bei uns Familienanschluss und ist die Seele des Hauses. Und da ich als Kind oft gekränkelt habe und die Eltern viel beschäftigt und auf Reisen waren, ist sie für mich eine Art zweite Mutter geworden!«

Der junge Mann zeigte eine Offenheit, die mich ganz schnell für ihn einnahm.

»Und welches Verhältnis hat Ihr älterer Bruder zu Gorgo?«, fragte ich nicht ohne Hintergedanken.

»Mein großer Bruder Theo hat sie nicht gebraucht. Der kam und kommt schon immer gut alleine zurecht. Er ist beinahe sechs Jahre älter als ich und ich bewunderte schon als kleines Kind seine Unabhängigkeit. Er war und ist nicht unhöflich oder herablassend zu Gorgo, aber sie ist für ihn nur eine nette und kompetente Angestellte mit Familienanschluss!«

»Das haben Sie gut beobachtet und auch formuliert. Das gefällt mir an Ihnen!«, antwortete ich ehrlich und erhielt von Stavros einen erstaunten und zweifelnden Blick zurück.

»Bitte Herr Kramer, machen Sie sich kein zu positives Bild von mir. Im Augenblick bin ich ziemlich durch den Wind und wahrscheinlich in einer echten Lebenskrise. Und ich habe, schon bevor ich Sie kennenlernen konnte, beschlossen, Ihre angekündigte Anwesenheit und die Zeit mit Ihnen alleine schamlos auszunutzen. Ich brauche jemanden von außen, mit dem ich reden kann und für einen Psychiater kann ich mich noch nicht entschließen. Aber auch darüber könnten wir reden!«, erwiderte der Millionärssohn.

Die Situation war leicht absurd. Ich sollte mir einerseits für seinen Vater ein Bild von diesem jungen Mann machen und der Sohn kam dann völlig überraschend vertrauensvoll und offensichtlich in Not angerannt und wollte mir sein Herz ausschütten. Das erinnerte mich stark an meine Zeit an der Schule, wo sich viele der Jugendlichen mit Problemen ebenfalls an mich wandten. Ging ich darauf ein, übernahm ich ein Stück Verantwortung für Stavros, den ich dann nicht enttäuschen durfte.

Ich betete innerlich, sein Vater möge so vernünftig sein, wie er am Telefon geklungen hatte, und mich damit in die Lage versetzen, beiden gerecht zu werden.

»Stavro, Sie können mich nicht daran hindern, dass ich Sie erst einmal sympathisch finde. Und ich verspreche Ihnen, ich werde Sie und Ihre Probleme so ernst nehmen, wie ich nur kann!«.

Dies war dann der Einstieg in ein langes Gespräch, bei dem vor allem Stavros redete und ich zuhörte, ab und an Fragen stellte und vereinzelt Vorschläge machte. Stavros war unsicher, wie sein Leben weitergehen sollte. Schon das Studium, vor allem das der Betriebswirtschaft, hatte ihn nicht befriedigt. Und die Literaturwissenschaft war ihm dann irgendwie zu abgehoben. Wir kamen schnell darauf, dass er »näher an den Menschen« sein wollte. Ein damit zusammenhängendes Problem war, dass er sich an seinem überaus erfolgreichen Vater abarbeitete und auch an seinem Bruder, der in vielen Dingen seinem Vater ähnlich war. Theo hatte von seinem Vater die Hauptverantwortung für das riesige Tourismusprojekt im Südwesten des Peloponnes übertragen bekommen, das selbst einen mehrfachen Millionär ruinieren hätte können. Stavros litt unter dem Gefühl, seinem Vater nicht zu genügen.

Zuerst verdeutlichten wir uns, dass nicht alle verantwortlichen und sinnvoll lebenden Menschen so sein mussten wie sein Vater. Und dann versuchte ich ihn soweit zu bringen, dass er einsah, welch Glück er hatte, seinen Problemen als Millionärssohn ausgesetzt zu sein. Seine Lebensumstände waren nämlich nicht nur Teil seiner Unzufriedenheit, sondern boten ihm auch die Mittel, diese zu überwinden. Ich erzählte Stavros die Geschichte einer jungen Frau aus meinem Bekanntenkreis, die eine erfolgreiche Patentanwältin geworden war und dann einsehen musste, dass sich dies für sie auf die Dauer als unbefriedigend herausstellte. Also nahm sie Abschied vom Leben in Reichtum und ließ sich zu einer »Kindermutter« in einem »Kinderdorf« umschulen. Sie hatte jetzt zwar weniger Geld, nur ein kleines Auto und eine kleine Wohnung, aber die Sinnfrage schien sich erledigt zu haben. Stavros dagegen musste, reich wie er war, gar nicht so radikal vorgehen. Er konnte zum Beispiel an einer Fernuniversität noch Sozialpädagogik studieren, seinen Anteil am Imperium seines Vaters in eine Stiftung umwandeln und dann Aidswaisen betreuen lassen oder Schulen bauen. Oder er konnte seinem Vater, dem ja Soziales so fremd nicht war, anbieten, sich in diesen Teil des Konzerns einzuarbeiten und als »Sozialdirektor« zu wirken. Auch, ich konnte nicht anders, hinderte ihn niemand daran, sich den Schildkrötenschützern anzuschließen, nächtelang Nester zu bewachen, die Station für verletzte Schildkröten in Athen zu fördern und eine Aufklärungskampagne zu organisieren und eventuell auch zu finanzieren.

Das letzte Beispiel hätte ich besser gelassen, Stavros erschrak bis ins Innerste. Wusste er von irgendwelchen Plänen seines Vaters? Ich dachte mit einer gewissen Besorgnis an das noch ausstehende Gespräch. Grundsätzlich aber hatte ich den richtigen Nerv getroffen. Er sah offensichtlich ein, dass er wesentlich freier war als subjektiv empfunden und in einer begnadeten Situation, was seine Möglichkeiten anging. Und dass es nur an ihm lag, etwas in seinem Sinne zu verändern. Wir vereinbarten, dass er gründlich überlegen und diskutieren werde – auch mit Gorgo – was er eigentlich erreichen möchte. Ich gab ihm die Zusicherung, dass er jederzeit mit mir Kontakt aufnehmen könne. Er sah richtig gut aus, wenn er sich freute. Als Gorgo hereinkam, gerufen über seine Armbanduhr, nahm er die verdutzte Frau in die Arme und tanzte mit ihr eine Runde Wiener Walzer, während ich mit dem Löffel an einem Glas den Takt dazu schlug. Die Tatsache, dass ein großer graumelierter Mann zur Tür hereinkam, schien ihn nicht zu stören. »Darf ich vorstellen, hier kommt mein überaus erfolgreicher Vater, Kirios Vardakastanis senior!«, rief er aus der Drehung heraus. Dieser machte ein verdutztes Gesicht und zeigte dann ein breites Lächeln. Er eilte auf mich zu, ergriff meine Hand: »Willkommen, Herr Kramer, was in aller Welt haben Sie bloß mit meinem Sohn angestellt?!«

Wir, Vardakastanis senior, seine Frau Eva, eine ausgeschlafene und strahlende Helga, Stavros und meine Wenigkeit saßen wenig später beim Abendessen im Speisezimmer, das durch eine Schiebetür von einer regelrechten Wohnhalle abtrennbar war. Wir hatten wieder Schluchtblick!

»Kirie Vardakastanis, welches der griechischen Klöster war denn Vorbild für Ihr Ferienhaus, das uns regelrecht vor Erstaunen und Bewunderung die Luft nimmt?«, fragte ich über den Tisch hinweg.

»Gut beobachtet, Herr Kramer, hauptsächlich ein fast verlassenes Bergkloster in der Argolis, nicht all zu weit entfernt von Nauplia. Wahrscheinlich würde ich heute das ganze Anwesen kleiner und intimer gestalten. Damals aber war ich noch aktiv im Tankergeschäft und hatte viel Kontakt mit arabischen Geschäftsleuten und Politikern. Da musste selbst das Ferienhaus repräsentativ sein! Aber die Grundidee würde ich sofort wieder umsetzen!«, antwortete der reiche Mann.

Es hatte sich bestätigt, dass Sotiris Vardakastanis trotz seines Reichtums auch privat kaum besondere Allüren aufwies. Er trug seine Ausnahmesituation wie selbstverständlich und musste nicht andauernd betonen, wie toll und erfolgreich er war. Mir fiel als Gegensatz der Chef meines Polizeifreundes Mikrojannis, der Polizeipräsident von ganz Griechenlands, Kirios Petros Stephanopoulos, ein. Ich hatte diesen Mann im Zusammenhang mit meinen Ermittlungen im Drogenfall vor einem guten Jahr kennenlernen müssen: Maßlos eitel, hochfahrend, ignorant, eingebildet, wahrscheinlich eher inkompetent und unterwürfig gegenüber höhergestellten Mitmenschen sind fast noch verharmlosende Charakterisierungen. Kirios Vardakastanis dagegen interessierte sich mit einer kaum zu zügelnden Direktheit auch für die Welt der anderen. Hartnäckig, auch einfühlsam und taktisch nicht ungeschickt erarbeitete er sich zum Beispiel ein Bild von Helga. Neben ihrem aktuellen Befinden interessierte die gesamte anwesende Familie Vardakastanis Helgas Tätigkeit als Soziologin, von der sie freimütig zugaben, keinerlei Vorstellung zu haben. An mir waren bei diesem Abendessen offenbar vor allem meine Erlebnisse aus dem Vorjahr interessant, also mein eher ungeplanter Ausflug in die Welt des Verbrechens. Aber auch meine ländliche Herkunft und mein eher bescheidener sozialer Aufstieg im Verlauf meines Lebens weckten speziell bei dem Familienoberhaupt Neugierde und viele Nachfragen. Und da hatte ich dann einen Hebel, um etwas mehr über den Millionär und seinen Werdegang zu erfahren. Er kam ebenfalls aus eher bescheidenen bäuerlichen Verhältnissen. Die Kirche ermöglichte ihm eine höhere Schulbildung. Danach erhielt er ein Auslandsstipendium, das mit einem mehrjährigen Aufenthalt in Hamburg verbunden war. In der Folgezeit stieg er durch eine Heirat mit der schwedischen Großindustriellentochter Eva, durch einen herausragenden Geschäftssinn und viel Risikobereitschaft zu einem der reichsten und erfolgreichsten Männer in diesem an Reichen nicht gerade armen Land auf. Seine Frau Eva dagegen hatte kurioserweise in ihrer Jugend vor, dem Reichtum und der Geschäftswelt so schnell wie möglich zu entfliehen. Sie wollte (ähnlich wie aktuell ihr Sohn Stavros!) unbedingt etwas »Soziales« oder »Geistiges« machen.

»Und da lief mir in Hamburg dieser etwas ältere, unglaublich charmante und auch gerissene griechische Bauer mit Hochschulbildung über den Weg und beeindruckte meine Familie und vor allem mich. Da beschränkte ich meinen Drang nach Höherem darauf, dass seine Manieren und sein Verhalten mit seinem rasanten Aufstieg einigermaßen Schritt halten konnten!«, meinte die einzige geborene Großbürgerliche unter uns Älteren.

Vardakastanis musste herzhaft lachen und fügte dann aber ohne sich zu zieren hinzu:

»Eva hat recht, sie gab mir die Verhaltenssicherheit, all das, was um mich geschah, zu verkraften. Wahrscheinlich wäre ich sonst wieder zu meinem Pflug zurückgekehrt.«

»... und hättest flugs erst eine Pflugfabrik und dann einen Konzern für landwirtschaftliche Geräte aufgebaut!«, stichelte sein Sohn Stavros scherzhaft.

Ich war froh, dass sich das Verhältnis Vater – Sohn weniger kompliziert darstellte, als ich befürchtet hatte. Das nicht gerade spartanische Abendessen verging wie im Flug, anschließend wollte Kirios Vardakastanis mit mir »Geschäftliches« besprechen und wir zogen uns in die Bibliothek zurück. Helga und die Millionärsfrau Eva wollten zunächst Helgas Buch »durchgehen«, während Stavros zum Erstaunen seiner Eltern verkündete, er habe Gorgo auf einen Drink in die hauseigene Bar eingeladen. Sie fragten allerdings nicht weiter nach!

In der ebenfalls sehr repräsentativen Bibliothek, diesmal mit Blick in den grün-strotzenden Garten, kam der große und durchaus mit der Aura der Macht umgebene Geschäftsmann gleich zum Thema.

»Wahrscheinlich waren Sie sehr erstaunt, Herr Kramer, dass ich Sie ohne zu kennen gleich damit beauftragt habe, sich ein Bild zu machen von meinem Sohn Stavros. Aber der Überfall auf die Schildkrötenschützer ließ mich plötzlich zweifeln, ob ich in Bezug auf Stavros gerade das Richtige mache. Eine kurze Erklärung: Sie haben sicher bemerkt, dass mein jüngster Sohn im Augenblick nicht so recht weiß, was er will und wie sein Leben weitergehen soll. Ich habe dafür durchaus Verständnis. Mir ist schon länger klar, dass ich ohne zu denken angenommen hatte, meine beiden Söhne würden einfach in meine Fußstapfen treten. Noch dazu, weil Theo das im Prinzip ja so gemacht hat. Und ich hatte als Konsequenz aus meiner Erkenntnis daher die glorreiche Idee, für Stavros heimlich eine Aufgabe zu suchen, die zu seiner Person, wie ich sie einschätze, besser passen könnte. Und jetzt werden Sie gleich merken, warum ich unter Druck stehe und Sie unbekannter Weise in die Entscheidung mit einbezogen habe. Ich hatte, übrigens auch in Abstimmung mit Eva, mein Rechtsanwaltsbüro beauftragt, an das Schildkrötengebiet angrenzende Grundstücke zu kaufen und vorsorglich in ein (womöglich eingeschränktes) Baugebiet umwandeln zu lassen. Die Idee war, Stavros die Aufgabe zu übertragen, eine Lösung zu finden und zu realisieren, bei der die Interessen von Naturschutz und Tourismus noch radikaler in Einklang gebracht werden könnten als bei der viel gepriesenen Lösung auf der Insel Zakynthos oder unserem Großprojekt auf der Südwestseite des Peloponnes. Ich wäre natürlich auch damit einverstanden, daraus nur ein abgeschirmtes und lebensfähiges Schutzgebiet zu gestalten, wenn dies nach Stavros' Erkenntnissen die beste Lösung wäre. Mir liegt insgesamt die sinnvolle und zukunftsträchtige Entwicklung der Gegend um Koroni sehr am Herzen. Und nun kam der Überfall und tatsächlich scheint mich da, wie Sie schon in Ihrem Brief geschrieben haben, jemand in einen Skandal verwickeln zu wollen oder an Ihnen Rache zu nehmen oder beides. Und da wir beide betroffen sein könnten und Sie schon einmal erfolgreich zusammen mit der Polizei kriminelle Machenschaften aufgedeckt haben, wollte ich Sie unbedingt persönlich kennen lernen!«

Mir fiel ein Stein vom Herzen. Kirios Vardakastanis hatte offenbar sowohl als Geschäftsmann wie auch als Vater so zu handeln versucht, wie es dem Bild entsprach, dass ich mir zwischenzeitlich von ihm gemacht hatte.

»Mich freut und erleichtert, was ich von Ihnen höre. Allerdings haben Sie auch bei dem Versuch, Ihrem jüngeren Sohn mehr Freiheitsraum und Selbstbestimmung zu ermöglichen, hinter den Kulissen die Fäden immer noch in der Hand behalten. Sie hätten ja durchaus schon vor dem Start Ihrer Aktivitäten Stavros mit einbeziehen können, nehme ich an!?

Übrigens hat mir Stavros heute nachmittags ein wenig sein Herz ausgeschüttet. Ich versuchte ihm klar zu machen, dass er als Millionärssohn ganz andere Möglichkeiten hätte, sein Leben zu verändern, als ein Mensch in widrigeren Umständen. Und, lachen Sie jetzt nicht, ich habe ihm unter anderem vorgeschlagen, sich probeweise beim Schildkrötenschutz zu engagieren«, war meine Antwort.

Kirios Vardakastanis musste trotzdem lächeln.

»Das was Sie zuletzt gesagt haben, ist für mich ermutigend. Natürlich stimmt es, dass ich bei der ganzen Angelegenheit wieder Gott beziehungsweise den reichen, besorgten Vater spielen wollte. Das hat auch Eva mittlerweile festgestellt. Was soll ich Ihrer Meinung nach jetzt tun?«

Das fragte mich ausgerechnet der Mann, der ständig ganz andere Entscheidungen traf!

»Sie wissen das sicher selbst, vermute ich. Natürlich müssen Sie so schnell wie möglich Stavros mit einbinden und ihm erzählen, was und warum Sie das getan haben. So wie ich Sie kennengelernt habe, fällt Ihnen dabei kein Zacken aus der Millionärskrone. Hören Sie einfach auf den Bauernsohn und den Vater in Ihnen. Und klären Sie bitte den Verein der Schildkrötenschützer darüber auf, was Sache ist. Noch besser wäre es, wenn Sie diese Aufgabe Stavros übertragen würden. Dabei lernt er so nebenbei auch den Verein und die Probleme des Schildkrötenschutzes näher kennen!«, wagte ich mich aus der Deckung.

»Das klingt extrem vernünftig. Ich danke Ihnen übrigens dafür, dass Sie so offen sind. Wissen Sie, Reichtum macht auch in gewisser Weise einsam. Man zweifelt aus gutem Grund immer daran, ob das Gegenüber auch wirklich sagt, was es denkt. Ich werde noch heute, gleich anschließend nach unserem Gespräch, kurz mit Eva und dann mit Stavros reden!«

»Finde ich gut, Kirie Vardakastanis«, sagte ich aus Überzeugung, »Ihr guter Ruf passt zu Ihrer Person. Jetzt ist aber noch nicht geklärt, wer hinter den Anschlägen steht. Ihr Rechtsanwaltsbüro können Sie sicher ausschließen!?«

»Mit Sicherheit, leider ist der Seniorchef, der meine Rechtsgeschäfte verantwortet, heute in Kroatien. Ich schlage vor, Frau Hocheder bleibt morgen noch bei Eva und wir zwei lassen uns im Auto nach Kalamata zu Polizeidirektor Alexandros Marinopoulos fahren. Ich kümmere mich um einen Termin. Es würde mich freuen, wenn Sie mit mir kommen könnten. Dort können wir mit der Polizei beraten, wie es weitergehen soll. Und mein Rechtsberater kommt auch dazu und soll offiziell berichten, welchen Auftrag er von mir hatte und was er dazu unternommen hat.«

Ein guter Vorschlag, wie ich fand. Ich hatte nur nicht damit gerechnet, welch Fuchs dieser Millionär schon von Berufs wegen sein musste. Wie angekündigt, fand danach noch eine Aussprache zwischen Vater und Sohn statt. Stavros kam sichtlich gerührt zurück und die beiden umarmten sich, bevor der Sohn sich als Erster wenig später zurückzog. Sie waren auf Drängen des Vaters übereingekommen, dass es Stavros sein wird, der dem Schildkrötenschutzverein den Stand der Dinge und die Motive des Millionärs erläutern wird. Und der mit wem auch immer ein Konzept erarbeiten soll, wie und ob die Grundstücke so genutzt werden können, dass Schildkrötenschutz und touristische Erschließung der Region im Einklang standen. »Es wäre schön, wenn Sie, Herr Kramer und auch Frau Hocheder mitkommen könnten, wenn ich vor dem Vorstand des Vereins berichten werde!«, wünschte sich Stavros. Uns war das mehr als recht. Danach hatte ich keine Lust mehr auf die geplanten Schießübungen im Schießstand des Millionärs und ich verbrachte mit Helga eine weitere Nacht in dem verrückten Quartier hoch über dem Schluchtgrund.

Natürlich war ich, wie am nächsten Tag, auch noch nie in einem Bentley gefahren. Noch dazu in einer gepanzerten Limousine mit schuss-sicheren Fenstern. Nach einem friedlichen Frühstück hoch über der Schlucht und bestrahlt von einer spektakulären Morgensonne, saßen Kirios Vardakastanis und ich im Fond des schnurrenden Getüms, während der schlaksige Fahrer seine Not hatte, das lange Fahrzeug um die vielen Kurven zu dirigieren. Eine irre Landschaft, rau und schroff. Ich kam mir trotz des großen Autos und der ausladenden Lederpolsterung eingeklemmt zwischen den steilen Schluchtwänden klein und verletzlich vor.

»Ich wollte Sie eigentlich gerne mit meinem Jaguar mit Zusatzkatalysator durch die Kurven kutschieren. Aber meine Frau Eva hat mich auf die Verantwortung hingewiesen, die ich für die Sicherheit unserer Gäste übernommen habe. Darum auch die Jeeps mit einem Teil meiner Sicherheitsarmee vor und hinter uns. Als Emporkömmling liebe ich den Luxus, muss ich zugeben«, gestand mir der sichtlich gut gelaunte Millionär und streichelte mit den Händen über die Polster, »aber wenn ich mir nichts vormache, könnte ich auch wieder ganz gut ohne leben!« Und nach einer Pause ernster: »Haben Sie auch bemerkt, dass mein Sohn Stavros beim Frühstück den Eindruck machte, als habe er kurze Zeit vorher geweint? Sollte ihn die Tatsache, dass ich plötzlich auf ihn eingegangen bin, in einem solchen Maß aus dem Gleichgewicht gebracht haben?«.

»Habe ich«, erwiderte ich, »nur scheint es mir, Ihre Erklärung reicht nicht ganz aus. Irgendetwas bedrückt ihn, das war nicht nur Überwältigung durch Freude!«

»Ich ahne es. Herr Kramer, bitte haben Sie die nächste Zeit ein Auge auf ihn. Stavros mag Sie offensichtlich. Und wenn er sich, wie ich hoffe, in Sachen Schildkrötenschutz engagieren sollte, werden Sie dazu auch Möglichkeiten und Wege finden. Ich selbst darf ihn jetzt keinesfalls noch mehr bedrängen. Schon als Kind hat er sich, wenn ich einmal Zeit hatte und seine Nähe suchte, zuerst einmal verschlossen. Er hatte wohl befürchtet, dass ich ihn später wieder enttäuschen würde!«

Der letzte Satz war nicht ganz ohne Bitterkeit gesprochen. Wir hatten in der Zwischenzeit mehr als zwei Drittel der Gebirgsstraße nach Kalamata hinter uns gebracht und fuhren gerade durch eine tiefe und relativ enge Schlucht mit einem schäumenden Gewässer etwa vierzig bis fünfzig Meter rechts unter uns. Da gab es urplötzlich auf der Höhe des unbesetzten Beifahrersitzes einen heftigen Schlag an unserer Edelkarosse. Fast gleichzeitig hatten wir am gegenüberliegenden Steilhang etwa auf unserer Höhe unzweideutig ein Mündungsfeuer aufblitzen und danach die entsprechende Rauchwolke aufsteigen gesehen. Kirios Vardakastanis reagierte erstaunlich gelassen. Fast ohne Verzögerung gab er Anweisungen an den Fahrer und aktivierte vor seinem Sitz eine Funkverbindung zu den Begleitfahrzeugen. Der Bentley glitt noch etwa vierzig Meter, bis wir und die Begleitfahrzeuge hinter Felsbrocken zwischen uns und dem Schluchtabgrund Schutz fanden.

»Da hat doch irgend so ein Idiot mit dem Schrotgewehr auf uns geschossen. Absolut ungefährlich, wenn Sie bitte im Wagen bleiben. Ich werde versuchen, mir den Irren näher anzusehen!«, sprach der größte Gönner Messeniens und glitt trotz seines Alters regelrecht aus dem Fahrzeug. So beobachtete ich zusammen mit dem Fahrer hinter schuss-sicherem Panzerglas, wie mein Gastgeber mit seinen vier mit Schnellfeuergewehren und Revolvern bewaffneten Sicherheitsmännern kurz diskutierte und dann trotz Protestes des Gruppenleiters seinen Willen durchsetzte. Kirios Vardakastanis kam also nicht zu mir ins Auto zurück, vielmehr ließ er sich ein Gewehr mit Zielfernrohr aus einem Jeep holen. Zwei Mann des Begleitschutzes in grauen Windblousons mit Aufdruck VS für »Vardakastanis Security« sicherten die Straße in beiden Richtungen. Der Schrotschuss hätte ja auch den Grund haben können, uns zu stoppen, um uns dann leichter überfallen zu können. Einer der Männer arbeitete sich nach vorne durch und beobachtete, so gut es ging, die Steilwand über uns. Der Millionär und der Gruppenführer, erkennbar an einem roten anstelle des schwarzen Aufdruckes, beobachteten von ihren Schutzfelsen aus mit Ferngläsern die gegenüberliegende zerklüftete und nicht extrem steile Schluchtwand, an der sich ein busch- und felsenumsäumter Steig in Serpentinen hochschraubte. Offensichtlich hatten sie den Schützen entdeckt, zu meinem Schrecken und zu meiner Enttäuschung ließ sich Kirios Vardakastanis das Gewehr mit Zielfernrohr reichen und schoss kurz hintereinander zwei Mal gezielt über die Schlucht. Die Einschläge waren als Staubwolken links und rechts von einem größeren Felsbrocken zu erkennen. Ich sah, wie eine männliche, wohl nicht mehr ganz junge Person mit Gewehr hinter dem Felsbrocken hervorstürzte und den Steig hoch hetzte, dabei stolperte und auf allen Vieren und sichtlich voller Panik hinter einem kleineren Stein eine äußerst dürftige Deckung suchte. Zu meiner Beruhigung hatte mein Gastgeber jetzt sein Gewehr gegen sein Fernglas eingetauscht. Jetzt schüttelte er den Kopf und fand die Situation anscheinend nur noch äußerst komisch. Er gab dem Chef seiner Sicherheitsgruppe eine kurze Erklärung, griff sich nochmals das Gewehr und schoss mindestens fünf Meter neben dem fast ungeschützten Mann an die Felswand. Dann formte er seine Hände zu einem Trichter und brüllte über die Schlucht, wobei der – Gott sei es gedankt – ebenfalls neugierige Fahrer das Fenster des Bentley einen Spalt öffnete:

»Christo, du Hurensohn, du Vollidiot, ich sollte dir deinen Schädel wegschießen (Die griechischen Beschimpfungen waren eigentlich noch deftiger!). Du schießt jetzt deine zweite Schrotladung in die Luft. (Der Millionär hatte eine gewaltige Stimme. Es gab tatsächlich ein Echo!) Ich zähle bis zehn, wenn du dann nicht aufstehst und langsam den Berg hinaufgehst, schießen wir dich ab wie ein altes Schwein!«

Der Mann gegenüber rappelte sich auf, schoss in die Luft und rannte regelrecht den Berg hinauf, bis ihm die Luft ausging und er wohl einen Hustenanfall bekam.

Der Millionär mit seiner Donnerstimme: »Christo, lass dir Zeit und geh zurück zu deinem Dorf. Wir sprechen uns noch!«

Vorsorglich verharrte Kirios Vardakastanis mit seiner Privatarmee in der Deckung, bis das Böse von Gegenüber weit genug weg war. Dann wurde der Bentley begutachtet, was aber dem reichen Manne offenbar nicht die Laune verdarb. Er setzte sich zu mir ins Auto und ulkte:

»Das alles haben wir extra für Sie inszeniert. Nein, im Ernst, zuerst dachte ich schon, das könnte ein echter Anschlag auf Sie oder mich sein. Aber als ich den Bauern Christos erkannt habe, wusste ich, die Sache ist zwar ärgerlich, aber harmlos. Ich hatte mit dem Bergbauern Christos aus dem nahen Dorf Petrachori vor einigen Wochen einen heftigen Streit. Sie müssen wissen, vor allen Dingen meine Frau Eva kümmert sich hier in der Gegend um abgelegene Bergdörfer und versucht, besonders den Frauen dort das Leben zu erleichtern. In Petrachori hatten sie bis vor Kurzem wenig Wasser und noch dazu kein besonders gutes. Und um dieses Wasser zu holen, mussten die Frauen – natürlich die Frauen, wer denn sonst – fast eine halbe Stunde in die Schlucht klettern und dann das Wasser wieder nach oben schleppen. Ohne Esel ging hier nichts, und wenn sie das Wasser nicht abkochten, bekamen die Dörfler und vor allem ihre Kinder auch noch Durchfall. Es gab etwas oberhalb des Dorfes gelegen eine gute Quelle. Dazu mussten aber ein Zugang geschaffen, die Quelle gefasst und Rohre verlegt werden. Wir erklärten uns bereit, all dies für das Dorf zu investieren und mitten im Dorf einen gemauerten Dorfbrunnen mit mehreren Wasserhähnen zu errichten. Das ganze Dorf war begeistert, nur der rückständige Christos sperrte sich. Angeblich, weil damit die Frauen faul und verderbt würden, in Wirklichkeit aber, weil er seit Jahrzehnten mit seinem Nachbarn im Streit lag. Und da der Zugang zur Quelle zwingend durch ein Grundstück im Besitz dieses Sturkopfes führen musste – und das Dorf seinen verhassten Nachbarn durch Abstimmung bei einer Gegenstimme mit der Wartung der Quelle beauftragt hatte – gab Christos nicht das notwendige Wegerecht frei. Wir haben alles versucht, bis hin zur Bestechung, dann aber den Zugang zu der

Quelle bei den Behörden durchgesetzt. Vor einigen Wochen nun war die Einweihung des neuen Dorfbrunnens. Es war ein schönes Fest und meine Eva war glücklich. Bei dem anschließenden Festessen und nach einigen Gläsern Wein konnte es aber Christos nicht lassen und fing an, mich und vor allem Eva laut und wüst zu beschimpfen. Irgendwann dann verlor ich leider die Geduld und bezeichnete ihn vor allen Leuten als einen rückständigen Esel, der seinem Dorf mit seiner Sturheit Schaden zugefügt habe. Danach musste die anwesende Polizei Christos zurückhalten, damit er sich nicht auf mich stürzen konnte. Und da die anderen Männer des Dorfes ebenfalls etwas angetrunken waren und ihre Wut auf Christos gefährliche Ausmaße annahm, nahm die Polizei diesen Christos kurzerhand in Gewahrsam und brachte ihn erst nach dem Fest und ausgenüchtert am nächsten Tag wieder zurück ins Dorf. Die Dorfbewohner hatten in der Zwischenzeit übrigens in schöner Eintracht seine Ziegen und Schafe versorgt. Ich weiß noch nicht, ob ich überhaupt etwas gegen ihn unternehme. Wahrscheinlich ist seine Wut irgendwann verraucht. Lassen Sie uns jetzt aber nach Kalamata fahren, der Zwischenfall hat leider unseren Zeitplan etwas durcheinander gebracht!«

Sprachs und telefonierte vom schnurrenden Auto aus per Satellit mit dem Polizeidirektor Marinopoulos, der besorgt nachfragte, ob polizeiliche Unterstützung nötig sei. Da Kirios Vardakastanis lachend ablehnte, rollten wir kurz darauf in unserer kleinen Karawane aus dem Gebirge hinunter in die Provinzhauptstadt Kalamata mit ihrem häufig verborgenen Charme.

~

Vor dem Polizeipalast bekam ich kurz einen Anfall von Bedeutung und Gewicht. Es machte einfach etwas her, mit Bentley und zwei Jeeps mit Bodyguards schwungvoll auf einen großen Platz zu rollen und dann vom örtlichen Polizeichef mit Gefolge begrüßt zu werden. Im Gefolge befand sich auch Hauptkommissar Jannis Konstandinos, mittlerweile gegen den Willen des obersten Chefs der griechischen Polizei zum Sonderermittler der Staatspolizei für den unabgeschlossenen Fall des Heroinhandels aus dem letzten Jahr ernannt. Er lächelte mir heimlich zu und streckte den Daumen nach oben.

Der Polizeidirektor von Kalamata, der mich auf den Millionär Vardakastanis angesetzt hatte, begrüßte diesen angenehm unaufgeregt und ohne unterwürfiges Gehabe.

»Sie hätten ruhig auch selbst kommen können!«, lächelte der Millionär, »aber grundsätzlich war Ihre Idee gar nicht schlecht. Herr Kramer war uns bereits sehr behilflich und hat seine Sache gut gemacht!«

»Wissen Sie, Kirie Vardakastanis, ich bin ein gebranntes Kind. Sie erinnern sich vielleicht noch an den Fall des korrupten Abgeordneten und Möbelmoguls von vor zwei Jahren. Er wurde zwar verurteilt und erhielt seine gerechte Strafe. Aber ich wurde mindestens ebenso schwer bestraft«, lächelte Kirios Marinopoulos.

Der Millionär war sichtlich interessiert. »Was in aller Welt soll denn das heißen, Kirie Polizeidirektor?«, fragte er nach.

»Na ja, ich erhielt einen neuen Stellvertreter, Vizedirektor Kirios Leonidas Margaritis. Noch so eine Bestrafung, und ich scheide wegen Nervenzusammenbruchs aus dem Dienst!«

»So schlimm ist das?«, wollte Vardakastanis wissen und sein Mitgefühl schien relativ echt.

»Das Schlimmste ist, dass ich es nicht verhindern kann, ihn heute mit zu unserer Besprechungsrunde zu bitten!«, klagte der örtliche Polizeichef. Mir gefiel der Ton zwischen den beiden.

»Ich will aus verschiedenen Gründen auch nicht, dass der dabei ist!«, murmelte Vardakastanis und blickte dabei mich an. Offenbar hielten mich alle hier für eine Art Problemlösungsroboter.

»Wir sind doch beschossen worden«, versuchte ich es, »vielleicht kann ja der Stellvertreter von Kirios Marinopoulos mit der ehrenvollen Aufgabe betreut werden, den Ihnen bekannten Täter für ein Verhör hier in der Polizeizentrale aus dessen Dorf abzuholen!«

»Herr Kramer, Sie sind ein Ass!«, lachte der Millionär und gab mir einen anerkennenden Schlag auf die Schulter.

»Wir müssen meinem Stellvertreter nur einschärfen, dass wir diesen Mann unbedingt lebendig brauchen. Sonst liefert er uns nur Leichenteile!«, ergänzte der örtliche Polizeichef mit einem breiten Grinsen im Gesicht.

Nach einer Vorstellung von Jannis und den anderen Beamten vom Begrüßungskomitee wechselten die »Wichtigen« in das Büro des Polizeidirektors. Dort saß bereits Dr. Archileos Kontoglou, der würdevolle Leiter des Rechtsanwaltsbüros, über das der Millionär Vardakastanis unter anderem seine Grundstücksgeschäfte abwickelte. Die erste Aktion war dann geprägt von einer hochgradigen Scheinheiligkeit. Der Polizeidirektor schickte nach seinem Stellvertreter. Kirios Leonidas Margaritis war wieder einer der Typen Mensch und besonders Grieche in Uniform, um die ich, wo immer es ging, einen weiten Bogen machte. Kurz gesagt sind dies Individuen, die ihre Uniform und ihre Stellung als Persönlichkeitsersatz und damit oftmals auch als Ersatz für mangelnde Kompetenz benötigen. Der Polizeidirektor schilderte den dringlichen Fall der Festnahme des hinterhältigen Schützen und sprach von Fluchtgefahr, Vardakastanis gab sein Erlebnis mit dem Bergbauern auf dem Einweihungsfest der Wasserversorgung in Petrachori zum besten und befürchtete »weitere Racheakte des psychisch labilen Gewalttäters«. Jannis übernahm die Aufgabe zu betonen, wie wichtig ein lebendiger Täter für die Staatspolizei in einer anderen Sache sei. Als Vizedirektor Leonidas Margaritis vor Bedeutung fast berstend abgezogen war, stand diebische Freude im Raum. Nur der würdige Rechtsanwalt verstand nichts und blickte verwirrt in die feixende Runde.

Und dann wurde gearbeitet: Zuerst verlas der Polizeidirektor auf Wunsch des Rechtsanwaltes und mit Einverständnis von Kirios Vardakastanis das Protokoll der Aussage des würdevollen Anwalts Dr. Kontoglou. Darin wurde bestätigt, was ich schon wusste. Der Millionär wollte seinen Sinn suchenden Nachwuchs Stavros mit einer niveauvollen Aufgabe betreuen, um ihm einen möglichen Weg für seine Zukunft zu eröffnen. Dabei war die Aufgabe absolut ergebnisoffen: Wenn keine Lösung gefunden wurde, die Tourismus und Naturschutz in Einklang bringen konnte, war auch die Lösung eines reinen Naturschutzparkes denkbar. Allerdings sollte unbedingt die erste Möglichkeit ernsthaft geprüft werden, da für den Millionärssohn die Herausforderungen dadurch größer wurden. Auch war dem Gönner Messeniens die Entwicklung der Region um Koroni ein großes Anliegen. Vorsorglich sollte deswegen ein Baurecht, wenn auch unter Umständen eines mit großen Einschränkungen, auf dem Grund und Boden beantragt werden. Als Nächstes versicherte Dr. Kontoglou an Eides statt, dass er und sein Büro von ihrem mehrere Millionen schweren Klienten zu keinem Zeitpunkt zu irgendwelchen Aktionen gegen die Schildkrötenschützer aufgefordert wurden. Und natürlich hätten sie auch nichts dergleichen unternommen.

Anschließend bekräftigte auch Kirios Vardakastanis diese Aussage und ergänzte, dass auch er in keiner Weise Druck auf die Schildkrötenschützer ausgeübt hätte. Er habe ja darauf gehofft, dass sein Sohn mit diesem Verein zusammenarbeiten werde. Und er erinnerte daran, dass er mit zu den größten Sponsoren dieses Vereins zählte. Zuletzt bat er darum, diese Aussagen unter Eid leisten zu können. Der Polizeidirektor fand das zwar für unnötig, da aber der Millionär darauf bestand, wurde es so vollzogen. Vardakastanis schilderte auch noch, dass er auf meinen Rat hin gestern seinem Sohn Stavros alles berichtet habe, und dass Stavros in den nächsten Tagen dem Vorstand des

Vereins der Schildkrötenschützer den Sachverhalt darlegen und um Zusammenarbeit bitten wird.

Nachdem dieser Teil der Sitzung zur sichtlichen Zufriedenheit und Erleichterung des Polizeidirektors abgeschlossen war, verabschiedete sich der Rechtsanwalt und wir nahmen uns zu viert, also der Polizeidirektor, der Millionär Vardakastanis, Jannis und ich, vor, den aktuellen Stand der Dinge in Bezug auf die Vorfälle um die Schildkrötenschützer zu diskutieren. Zwischendurch wurde mir immer wieder schlagartig deutlich, mit wem und warum ich hier war. Ich bekam jedes Mal heftig Sehnsucht nach der bergfernen Helga.

Zunächst gaben Jannis und Marinopoulos einen Sachstandsbericht. Der einzige vom Volk gefangene Täter aus dem Überfall war dabei stark lädiert worden und zu diesem Zeitpunkt nur bedingt vernehmungsfähig. Namen und Wohnsitz in Athen waren zwischenzeitlich ermittelt worden. Er war ein polizeibekannter Schläger, alleinstehend und mit einer langen Liste von Vorstrafen. Nach seiner Aussage sei er von einem Mann »aus der Szene«, dessen Name ihm natürlich unbekannt sei, angeworben worden. Man hätte der Gruppe eingeschärft, keine Gewalt gegen Personen auszuüben. Sie seien mit einem Kleinbus von Athen in die Nähe von Koroni zu einem Parkplatz abseits der Straße gefahren. Dort wurde jeder von ihnen einem Motorradfahrer zugeordnet. Dieser brachte seinen jeweils zugeteilten Schläger an einen Punkt in Koroni, wo dieser nach dem Überfall sich wieder auf den Sozius schwingen sollte. Der Anwerber und Anführer befand sich schon unter den Zuschauern und dirigierte das Geschehen mit einer Trillerpfeife. Fast alle aus der Gruppe der Schläger seien ihm irgendwie bekannt gewesen, natürlich wiederum nicht die Namen. Nur einer war ihm angeblich völlig fremd. Ein großer, fast schweigsamer Mann, der erst auf dem Parkplatz vor Koroni dazugekommen sei und ein »seltsames« Griechisch gesprochen habe.

Der Rest der Gruppe hielt ihn, soweit noch Zeit für einen Austausch war, für einen »Russen oder so, aber bestimmt kein Albaner«. Sein »Prügel« war mit dickem Papier umwickelt. Mehr war aus dem verletzten Manne derzeit nicht heraus zu bekommen. Sein Gesundheitszustand hatte sich durch eine plötzliche Gehirnblutung übrigens überraschend verschlechtert.

Die Ermittler in Kalamata hatten aufgrund dieser Ergebnisse um Amtshilfe in Athen nachgesucht, wobei Jannis Druck gemacht habe. Das Ziel war es, den Anwerber und Anführer zu finden. Leider gab es von diesem kein Foto und keinen Namen. Letztendlich wollte die Polizei durch diese Maßnahmen an die Hintermänner herankommen. Auch hatte sie Interpol eingeschaltet und die Aufnahmen des Eisenstangenschlägers zusammen mit den wenigen Fakten, die bekannt waren, dorthin übermittelt. Zusätzlich waren durch den Vizepolizeichef Griechenlands, Dimitrios Mikrojannis, diese Unterlagen mit Bitte um Amtshilfe auch in den Schwarzmeerbezirk der Ukraine und an die russische Kommandatur auf der Halbinsel Krim gesandt worden. Dort gab es nämlich eine griechisch sprechende Bevölkerung, die zugleich Russisch und Ukrainisch beherrschte.

Bei der zweiten Spur, der die Polizei bisher nachgegangen war, handelte es sich um das von dem Vereinsvorsitzenden »nachgereichte« Original des Drohbriefes an den Schildkrötenschutzverein, der aber frei von irgendwelchen verräterischen Spuren war. Er wurde gerade in Athen darauf untersucht, ob wenigstens die Zeitung, aus der die Buchstaben stammten, herausgefunden werden konnte. Die Untersuchung würde dauern.

Eine vorerst letzte Spur war die Arbeitsstelle des Freundes eines Freundes des Studenten Italo. Es stellte sich heraus, dass es das Landratsamt in Messini und dort die Abteilung Steuern und Abgaben war. Die Polizei hatte von Italo den handschriftlichen Warnhinweis an diesen jungen Mann erhalten. Deshalb hatte sie in der Zwischenzeit vom gesamten Personal des Steueramtes Schriftproben anfertigen lassen und diese wurden gerade mit der Schrift des Drohzettels von der Windschutzscheibe verglichen. Auch dies würde einige Tage in Anspruch nehmen.

Während wir versuchten, das Gehörte auszuwerten, kam eine Mitteilung des Vizedirektors der Polizei von Kalamata. Die »Operation Festnahme des Attentäters, der Kirios Vardakastanis versucht habe zu erschießen«, sei gelungen. Allerdings habe sich der Verbrecher mit allen Mitteln zur Wehr gesetzt und ihn, den Vizedirektor, sogar mit stinkendem Schafsmist beworfen! Gut, dass dieser Vizedirektor nicht mitbekam, wie sich bei seiner Mitteilung auf dem Gesicht des Chefs wieder pure Freude einstellte. In etwa einer Stunde werde der Greiftrupp zurück sein. Der Polizeidirektor gratulierte seinem Stellvertreter zu diesem Erfolg.

»Bis die da sind, habe ich mich sicher wieder im Griff!«, feixte Kirios Marinopoulos noch, um uns dann zu einer abschließenden Bewertung der bisherigen Fakten zu ermuntern. Freundlicherweise ließen sie mir den Vortritt!

»Ich muss wohl von meiner Theorie einer reinen Einschüchterungstat gegenüber dem Schildkrötenschutzverein, bei der an einer Ausländerin ein Exempel statuiert werden sollte, Abstand nehmen. Die Zuschaltung eines fremdländischen Schlägers wäre ziemlich sicher nicht nötig gewesen, um eine Frau ernsthafter zu verletzen. Also eher doch auch ein Racheakt gegen Frau Hocheder und mich!? Allerdings, der Überfall an sich spricht insgesamt dafür, dass aus welchen Motiven auch immer der reiche Kirios Vardakastanis in ein schiefes Licht gestellt werden sollte!«

Der Rest der Gruppe fand dann dies alles als noch zu wenig abgesichert. »Konnte denn der Täterkreis damit rechnen, dass der Grundstückskauf von Kirios Vardakastanis wirklich publik werden würde?«, wandte zum Beispiel Jannis ein. Wir einigten uns darauf, die weiteren Ergebnisse der polizeilichen Ermittlungen abzuwarten. Die Polizei versprach, den Millionär und mich als wahrscheinlich Betroffene dabei auf dem Laufenden zu halten. Das war dann der Anlass für den Fuchs von Millionär, seine Pläne mit mir aus dem Sack zu lassen, und zwar in Deutsch und Griechisch:

»Ich werde jetzt mit Kirios Kramer zum Essen gehen und wieder kommen, wenn Sie den Scharfschützen von heute Morgen verhört haben. Ich habe volles Vertrauen zur Polizei von Kalamata und bin beeindruckt von dem, was bisher unternommen wurde. Aber ich bin ein viel beschäftigter Mann und muss mit meiner Zeit haushalten. Ich werde deshalb Kirios Kramer während des Essens zu bestechen versuchen, dass er meinen Bevollmächtigten in dieser Angelegenheit spielt. Ich werde mit ihm auch über den Preis verhandeln und Sie von der Polizei bitten, weiterhin so eng wie bisher mit ihm zusammenzuarbeiten. Und sollte er Kosten verursachen, werde ich diese selbstverständlich übernehmen!«

Aha, offenbar war es mein mieses Karma, als beauftragter Ermittler zu enden. Bevor ich aber irgendwie widersprechen konnte, blinzelte der große, stinkreiche und keineswegs unsympathische Mann den Polizeivertretern zu und schob mich mit sanftem Druck zur Türe hinaus. Als ich mich kurz nochmals umdrehte, sah ich noch, wie die zwei Polizisten abklatschten wie die Straßenjungen. Wenn ich Obelix gewesen wäre, hätte ich gesagt: Die spinnen, die Griechen!

Kirios Vardakastanis wollte einfach und bodenständig essen. Ich kannte ein Lokal im Gewerbegebiet südöstlich von Kalamata, das ihm fremd war: die Gegend hässlich, das Gebäude ein hingeschluderter ebenerdiger und relativ neuer Bau ohne jeden Charme, ein Familienbetrieb mit netten Menschen und herzhaftem Essen. Als er hörte, dass dort die Arbeiter aus den umliegenden Klein- und Mittelbetrieben zu Mittag aßen, fuhren wir mit Bentley und Gefolge dort hin. Mir gefiel, dass der Wirt so tat, als hätte er jeden Tag Gäste mit vier Leibwächtern. Ich war wegen des Theaters meiner griechischen Partner leicht angefressen und der Millionär reagierte. Er entschuldigte sich im Namen der hochrangigen Theatergruppe: Die Polizei und auch er schätzten meine Erfahrung und er brauche mich schon wegen der Probleme mit seinem Sohn. Für die Polizei sei eine Rolle meinerseits als Bevollmächtigter des Förderers Messeniens zusätzlich von großer Hilfe, da sie dann alle Maßnahmen zum Schutze von Helga und mir leichter durchsetzen könne. Der Vizedirektor der Polizei in Kalamata zum Beispiel sei eine politische Besetzung und bekannt für seine Aversionen gegen Ausländer. Polizeipräsident Marinopoulos habe ihn, Vardakastanis, im Zusammenhang mit der Terminvereinbarung gestern regelrecht gebeten, mich mit diesem Auftrag auszustatten. Vardakastanis gelobte, auch im Namen der Polizei, zukünftig von griechischer Schlitzohrigkeit Abstand zu nehmen und mit mir eher »mitteleuropäisch«, schien zu heißen, eher »offener« zu verfahren.

»Können Sie damit leben?«, fragte mich einer der reichsten Männer Griechenlands – ich konnte. Bei Stifado, einer Art griechischem Zwiebelschmorbraten, für Vardakastanis und gefüllten Paprikaschoten für mich aßen wir friedlich zu Mittag. Bewacht wurden wir dabei von den Männern der VS, die jeweils zu zweit an verschiedenen Tischen sich das einfache Essen ebenfalls schmecken ließen. Danach fuhren wir zurück zu dem wesentlich durch meinen neuen Auftraggeber finanzierten Polizeipalast. Ginge es nicht um so ernste Dinge wie um Helgas und mein Leben, ich könnte mich zu meiner abwechslungsreichen Pensionszeit beglückwünschen. Kirios Vardakastanis hatte übrigens beschlossen, gegen den Bergbauern Christos keine Strafanzeige zu stellen. Er wolle die Zwietracht im Dorfe Petrachori nicht noch weiter fördern und hätte schon jetzt genügend Feinde und Neider.

Im Polizeipalast fanden wir einen aufgeräumten Direktor und einen ebensolchen Sonderermittler der Staatspolizei vor. Der

Bergbauer und Heckenschütze habe ihnen nach anfänglichen Flüchen und Verwünschungen an die Adresse des Millionärs eine wunderbare Geschichte aufgetischt: Er habe, wohl mangels Telefon, einen an seine Haustür geklebten Zettel vorgefunden mit dem Auftrag, sofort in seinen Briefkasten zu sehen. Dort lag ein Briefumschlag ohne Anschrift. Der Umschlag habe ein Schreiben enthalten mit der Anregung, auf den Wagen des Millionärs zu schießen. Weiter standen darin Datum und Zeitpunkt der Fahrt des reichen Mannes nach Kalamata. Zu seiner Überraschung enthielt der Umschlag auch noch fünfhundert Euro. Beim Schuss mit dem Schrotgewehr auf das Auto sollte Christos darauf achten, dass die Fenster des Wagens auch wirklich geschlossen waren, damit niemand verletzt würde. Wenn er den Auftrag verweigere, irgendjemandem davon erzähle oder gar zur Polizei gehe, müsse er damit rechnen, dass sein Haus in Flammen aufgehe. Der Absender rechne aber damit, dass Christos die Schmach der öffentlichen Beschimpfung durch den Millionär nicht auf sich sitzen lasse und sich rächen werde. Er wurde angeblich abschließend mit nochmaligem Verweis auf die Gefährdung seines Hauses dazu aufgefordert, das Schreiben und den Zettel sofort zu verbrennen und habe das aus Angst um sein Haus auch getan. Damit wäre dann alles Beweismaterial für diese Geschichte in Flammen aufgegangen!

»Ein neuer Homer, ein großer Dichter ist geboren!«, lächelte der Polizeidirektor. »Wir Griechen sind wohl überdurchschnittliche Fabulierer und Schauspieler obendrein. Als dieser Christos merkte, dass er mit seiner durch nichts zu beweisenden Geschichte bei uns keinen Glauben fand, hat er uns eine bühnenreife Szene vorgespielt!«, berichtete Marinopoulos weiter. »Nachdem Kirios Vardakastanis mir vorher angedeutet hat, er werde von einer Strafanzeige Abstand nehmen, werden wir den Mann wohl nur verwarnen und dann mit einem Polizeiauto nach Hause fahren lassen. Und Kirios Vardakastanis erklärt dies bitte meinem Stellvertreter und überzeugt diesen, dass der Widerstand gegen die Staatsgewalt bei der Festnahme nur ein bedauerlicher Irrtum war!«

Bevor die Herren wieder zu albern anfingen, formulierte ich so emotionslos wie möglich nochmals meinen Wunsch, zukünftig nicht mehr Opfer griechischer Schlaumeierei zu werden. Und dann beantragte ich »als neuer Bevollmächtigter von Kirios Vardakastanis«, mit dem Gefangenen sprechen zu dürfen. Und zwar alleine beziehungsweise in Begleitung eines Dolmetschers in Zivil, der das Griechisch der Bergbauern auch wirklich verstand. »Die Geschichte des Bergbauern hat doch zu viele Ähnlichkeiten mit dem, was ich letztes Jahr erlebt habe!«, schob ich als Erklärung nach. Die Fachleute von der Polizei kauten ersichtlich an der Tatsache, dass ich ihre Schlussfolgerung und damit indirekt ihre Kompetenz anzuzweifeln schien. Ich hatte aber zu diesem Zeitpunkt keine Lust, viele Erklärungen nachzuschieben. Mein Ego arbeitete sich gerade trotz gegenteiliger Beteuerung meinerseits immer noch an der Tatsache ab, dass diese Fachleute vorher geglaubt hatten, mich manipulieren zu müssen. Ich und mein Stammhirn, mein Reptilienhirn oder was immer, wir sind aber auf keinen Fall rachsüchtig!

Vielleicht war das ja bereits ein Teil einer Wiedergutmachung: Der Polizeidirektor telefonierte und kurz darauf schwebte mein gewünschter Dolmetscher in Gestalt jener jungen Polizistin in den Raum, die mir ob ihrer Ähnlichkeit mit Figuren auf klassischen griechischen Vasen schon einmal die Luft hatte anhalten lassen. Die Dame hieß Marina, war achtundzwanzig Jahre jung, hatte in der Schule und dann bei einem Studium in Österreich Deutsch gelernt. Ich benötigte eine Weile, um in meinem Hormonsystem wieder Ordnung zu schaffen – belächelt von der Dreierbande. Jedenfalls verflüchtigten sich nun endgültig die kurzzeitigen Spannungen in unserer Gruppe. Der Millionär verabschiedete sich, steckte mir dreitausend Euro »Vorschuss« zu und fuhr mit Gefolge zurück in sein Luxusbergnest, wo ich zum Abendessen per Polizeiwagen ebenfalls wieder eintreffen wollte. Jannis musste zurück nach Tripolis. Zum Abschied meinte er nochmals entschuldigend: »Wir konnten ja nicht ahnen, dass du so vernünftig bist!« Ich aber begab mich, moralisch längst wieder gefestigt, mit meiner flott in Sommerjeans und Bluse gekleideten Dolmetscherin Marina in den Keller zum Arrestraum.

Der Bauer Christos war ein älterer, abgearbeiteter und dennoch zäh wirkender kleiner Mann, dem einige Zähne fehlten und der wahrscheinlich aufgrund der Schafmistschlacht mit dem Vizedirektor etwas streng roch. Ich ahnte aber, dass die Anwesenheit der jungen madonnenhaften Marina auch auf ihn nicht ohne Wirkung blieb. Ich ließ uns durch Marina vorstellen, betonte, dass ich kein Polizist, sondern ein deutscher Pensionär sei, der zusammen mit seiner Lebensgefährtin bedroht werde. Nebenbei erzählte ich von meiner bäuerlichen Herkunft. Und dann betonte ich, dass ich im Gegensatz zu den Polizisten seine Geschichte glaubte, weil ich letztes Jahr Ähnliches erlebt hätte. Er erfuhr dann lang und breit, wie Leute in Niederbayern ebenso anonym wie er zu Anschlägen angestiftet worden waren. Als ich ihm dann noch übersetzen ließ, wie mich einer dieser Täter mit einem Kanonenschlag vom Pferd holen wollte, hatten wir gewonnen. Sein Ausdruck wechselte von Trotz zu Interesse. Ich machte ihm anschließend deutlich, wie wichtig irgendwelche Beweise zu seiner Geschichte für mich wären. Er habe nach der Drohung mit der Brandstiftung absolut richtig gehandelt, als er Schreiben und Hinweiszettel verbrannt habe. Aber vielleicht waren ja Reste davon übrig geblieben und vielleicht hatte er die fünfhundert Euro noch. Ich würde sie ihm gerne tauschen und wäre auch noch bereit, für eventuelle Überreste des schriftlichen Auftrages noch einmal dreihundert Euro zu bezahlen.

»Fünfhundert Euro!«, war das Erste, was laut und deutlich aus seinem Munde kam. Wir einigten uns nach einigem Gefeilsche auf vierhundert Euro. Als ich ihm dann mitteilte, dass der

Millionär Vardakastanis auf eine Anzeige verzichte, weil er selbst empfinde, er habe den Bauer Christos schwer beleidigt, kam Leben in den kleinen Mann.

»Ich muss heim zu meinen Tieren! Kannst du das nicht den blöden Polizisten da oben klar machen?«, schrie er fast und fing an, hin und her zu laufen wie ein gefangenes Wildtier.

»Verlass dich auf mich, ich mach das für dich. Sie werden dir ein Auto mit Fahrer stellen und Marina und ich werden dich begleiten. Ich bin echt neugierig auf Petrachori und deinen Hof!«, versuchte ich ihn zu beruhigen.

Er hielt inne, legte den Kopf schief und schaute mich eine längere Zeit prüfend an: »Ich weiß noch nicht genau, was ich von dir halten soll. Aber glaube mir, für mich gibt es nichts Schöneres auf der Welt!«

Wir gaben uns die Hand und ich wechselte mit Marina ins Büro des Polizeidirektors. Kirios Marinopoulos erwies Größe. Als er erfuhr, dass der Bauer mit uns nach Überresten des verbrannten Auftrages suchen würde und auch offensichtlich die fünfhundert Euro »Preisgeld« noch hatte, bestellte er Marina und mir spontan einen griechischen Kaffe und Gebäck: »Sollte sich das als wahr herausstellen, dann wirft das eine Menge neuer Fragen auf. Ich bin übrigens wirklich froh, dass Sie mit uns zusammenarbeiten!«

Danach erinnerte er Marina noch, für Sicherung und Transport der eventuellen Beweisstücke eine entsprechende Ausrüstung mitzunehmen. Kurze Zeit später fuhren wir in einem Polizeiauto mit einem jungen Beamten namens Spiros am Steuer hinein in das wilde Taigetosgebirge. Der Fahrer verschlang, wann immer die Straße es zuließ, die neben ihm sitzende Marina mit seinen Blicken, der Bauer Christos neben mir redete wie ein Wasserfall. Ich erfuhr, von Marina übersetzt, zu meinem Entsetzen, dass ein Dörfler vor einigen Jahren beim Pokern die Unschuld seiner vierzehnjährigen Tochter verspielt hatte. Ein anderer, angeblich ein besonders blöder Mann, sei beim Aufbohren eines Blindgängers aus dem letzten Weltkrieg samt Haus und dem mit Ratschlägen zur Seite stehenden Nachbarn in die Luft geflogen. Am besten aber gefiel Christos offenbar die Geschichte, wie ein betrunkener Mann aus dem Dorf nachts von seiner Frau ausgesperrt wurde. Der listige Dörfler warf einen Baumstumpf in den nahen Teich, worauf die Frau glaubte, er sei ins Wasser gefallen, und herauskam, um ihn zu retten. Während sie voller Verzweiflung den Teich absuchte, lief der Mann ins Haus und sperrte die Türe zu, sodass die Frau die Nacht im Ziegenstall verbringen musste. Die Fahrt verlief sehr kurzweilig, wenn auch manche Geschichten, besonders die aus der deutschen Besatzungszeit und dem anschließenden Bürgerkrieg, mich zutiefst verstörten. Die letzten Kilometer auf der Kiesstraße nach Petrachori ließen mir dann ob der Wildheit der Landschaft den Atem stocken.

Petrachori war ein Gehäuf von aneinandergekauerten Häusern an einer relativ steilen Bergflanke, umringt von Büschen, kargen Bergwiesen und einzelnen hart kämpfenden Ölbäumen. Das Gehöft unseres Bauern, ein altes schiefes Haus mit noch schieferem Stallgebäude aus Feldsteinen und einem Dach aus Holzschindeln, lag etwas außerhalb des oberen Dorfrandes und war nur zu Fuß zu erreichen. Wir parkten das Polizeiauto am neuen Dorfbrunnen. Da Marina und ich auf Vorschlag von Christos uns als Vorsichtsmaßnahme – gegen wen oder was auch immer – wie Touristen benehmen sollten, musste der junge Beamte Spiros im Wagen sitzen bleiben. Christos veranstaltete eine theatralische Dorf- und Bergführung und zeigte uns dann, für die Nachbarn laut redend, zuerst seinen derzeit tier-, aber keineswegs geruchsfreien Stall, wobei er so nebenbei im Inneren einen losen Feldstein beseitigte und einen Umschlag mit den fünfhundert Euro herausholte. Marina steckte diesen zuerst in eine Plastiktüte und dann in ihre große Handtasche. Danach wurde uns sein Haus »vorgeführt«. Es bestand aus einem Raum mit einer kleinen Abstellkammer, im großen Raum stand ein alter ausladender Herd, der mit Holz zu befeuern war. Bevor Christos laut sein Reich beschrieb und erklärte, hatte er die Herdringe der Kochstelle entfernt. Wir erlebten eine große Überraschung: Der Ofen hatte anscheinend bei der Sommerhitze schlecht gezogen, von dem Schreiben war mindestens ein angekohltes Drittel erhalten geblieben. Marina zauberte eine größere Pinzette aus ihrer Tasche und steckte alle halbwegs brauchbaren Papierreste in die obligatorische Plastiktüte. Ich zählte dem Fremdenführer Christos, der gerade scheinheilig dabei war, die neue Wasserleitung zu preisen, neunhundert Euro auf den Tisch, die er sofort unter dem Sofa verschwinden ließ. Danach begleitete er uns noch zum Dorfbrunnen, wobei er uns angebliche Touristen doch sehr echt auf die Schönheiten der Landschaft aufmerksam machte. Mit dem ganzen Theater, erklärte er uns flüsternd, sollten eventuelle Spitzel des geheimnisvollen Auftraggebers im Dorf getäuscht werden und glauben, dass wir als Freunde des Polizeipräsidenten unbedingt das einsame Bergdorf sehen wollten und daher mit dem Polizeiauto mitgefahren waren. Zum Abschied steckte Christos noch einen ganzen Laib Bauernhartkäse aus Ziegenmilch, einen Misithra, durchs Autofenster: »Für Kirios Vardakastanis! Sag ihm, ich habe geschossen, weil ich wirklich Angst um mein Haus hatte!«

Das Polizeiauto fuhr uns anschließend zurück zur Hauptstraße und dann zum Bergnest des Millionärs, der mich und den Laib Käse lächelnd und ob Christos' Versöhnungsgeschenk gerührt empfing. Vorher hatte ich noch mit Marina vereinbart, dass ich sie anrufen werde, wenn der Vorstand des Schildkrötenschutzvereins sich treffen werde. Ich wollte unbedingt alles mitbekommen, was dort gesprochen und diskutiert wurde. Wenn schon Ermittler, dann auch richtig!

Der ereignisreiche Tag hatte mich weiß Gott erschöpft und ich brauchte dringend eine Auszeit. Man(n) ist ja nicht mehr der Jüngste! Deshalb skizzierte ich meinem reichen Gastgeber zunächst nur die wichtigsten Ergebnisse des Nachmittags: Der Bauer Christos hatte definitiv nicht gelogen. Seine Geschichte stimmte, und wir hatten eine Menge zu bedenken. Dabei stellten sich für uns vor allem zwei Fragen: Was bezweckte dieser offensichtlich nur als im wahrsten Sinne des Wortes »Warnschuss« gedachte Vorfall? Und, sehr beunruhigend, wie konnten die Daten von der Fahrt nach Kalamata so schnell den »Bedrohern« bekannt werden!?

Zu mehr war ich im Augenblick nicht fähig. Vardakastanis und die beiden Frauen verfügten für mich ein Erholungsprogramm in der hauseigenen »Recreation-Area«. Der Multimillionär hatte offensichtliches Talent zum Imitieren und ahmte diese Bezeichnung in dem Englisch seiner früheren Gäste aus Arabien, Russland, Indien und Afrika nach. Die meisten dieser Gäste hätten ihre eigene Masseuse dabei gehabt, ergänzte er. Helga, die sich offensichtlich ähnlich über unser Wiedersehen freute wie ich, bot sich spontan an, mich bei kurzem Dampfbad, anschließendem Schwimmen im Pool und angemessenem Erholungsschlaf zu begleiten, soweit ihre Beinschiene dies zuließ.

Wir trafen uns zusammen mit Nachwuchsmillionär Stavros beim Abendessen mit Blick in die Schlucht, wobei ein Fast-Vollmond kostenlos für Zusatzeffekte sorgte. Die Familie Vardakastanis bestand darauf, für einige Minuten die Beleuchtung im Speiseraum auszuschalten: Ich fühlte mich in ein schwebendes Raumschiff auf Erkundungsflug versetzt. Unsere Gastgeber hatten, sehr wohltuend, bei all ihrem Geld das Staunen noch nicht verlernt! Dann aber kamen wir schnell wieder auf unsere aktuelle Problematik zu sprechen. Kirios Vardakastanis hatte in der Zwischenzeit lange mit dem Polizeidirektor von Kalamata telefoniert. Dieser gratuliere mir übrigens ausdrücklich zu diesem Ermittlungserfolg und bitte nochmals um Verzeihung für das griechisch-taktische Vorgehen von gestern. Auch Kirios Marinopoulos habe für das Motiv dieses Überfalls, bei dem ja nach

Aussagen des Bauern Christos niemand verletzt werden sollte, keine Erklärung. Vielleicht sollte die Familie Vardakastanis einfach beunruhigt werden. Der oder die Täter wollten eventuell demonstrieren, wie sehr sie informiert waren und quasi jeden Schritt kontrollieren konnten. Im klassischen Falle müsste jetzt eine Erpressung folgen. Vielleicht aber sollte der Grundstückskauf auf diese Weise publik gemacht und Kirios Vardakastanis wie von uns vermutet öffentlich diskreditiert werden. Dazu fehle jedoch bis jetzt der Bezug zum Überfall auf die Schildkrötenschützer in Form eines Bekennerbriefes an Polizei, Presse oder Fernsehen. Der Polizeidirektor hielt übrigens Frau Hocheder und Herrn Kramer, also Helga und mich, als Zielpersonen dieses letzten Überfalls eher für unwahrscheinlich. Denkbar wäre höchstens, dass demonstriert werden sollte, dass auch ein Millionär mit Leibwache und damit sicher auch nicht die Polizei fähig seien, die beiden vor der Rache zum Beispiel der Drogenhändler zu schützen. Dann wäre dies aber ein Psychospielchen, das auf Verunsicherung und Angst der beiden Personen abzielte. Was dann wieder im Gegensatz zum Einsatz der Eisenstange beim ersten Überfall stünde, sollte dieser wirklich wegen Frau Hocheder und Herrn Kramer durchgeführt worden sein.

Große Sorgen bereitete auch dem Polizeidirektor Marinopoulos die Tatsache, dass die oder der Täter so schnell hatten reagieren können. Der Anruf von Kirios Vardakastanis beim Polizeidirektor wegen eines Termins für heute war gestern kurz nach einundzwanzig Uhr erfolgt. Leider musste dieser danach die Chefin seiner Verwaltung und seinen Stellvertreter informieren, damit der Besuch am Morgen vorbereitet werden konnte. Und damit seine ängstlichen Politiker aus dem »Innenministerium« Messeniens nicht von anderer Seite informiert würden, gab er auch an seinen Verbindungsmann der regierenden Partei den Termin weiter. Dazu erklärte er, dass der Gönner der Region aus eigenem Entschluss und durch Vermittlung eines deutschen Freundes, damit war ich gemeint, kommen würde. Als der

Bauer Christos heute Morgen um halb fünf das Haus verließ, um seine Schafe und Ziegen auf die Weide zu treiben, fiel ihm nach der Rückkehr gegen fünf Uhr der Zettel an seiner Haustüre auf. Es müsse also theoretisch eine Informationsquelle im Hause Vardakastanis, bei der Polizei oder im Umkreis des angerufenen Politikers gegeben haben, die sofort reagiert habe. Und dann noch eine organisierende Stelle, die es schaffte, noch in der Nacht oder am frühen Morgen trotz der vielen Dorfhunde unbemerkt Zettel und Umschlag zu Christos zu bringen oder bringen zu lassen!

Wir diskutierten uns die Köpfe heiß, kamen aber letztlich nicht weiter. Stavros machte den Eindruck, als hätte er vorher schon geschlafen und könnte trotz des spannenden Themas nicht mehr richtig wach werden. Er entschuldigte sich damit, dass er die letzte Nacht und fast den ganzen Tag an seiner Erklärung für den Schildkrötenschutzverein gearbeitet habe. Die angestrebte Vorstandssitzung sei in fünf Tagen, abends um sieben Uhr in einem Hotel bei Koroni.

»Bitte kommen Sie, wie versprochen, unbedingt zu diesem Termin. Ich würde mich sicherer fühlen. Der Vorstandsvorsitzende aus Athen, Kirios Konstandinos Manevis, wird auch da sein!«, wandte sich Stavros an Helga und mich. Wir sagten zu und ich informierte später auch die schöne Marina über diesen Termin.

Ansonsten ließen wir zuerst einmal die Lösung dieser brennenden Fragen auf sich beruhen. Kirios Vardakastanis hatte von Polizeidirektor Marinopoulos auch noch erfahren, dass die Schriftproben aus dem Amt für Steuer und Abgaben alle geprüft worden waren und keine Übereinstimmung mit der Schrift auf dem Zettel an der Windschutzscheibe desjenigen gefunden wurde, der auf Bitten Italos in den Akten nachforschen wollte. Auch die Frage, wer dem Manne gedroht hatte, blieb also bis auf Weiteres ungeklärt.

Dann kam Kirios Vardakastanis noch auf Helgas und meine Sicherheit zu sprechen:

»Sie können und wollen sich bestimmt nicht für die nächsten Monate bei uns verstecken, nehme ich an!? In Absprache mit dem Polizeidirektor biete ich Ihnen an, dass in Ihr Anwesen auf meine Kosten eine Videoüberwachung eingebaut wird mit Bewegungsmeldern und entsprechenden Scheinwerfern für die Nacht. Zusätzlich verspricht Ihnen die Polizei fünf in unregelmäßigen Abständen durchgeführte Kontrollfahrten eines Streifenwagens pro Nacht und Notrufnummern zur rund um die Uhr besetzten Polizeistation in Koroni. Weiter werde ich in Absprache mit dem Polizeidirektor eines meiner Schrotgewehre mit Munition bei Ihnen vergessen. Und Sie werden sich bitte morgen früh mit dem Chef meines Sicherheitsdienstes endlich in meiner Schießanlage zu erinnern versuchen, wo der Abzug an Ihrem Revolver ist und zugleich in den Umgang mit dem Gewehr eingeführt werden. Ich weiß, Sie hassen Waffen, aber wir können Ihnen das nicht ersparen. Und Sie sollten schon um Frau Hocheder willen zustimmen.«

Ich kannte das schon, in ähnlicher Weise hatte mich die Polizei in Passau zum Tragen eines Revolvers genötigt. Ich nickte nur resigniert, aber einsichtig.

»Sollte Ihre Sicherheitslage prekärer werden, erhalten Sie von mir eine Leibwache gestellt. Ich selbst muss morgen für mehrere Tage nach Amsterdam fliegen. Der Bentley mit Fahrer steht für Sie bereit, um Sie auf Wunsch nach Hause zu fahren. Wenn meine Frau Eva Zeit hat, wird sie unsere Gäste gerne begleiten. Ich selbst werde von der Polizei in Kalamata informiert, wenn etwas Wichtiges geschehen sollte, und rufe Sie an, sobald ich wieder da bin.«

Danach erlebten wir gemeinsam noch einen gemütlichen Abend, wobei Stavros sehr bald und Kirios Vardakastanis wegen seines Frühtermins nach etwa einer Stunde sich verabschiedeten. Millionärsgattin Eva und wir dagegen gingen erst nach drei

Stunden bei Rotwein, Kerzenlicht und Starren in die mondbeschienene Schlucht ins Bett. Helga und die umgängliche Schwedin waren am Ende, so mein Eindruck, echte Freundinnen geworden.

∽

Nach einer wiederum ungewöhnlichen Übernachtung im »Schwalbennest« oder »Biwaklager«, wie der an die Felswand der Schlucht geklebte Teil der Millionärsdatscha familienintern genannt wurde, hatte ich nach einem Frühstück ohne den mit dem Hubschrauber entflogenen Kirios Vardakastanis mein verordnetes Programm abgespult: Üben in der Schießanlage unter Aufsicht von Jean Ilot, der aus dem Elsass stammte und bereits seit zehn Jahren Sicherheitschef bei der Millionärsfamilie war. Danach Fahrt mit dem Bentley zusammen mit Helga in Begleitung von Eva Vardakastanis und einem Schrotgewehr samt Munition, das ich leidlich zu bedienen gelernt hatte. Natürlich fehlten auch die obligatorischen Jeeps mit der VS-Mannschaft nicht. Die Millionärsfrau hatte dann fast zwei Stunden mit Helga auf unserer Terrasse verbracht, während zwei Spezialisten aus dem VS-Team mit mir einen Anforderungskatalog für die geplante Videoüberwachung erstellt hatten. Mir wurde dabei sehr drastisch vor Augen geführt, dass mein Ferienhaus mit seinem Raumangebot nicht einmal mit dem Küchentrakt der Millionärsdatscha konkurrieren konnte.

Ab Mittag waren wir dann allein. Genau genommen nicht ganz, denn Nikos' gemischtrassiger zotteliger Hund kam ungebadet zu uns auf die Terrasse. Offensichtlich verstand er das als Dienstantritt, denn er blieb die nächste Zeit ohne viel Aufhebens bei uns wohnen. Helga überraschte mich zwischendurch mit einem ungewöhnlichen Vorschlag: Wir sollten uns als Motto für unsere Beziehung »Wir sind doch nicht blöd!« wählen. Sie hatte auch bereits ein entsprechendes Pappschild beschriftet, das sie für die nächste Zeit zur Einübung und als Gedächtnisstütze über unser Bett hängen wollte. Die Idee kam meiner Vorstellung von Altersklugheit sehr entgegen. Und wir hatten viel Spaß dabei, uns Situationen auszumalen, bei denen wir nach diesem Motto handeln wollten oder mussten.

Gegen Abend verspürten wir große Lust auf Meer, obwohl Helga mit ihrer Beinschiene noch nicht ins Wasser gehen konnte. Etwa zeitgleich rief der Polizeidirektor an, um darüber zu informieren, dass der Eisenstangenschläger von den Behörden in Odessa/Ukraine als Gewaltkrimineller erkannt wurde, der häufig in Zusammenhang mit vermuteten Rivalitätskämpfen unter Drogenbanden aufgefallen war. Dies bestärke seinen, Kirios Marinopoulos, aufkeimenden Verdacht, dass dieser Mann möglicherweise als Racheengel in den Überfall eingeschleust worden sein könnte. Er überlege in der Zwischenzeit nämlich ernsthaft, ob nicht unterschiedliche Interessen und Kräfte hinter dieser Aktion gestanden haben könnten. Allerdings sei diese Annahme und wie das alles zusammenhinge zu diesem Zeitpunkt nicht zu beweisen – und zusätzliche Erkenntnisse gäbe es leider derzeit nicht. Er kündigte für die folgende Nacht ohne Videoüberwachung nochmals verstärkte Polizeipräsenz an. Abschließend bat er uns dann noch eindringlich, für den geplanten Ausflug zum Meer einen Streifenwagen als vorsorgliche Schutzmaßnahme zu dulden. Wir duldeten!

Am nächsten Morgen rückte ein ganzer Trupp von Technikern an, um unser Domizil in Richtung Hochsicherheitstrakt aufzurüsten. Der Verwaltungsapparat des Millionärs arbeitete wie erwartet sehr effizient. Abends saßen Helga und ich gebannt vor einem großen Bildschirm, der im Normalbetrieb vierzehn Bilder von allen Ecken unseres Anwesens wiedergab. Wir konnten bei Bedarf einzelne Bilder bis auf Bildschirmgröße vergrößern und daraus wieder Ausschnitte »hoch zoomen«. Daneben schalteten sich ab der Dämmerung über Bewegungsmelder in dem Grundstückssegment, in dem ein Lebewesen auftauchte, relativ starke Scheinwerfer ein. Türen und Fenster waren mit Alarmanlagen gesichert und das Schaltpult enthielt einen roten Knopf für das bewusste Auslösen von Blinklicht und Sirene. Ein weiterer Knopf schaltete eine direkte Verbindung mit der Polizei in Koroni! Gleich in der ersten Nacht zeitigte diese technische Revolution einen überraschenden Erfolg. Endlich konnten wir den Marder beobachten, der in schöner Regelmäßigkeit auf unserer Terrasse seine Kothaufen absetzte, um sein Revier zu markieren. Er sah etwas zerzaust und unterernährt aus. Helga und ich beschlossen spontan, ihn ab jetzt zu füttern. An dem angebotenen Hundefutter aus der Dose hatte er aber wenigstens an diesem Abend kein gesteigertes Interesse.

Wir verbrachten eine sehr ruhige, videoüberwachte Nacht. Nikos' Hund, den wir ab sofort mit dem Namen Sam ausstatteten, schlief aus eigenen Stücken jetzt doch wieder hinter der Eingangstür. Da die Bilder immer dann, wenn bewegte Wärme erfasst wurde, automatisch aufgezeichnet wurden, konnten wir am Morgen die vergangene Nacht auswerten. Außer fünf Besatzungen von Streifenwagen, die in Abständen vor unserem Eingangstor gehalten und einen Blick in unser Grundstück geworfen hatten, und unserem Marder zeigten die Bilder noch einen Dachs, der am Grundstücksende den Komposthaufen durchwühlte. Weiter liefen zwei Hunde (Oder waren es gar die seltenen Schakale?) kurz durch den Rand einer weiteren Szene – und es gab noch Porträts von Ratten, die vergnügt auf der Steinmauer turnten.

Am nächsten Tag sollte nach unserem festen Vorsatz wieder größtmögliche Normalität einkehren. Das hieß, dass Helga trotz ihres Handykaps Korrespondenz erledigte und ihren baldigen Fernsehauftritt vorbereitete, während Sam ihr nicht von der Seite wich. In ein paar Tagen sollte die Gehschiene abgenommen werden. Ich selbst wollte die Zeit nutzen, Sicherheitslage hin oder her, um mit einem der letzten Esel aus einem höher gelegenen Dorf einen Ausflug abseits der Straßen zu unternehmen. Vor einigen Wochen war ich einem Bauern begegnet, der auf einem relativ großen graubraunen Esel ritt und ein sehr ähnliches Tier, mit einigen Säcken beladen, als »Gepäckesel« mitführte. Wir waren ins Gespräch gekommen und er hatte beklagt, dass er kaum noch Beschäftigung für seine Tiere fände, da seine Söhne ihm mit dem Auto beziehungsweise Traktor die meiste Arbeit abnähmen. Nach kürzester Zeit waren wir uns einig und ich konnte mir gegen eine geringe Gebühr eines oder auch beide Tiere ausleihen. Da Helga die Eingangstüre abzusperren versprach, verschrieb ich mir also ein paar Stunden Auszeit ohne Polizei und Videoüberwachung.

Ich hatte mir den älteren, erfahreneren und auch ruhigeren Esel ausgewählt, den ich Max getauft hatte. Für den Bauern hießen beide Tiere nämlich schlicht »Esel«. Der jüngere Esel, für mich Moritz, war noch voller Spieltrieb und daher anstrengender, was meinen Absichten an diesem Tag nicht sonderlich entgegenkam. So saß ich denn am späten Vormittag endlich wieder einmal im – leider sehr unbequemen – mit Seegras gepolsterten Holzsattel. Max und ich pfadfinderten auf ziemlich verwilderten alten Eselspfaden bergab, wobei von der EU gesponserte breitere Versorgungswege jeweils eine willkommene Abwechslung boten. Esel sind klüger als Pferde, wollen wesentlich mehr mitgestalten und entscheiden sehr bestimmt, ob ein Weg brauchbar ist oder nicht. Das ist wohl der Grund, warum sie als störrisch und bockig gelten. Lässt man ihnen aber genügend Spielraum, sind sie anhänglich und regelrecht besorgt um ihren Menschen. Max kletterte sehr vorsichtig und sorgfältig die Steine auswählend, die er benutzte, steile Pfade hinab in ein tief eingeschnittenes Tal eines Wasserlaufes. Im Juli führte der mit Büschen wie wildem Oleander und Bäumen verfilzte Wasserlauf kaum Wasser. In unregelmäßigen Abständen sammelten sich aber Pfützen oder kleinere Tümpel, voll mit Fröschen, Flusskrabben und Insekten wie Wasserkäfern und Wasserwanzen. Es gab viele Schmetterlinge und Libellen, Vögel zeterten in den meterhohen Büschen, es war feuchtschwül – ich liebte diese noch sehr ursprüngliche Welt und war öfters dort unten. Zwischendurch gab es Toskanaausblick auf die meerwärts flacher werdenden Hügel mit ihren Olivenbäumen und Zypressen, davor zunächst kleinere, jetzt meist verwilderte gartenähnliche Gemüseparzellen, dann intensiv vom Tal aus genutzte Felder und endlich Strand und Meer. Die Bauern hatten seit jeher diese Wasserläufe mit ihren auf beiden Seiten vereinzelt auftretenden fruchtbaren Schwemmlandflächen so hoch hinauf, wie es möglich war, genutzt. Da Wasser und Feuchtigkeit das ganze Jahr nicht fehlten, bescherten sie ihnen jährlich bis zu drei Ernten. Das Manko war weiter bergwärts das sehr unwegsame Gelände, sodass die höher gelegenen »Wassergrundstücke« heute nicht mehr lohnten.

Mein eher traditionell eingestellter Freund, Bauer und Eigenbrödler Nikos unterhielt als einer der Letzten noch einen solchen relativ hoch den Wasserlauf hinauf gelegenen, den Büschen und dem Schilf abgetrotzten unrentablen Gemüsegarten. Da gerade eine Kartoffelernte fällig war, vermutete ich ihn auf seinem versteckten Grundstück und lenkte Max gut gelaunt durch die Büsche und streckenweise, Hindernissen ausweichend, durch die Haine von Olivenbäumen an den Talflanken abwärts zu diesem Ziel.

Dabei hatte ich mich richtig auf dieses Original gefreut. Nikos dürfte in meinem Alter sein, ging, wo immer es möglich war, alles zu Fuß, mied meist Supermärkte, hatte keinen Fernseher, aber einen kleinen Kreis gleichgesinnter Freunde. Und er fand trotz seiner vielen Arbeit Zeit für Muße und Gespräche. Als Max mit neugierig nach vorne gerichteten langen Ohren mit mir im Sattel aus der Busch- und Schilfwildnis in die Lichtung trat, war mir sofort klar, dass etwas nicht stimmte. Nikos, der im Normalfall mit seinem Gemüse achtsam und fast zärtlich umzugehen pflegte, drosch heute regelrecht mit einer großen Grabgabel auf seine Kartoffeln ein. Das war keine Ernte, eher ein Gemetzel! Dabei war sein Gesicht wutverzerrt, er redete und fluchte laut und zeigte alle Anzeichen eines Mannes, der völlig von der Rolle war.

»Niko, um alles in der Welt, was ist denn passiert?«, rief ich betroffen aus etwa zehn Meter Entfernung.

Nikos riss sein graues Haupt nach oben, realisierte offensichtlich, wer da auf dem Esel saß, lief puterrot an, stürzte brüllend auf mich zu und schlug mir ohne Vorwarnung seine Grabgabel so heftig auf den Kopf, dass ich aus dem Sattel flog. Max brachte sich mit zwei oder drei Sprüngen in Sicherheit. Mein Strohhut mochte einiges abgefangen haben, ich lag dennoch benommen und offenbar blutend im Kartoffelacker und verstand kurzzeitig gar nichts. Bis ich aus meiner Froschperspektive realisierte, dass Nikos seine Grabgabel auf den Boden schleuderte und in Richtung seines etwas verfallenen Geräteschuppens rannte. Mir wurde schlagartig bewusst, dass er darin unter anderem auch ein Schrotgewehr stehen hatte.

»Was ist bloß in diesen griechischen Vollidioten gefahren?! Der will mich nicht bloß erschlagen, sondern mir wohl auch noch eine Ladung Schrot verpassen!«, schoss es mir durch den schmerzenden Kopf, und ich dachte plötzlich nur noch an Flucht.

Ich rappelte mich auf, mir war schlecht, alles drehte sich und ich sank zunächst wieder auf die Knie. Ich griff die Grabgabel, stützte mich ab und versuchte, um mein Leben fürchtend, den Wasserlauf aufwärts zu hetzen. Nach etwa dreißig Metern war mir klar, dass ich damit keine Chancen hatte. Ich war gestolpert und lag hinter einem Busch, konnte mich nur ganz mühsam konzentrieren und kämpfte blödsinnigerweise auch noch mit einem Lachanfall. Meine beginnende Arthrose in beiden Kniegelenken, soviel spürte ich noch, erlaubte keinerlei weiteren Fluchtversuche. So etwas wie Wut stieg in mir auf, ich griff nach meinem Gürtel, der blöde Revolver lag wahrscheinlich samt Strohhut im Kartoffelacker! Da sah ich durch Geäst und Schilfhalme hindurch Nikos aus dem Schuppen stürzen. Er hatte natürlich seine Flinte in der Hand!

»Mikael!!!«, schrie er, drehte sich – immer noch mit verzerrtem Gesicht – nach mir suchend um die eigene Achse und schoss dabei wutentbrannt in die Luft.

Und dann musste er meine Spur in das Schilf gesehen haben, er rannte in seltsamen Sprüngen in meine Richtung. Mir war das alles irgendwie zu viel. Ich zog mich, plötzlich mit einer seltsam unwirklichen Klarheit mich selbst beobachtend, an der Grabgabel hoch, war zwischen Hocke und Aufrechtstehen. Nikos stürzte mit dem Gewehr im Anschlag knapp an mir und meinem eher schütteren Busch vorbei. Ich schlug ihm meinerseits aus der Drehung heraus mit aller Kraft seine eigene Grabgabel auf den Hinterkopf. Er wurde nach vorne geworfen, der zweite Schuss löste sich und es gab eine Pulver- und Dreckwolke etwa einen Meter vor seinem Kopf, der unsanft auf dem Boden aufgeschlagen hatte. Nikos rührte sich nicht. Ich war blödsinnig euphorisch. »Er hat keine Patrone mehr, er hat keine Patrone mehr ...!«, gab ich in einem abartigen Singsang von mir und stolperte aus dem Schilf zurück in die Lichtung und auf den Kartoffelacker. Dort lagen Hut und Revolver friedlich in der feuchten Erde. Ich hob den Revolver auf: »Ich werd dich nicht erschießen, ich werd dich nicht ...!« rappte es schon wieder aus mir. Ich musste unbedingt raus aus diesem Zustand! Aus den Augenwinkeln sah ich vor der Hütte zwei Eimer stehen, Nikos Wasserreserve! Ich schüttete mir den Inhalt des ersten Eimers über den Kopf, das Wasser war wohltuend kalt und brachte mich einigermaßen zur Besinnung. Sofort bekam ich irre Angst um meinen – wenigstens bis vor Kurzem noch – Freund Nikos.

Als ich mit dem Revolver und dem zweiten Eimer bei dem gefällten Nikos eintraf, versuchte er gerade ohne Erfolg sich hochzurappeln. Er bekam einen Aufguss mit frischem Grundwasser, lag wieder seitlich auf dem Boden und verfluchte mich mit allem, was ihm an griechischen Schimpfwörtern und Verwünschungen zur Verfügung stand. Und das war nicht wenig! Ich setzte mich in gebührendem Abstand neben ihn, sodass er mich sehen konnte. Wobei er zuerst einmal die Augen zusammenpresste wie ein kleines Kind! Ich hatte von ihm gelernt und schoss mit dem Revolver ebenfalls in die Luft. Verblieben mir immerhin noch fünf Schuss. Jedenfalls geruhte er, mit dem Fluchen und Verwünschen aufzuhören und mich hasserfüllt anzustarren.

»Niko, ich will wissen, was los ist. Rede, du Blödmann, und bleib ja schön liegen!« Man konnte ja nie wissen.

Nikos liefen plötzlich Tränen über die Wange: »Eleni! ...«, konnte ich noch verstehen, der Rest ging in Gewürge und Geschluchze unter. Es dauerte dann eine gewisse Zeit, bis er mir den Grund für sein totales Ausrasten verraten hatte. Eleni war seine einzige Nichte, die viel Zeit bei ihm im Dorf verbrachte. Sie war bereits als Kleinkind eine absolute Schönheit gewesen und brachte jetzt mit vierzehn durch ihr Auftauchen ohne Schwierigkeiten jede Männergruppe kurzfristig zum Schweigen. Ich hatte sie etwas aus den Augen verloren, kannte sie aber um so mehr aus stolzen Erzählungen ihres Onkels Nikos. Helga allerdings hatte sie öfters zum Einkaufen mit nach Kalamata genommen. Nikos hatte einen absoluten Narren an seiner Nichte gefressen. Und diese Eleni hatte ihm gestern erzählt, dass ich ihr vor einigen Tagen zweihundert Euro gegeben hätte mit der Aufforderung, mich zu besuchen, wenn Helga wieder einmal nach Deutschland fliegen sollte. Und ich hätte weiter versucht, sie zu küssen und ihr unter den Rock zu fassen. An dieser Stelle musste ich energisch mit meinem Revolver fuchteln, damit Nikos auch tatsächlich liegen blieb. Sie habe ihm sogar die zweihundert Euro gezeigt, setzte der jetzt am ganzen Körper bebende Nikos hinzu!

Ich hatte die Anschuldigung mit Entsetzen vernommen. Die Welt um mich schien verrückt zu sein.

»Niko, bitte, du kennst mich jetzt seit über zwanzig Jahren! Konzentriere dich und versuche dich bitte zu erinnern, wann und wo ich das getan haben sollte! Ich schwöre dir, ich habe deine Nichte seit Wochen nicht mehr gesprochen!«

»Eleni hat mir gesagt, dass es am Montag letzter Woche war. Du bist am Gartentor deines Hauses gestanden, du Schwein ...!«

»Und du Esel hast wohl vergessen, dass ich an diesem Tag mit Helga zu Besuch bei dem Millionär Vardakastanis hoch oben in den Bergen des Taigetos war und wir dort sogar zwei Mal übernachtet haben!«, machte ich ihm deutlich.

Nikos' Wut fiel urplötzlich in sich zusammen, um dann mit einem Schlag um so heftiger wieder zu kommen. Bloß galt sie diesmal nicht mir, sondern seiner Nichte.

»Ich bring sie um, ich bring diese Tochter einer Hündin um!«, schrie der zutiefst enttäuschte Onkel. »Ich werde ...«

»Du wirst gar nichts!«, fuhr ich ihm dazwischen. »Ich schlage vor, Helga wird zusammen mit einer Polizistin mit deiner Nichte reden. Und dich werde ich jetzt verbinden, du blutest wie ein angeschossenes Wildschwein! Und wenn du mir nicht versprichst, vorerst nichts zu Eleni zu sagen, hau ich dir noch einmal deine verfluchte Grabgabel auf deinen Bauernschädel!«

»Und ich schieß dir ein Loch in deinen Lehrerbauch! O Gott, war ich blöd! Dieses Miststück ...«, wollte er wieder anfangen, aber dann schüttelte ihn ein Lachen, wozu er sich jedoch den schmerzenden Kopf halten wollte und plötzlich beide Hände voller Blut hatte. Von da ab war er dann ein braver Patient.

Ich hatte tatsächlich mein griechisches Handy noch in der Tasche. Ich wusste, dass bei einer deutschen Familie eine Geburtstagsfeier stattfand und rief dort an. Wie erwartet war dort auch ein befreundeter deutscher Arzt anwesend, der sich in Griechenland niedergelassen hatte. Nach einigen Erklärungen setzte sich die kleine Geburtstagsrunde in ihre Autos, düste ins Tal und von dort Feldwege hinauf zu dem letzten Feld vor dem Schilf- und Buschgürtel. Dort trafen wir uns gerade, als ich schwankend und mit einem halben Hemd um den Kopf aus dem Schilf kam. Ich führte einen stoischen Max am Zügel, auf dem ein sichtlich mitgenommener Nikos saß. Er war sehr blass und trug die zweite, deutlich blutgetränkte Hälfte meines Hemdes um den Kopf gewickelt. Wir wurden beide unter großer Anteilnahme der Feiergäste auf eine Decke gelegt und von dem Arzt untersucht. Nikos hatte definitiv eine Gehirnerschütterung und musste zusätzlich genäht werden, bei mir vermutete der Arzt eine Gehirnprellung und verpflasterte meine Schläfe.

Es dauerte, bis das von dem deutschen Arzt bestellte Krankenauto mit griechischem Notarzt an Bord eintraf. Eingewiesen worden war es von einem der Geburtstagsgäste, der es an der Hauptstraße abgepasst hatte. Natürlich mussten wir uns noch Spritzen geben lassen gegen Wundstarrkrampf, wobei der Notarzt und der deutsche Mediziner sich stillschweigend geeinigt hatten, dem dauerprotestierenden Nikos eine zusätzliche Beruhigungsspritze zu geben. Eine anwesende deutsche Bekannte, der Nikos ein Grundstück verkauft hatte, begleitete ihn aus alter Verbundenheit ins Krankenhaus. Bevor ich mich von Nikos verabschieden konnte, war er schon eingeschlafen. Und so wurde er denn ins Krankenhaus gebracht, mein Freund, und ich blieb mit einem neuen Problem zurück. Dazu rief ich mit meinem Handy Kirios Marinopoulos, den Polizeidirektor von Kalamata, an. Er versprach, sofort einen Streifenwagen mit Marina zu meinem Haus zu schicken. Und da das Personal gerade knapp sei und sonst sein Stellvertreter käme, werde er höchstpersönlich den Fahrer spielen.

Ich lag einige Zeit später verpflastert auf einer Liege im Schatten unserer Terrasse, hatte einen Eisbeutel auf dem Kopf und hielt Hof. Max war von Mädchen aus der Geburtstagsgruppe zurück zu seinem Besitzer gebracht worden. Helga, zutiefst beunruhigt, humpelte mit ihrer Gehschiene besorgt um meine Liege. Der deutsche Arzt, ein etwas griesgrämiger Schwabe, war noch einmal erschienen und wollte seine Diagnose zusätzlich absichern. Es blieb letztlich bei der Gehirnprellung, der Prophezeiung von »mindestens einer Woche Kopfschmerzen« und dem Rat, mich zu schonen. Kaum war der Arzt, zu dem ich großes Vertrauen hatte, gegangen, bremste ein Streifenwagen mit Blaulicht vor unserer Einfahrt. Kirios Marinopoulos in Uniform und eine umwerfende – wie selbst Helga fand – Marina in Zivil eilten an meine Liege. Nach einer herzlichen Begrüßung und einem milden Tadel dafür, dass ich ohne mich abzumelden »ausgerissen« war, gab ich nochmals einen ausführlichen Bericht über die letzen zwei Stunden. Der Polizeidirektor fand meinen Vorschlag gut, dass Marina zusammen mit Helga Nikos' Nichte Eleni befragen sollten. Er selbst wollte im Auto sitzen bleiben und anhand des Protokolls der Befragung entscheiden, ob er danach noch Zusatzfragen haben würde. Ich blieb allein mit Revolver, Schrotgewehr und einem dauerschlafenden Hund Sam zurück auf meiner Liege und hatte endlich Zeit, mich heftigst zu bedauern. Allerdings dauerte es nur gute fünfundvierzig Minuten, bis das Befragungsteam aus dem Oberdorf zurückkam.

Dazwischen hatte mich auch noch der Jungmillionär Stavros angerufen und nochmals an den morgigen Termin mit dem Vorstand des Schildkrötenschutzvereins erinnert. Es werde, meinte er etwas geheimnisvoll, wohl nicht mehr lange dauern, bis er mit mir etwas sehr Unangenehmes besprechen müsse. Ich versicherte ihm meine Bereitschaft zur Unterstützung und bat ihn, nicht zu lange zu warten. Unangenehmes, so mein Altmännerratschlag, habe nämlich ungelöst häufig die Tendenz, im Laufe der Zeit noch unangenehmer zu werden. »Wie wahr!«, seufzte Stavros und wirkte recht deprimiert. Ich verschwieg ihm zunächst mein jüngstes Abenteuer. Stavros übermittelte abschließend noch Grüße seines Vaters, der immer noch in Amsterdam gebraucht würde, und verabschiedete sich. Bei Stavros braute sich unter Umständen auch etwas zusammen, mein Karma war bereits wieder in Aktion!

An dem Verhalten des Polizeichefs von Kalamata, seiner Schönheitskönigin im Staatsdienst und auch meiner Privatgöttin Helga konnte ich ablesen, dass die Befragung von Eleni Interessantes zutage gefördert hatte. Wie Kirios Marinopoulos berichtete, war Eleni, nachdem Helga ihr über den Vorfall auf dem verborgenen Kartoffelacker ihres Onkels berichtet hatte, sofort bereit, alles was sie wusste und erlebt hatte zu erzählen. Sie war vor zwei Tagen nach dem Verlassen der Schule in Kalamata von einem »eher schmierigen und parfümierten« griechischen Mann mittleren Alters angesprochen worden. Er zwang sie mit der Drohung, ihr Onkel werde sonst großen Schaden erleiden, sich zu ihm an einen Tisch eines kleinen Kafenions zu setzen. Dort trug er ihr auf, ihrem Onkel die erlogene Geschichte über meine unsittliche Belästigungen zu erzählen. Er »belohnte« sie im Voraus mit zweihundert Euro in bar. Dann drohte er ihr, sie dürfe sich ja keinen Fehler erlauben, weil sonst die Olivenbäume ihres Onkels brennen würden. Und wörtlich: »Wir haben das schon öfters gemacht!« Danach ließ er Eleni zur Einübung die Anschuldigungen gegen mich drei Mal wiederholen und schärfte ihr nochmals ein, ja keinen Fehler zu begehen. Und dann durfte sie gehen.

Zu Hause hatte sie dann, aus Angst um ihren Onkel und seine Olivenbäume, Nikos alles wie aufgetragen vorgelogen. Dieser habe anschließend fürchterlich getobt, gebrüllt, er werde mich umbringen und sei dann Richtung Kartoffelfeld verschwunden. Ihr Onkel Nikos habe wohl in der Hütte seines Schilfgartens übernachtet, was öfters vorkam. Sie selbst sei in der Zwischenzeit fast gestorben vor Angst und Verzweiflung und hätte weder aus noch ein gewusst. Auf Nachfrage konnte Eleni den Mann leidlich beschreiben. Er müsse wohl aus Athen stammen, war eher mager und habe eine etwa fünf Zentimeter lange rote Narbe auf dem rechten Handrücken. Die Polizei werde, so der Direktor, Eleni vor der Wut ihres Onkel zu schützen wissen. Sie bitte aber darum, dass Helga und ich ebenfalls den Bauern Nikos entsprechend beeinflussen möchten, was wir sofort zusagten.

»Ich werde von einer Anzeige wegen versuchten Totschlags absehen, es sei denn, Nikos verhält sich seiner Nichte gegenüber ohne Verstand!«, gab ich zusammen mit der Erlaubnis bekannt, dies bei der sicherlich stattfindenden Befragung Nikos' zu verwenden.

Die Polizei lächelte und bedankte sich artig. Kirios Marinopoulos versuchte sich danach schon wieder in einer Zusammenfassung der bisherigen Ereignisse und unserer Ermittlungsergebnisse, wobei er mit einem Stock Kreise in den Kiesweg unterhalb der Terrasse malte. Im Mittelpunkt standen in einem großen Kreis der Überfall in Koroni mit der gezielten Attacke gegen Helga und der vorangegangene Drohbrief. Dann folgte als erster Mond zu diesem zentralen Geschehen ein Kreis für den Schuss auf den Bentley von Vardakastanis und das Aufdecken durch den deutschen Ermittler (Verbeugung in meine Richtung) der Art und Weise, wie der Bergbauer Christos dazu gezwungen worden war. Ein nächster Mondkreis symbolisierte den Ausraster meines Freundes Nikos und die Klärung der Umstände, wie diese für Helga und mich nervige Angelegenheit arrangiert worden war.

»Auffällig ist bei beiden Nachfolgeereignissen das ›Benutzen‹ von Unbeteiligten, denen massiv gedroht worden war. Ziel beider Attacken war einmal wahrscheinlich der Millionär, zum andern Kirios Kramer. Anders als beim Angriff auf Frau Hoheneder war aber beide Male eher Einschüchterung oder Verunsicherung der Zielpersonen beabsichtigt. Wir dürfen also vermuten, dass der Organisator dieser Vorfälle derselbe ist – und dass er auch der ist, der den Überfall und den Drohbrief zu verantworten hat. Wie er zu dem wilden Ukrainer gekommen war und warum er ihn eingesetzt hat, wissen wir, wie sicherlich vieles andere, einfach noch nicht. Bleibt noch ein dritter Kreis, die Drohung einschließlich des Reifenzerstechens gegen den Freund des Freundes unseres Studenten Italo, der in der Steuerbehörde arbeitet. Leider hat ja der Schriftprobenvergleich bisher nichts gebracht!«, schloss der Polizeidirektor mit einem Seufzer.

»Wahrscheinlich hat der Mann den Zettel selbst geschrieben und sich auch seine Reifen selbst zerstochen!«, sagte Marina. Ihr Chef verstand diese Aussage als nicht ernst gemeinten Einwurf, um ihn vor einem Abgleiten in die Schwermut zu bewahren. Marina blieb aber hartnäckig und bat den Polizeidirektor, doch überprüfen zu lassen, ob bei dem Schriftvergleich auch die Schrift desjenigen mit einbezogen wurde, gegen den sich die Drohung gerichtet hatte. Etwas widerstrebend griff Kirios Marinopoulos dann doch zu seinem Handy. Das Ergebnis war, dass der Geschädigte bisher nicht verdächtigt worden sei und deshalb keine Nachforschungen in seine Richtung angestellt worden waren. Kirios Marinopoulos änderte das sofort.

»Kommt bei diesen Drohungen gegen die erpressten Unbeteiligten nicht verdächtig oft die Drohung mit der Brandstiftung vor?«, fragte ich meine Besucher von der Polizei.

»Haben Sie das auch gemerkt?! Mir ist schon bei der Schilderung der Organisation des Überfalls in Koroni durch den vom Volk ergriffenen Täter aufgefallen, wie locker der Organisator ähnlich wie bei manchen Brandstiftungen eine ganze Flotte von Motorradfahrern aufbieten konnte. Ich bin sehr gespannt, auf was wir da noch alles stoßen werden!«, antwortete Kirios Marinopoulos.

Der Polizeidirektor wollte zusammen mit Marina noch kurz im Krankenhaus von Kalamata bei Nikos vorbeisehen. Vorher aber sollte der Polizeiapparat in Bewegung gesetzt werden, um aufgrund von Elenis Angaben eventuell weitere Hinweise auf den Mann zu finden, der sie zu ihren Lügen erpresst hatte. Das hieß konkret, im Kafenion nach Zeugen und in der Verbrecherdatei nach Männern mit auffälligen Narben auf dem rechten Handrücken suchen zu lassen. Die beiden brausten ab, mit Blaulicht und Marina am Steuer.

Helga und ich blieben bis kurz vor der Dämmerung auf der Terrasse. Ich hatte das Bedürfnis nach Händchenhalten. Sah uns ja keiner und Sam schlief sowieso die meiste Zeit! Dabei erfuhr ich von Helga, dass sie heute per Email eine Einladung aus den USA von der Universität in Cincinnati erhalten habe. Der dortige Lehrstuhlinhaber, den sie vor Jahren auf einem Kongress kennengelernt hatte, gäbe ihr die Gelegenheit, auf einer Tagung der Universität das Ergebnis ihrer Forschung über das gewandelte niederbayerische Partnersuchverhalten vorzutragen. Der Termin sei leider ziemlich bald. Sie müsse, falls sie diese Chance ergreifen wolle, schon ein paar Tage vor dem Fernsehauftritt nach Deutschland fliegen und sofort am Tag nach dem Auftritt die Reise in die USA antreten. Mir stellten sich spontan meine Resthaare auf!

»Konkret heißt das, übermorgen hier aufzubrechen und frühestens zwei Wochen später von den USA nach Griechenland zurückzukehren. Ich kämpfe mit mir, Michael, es sieht so aus, als würde ich dich im Stich lassen!«, meinte meine niederbayerische Liebe.

Ich sagte eine Zeit lang nichts, während mich Helga auf ihrer Liege von der Seite aus beobachtete.

»Irgendwie müsste ich froh sein, dass du gute zwei Wochen aus der Schusslinie bist. Auf Anhieb gelingt mir das aber nicht so ganz. Auf keinen Fall will ich dich beruflich einschränken. Für unsere Zukunft ist das wichtig, ich weiß. Bitte lass die Botschaft auf mich wirken und morgen beim Frühstück können wir darüber sprechen!«

Der Rest des Händchenhaltens war dann noch etwas intensiver. Als mir aus meiner Großgehirnrinde klar gemacht wurde, dass ich schon wieder drauf und dran war, ähnlich wie in früheren Verhältnissen der Partnerin zu wenig Raum zu lassen, ahnte ich, dass gegen allen Tumult in mir die Vernunft siegen musste!

∼

So als wären die Ereignisse des vergangenen Tages noch nicht heftig genug gewesen, kam in der Nacht dann noch eine weitere Aufregung hinzu. Gegen zwei Uhr morgens fing Sam im Flur an zu knurren. Ich kroch, halb im Schlaf, auf allen Vieren zu dem Monitor der Überwachungsanlage und war ganz schnell wach. Ein vermummter Halbwüchsiger war gerade dabei, hell angestrahlt durch die neuen Scheinwerfer, eine offenbar tote Schildkröte mit einer Schlaufe an die Türklinke unserer Haustüre zu hängen. Ich drückte den roten Alarmknopf. Eine laute Sirene heulte, drei Blinklichter drehten sich, der Junge flüchtete wieselflink zuerst in Richtung Grundstücksende. Nachdem er nacheinander von zwei weiteren Scheinwerfern erfasst worden war, machte er kehrt und rannte zurück zum Ausgang. Und damit genau in eine Polizeistreife! Die Männer hatten ihn wahrscheinlich abgepasst. Obwohl er zappelte, um sich trat und sogar einen Beamten in die Hand biss, lag er in kürzester Zeit in Handschellen auf dem Boden. Danach hoben ihn die Beamten hoch und warfen ihn erbost auf den Rücksitz, wo bereits ein anderer, ebenfalls gefesselter Mann laut schimpfend und fluchend sich bemerkbar machte. Eine kapitale Ohrfeige eines Polizisten brachte ihn zum Schweigen. Zimperlich waren die griechischen Beamten nun wahrlich nicht!

Ich hatte genug Kino, öffnete die Haustüre und begrüßte die Polizei. Einer der Beamten, der aus unserem Dorf stammte und den ich persönlich kannte, kam zu uns an die Tür. Im Bademantel desinfizierte und verband Helga ihm als Erstes seine blutende Bisswunde. Der toten Landschildkröte war mit einem Hammer oder einem Stein der Kopf zerquetscht worden. Danach hatte man ihr eine Schnur um ein Hinterbein gebunden mit einer Schlaufe, die sich bequem in die Türklinke einhängen ließ. Der Anblick des toten Tieres erschreckte Helga gewaltig. Ich fand diesen neuerlichen Anschlag eher hochgradig kindisch und albern. Der Vorgang erinnerte mich an einen »Streich« von pubertierenden Schülern, die mir einmal ein überfahrenes Huhn an die Haustüre gehängt hatten. Der Mann und der Halbwüchsige waren Zigeuner aus Messini und der Polizei bekannt.

»Es gibt bei unseren Zigeunern eine ganze Reihe schwarzer Schafe, die dem Rest der Gruppe durch ihr Verhalten mächtig schaden!«, sagte der Beamte.

Die Polizisten hatten den alten Pick-up der Männer in die Bergstraße zu unserem Dorf einbiegen sehen und waren ihm mit Abstand und abgeblendeten Scheinwerfern gefolgt. Etwa fünfzig Meter vor unserer Einfahrt war dann der Junge mit schwarzer Vermummung aus dem Auto gestiegen und zu unserem Tor gelaufen. Nachdem die Beamten um die Sicherungsvorkehrungen auf unserem Grundstück wussten, hatten sie zunächst den Zigeuner aus dem wartenden Auto verhaftet. Und dann wurde auch schon der Alarm ausgelöst und der Junge war ihnen regelrecht in die Arme gelaufen.

Der Beamte verstaute die tote Schildkröte als Beweismittel in einer Plastiktüte, kündigte für den nächsten Tag einen Polizisten aus Kalamata an, der die Videobilder auswerten würde, und wünschte uns höflich eine gute Nacht. Helga und ich schlossen die Türe ab, stiegen über den bereits wieder schnarchenden Sam, der offenbar mit seinem kurzen Geknurre seine Aufgabe als erledigt betrachtete, und gingen zu Bett. Helga zitterte am ganzen Körper. Ich war eher genervt und wütend und hatte als Nachwehen von Nikos' Schlag mit der Grabgabel heftige Kopfschmerzen. Wir konnten beide lange nicht einschlafen.

»Bitte fahr nach Amerika!«, flüsterte ich Helga ins Ohr. Sie nickte nur und klammerte sich an mich.

∽

Am Tag darauf ein strahlender Julitag. Schon der Morgen ließ ahnen, dass es heiß werden würde. Wir waren früh auf den Beinen, weil im Krankenhaus von Kalamata entschieden werden sollte, ob Helga auf ihre Gehschiene zukünftig verzichten konnte. Vorher aber lief das Telefon heiß. Zuerst der Polizeidirektor, der wie ich den neuerlichen Vorfall mit der toten Schildkröte als »merkwürdig dilettantisch und fast dümmlich« einstufte. Wir rätselten, was damit bezweckt werden sollte, außer Helga und mir Griechenland zu vermiesen. Die beiden Handlanger aus der Zigeunergemeinde in und um Messini erzählten eine Version der Tat, die in das bisherige Schema passen würde: Aufforderung zur genau umschriebenen Tat mit einem anonymen Briefumschlag, der dreihundert Euro enthielt und zugleich die Drohung, bei Weigerung das Zigeunercamp abzufackeln. Dazu die Aufforderung zur Vernichtung der Anleitung. Sollten die Zigeuner mit der Polizei in Konflikt kommen, war ein Schmerzensgeld von bis zu eintausend Euro in Aussicht gestellt. Kirios Marinopoulos war geneigt, den beiden zu glauben. Er überlegte noch, ob im Zusammenhang mit der Auslobung der eintausend Euro mit den beiden Zigeunern eine Falle zu organisieren wäre. Mein Angebot, das dazu nötige Bestechungsgeld für die Zigeuner aus meiner Vergütung durch den Millionär Vardakastanis zu nehmen, konnte ihn trotzdem noch nicht zu einer Entscheidung veranlassen.

»Wenn die beiden bloß nicht so durchtrieben wären. Die sind imstande und kassieren doppelt, wobei sie uns eine wilde Räuberpistole vorspielen. Vielleicht macht ja ›das Böse‹ bald einen Fehler, der uns endlich weiter hilft. Einen Fortschritt gibt es übrigens bereits: Eine erste Überprüfung der Schrift von Vassilios Dukakis, dem Freund des Italo-Freundes, legt den Verdacht nahe, dass er sich per Zettel tatsächlich selbst bedroht hatte. Gut, dass Marina so hartnäckig war. In zwei Tagen haben wir ein wissenschaftliches Ergebnis, und dann können wir loslegen!«, sagte der örtliche Polizeichef.

Es klang so, als wäre er heilfroh, dann wieder direkte Polizeiarbeit leisten zu können. Ich fragte mich bloß, was denn sein Vizepolizeidirektor die ganze Zeit über machte. Wahrscheinlich durfte er im Direktorenbüro sitzen und die Ledersessel streicheln. Kirios Marinopoulos bat uns, die Aufzeichnungen von dem »Landschildkröten-Vorfall« letzte Nacht abends Marina zu übergeben. Sie würden bestenfalls als Beweismittel zur Aburteilung der Zigeuner dienen. Dann wünschte er Helga viel Glück im Krankenhaus und eine schöne Zeit in den USA.

Nach dem Polizeidirektor meldete sich noch Jannis von der Staatspolizei. Er ließ sich alles genau erzählen und versprach, demnächst zu uns zu kommen. Als Dritte rief dann Eva Vardakastanis an. Sie machte sich Sorgen um Stavros, der trotz Aussprache mit dem Vater und der Übertragung des Managements der neuen Schildkrötengrundstücke einfach nicht mehr zu seiner früheren unbeschwerten Form zurückfand. Und sie machte sich, nachdem ich ihr die letzten Ereignisse erzählt hatte, auch Sorgen um Helga und mich. Als sie von Helgas morgigem Abflug erfuhr, bot sie spontan an, sie in Begleitung von Personenschützern zum Flughafen nach Athen zu bringen.

Im Krankenhaus, das wir auf Anordnung des Polizeidirektors in einem Polizeiauto aufsuchten, lief alles nach Wunsch. Wir konnten danach befreit meinen Freund Nikos besuchen, der etwas benommen, aber nicht unglücklich wirkte. Er war heilfroh, dass seine Nichte uns nicht aus Geldgier aufeinander gehetzt hatte. Und er war gerührt, dass sie sich solche Sorgen um ihn gemacht hatte. Er wünschte sich, sie möge ihn im Krankenhaus besuchen. So gefiel er mir wesentlich besser! Er versprach Helga treuherzig, sobald er aus dem Krankenhaus entlassen würde, werde er auf mich aufpassen – und zwar unter Einsatz seines Lebens und ohne Grabgabel. Damit war ja dann meine Zukunft abgesichert!

Auf der Fahrt nach Hause konnten wir endlich wieder in unserer Lieblingsbucht schwimmen. An den Polizeischutz hatten wir uns in der Zwischenzeit einigermaßen gewöhnt. Helga und ich redeten nicht all zu viel. Ich empfand es trotz allem als Glück, eine Partnerin zu haben, deren geplante zweiwöchige Abwesenheit mir ernste Probleme bereitete.

Nachmittags packte Helga ihre Koffer, während ich halb betäubt durch starke Kopfschmerztabletten die Zeit auf meiner Liege im Schatten verdöste. Nikos' Hund Sam hatte es sich zur Aufgabe gemacht, mich dabei zu bewachen. Teilweise, so Helga, schnarchten wir um die Wette.

Wir waren abends pünktlich in Koroni und wurden schon von Marina erwartet. Der erweiterte Vorstand der Schildkrötenschützer war ohne Ausnahme erschienen. Der Athener Vorsitzende Kirios Manevis eröffnete und begrüßte Stavros herzlich. Die anderen Mitglieder des Vorstandes einschließlich Italo und der englischen Studentin Susan waren sehr zurückhaltend, fast feindselig. Ich schloss daraus, dass sie noch nicht informiert waren. Helga und mich stellte der große Vorsitzende als bekannte Vereinsmitglieder und neuerdings Freunde der Familie Vardakastanis vor, die viel zum Zustandekommen der heutigen Sitzung beigetragen hätten. Er vergaß auch nicht, meine aktuelle Rolle als Bevollmächtigter des Millionärs bei der Aufklärung der Hintergründe des Drohbriefes und des Überfalls in Koroni zu erwähnen. Marina wurde nur als unsere Dolmetscherin eingeführt, was ich für einen freundlichen Zug ansah. Kirios Manevis erteilte dem Millionärssohn das Wort, und Stavros machte seine Sache in unseren Augen sehr gut.

Er blieb streng bei der Wahrheit. Er gab eingangs zu, dass er sich bis vor Kurzem kaum mit den Problemen der Meeresschildkröten auseinandergesetzt hatte. Danach gab er Einblick in seine Familiensituation, schilderte seinen Vater als eher gutmütig und sehr korrekt, der aber daran gewöhnt war, für seinen Sohn alles zu regeln. Er beschrieb den heimlichen Grundstückskauf und die für ihn, Stavros, dabei geplante Aufgabe. Dann las er aus der durch Eid bekräftigten Aussage seines Vaters bei der Polizei vor. Zuletzt forderte Stavros den Verein auf, mit ihm zusammen einen Arbeitskreis zu bilden, der ein mögliches Konzept für diese Grundstücke ausarbeiten sollte. Er kündigte aber auch an, dass der Konzeptentwurf danach mit Vertretern der Stadt Koroni und der umliegenden Gemeinden diskutiert werden solle.

»Ich habe«, schloss er seine Rede, »erst seit kurzer Zeit die Ziele dieses Vereins und die Situation der Meeresschildkröten insgesamt wahrgenommen. Mein Vater war mir auch da voraus. Er hat nicht nur seit Jahren den Verein großzügig gefördert, sondern wollte mit dem Kauf der Grundstücke auch verhindern, dass dieser Boden in die verkehrten Hände käme. Er hat mir mit der Übertragung der Verantwortung für ein Konzept großes Vertrauen entgegen gebracht. Ich bin in kurzer Zeit vollkommen überzeugt worden, dass die Ziele dieses Vereins für die Schildkröten und die Menschen nicht nur in dieser Region von großer Bedeutung sind. Ich werde, wenn Sie zustimmen können, in Ihren Verein eintreten und bitte nochmals um Zusammenarbeit!«

Am Ende erhielt der Millionärssohn von den Anwesenden heftigen Applaus. Warum nur wirkte er auch nach dieser Leistung immer noch so besorgt? Helga und ich gratulierten Stavros aus Überzeugung. Dieser junge Mann würde, da war ich mir sicher, gute Arbeit leisten. Wir verabschiedeten uns bald, da Helga am nächsten Tag frühzeitig von Stavros' Mutter mit Gefolge abgeholt werden sollte. Als wir gingen, war die Diskussion mit

Stavros in vollem Gang. Marina wollte noch länger bleiben. Wie sie mir später erzählte, war auch sie noch am selben Abend in den Schildkrötenschutzverein eingetreten.

Es war danach ein schöner und intensiver Abschied von Helga gewesen. Das erneute Vorfahren der Millionärsflotte mit dem abartig riesigen Bentley in der Mitte gab am nächsten Morgen unserem Dorf mächtig Stoff für Spekulationen. Schade nur, dass die Alten, die früher ein Nebenerwerbs-Kafenion einer alten Bäuerin bevölkert hatten, nach und nach ausstarben oder zu ihren Verwandten nach unten in das Stranddorf gezogen waren. Unser Trubel mit dem Vorfall auf Nikos' Kartoffelacker und anschließendem Notarzteinsatz hatte uns aber weit über die Grenzen des Dorfes hinaus bekannt gemacht. So konnte mir Nikos später mit Lachtränen in den Augen berichten, dass bereits am nächsten Morgen »beinahe das halbe Dorf«, soweit es die Griechen betraf, vor Neugierde fast berstend an seinem Krankenbett gestanden hatte. Der Hundesohn hatte nämlich den Ersten davon erläutert, wir zwei hätten endlich den vergrabenen Schatz der geschlagenen deutschen Besatzungsmacht aus dem Zweiten Weltkrieg gefunden. Über all dem Reichtum seien wir uns dann aber in die Haare geraten. Der hinterhältige Deutsche (gemeint war ich!) habe ihm dabei von hinten eine Grabgabel über den Kopf gezogen. Seine Antwort auf meinen Protest, er hätte doch nicht zugeben können, dass er zuerst zugeschlagen habe und dann auf meine Falle hereingefallen sei, klang aus seiner Sicht wahrscheinlich logisch. Jedenfalls, so erzählte er den Dorfbewohnern, hätte er mich danach windelweich geschlagen und nur aus Mitleid nicht zerstückelt. Kurz darauf allerdings wäre es dann wieder zu einer Versöhnung gekommen!

»Und was ist aus dem Schatz geworden, du widerliches Lügenmaul?!«, fragte ich und wusste nicht genau, ob ich lachen oder wieder eine Grabgabel holen sollte.

»Da wir uns beide klar geworden sind, dass Reichtum die Menschen schlecht macht, hast du den Schatz mit meinem

Einverständnis noch in derselben Nacht in einen Sack gesteckt und im Meer versenkt!«, grinste Nikos unter seinem Verband hervor.

»Ist dir schon klar, dass die Einheimischen uns jetzt für die blödesten Typen auf dieser Erde halten!? Oder dass sie einfach nicht an unsere Weisheit glauben und unsere Häuser und Gärten durchstöbern werden, um den dort vermuteten Schatz zu finden!?«, antwortet ich.

In der Tat geistern in unserer Gegend die unterschiedlichsten Gerüchte über von den Nazideutschen zurückgelassene wertvolle Schätze durch die Kafenions. Übrigens auch von im Winter am Strand angeschwemmten Schätzen aus gekenterten Schiffen. So sollen zum Beispiel einmal »Tonnen« (oder waren es doch nur zwei Stück gewesen?) von Haschischpäckchen angelandet sein, die den glücklichen Finder steinreich (oder wenigstens kurzzeitig fröhlich) gemacht hätten.

»Weißt du«, gluckste Nikos zum Abschluss, »jetzt haben die Leute endlich wieder Stoff, der ihre Einbildung in Trab hält. Dann müssen sie nicht immer in den Fernseher glotzen und sich die Birne aufweichen lassen. Und ich habe ja Helga versprochen, dass ich ab jetzt auf dich aufpassen werde!«

Ich konnte diesem Bauern einfach nicht ernsthaft böse sein. Wir, das heißt Nikos, Sam und ich lagen auf meiner Terrasse. Es war der zweite Tag nach Helgas Abreise. Abends sollte dann Helgas Auftritt live im deutschen Fernsehen übertragen werden. Mein Kopfschmerz war an diesem Tag nur mäßig aktiv. Der Sturschädel von Nikos hatte im Krankenhaus so lange protestiert und lamentiert, bis den Ärzten der Geduldsfaden gerissen war und sie ihn am Morgen dieses Tages entlassen hatten. Offensichtlich hatten sie aber ihre eigenen Methoden entwickelt, um solche unbelehrbaren Typen mit Gehirnerschütterung wenigstens einigermaßen ruhig zu stellen. Sein rechtes Bein steckte nämlich in einem überdimensionalen Gehgips! Im Vertrauen hatte mir der behandelnde Arzt auf Englisch verraten, dass eine junge Assistenzärztin dringend Erfahrungen im Eingipsen sammeln musste und Nikos noch mindestens einige Tage Ruhe brauche. Nikos aber hatten sie den Gehgips mit akuter Thrombosegefahr erklärt, die leicht zu einem Schlaganfall führen könnte.

Seine überaus erleichterte Nichte Eleni hatte Ferien und daher Zeit, für uns zu kochen. Ich hegte den Verdacht, das fürsorgliche Kind wollte auf alle Fälle weitere Raufereien zwischen ihrem Onkel und dem Deutschen verhindern. Eleni bestand darauf, zum Kochen des Abendessens unbedingt wieder zu kommen. Da ich wie alle Ausländer im Dorf eine Satellitenschüssel mein eigen nannte, wollte sie anschließend Helga im Fernsehen bewundern. Mir war das alles recht. Lenkte es mich doch ab vom Trübsalblasen, wozu ich gerade große Neigung verspürte. Nach dem Mittagessen leisteten Nikos und ich uns ein kurzes Altherrennickerchen. Wenig später aber wurde Nikos schon wieder unruhig und schlug vor, wir sollten mit unseren griffbereiten Schrotgewehren auf Blechdosen oder Ähnliches schießen. Da ich im Dorf nicht schon wieder unangenehm auffallen wollte, schlug ich ihm ein Zielschießen mit Pfeil und Bogen vor. Ich holte Helgas Mongolenbogen und die dazugehörigen Jagdpfeile, ein Souvenir von einem geführten Outdoorurlaub in der Mongolei zusammen mit ihrem damaligen Ehemann. Der Bogen hatte keinerlei Zieleinrichtungen und entsprach unserer beider Vorstellung von einer Waffe für echte Männer. Dann schichtete ich in angemessener Entfernung vier bereitliegende Strohballen aufeinander und befestigte die große Strohzielscheibe daran. Ich hatte bereits ziemlich oft mit diesem lederüberzogenen Metallbogen geübt. Nikos war nur wenige Male dabei gewesen, war aber der wesentlich treffsicherere Schütze. Nachdem wir die erste Distanz ziemlich gut beherrschten, schickte ich mich an, die Strohballen ein Stück weiter weg zu befördern. Ich wollte gerade die Terrasse verlassen, da blitzte aus der Krone eines meiner alten Ölbäume ein Mündungsfeuer auf, krachte der Schuss und schlug fast gleichzeitig patschend und spritzend die Schrotladung auf die Schindeln der Terrassenüberdachung.

Ich lag auf dem Boden, meine Deckung bestand aus dem gemauerten Treppchen, das zur Terrasse hoch führte. Nikos war nicht zu sehen, er musste in größter Eile um die Hausecke gehumpelt sein. Unsere beiden Schrotgewehre lehnten friedlich hinter unseren Liegen. Eine unmögliche Situation. Langsam dämmerte es mir, dass der Schütze entweder nicht schießen konnte oder nicht treffen wollte. Und warum, in aller Welt, klettert einer auf einen Olivenbaum? Wie wollte der da oben davonkommen, wenn wir an unsere Waffen gelangten? Oder wenn die Polizei kommen sollte, weil jemand aus dem Dorf dort angerufen hatte? Wenn, wenn … Ich musste irgendwie ein Gewehr in die Hand bekommen. Hört dieser Irrsinn nie auf! Ich merkte, dass die Wut mich unvorsichtig zu machen drohte, und versuchte ruhig zu atmen. Im Olivenbaum tat sich, soweit ich das sehen oder hören konnte, vorerst nichts. Ich zog im Liegen mein T-Shirt aus und eine meiner Sandaletten, legte das T-Shirt darauf und spielte über die Kante des Treppenabsatzes Kasperltheater. Prompt wieder ein Schuss, tiefer zwar, aber weit daneben in einen Busch, der weitgehend entlaubt wurde. Und dann zwei fallende leere Patronenhülsen. Bis ich realisiert hatte, dass der Angreifer auch laden musste, wieder ein Schuss und wieder – und dann eine unverkennbare niederbayerische, heftig verzweifelte Männerstimme aus dem Baum:

»Wo is d´ Helga, wo is mei Wei (Weib/Ehefrau)!?«

Und dann wieder zwei Schrotladungen in unsere Richtung. Wieder Gebrüll:

»I schias ois üban Haufa, i mecht mei Wei!«, was soviel hieß wie: »Ich werde alles in Trümmer schießen, ich will meine Frau (wieder)!«

Das gibt es doch nicht. Da drüben in meinem Ölbaum saß der ach so vornehme Schleimer, Notar und Exmann meiner niederbayerischen Liebe, der seit fast zehn Jahren ein Verhältnis mit seiner Büroleiterin hatte, und schoss mir die Fensterscheiben in Trümmer.

»Hör zu schießen auf, du Trottel du niederbayerischer. Bald kommt die Polizei. Wirf dein Schrotgewehr weg, komm herunter und lass uns reden. Bist du denn völlig durchgedreht?!«, startete ich einen vorsichtigen Versuch einer Deeskalation.

Als Antwort wieder zwei Schüsse, diesmal etwa in meine Richtung. Ich verspürte einen leichten Stich im Unterarm. Ein quer schlagendes Schrotkorn musste mich erwischt haben. Jetzt reichte es! Etwa einen halben Meter vor der letzten Treppenstufe lag ein Feldstein, ich hatte damit Mandeln vom letzen Jahr geknackt.

»Schieß nur, du niederbayerischer Volldepp!«, provozierte ich. »Du wirst dich wundern, wie schön es in griechischen Gefängnissen ist. Und deine Notarpraxis kannst du auch vergessen!«, schrie ich quer über den braunen Sommerrasen.

Zwei Schüsse. »I mecht ...«. Ich sprang auf, griff den Feldstein, ein lauter Schrei aus dem Ölbaum, ein Gewehr plumpste auf den Boden, ein wimmernder Notar hing aus dem Baum, ein Pfeil ragte ihm aus dem Hinterteil. Ein offensichtlich wütender Sam stürzte zum Baum, verbiss sich in einen der herunterhängenden Notarfüße, der Mann schrie noch lauter, dann fiel er aus fast zwei Metern auf den Boden. Sam stand mit aufgestelltem Nackenhaar über dem Liegenden, Nikos mit mongolischem Bogen in der Hand humpelte lachend auf die Szene zu. Ich ließ den Stein fallen, stürzte zu unseren Gewehren und eilte schwer bewaffnet auf die Gruppe zu. Der niederbayerische Notar lag auf dem Bauch am Boden und wurde geschüttelt von einem Weinkrampf, der sich gewaschen hatte. Nikos holte Sam weg und fragte verwirrt:

»Wer ist bitte dieser dumme Mensch?«

»Helgas Exmann aus Deutschland!«

»Der mit der neuen Frau, dem die Helga nicht mehr gefallen hat?«, fragte Nikos nach.

»Genau der! Und jetzt will er sie wieder haben«, erklärte ich.

»Mana mou!«, zischte Nikos durch die Zähne, beugte sich nieder und riss dem heulenden Notar den Pfeil aus dem Gesäß, was zu einem erneuten gellenden Schrei führte. Danach schleppten wir das willenlose, heulende Bündel auf unsere Terrasse und legten den Notar bäuchlings auf meine Liege. Wir besaßen eine einzige Flasche teueren und starken Whiskys, ein Geschenk von Stavros für unsere Teilnahme an der Vorstandssitzung. Zusammen mit dem Verbandszeug holte ich das hochprozentige Getränk. Wir schnitten mit der Schere aus dem Verbandskasten Hose und Unterhose des Notars auf, Nikos fasste den Mann an beiden Schultern und drückte ihn fest auf die Liege. Und ich desinfizierte mit etwa einem Viertelliter. Der Notar brüllte, versuchte sich aufzubäumen und wurde dann matt. Die Wunde sah, sicher auch wegen Nikos' brachialer Entfernung des Pfeils, relativ hässlich aus. Sam hatte zum Glück nur den Schuh gelöchert. Wir nötigten dem Notar einen kräftigen Schluck aus der Flasche auf. Danach versuchte ich eine Art Druckverband, weil die Wunde doch sehr blutete. Dann rief ich den schwäbischen Arzt an, der nach Auskunft seiner Frau genau vor zehn Minuten nach Hause gekommen war. Ich erzählte ihm die Wahrheit, sagte ihm aber auch, dass wir das Ganze gegenüber der Polizei als Unfall darstellen werden.

»Lassen Sie sich das bitte nicht zur Gewohnheit werden, Herr Kramer. Sonst schließe ich meine Praxis und werde nur noch für Sie arbeiten!«, machte der Arzt sich Luft, versprach aber, bald zu kommen.

Langsam beruhigte sich Herr Notar Dr. Rudolf Hocheder. Er bekam jede Menge Fruchtsaft. Er sah jämmerlich aus, war unrasiert und hatte stark abgenommen.

»Bitte, wo ist meine Frau Helga?«, stammelte er kleinlaut.

Mit dem Abklingen seiner Hysterie kam auch die Fähigkeit

zurück, so zu sprechen, dass er von allen deutschen Stämmen verstanden werden konnte.

»Deine Exfrau ist gestern nach Deutschland geflogen. Du wirst aber die Chance haben, sie heute noch zu sehen!«, setzte ich schnell nach, als er wieder zu schnüffzen anfing.

»Bitte, bitte, darf ich da bleiben. Wann kommt sie denn?«, fragte er.

»Heute Abend um halb neun Uhr deutscher Zeit im deutschen Fernsehen.«

Der Notar war wiederum enttäuscht. »Darf ich trotzdem da bleiben?«, bettelte er.

Offenbar hatte er in seine Zweitbrunft völlig verdrängt, dass er gerade wie ein Verrückter auf uns geschossen hatte.

»Weißt du, das kommt ganz darauf an, was du mir zu erzählen hast!« Allmählich kam bei mir der Ermittler wieder durch und ich hieß ihn herzlich willkommen.

»Willst du vielleicht die Polizei holen?!«, kam die ängstliche Gegenfrage.

»Das hängt auch davon ab, was du mir alles erzählen wirst. Was du hier veranstaltet hast, reicht für Gefängnis und den Verlust deiner Notarpraxis. Also, streng dich an und versuch ja nicht zu lügen!«, drohte ich einschüchternd. Langsam hatte ich so eine Idee, was ich von dem Exmann meiner neuen Partnerin unbedingt erfahren wollte.

»Was willst du denn wissen?«, kleinlaut von der Liege.

»Zuerst einmal, wann hast du zum letzten Mal etwas gegessen? Du machst den Eindruck, als hättest du in deiner verspäteten Brunft seit Tagen nichts mehr zu dir genommen. Du bist zwar ein Niederbayer, aber kein Elchbulle. Und selbst die fallen in der Brunftzeit vor Aufregung und Anstrengung manchmal tot um. Also sprich!«

Der Notar gab zu, dass er seit einer halben Woche »nichts Vernünftiges« gegessen hatte. Da auch ein gehobener Niederbayer auf dem Lande sicherlich immer noch gerne deftig zu essen gewohnt ist, einigten wir uns auf eine gemischte Vorspeise, viel Salat und noch mehr Fleischspieße mit Pommes. Dazu noch »Zaziki«, womit gewährleistet war, dass die Bude heute Nacht nicht nur nach Männerschweiß, sondern auch nach Knoblauch riechen würde. Nikos war gefragt. Er hatte beste Beziehungen zu einer Art griechischem Fast-Food-Laden mit bäuerlichem Einschlag. Nachdem ich auch für Nikos, Eleni und mich geordert hatte und versprach, alles zu zahlen, war die Umsetzung kein Problem. Das Essen wurde am frühen Abend geliefert. Ich nahm mir vor, die Rechnung auf keinen Fall nachzuprüfen. Damit uns aber der Notar in der Zwischenzeit nicht zusammenbrach, gab es sofort von Nikos aufgewärmte Eleni-Kürbissuppe mit Weißbrot. Nach anfänglicher Zurückhaltung des Patienten fürchtete ich bald, er würde auch noch Becher und Teller verschlingen. Und dann kam die eigentliche Arbeit.

»Erkläre mir, bitte, wie du dich hier zurechtgefunden hast! Wo hast du das Gewehr her, wer hat dir ein Quartier besorgt, wie hast du uns überhaupt gefunden? Und wie gesagt, keine Tricks!« Jetzt war die Rolle des Bad Cop, des harten und fiesen Ermittlers, angesagt.

Mir wurde aber bald klar, dass der Notar Dr. Hocheder froh war, alles loswerden zu können. Unsere Adresse hatte er sich unter einem falschen Vorwand von einer Erbtante Helgas geholt. Ich schrieb demonstrativ mit. Nachdem er von der Idee, Helga zurückzugewinnen, dermaßen gefangen und durch den Wind war, hatte ihn seine alte Geliebte und Büroleiterin und jetzt auch neue Partnerin letztlich vor die Tür gesetzt. Er holte sich Rat ausgerechnet bei meinem verrückten Schulfreund, der aufgrund seiner Gier und seines Geltungsdrangs gelinde gesagt ziemlich abgestürzt war. Der gab ihm prompt aus dem Gedächtnis einen guten Tipp. Der Notar erhielt die griechische Telefonnummer eines Privatdetektivs namens Perikles Chatsis in Nauplia, dessen Hilfe der Schulfreund früher selbst öfters in Anspruch genommen hatte. Der aufgewühlte Notar rief dort an und trug sein Anliegen vor. Der Detektiv ließ sich alle Fakten geben. Dann kam er nach reiflicher Überlegung zu dem Ergebnis, dass nur eine Serie von nervtötenden Vorfällen Helga und mich dazu bringen konnte, Griechenland wieder zu verlassen. In Deutschland wäre es dann Sache des Notars, seine Frau zurückzuerobern. Allerdings müssten mit der Organisation dieser Vorfälle Gesetze gebrochen werden. Dies könne und wolle er sich als kleines Detektivbüro und auch aus moralischen Gründen nicht leisten. Aber er vermittle gerne kostenlos eine Internetadresse, die hier vielleicht weiter helfen könne. Nach dem Einloggen werde der Notar zuerst die Aufforderung erhalten, sich eine Software herunter zu laden, die einen hoch verschlüsselten Zugang zu einem Forum mit entsprechenden Unternehmen biete. Wenn er dann auf diesem Forum »Nadelstiche Griechenland« anwählte, sei er auf der deutschen Seite des gewünschten Unternehmens. Vereinbarungen werden dann unter Decknamen auf einem nur für beide Parteien sichtbaren Teil des Forums getroffen. Alles Weitere liege dann in der Verantwortung des Notars. Grundsätzlich sei dieser Auslandsserver extrem sicher und der geschäftliche Austausch mit dieser Firma bestimmt von keiner ungewünschten Seite, auch nicht von der Polizei, einsehbar.

Der Notar überwies dem Detektiv Perikles Chatsis seine Beratungsgebühr und folgte dieser Anleitung. Alles lief wie angekündigt, er zahlte jeweils im Voraus auf ein Konto einer Bank auf einer der Cayman Inseln den vereinbarten Betrag ein. Es waren zwar saftige Preise, aber die Aufträge wurden prompt ausgeführt. Der Detektiv hatte ihm auf Wunsch noch ein Hotel in Kalamata und sogar ein Leihauto besorgt. Allerdings habe das alles gedauert und nachdem er Helga bei seiner Ausspähung unseres Hauses mit seinem Fernglas plötzlich nicht mehr entdecken konnte, habe er heute dann durchgedreht und auf das verfluchte Ferienhaus geschossen.

»Und welche Aufträge, bitte, hast du erteilt?«, fragte ich nach. Ich hatte Herzklopfen, denn die Antwort könnte uns der Lösung unserer Probleme näher bringen.

»Einen Keil zu treiben zwischen dich und deinen griechischen Freund über die Nichte (viertausend Euro), Helga zu erschrecken mit einer toten Schildkröte an der Haustür (zweitausend Euro) und dazu ein Schrotgewehr zu besorgen, mit dem ich nachts aus weiter Entfernung auf das Haus schießen hätte sollen (dreitausend Euro)«, zählte der Notar auf.

»Und was war noch geplant, wenn der Erfolg ausgeblieben wäre?«, wollte ich weiter wissen.

»Zuerst die Stromleitungen durchzutrennen und das Telefonkabel zu kappen, dann die Wasserleitung zu zerstören, eventuell ein Auto in die Luft zu sprengen oder Feuer zu legen. Das war aber alles nur angedacht, da gibt es bisher keine Vereinbarung!«, beeilte sich der Niederbayer zu betonen. Ich war nämlich über das, was ich da hörte, mächtig in Wut geraten. Ich überlegte kurz, ob ich nicht Nikos bitten sollte, auf seine Art den Verband zu wechseln. Irgendeiner meiner Großgehirnlappen mit dem Sitz des Moralzentrums war leider dagegen.

»Hast du nicht auch vereinbart, den Infostand der Schildkrötenschützer zu zerstören und Helga zu verprügeln?« – man konnte es ja versuchen. Es war ganz schnell klar, dass dies eine andere Baustelle war und der durchgeknallte Notar keine Ahnung davon hatte. Insgesamt aber war es durch die Aussagen von Helgas Exmann jetzt möglich geworden, wenigstens einige größere Bruchstücke aus unserer Rätselsammlung zu erklären. Ich musste dringend darüber nachdenken und dann den Polizeidirektor in Kalamata und danach sicher auch Jannis von der Staatspolizei anrufen. Vorerst aber erschien der Arzt auf der Bildfläche.

Der Schwabe hatte sein inneres Gleichgewicht wieder gefunden und scheuchte zuerst Nikos auf seine Liege, wobei ihn der Gipsfußtrick des Kollegen in Kalamata sehr erheiterte. Es war zu sehen, dass der Notar ein Arztfürchter war. Ich konnte nicht umhin, mit dem schwäbischen Arzt augenzwinkernd darüber zu diskutieren, ob nicht dem Notar, der jede Menge Pulverdampf eingeatmet hatte, präventiv der Magen ausgepumpt werden müsse. Als wir uns das Lachen nicht verkneifen konnten, zeigte Dr. Hocheder zum ersten Mal Spuren von Lächeln in seinem Gesicht:

»Ich weiß, ich war ein Rindvieh, tut mir leid!«, war bereits ein bemerkenswerter Satz aus seinem Munde.

Der Notar musste dann doch etwas leiden. Der Arzt hätte ihn lieber ins Krankenhaus gebracht. Da der Patient sich aber weigerte, machten wir eine Art Notoperation. Es wurde ziemlich blutig und zum Glück kam Eleni dazu, die unbedingt Krankenschwester werden wollte und begeistert dem Arzt assistierte. Nikos hatte sich nämlich auf seiner Liege schon nach fünf Minuten übergeben müssen und ich war nach einer Viertelstunde zunehmend blasser geworden. Ich versprach der vierzehnjährigen Ablösung Eleni einen Riesenseisbecher und ein gewaltiges Abendessen. Der Arzt aber freute sich über das geballte männliche Heldentum auf dieser Terrasse und versprach, morgen vor Beginn seiner Praxis die frisch vernähte Wunde zu begutachten.

Ich konnte nun endlich bei der Polizei in Kalamata anrufen. Ich erzählte Kirios Marinopoulos zuerst die ganze Wahrheit, um dann darauf aufmerksam zu machen, dass alles nur ein Unfall gewesen war.

»Sie verderben mir mit Ihren Verdrehungen meine ganze Erfolgsstatistik! Aber ich bin einverstanden. Ich werde Ihren Bekannten in mein ganz privates Zeugenschutzprogramm aufnehmen. Das ist ja ungeheuer spannend, was sich da aufzeigt. Ich werde angesichts der frischen Operation des Zeugen mit Marina erst morgen früh zu Ihnen kommen. Und damit uns der wichtige Zeuge nicht abhandenkommt, müssen Sie heute Nacht verstärkten Polizeischutz akzeptieren. Verhindern Sie nach Möglichkeit, dass mit Schrot auf die Beamten geschossen wird!«, meinte der örtliche Polizeidirektor, den ich in der Zwischenzeit als Glücksfall betrachtete.

Der noch etwas betäubte Notar meldete sich krächzend zu Wort:

»Die Polizei soll in dem Hotel direkt neben dem Bahnhof, Zimmer 218, meinen Laptop beschlagnahmen und mitbringen. Da sind unter anderem meine Daten zu dem Unternehmen Nadelstiche gespeichert!«, schlug er vor.

»Da will aber einer kooperativ sein!«, freute sich der Polizeipräsident.

～

Wir hatten in der Zwischenzeit alle mächtig Hunger und freuten uns über die Autoladung voll ungesunder Speisen. Eleni, die geborene Pflegekraft, bot sich sofort an, den zur Bauchlage verdammten Notar zu füttern. Da dieser offensichtlich heilfroh war, nicht mehr hysterisch sein zu müssen, durfte sich Eleni ein großes Geschenk wünschen. Ihr Traum sei ein iPod, gab sie nach langem Zieren zu. Der bestimmt nicht arme Notar bewilligte sofort. Nikos hatte sich auf seiner Liege demonstrativ weggedreht.

»Endlich hat unser Notar sein Geld wieder für einen sinnvollen Zweck ausgegeben!«, musste ich unbedingt kommentieren.

Der Angesprochene nickte nur. Die Tatsache, dass die Polizei ihn auf mein Drängen hin morgen nur als wichtigen Zeugen betrachten werde, wollte er mir »niemals vergessen«. Ich war ehrlich gesagt erstaunt über mich: Die Wirren der letzten Tage hatte ich, abgestützt durch Kopfwehtabletten, relativ gut überstanden. Es gelang mir sogar, die gegenwärtige Situation auf der Terrasse (mit einer sehr souligen CD einer schwarzen Sängerin als Hintergrundmusik und meinem Lieblingslandwein aus der

Region Messenien) zu genießen. Die Abendstimmung in Griechenland nach einem heißen Sommertag wirkte bei mir Wunder. Die Zeit bis zum Fernsehauftritt Helgas verlief in friedlicher Stimmung. Die Polizei stand in Form eines Streifenwagens vor unserer Einfahrt und hatte von unserem Abendessen zwei satte Portionen abbekommen. Der Fernseher flimmerte nach griechischem Brauch auf der Terrasse. Nikos kommentierte das erste Fernsehbild von Helga:

»Hast du dir eine schöne Frau angelacht! Überlass diese Frau bitte nicht dem Idioten neben dir!«

Da der Notar nun absolut kein Griechisch verstand, bestand für mich keine Notwendigkeit, ausgleichend einzugreifen. Die Fernsehsendung zeigte eine der Podiumsdiskussionen, wie sie auf allen deutschen Kanälen üblich geworden waren. Hier hatte man außer der Soziologin Helga noch einen erfolgreichen Hirnforscher und einen Philosophen/Journalisten als ausgesprochenen Publikumsliebling eingeladen. Der Moderator wirkte etwas unbeholfen, war dafür aber sehr von sich überzeugt. Alle drei Gäste hatten in jüngster Zeit einen Bestseller geschrieben. Es sollte darüber diskutiert werden, welchen Beitrag das jeweilige Buch zu welchem Problem beziehungsweise zu welcher Frage leisten wollte und vor allem, ob es diesen Beitrag auch tatsächlich zu leisten vermochte.

Der Hirnforscher, von mir instinktiv als Ekel eingestuft, ging sofort auf Helga los. Offensichtlich war es schwer erträglich für den Mann, dass hier eine Frau sich erdreistete, unter diesen erlauchten Geistern mitreden zu wollen. Er könne mit Verlaub nicht nachvollziehen, was eine Soziologin, die ein Buch über den Wandel der Partnerschaftsentstehung ausgerechnet in Niederbayern geschrieben habe, zu dem heutigen Thema beitragen könnte. Der Moderator war entsetzt und fing an, etwas von Gesprächskultur zu stottern. Helga dagegen lächelte nur:

»Ach wissen Sie, mein Buch beschreibt konkret und so gut

wie möglich abgesichert Veränderung von menschlichem Verhalten in einem – zugegeben – räumlich begrenzten Gebiet. Sollte der Versuch gelungen sein, könnten daraus bestenfalls existierende Bilder von unserer Gesellschaft bestätigt oder als der Korrektur bedürftig festgestellt werden. Nicht jeder Wissenschaftler beschreibt und bearbeitet den Menschen an sich, löst Fragen wie die, ob es einen Gott gibt oder nicht oder ob wir einen freien Willen haben. Mancher Wissenschaftler und manche Disziplin haben sich dabei auch schon gehörig überhoben, wie sich im Nachhinein herausgestellt hat ... (Der Hirnforscher bekam einen roten Kopf und versuchte Helga ins Wort zu fallen, sie aber ließ sich nicht einschüchtern) ... Würden Sie mich bitte ausreden lassen! Was Ihren – wenn ich mich nicht verhört habe – frauenfeindlichen Unterton betrifft, da liefert ja die Hirnforschung nachvollziehbare Erklärungen: In dem Bestreben, Ihre männliche Überlegenheit und zugleich die Ihrer männlich geprägten Disziplin gleich anfangs zu demonstrieren, hat Ihr Stammhirn – oder vielleicht das Reptiliengehirn – einfach Ihr limbisches System und jene Regionen ihrer Großgehirnrinde überrannt, die für kultiviertes Verhalten zuständig sind!«

Nicht nur das Publikum applaudierte, auch der Exmann und der aktuelle Partner klatschten vor dem Fernseher in die Hände. Nikos, der ja vom Inhalt nichts mitbekam, lachte uns beide aus. Eleni, auf Frieden bedacht, versuchte ihm den Mund zuzuhalten. Helga hatte sich in der Runde eine Position erarbeitet, die auch dem anwesenden Philosophen und Journalisten gefiel, der ab diesem Zeitpunkt erkenntlich gewillt war, ihr zu sekundieren. Es wurde noch eine spannende und faire Diskussion, in deren Verlauf sich der Hirnforscher für seinen missglückten Einstieg entschuldigte. Ich war stolz auf Helga und zugleich beschlich mich eine jähe Angst. Würde ich diese erheblich jüngere Frau, die mir an wahrscheinlicher Lebenszeit und damit an Zukunftschancen so überlegen war, auf Dauer halten können? Auch der Notar blieb den Rest der Sendung eher schweigsam.

Nach dem Ende der Fernsehdiskussion meldeten sich Eva Vardakastanis und ihr jüngster Sohn Stavros. Eva freute sich diebisch, dass Helga »dem Macho Hirnforscher« in die Parade gefahren war, und beglückwünschte uns. Die Anteilnahme tat mir gut – und zugleich konnte ich die Gelegenheit nutzen, die Millionärsfamilie über die Geschehnisse der letzten Tage und deren mögliche Konsequenzen zu informieren. Eva war entsetzt. Stavros, der mitgehört hatte, stellte zu den möglichen Konsequenzen noch eine Reihe gezielter Fragen. Wenn es auch nicht so gewirkt hatte, musste er die Entwicklung unserer Kriminalfälle doch sehr genau verfolgt haben. Zusammen mit seiner Mutter lud er mich für »irgendwann nächste Woche« für vier oder fünf Tage auf die Millionärsjacht ein: Flug mit dem Hubschrauber auf eine ägäische Insel und dann Kreuzfahrt bis Koroni. Irgendwo dazwischen würde auch der Vater dazu stoßen. Ich hatte große Lust.

Eleni und ihr Onkel Nikos, der erkenntlich Vaterfunktion für das Mädchen leistete, zogen sich bald darauf in unser kleines Gästehaus zurück. Eleni hatte mir zuvor geholfen, den Wust an schmutzigem Geschirr zu beseitigen. Und so saß ich denn mit dem Exmann meiner neuen Partnerin, der noch vor gar nicht so langer Zeit wie wild auf uns geschossen hatte, auf meiner Terrasse und musste irgendwie schon wieder die Welt retten. Der Notar hatte offensichtlich nur darauf gewartet:
»Ich verstehe das nicht. Über zehn Jahre ging Helga mir auf die Nerven. Und meine Geliebte erschien mir im Vergleich zu ihr wie eine Göttin. Und seit sie weg ist, drehe ich halb durch und kann mir keine schönere und tollere Frau vorstellen. Ich muss wohl eine Schraube locker haben!?«

Ich seufzte und versuchte es zunächst mit dem, was der Hirnforscher gerade von sich gegeben hatte. Ich sprach von Verliebtheits-Botenstoffen im Gehirn und deren Verschwinden beziehungsweise Ersetzen durch andere, banalere und realistischere nach etwa drei Jahren. Und ich betonte deren Wiederkehr und regelrechte Schwemme bei »Verknappung« und drohendem Verlust der Partnerin. Kann sein, dass ich den letzten Teil gerade erfunden hatte, aber der niederbayerische Notar zeigte sowieso keine Lust, sich als Opfer von irgendwelchen Hormonen oder Neuronen zu begreifen. Also kratzte ich mein Wissen über psychologische Deutungen der Liebe zusammen. Ich dozierte, dass die Frau unserer Verliebtheit zum großen Teil unsere eigene Erfindung sei. Wir spiegelten unsere eigenen Wünsche, Sehnsüchte und Idealvorstellung auf die Auserwählte und erlebten dann vor allem Selbstbestätigung und Aufblähung unseres Ichgefühles. Und wenn die Wirkung nachlasse, suche man sich noch eine Büroleiterin dazu. Wenn nun die Partnerin wie Helga aus der Beziehung aussteige, drohe ein Stück »Ichverlust«. Der Notar erlebe sich zunächst als geschrumpft und klein und wäre gerne wieder ganz und groß dazu. Also beginnt wieder die Idealisierung der Expartnerin. So oder so ähnlich, meinte ich, sei sein Sinneswandel zu begreifen.

»Ist das nicht alles ein Krampf, was du da von dir gibst?«, protestierte der unglückliche Volljurist. Was die Auseinandersetzung mit seinem Innenleben anging, war er wahrscheinlich auf dem Stadium eines Fünfjährigen stehen geblieben. Ich musste wohl eine härtere Gangart wählen:

»Ich denke, du wirst dich einmal außer um Paragraphen und Geldverdienen auch um dein Seelenleben oder deine Gefühle oder wie auch immer kümmern müssen. Ich glaube, ich muss dich dazu erpressen: Wenn deine Wunde am Hintern verheilt ist, lässt du dir von einem Profi helfen und leistest dir eine mindestens sechsstündige Beratung. Du bekommst von mir noch einige Adressen zur Auswahl. Verweigerst du dich, ruf ich meinen Freund bei deiner Heimatzeitung in Passau an und erzähle, was sich der berühmte Jurist in Griechenland alles geleistet hat. Übrigens ist so eine Beratung um vieles billiger als das, was dir die Firma Nadelstiche abgeknöpft hat. Du kannst dir natürlich auch eine Kugel durch den Kopf schießen, was dir spätestens nach einem Jahr extrem blödsinnig vorkommen würde!«

»Das ist gemein!«, moserte Helgas Exmann.

»Aber notwendig!«, beschied der strenge Ermittler.

»Wann kommt denn Helga eigentlich wieder zurück?«, fragte der Notar unvermittelt. Als er erfuhr, dass Helga noch nach Amerika fliegen würde, um in Cincinnati einen Vortrag zu halten, bekam er urplötzlich einen Lachkrampf.

»Wahrscheinlich muss ich dich demnächst beraten, du hast eine Runde gut!«, kicherte er um Luft ringend und ich befürchtete schon einen Rückfall in eine neue Hysterie. »Helga kennt diesen blonden Porschefahrer von Professor aus Cincinnati schon seit einigen Jahren. Und er war schon immer spitz auf sie. Dazu ist ihm vor zwei Jahren auch noch seine eigene Frau davongelaufen!«

»Weißt du was, du warst mir vor einigen Minuten noch wesentlich sympathischer! Ich glaube, ich werde auch auf dich mit dem Schrotgewehr schießen, bloß dass ich besser treffe als du!«

Passte irgendwie zu meinen Befürchtungen in Bezug auf Helga, die mich während der Fernsehshow befallen hatten. Paradiese sind zumindest auf Erden endlich und gerade hatte mich ein mögliches Ende angegrinst. Der Notar bekam, Gott sei es gedankt, einen Leistungsknick und ich verfrachtete ihn in Ermangelung eines weiteren Gästezimmers in mein Schlafzimmer. Danach saß ich noch, polizeilich bewacht, über eine Stunde zusammen mit dem tapferen Sam auf der Terrasse, gegen Schrotgewehre und Ähnliches geschützt auf einem Sitzkissen am Boden hinter der Mauer. Ich schickte eine lange SMS an Helga, ohne ihren Exmann zu erwähnen, genoss die Ruhe, die laue Nacht und das Insektengezirpe. Aber einen Stachel hatte mir der hinterhältige Niederbayer doch ins Fleisch gesetzt. Ich war mir nicht ganz sicher, aber auf mich hatte er den Eindruck gemacht, als wäre er irgendwie befriedigt ins Bett gegangen.

Ich wollte auch am nächsten Morgen wenigstens ein paar Minuten für mich haben. Aber kaum hatte ich mit meinem geliebten und gegen die Arthrose wichtigen TaiChi-Übungen begonnen, kam zuerst Eleni und wollte Frühstück vorbereiten. Und dann natürlich bald auch der Bauer Nikos, frisch rasiert und, soweit mit dem Klotz von Gehgips möglich, auch gewaschen. Bald darauf erschien der schwäbische Arzt. Auf mein Bitten holte er zuerst das Schrotkorn aus meinem Unterarm, wo es sich direkt unter der Haut zu entzünden begonnen hatte. Und dann holten wir den Notar aus dem Bett, verfrachteten ihn auf die Liege und er bekam einen neuen Verband und zwei weitere Spritzen verpasst. Er war anscheinend dabei, den Schlaf der letzten Wochen nachzuholen. Da er, freundlich ausgedrückt, nicht gerade gut roch, versprach der Arzt, gegen Mittag einen Pflegedienst zu schicken – natürlich auf Kosten des Notars. Der Arzt hielt den hinterhältigen Juristen in zwei bis drei Tagen für transportfähig, falls ihn die Polizei bis dahin freigab. Er telefonierte mit dem Auslandsrückholdienst des Automobilclubs, bei dem der Notar Mitglied war. Die Aktion »Notar nach Hause schicken« begann zu laufen.

Nach einem tollen Frühstück, das Eleni völlig selbstständig zubereitet hatte, erschien der Polizeidirektor Marinopoulos mit seiner taufrischen Assistentin Marina. Sie hatten nicht nur den Laptop des Notars dabei, sondern auch seine sieben Sachen, von der umsichtigen Marina ordentlich in seinem Koffer verstaut. Die Befragung unseres Patienten, bei der Marina als Dolmetscherin fungierte, brachte nichts Neues. Allerdings hatten wir jetzt die Telefonnummer des Privatdetektivs Perikles Chatsis in Nauplia im Nordosten des Peloponnes. Deswegen strahlte der örtliche Polizeidirektor auch über das ganze Gesicht.

»Endlich ein Punkt, bei dem wir ansetzen können. Herr Kramer, es hat sich gelohnt, dass Sie Ihren Kopf hingehalten haben! Allerdings bitte ich Sie, zukünftig andere und für Sie weniger schmerzliche Ermittlungsmethoden anzuwenden!«, meinte er lächelnd. »Lasst uns schauen, welche unserer Monde um den Überfall und den Drohbrief wir jetzt besser verstehen.«

Kirios Alexandros Marinopoulos war wieder bei seiner Lieblingsbeschäftigung, die ich mittlerweile als sehr sinnvoll einstufte. Diesmal hatte Marina einen großen Bogen Packpapier mitgebracht und dazu breite Filzstifte. Wir kippten den großen Holztisch auf unserer Terrasse und stellten ihn auf die Schmalseite, sodass die Tischplatte als Pinnwand dienen konnte. Mitten in diese Vorbereitungen hinein kam auch noch Jannis von der Staatspolizei dazu. Während wir weiter an den Installationen für die Demonstration des Polizeidirektors arbeiteten, überflog Jannis das von Marina angefertigte Protokoll der Befragung meines »Lieblingsnotars«.

»Wo ist übrigens die Schrotflinte, mit der Helgas Exmann auf euch geschossen hat?«, fragte er mich.

Ich blickte zu Nikos, der zögerte und verschwand im Gästehaus. Und kam dann wieder, mit seinem abgegriffenen alten Schießprügel in der Hand!

»Niko, lass das!«, rief ich dem unschuldig drein blickenden Bauern zu.

Er schaute mich längere Zeit an, zuckte dann die Schultern und verschwand nochmals im Gästehaus. Kam dann wieder heraus mit der neuwertigen Flinte des Notars und sagte, immer noch unschuldig blickend:

»Muss ich doch glatt verwechselt haben!«

Darauf tat er so, als könne er unsere laute Belustigung absolut nicht verstehen. Kirios Marinopoulos malte in die Mitte des festgeklebten Plakates den großen Kreis für den Drohbrief an die Schildkrötenschützer und den Überfall. Danach in bunter Reihe die »Monde« für
    1. Schuss auf das Millionärsauto
    2. Drohung und Reifenzerstechen Kirios Vassilios Dukakis
    3. Anschlag des Bauern Nikos auf Kirios Kramer

4. Schüsse des Notars auf Haus und Person Kramer
5. Tote Schildkröte an Haustüre Kramer

Marina malte auf unseren Vorschlag die Nummern der Monde drei bis fünf rot an. Wir wussten jetzt, dass sie zusammenhingen und der Auftraggeber auf meiner Liege lag und etwas verlegen schluckte. Zugleich war uns klar, dass es eine Agentur »Nadelstiche Griechenland« gab und einen Privatdetektiv Perikles Chatsis mit Telefonnummer in Nauplia, der zumindest die Agentur weiter empfiehlt. Wir hatten zusätzlich noch eine grobe Vorstellung von dem Mann, der Eleni für sein Ziel eingespannt hatte, weiter den vom Volkszorn verletzten Schläger aus dem Überfall, der wenigstens Angaben gemacht hatte über den Ablauf und Teile der Organisation des Überfalls. Und zuletzt gab es noch die Leiche des ukrainischen Schlägers.

Zunächst diskutierten wir, wie wir die Rolle des Privatdetektivs einschätzen und wie wir ihn behandeln sollten.

»Wie ist denn der Notar überhaupt zu dem Gewehr gekommen, ich hab es vergessen?,« wollte Jannis wissen.

»Das hat ein Straßenjunge in Kalamata gut verpackt in der Hotelrezeption abgegeben«, zitierte Marina aus dem Protokoll. Den Notar wollten wir nicht nochmals fragen. Er war schon wieder eingeschlafen. Nikos meldete sich ab. Er wollte für einige Tage zu seinem Haus hoch und hatte bereits telefonisch seinen Neffen verständigt, der jetzt vor dem Tor hupte. Eleni allerdings wollte bis zum Abend bleiben, sich um den Kirios Notar kümmern und für uns kochen. Da sie dies auch für die nächsten Tage in Aussicht stellte, musste der Kirios Notar wohl auf den iPod noch darauflegen.

Jannis schlug vor, die Staatspolizei solle in Abstimmung mit der Polizei in Nauplia dem Privatdetektiv Kirios Chatsis etwas auf den Zahn fühlen. Und zwar mit Nachdruck! Er berichtete, dass es bei solchen extrem verschlüsselten Auslandsservern für die

Polizei lediglich möglich sei, den Anfrager, also Kunden, und den Beantworter, also die Firma, als Internetadresse ausfindig zu machen. Inhalte der Verhandlungen und Vereinbarungen aber entzögen sich völlig des Zugriffs. Verbrecher schützten sich zusätzlich davor, als Absender fassbar gefunden zu werden, indem sie sich in offene und ungeschützte WLANs einloggten. Konkret, sie wussten, welches Hotel, welche Bibliothek, Behörde und so weiter als Service den Gästen oder Kunden einen solchen ungeschützten (das heißt ohne Kennwort oder dergleichen benutzbaren) drahtlosen Funkzugang zum Internet anbieten. So ein Ganove fährt also mit seinem Auto jedes Mal auf einen Parkplatz einer anderen Einrichtung. Da die Funkverbindungen in der Regel in einem gewissen Umkreis eines Gebäudes noch funktionieren, öffnet er den Laptop und kommuniziert vom Auto aus als Beantworter mit seinem Kunden. Die Polizei findet dann nur die Internetadresse des Hotels oder der Bibliothek und so weiter.

Wir waren uns schnell einig, dass der Detektiv Chatsis höchstwahrscheinlich nicht zugleich der Betreiber der miesen Firma Nadelstiche war. Keiner von uns wollte aber lange spekulieren und wir warteten lieber darauf, was die Überprüfung und Beschattung des Privatdetektivs ergeben würde. Wir waren uns nämlich auch darüber einig, auf keinen Fall zu früh den Detektiv festnehmen zu lassen und damit eventuelle Hintermänner zu warnen. Ging es doch vermutlich auch um Brandstiftungen, vor allem wahrscheinlich um »Brandrodung« – ein regelrechter Volkssport in Griechenland. In den heißen Sommermonaten werden zum Teil riesige Wald- und Buschflächen durch Brandstiftung vernichtet. Nach Jahren werden dann durch Strohmänner Anträge auf Umwandlung der öden Flächen in Weideland gestellt und wieder ein paar Jahre später wird daraus Bauland. Keine der Nachkriegsregierungen hatte es bisher geschafft, dieser kriminellen und für die Natur katastrophalen Praxis durch Änderung des Bodenrechts Herr zu werden. Es müssen, darüber ist man sich einig, mächtige Interessen hinter dieser Praxis stehen.

Der durchgeknallte Notar hatte mit seinen Aussagen jedenfalls Bewegung in unseren Fall gebracht. Die Chance auf einen weiteren Schritt nach vorne wurde in einem Polizeiauto an unser Haus geliefert: der junge Mann aus der Grundsteuerbehörde namens Vassilios Dukakis, der Freund des Italofreundes, der sich selbst mit einem Zettel an der Windschutzscheibe bedroht und wahrscheinlich auch die Reifen seines Autos zerstochen hatte.

Der Polizeidirektor liebte anscheinend unorthodoxe Verhörmethoden und ebensolche -orte: Die Polizei, neben Kirios Marinopoulos noch Marina und Jannis und auf deren ausdrücklichen Wunsch zusätzlich der Beobachter und Beauftragte des Millionärs Vardakastanis, der Exlehrer Michael Kramer (also ich), gingen mit dem jungen Mann in mein Wohnzimmer. Eleni bot Kaffee, kaltes Wasser und griechische Süßigkeiten aus unserem Fundus an. Die Bewachung des Notars in seinem Heilschlaf hatten, unterstützt vom müden Sam, die beiden Polizisten aus dem Polizeiauto übernommen.

Es war eine eher freundliche Atmosphäre, nur der junge Mann konnte seine Anspannung und Nervosität kaum verbergen. Ich schätzte ihn um die Dreißig. Er hatte seine Krawatte gelockert und sein sportlich wirkendes helles Sakko ausgezogen. Insgesamt machte er auf mich einen sympathischen Eindruck und ich fand an ihm keine Spur von Verschlagenheit. Der Polizeidirektor stellte uns vor und belehrte Kirios Dukakis über seine Rechte. Nachdem dieser auf die Unterstützung eines Rechtsanwaltes verzichtet hatte und die Formalien erfüllt waren, begann der Polizeipräsident mit der Befragung. Marina führte wieder das Protokoll und übersetzte mir mit ihrem umwerfenden wienerischen Akzent nebenbei die wichtigsten Passagen.

Der junge Mann leugnete nicht lange. Konfrontiert mit dem Vorwurf, sich selbst bedroht und die eigenen Reifen zerstochen zu haben, fing er ganz schnell an zu berichten. Dabei war ihm eine gewisse Erleichterung anzumerken. Er war vor einigen Jahren durch ein Schreiben, unterfüttert mit einigen beachtlichen Geldscheinen, gebeten worden, den Besitzer eines alten »brandgerodeten« großen Grundstückes zu ermitteln und per Internet unter dem Codewort »Schwalbe« auf dem uns bekannten Weg der Firma Nadelstiche zu nennen. Weitere gut bezahlte Aufträge folgten. Nachdem aber der zuerst ermittelte Grundstücksbesitzer, ein angesehener Provinzpolitiker, nach einem halben Jahr Selbstmord begangen hatte und andere von ihm »verratene« Flächen abbrannten, wollte Vassilios Dukakis aus dem Geschäft aussteigen. Und da merkte er, dass er sich mit Leuten eingelassen hatte, die vor nichts zurückschreckten. Nicht nur, dass sie ihm drohten, seinen Zusatzverdienst zu verraten. Sie drohten auch, sein Haus zusammen mit seinen Eltern in Flammen aufgehen zu lassen und zusätzlich seine Freundin in ihrem Auto in die Luft zu sprengen. Daraufhin habe er sich gefügt und unter großen Gewissensbissen und großer Angst weiter gemacht. Der letzte Auftrag bisher war festzustellen, wer denn die Schildkrötengrundstücke gekauft habe. Als nun Italos Freund dieselbe Frage stellte, hatte ihn Panik erfasst. Wie würden seine kriminellen Auftraggeber reagieren, wenn sie erführen, dass er es war, der diese Tatsache auch anderen verraten hatte? Bestand vielleicht sogar dadurch die Gefahr, dass seine illegalen Handlungen aufflogen und er Ehre und Job verlor? Jedenfalls wusste er sich nicht anders zu helfen, als das Verhalten seiner Auftraggeber zu imitieren und in diesem Falle sich selbst zu bedrohen. Er schäme sich, dass er nicht die Kraft gefunden habe, von sich aus zur Polizei zu gehen. Er endete mit der Bitte, seine Eltern und seine junge schwangere Frau zu schützen.

Der Polizeidirektor und Jannis ließen zur gleichen Zeit hörbar die Luft entweichen. Es entstand ein längeres Schweigen. Jannis war der Erste, der sich dann äußerte:

»Das ist eine Menge Arbeit, die uns Kirios Dukakis mit seiner Aussage hier aufträgt. Wir haben uns nicht getäuscht, die Firma Nadelstiche und die, die dahinter stecken, haben auch etwas zu tun mit den Brandstiftungen und mit Erpressungen in jeder Form. Das kann für uns ganz schön heikel werden! Allein die Fälle zu überprüfen, von denen Kirios Dukakis durch eigene und über lange Strecke erzwungene Mitarbeit weiß, wird viel Zeit und Fingerspitzengefühl beanspruchen. Wenn jetzt publik wird, dass wir Kirios Dukakis hochgenommen haben, wird dies eine gigantische Vertuschungs- und Verdunklungsmaschinerie in Gang setzen – und die Hintermänner werden sich absetzen!«

Der Polizeidirektor nickte zustimmend. Er war, wie ich schon öfters feststellen konnte, in bestimmten Situationen ein Mann schneller Entschlüsse.

»Können Sie sich vorstellen, Kirie Dukakis, für drei Monate ins Ausland zu gehen? Zum Beispiel durch Teilnahme an einem europäischen Projekt oder Ähnlichem. Ich glaube, ich könnte das organisieren, Ihr oberster Chef ist ein alter Schulfreund meiner Frau. Ich kann versuchen, dass danach die Anklage gegen Sie fallen gelassen wird. Zumindest werden Sie Ihren Job behalten, dafür kann ich mich verbürgen. Sie müssten jetzt zusammen mit dem Hauptkommissar der Staatspolizei und meiner Kollegin Marina nach Hause fahren und den Polizisten alle Unterlagen, Adressen und Aufzeichnungen zu diesen Vorgängen aushändigen. Dort erhalten Sie auch den Grund genannt, warum Sie angeblich kurzfristig ins Ausland versetzt wurden. Auch Ihre Frau und Ihre Eltern werden in dem Glauben gehalten, dass Sie aufgrund Ihrer Tüchtigkeit für diesen Aufenthalt ausgewählt worden sind. Sie gehen zusammen mit den Polizisten ins Internet und teilen auch der Firma Nadelstiche mit, warum Sie drei Monate nicht erreichbar sein werden. Schon zu Ihrer eigenen und Ihrer Familie Sicherheit werden Sie gegenüber niemandem den wahren Grund erwähnen. Die Alternative ist übrigens, Sie kommen in Untersuchungshaft und werden so lange es geht von der Außenwelt abgeschirmt!«

Der junge Mann hatte keine Zweifel, was er tun würde. Ein ereignisreicher Tag. Ich hatte noch eine Frage an Kirios Dukakis:

»Ist denn im Zusammenhang mit den Schildkrötengrundstücken noch irgendein anderer Kontakt mit der Firma Nadelstiche zustande gekommen?«

»Ja, und zwar ein sehr seltsamer. Ich wurde zum ersten Mal direkt angerufen und gefragt, ob ich jemanden kennen würde, der einen Hass auf den Millionär Vardakastanis hätte. Und ich erzählte von der Einweihung der neuen Wasserleitung in meinem Heimatdorf. Ich musste die Lage des Dorfes und des Hauses eines Bauern, der den Millionär bei dieser Feier massiv beschimpft hatte, näher beschreiben. Daraufhin wurden mir dreihundert Euro in Aussicht gestellt, die zwei Tage später mit der Post in einem Umschlag ohne Absender bei mir zu Hause eintrafen.«

Der junge Mann konnte nicht verstehen, warum wir anderen uns so offensichtlich über diesen Bericht freuten. Der letzte Mond der grafischen Darstellung der kriminellen Vorfälle rund um den Überfall in Koroni durch den örtlichen Polizeidirektor, der Schuss des Bergbauern Christos, war zu großen Teilen erklärbar geworden.

»Dieser Vorfall muss mit dem Überfall auf die Schildkrötenschützer zu tun haben!«, vermutete Kirios Marinopoulos. »Wir brauchen Geduld, und wir werden uns in der Zwischenzeit sicher nicht langweilen. Übrigens können Sie den Exmann Ihrer Partnerin nach Deutschland ziehen lassen. Seinen Laptop muss er uns aber leider noch einige Zeit überlassen. Wenn wir erfahren sollten, dass er wieder mit der Firma Nadelstiche Kontakt aufgenommen und diese sogar gewarnt haben sollte, lassen wir ihn durch Interpol sofort verhaften. Sie selbst, Herr Kramer, sind meiner Meinung nach noch nicht aus dem Schneider. Wir haben immer noch keinerlei Erklärung, warum und von wem der ukrainische Schläger eingesetzt wurde. Also bitte vorsichtig sein und nicht mit dem Schrotgewehr auf meine Polizisten schießen, die Sie wie bisher bewachen werden. Kein schlechter Tag, es hat sich viel bewegt!«, schloss der Polizeichef von Kalamata.

Und dann setzte sich der Polizeitross mit drei Autos in Bewegung. Jannis versprach, vor dem Abendessen vorbei zu kommen und erhielt von Eleni eine Einkaufsliste. Es ging schon sehr familiär zu bei den Kramers! Ich hatte ehrlich gesagt nichts, aber auch gar nichts dagegen. Helga saß gerade im Flugzeug nach USA zu einem Professor, der blond war und einen Porsche fuhr. Und von dem sie mir so gut wie nichts gesagt hatte. Ich war mir aber ziemlich sicher, dass ich den Notar und Exmann trotzdem in Frieden ziehen lassen würde.

Und in der Tat war dann das Erste, was ich in Angriff nahm, der Abtransport des Notars aus Griechenland. Ich war mir nicht zu schade, seine Büroleiterin, Geliebte und neue Partnerin anzurufen und ihr die ganze Geschichte zu erzählen. Beruhigend war, dass sie herzlich darüber lachen konnte. Die Frau schien nicht ohne Qualitäten zu sein. Am Ende war sie gar damit einverstanden, dass ich den durchgeknallten Helden bei ihr anliefern ließ. Für den Notar hatte ich nach reiflicher Überlegung noch eine Erweiterung weitere Erpressung parat: Sollte er auf die abwegige Idee kommen, nach Amerika zu fliegen, um dort mit dem Schrotgewehr auf blonde Porschefahrer zu schießen, würde ich eigenhändig einen mehrseitigen Artikel an die örtliche niederbayerische Presse senden. Doch der Sympathieträger winkte hinterhältig lächelnd ab:

»Seit ich weiß, dass Helga auch dir weggelaufen ist, besteht dafür absolut keine Gefahr mehr!«

Sollte der von seinem Stammhirn gesteuerte niederbayerische Querschädel doch denken, was er wollte. Den Gang zur Beratungsstelle wollte ich ihm aber schon aus Prinzip nicht ersparen. Auch sorgte ich dafür, dass er noch am selben Nachmittag abgeholt und mit einem Learjet, begleitet von Arzt und Krankenschwester, nach Deutschland gebracht wurde.

∽

Gegen Abend kam dann wie angekündigt der Hauptkommissar aus Tripolis, der zugleich Sonderbeauftragter der Staatspolizei für den letztjährigen, aus griechischer Sicht ungelösten Drogenfall war, auf unser notarfreies Anwesen. Eleni durfte uns mit Einverständnis ihres Onkels Nikos bekochen. Sie war, soweit ich das sehen konnte, mit dem Einkauf des Beamten Jannis sehr zufrieden. Nikos hatte auch noch verfügt, dass sich Eleni während ihrer Ferien um mein leibliches Wohl kümmern durfte. Wir waren uns sehr schnell über den Stundenlohn einig geworden. Der alte Autokrat Nikos verfügte allerdings zusätzlich für Eleni die Anlage eines Sparbuches, damit das Geld nicht sinnlos verprasst würde. Da der Notar anständigerweise das Versprechen eines iPods nicht vergessen und zu meiner Überraschung auch noch dem Mädchen ein sehr anständiges Trinkgeld überreicht hatte, schien Elenis Welt derzeit schwer in Ordnung. Ich mochte dieses ruhige, fröhliche und selbstbewusste Mädchen und irgendwie fand sie mich wohl auch als Erwachsenen ganz akzeptabel.

Ich saß dann mit dem wesentlich jüngeren griechischen Polizisten und Marathonläufer Jannis noch die halbe Nacht im Schutz unserer Terrassenmauer. Die Firma für Überwachungsanlagen hatte mich nachmittags noch mit einer tragbaren funkgesteuerten Bedienungskonsole inklusive Bildschirm beglückt. Ab diesem Zeitpunkt konnte ich von der geliebten Terrasse aus die Überwachungsanlage bedienen, was mich mit meiner augenblicklichen Situation ein großes Stück versöhnte. Revolver und Schrotflinte als Begleitung waren aber immer noch Bedingung der Polizei. Jannis hatte aus seinem Auto demonstrativ eine Art Maschinenpistole mitgebracht, die er immer in greifbarer Nähe postierte. Natürlich sprachen wir »unseren« Fall noch einmal in aller Ruhe durch. Ich erfuhr, dass die Überwachung des Privatdetektivs Chatsis bereits begonnen hatte. Die Charakterisierung des Mannes durch Jannis als »windig« versprach zumindest eine lohnenswerte Spur. Jannis informierte mich, dass nach Kenntnis der Polizei der Süden des Peloponnes in Bezug auf den Drogenhandel und den Drogenkonsum durchaus mit anderen vergleichbaren Gebieten Griechenlands mithalten konnte. Allerdings hatte man den Haschischanbau in Messenien, vor Jahren noch ein wirkliches Problem, weitgehend eingedämmt. Nicht zuletzt wegen der Subventionierung der Olivenbäume durch die Europäische Union und der damit in Verbindung stehenden Neuanlage unzähliger Bewirtschaftungswege bis hin in die entlegensten Gebiete. Auffällig allerdings sei, wie Jannis meinte, der in unserer Region so gut wie fehlende Heroinhandel und damit auch ein weit unterdurchschnittlicher Missbrauch dieser Droge. Ich fand den Umstand ausgesprochen gut. Jannis und seine Kollegen machte er eher misstrauisch. In Athen zum Beispiel hatten sie mehr als einmal feststellen müssen, dass in einer von bestimmten Drogen freien Zone Lagerhäuser, Labors oder große Umschlagplätze genau für dieses Rauschgift zu finden waren. Die dahintersteckenden mächtigen Organisationen wollten die Aufmerksamkeit der Polizei um jeden Preis vermeiden und hatten zum Teil mit brutaler Gewalt ihre Umgebung von ihren Drogen freigemacht. Ansonsten kamen wir, was unseren Fall betraf, zu keinen neuen Ergebnissen, die uns weiter geholfen hätten. Kurz nach Mitternacht machte Jannis sich dann auf den Weg nach Tripolis. In der Zwischenzeit war Nikos' Hund Sam wieder aufgetaucht. Er hatte Eleni nach dem Kochen nach Hause begleitet und schnarchte jetzt auf seinem angestammten Platz in einer Ecke meiner Terrasse.

Die nächsten beiden Tage brachten mit dem gelegentlichen Besuch des Bauern Nikos, Einkaufen zusammen mit Eleni einschließlich einer sorgenfreien Verpflegung durch das griechische Wunderkind und Baden unter Polizeischutz so etwas wie Alltag in mein Pensionistenleben. Nikos sollte bald seinen hinderlichen Gehgips los werden. Er bot mir an, während meiner geplanten Minikreuzfahrt mit der Millionärsjacht mein Haus zu bewachen und sich, gegen die vereinbarte Bezahlung seiner Nichte durch mich, von Eleni bekochen zu lassen. Ich begrenzte die Munition und damit die Schusszahl mit der so gut wie neuen Millionärsflinte auf fünfzig. Nach einigem Gemaule fand er sich damit ab. Die Bedienung der Überwachungsanlage übertrug ich vorsorglich Eleni. Zwischendurch erfuhr ich aus Kalamata, dass Kirios Dukakis einen Austauschplatz bei der Polizeiverwaltung in Nordschweden erhalten hatte. Er war bereits, dezent polizeilich begleitet, auf dem Weg dorthin. Die weitere Überwachung wollten die Kollegen in Nordschweden übernehmen, die der Polizei in Athen noch einen Gefallen schuldeten. Na dann!

Obwohl ich tapfer dagegen ankämpfte, musste ich in dieser Zeit viel und nicht ganz sorgenfrei an Helga denken. Ich war ganz schön aufgeregt, als sie endlich, zu dem für sie frühestmöglichen Zeitpunkt, bei mir anrief. Sie war voller Begeisterung und hörbar aufgeregt, da sie in zwei Tagen ihren großen wissenschaftlichen Vortrag halten musste. Weniger begeistert war ich über die Information, dass sie »im Haus des Professors« untergebracht sei und auch noch den »herzlichen Empfang durch den langjährigen Freund« rühmte. Ich wollte mir nichts anmerken lassen und schilderte meinerseits die Vorfälle seit ihrer Abreise und besonders natürlich den theatralischen Auftritt ihres Exmannes. Echt niederbayerisch klassifizierte sie ihn als »luftgselchten Aff«, was auf Hochdeutsch etwa »luftgeräucherter oder luftgetrockneter Affe« hieß – wie immer dieses Sprachbild entstanden ist. Sie bat mich eindringlich, auf mich aufzupassen und war erfreut, dass ich für ein paar Tage auf der gesicherten Jacht unserer neuen Millionärsbekannten verbringen wollte. Ich fehlte ihr angeblich sehr. Himmel, war das eine blöde Situation! Ich beschloss, auf der Kreuzfahrt mit Eva Vardakastanis zu sprechen. Warum denn sollte immer nur ich kluge Ratschläge absondern!

Die Polizei in Kalamata und natürlich Jannis waren über meine geplante Minikreuzfahrt informiert. Ebenfalls der Vizepolizeichef für ganz Griechenland und Freund, Kirios Dimitrios

Mikrojannis, der bei mir angerufen und sich nach dem Stand der Dinge aus meiner Sicht erkundigt hatte. Er war insgesamt mit dem bisherigen Ertrag der Ermittlungen zufrieden und versprach sich ebenfalls »einen möglichen Quantensprung« von der Überwachung des Privatdetektivs in Nauplia. Ein neues Detail konnte er mir in diesem Zusammenhang bereits berichten: Der Detektiv Perikles Chatsis war nicht vorbestraft, ein Verfahren wegen Steuerhinterziehung wurde vor Jahren zwar angestrengt, aber nie eröffnet. Eine erste Überprüfung seiner Konten ergab, dass der Detektiv regelmäßig jeden Monat einen nicht zu hohen Betrag von einer Bank in Nordgriechenland erhielt. Diese kleine Genossenschaftsbank gab bereitwillig Auskunft. Als Kontoinhaber war der Privatdetektiv aus Nauplia eingetragen. Das nordgriechische Geldinstitut leite nur auftragsgemäß den Betrag weiter, der jeden Monat von einer Bank in der Schweiz komme. Die Schweizer wiederum waren wesentlich schwerer zu irgendeiner Form von Kooperation zu bewegen. Am Ende verneinten sie nicht, dass sie ebenfalls nur Geld weiterleiteten, das von einer Bank »irgendwo auf einer der Caymaninseln« überwiesen wurde. »Das könnte«, meinte Mikrojannis, »der Lohn sein für die Weitergabe der Internetadresse der Firma Nadelstiche durch Kirios Chatsis, den Privatdetektiv, und wäre dann an sich nicht strafbar«. Ich konnte die griechische Polizei verstehen, die wie geplant einfach noch weitere Ergebnisse der Observierung abzuwarten gedachte. Nach der Vereinbarung, uns im September für mindestens eine Woche in Messenien zu treffen, hatte der hochrangige griechische Polizist das Telefonat beendet.

Nachdem Eleni und Ihr Onkel Nikos zu ihrem Hund in mein Anwesen gezogen waren und die Polizei versprochen hatte, wie bisher mein Feriendomizil zu bewachen, konnte ich mich am Morgen des dritten Tages mehr oder weniger beruhigt von einem Streifenwagen zum Flughafen in Kalamata bringen lassen, wo mich der Hubschrauber des Millionärs erwartete.

Das Fluggerät brachte mich von Kalamata nach Santorin. Das klingt so nebensächlich und unspektakulär. Für mich war der Flug über Gebirge und Meer und die Inselwelt der Kykladen wieder ein wunderbares Erlebnis. Ich wünschte mir, Helga wäre dabei gewesen. Ich saß neben dem blonden Piloten, einem Schweden um die fünfzig, der sich am Fliegen freuen konnte wie ein Kind. Wenn wir eine Insel anflogen, eine Bergflanke entlang zogen oder einem Flusstal folgten, konnte er ungeniert juchzen. Er wurde nicht müde, mich auf wunderbare Aussichten, gigantische Schiffe oder springende Delfine hinzuweisen. Hier hatte ein Mensch seine Bestimmung gefunden. Mir selbst wurde wieder einmal klar, warum ich nachgerade süchtig war auf Sommer und Mittelmeer, auf Hitze und Farben, die einem den Atem rauben konnten. Die Insel Santorin allerdings weckte in mir gemischte Gefühle. Die weiß gestrichene typische Inselarchitektur unter strahlend blauem Himmel, die alle Sehnsüchte verkörpert, die ein Nordländer für den Süden empfinden konnte, die karge und unverbaute Landschaft früherer Jahre, sie war überrollt von Menschenmassen und Zersiedelung. Wir flogen zuerst über den Hafen, eigentlich eine kleine Bucht mit einer betonierten Fläche an der Flanke eines dominanten Berges, auf dem die zentrale Siedlung der Insel lag. Wir zählten über dreißig Kleinbusse und eine Schar Taxis, ein riesiges Kreuzfahrtschiff direkt am Betonkai, ein weiteres auf offener See in Warteposition und eine ganze Flotte von Yachten. Den steilen Berg zur zentralen Ortschaft hinauf bildete sich eine Schlange von Taxis und der Ort selbst war überquellend von Menschen.

»Wie ein aufgeregter Ameisenhaufen, der durch irgendeine Störung in Alarm versetzt wurde«, fand der schwedische Pilot an meiner Seite.

Eine der Taxen brachte mich nach der Landung in einer Stop-and-Go-Fahrt vom Flughafen hinunter zur Anlegestelle. Der Fahrpreis war gigantisch. Da mich der Pilot angekündigt hatte, erwartete mich ein Beiboot mit einem Matrosen und dem

Millionärssohn Stavros an Bord. Stavros strahlte über das ganze Gesicht. Er war braun gebrannt und seine Denkeraugen blitzten ungewohnt unternehmungslustig.

»Bin ich froh, dass du da bist!« Wir waren am Telefon zum Du übergegangen, worauf der junge Mann besonderen Wert zu legen schien. »Komm bitte schnell zur Yacht, wir haben fast drei Stunden Zeit, bis meine Eltern eintreffen werden. Ich muss mit dir reden, ganz dringend!«, sprudelte er los. Ich war zwar durchgerüttelt und müde, wollte aber den redewilligen Jungmillionär keineswegs ausbremsen. So fuhren wir mit aufheulendem Außenborder hinaus zu der vor Anker liegenden Flotte der Reichen und angeblich auch Schönen. Die chromblitzende Yacht der Vardakastanis war nicht das größte, aber sicher eines der modernsten Freizeitschiffe vor Santorin. Natürlich teuere Edelhölzer, natürlich eine Gästekabine mit allem Komfort, ein großer Salon und selbst ein kleiner Pool an Bord. Ich holte meine Badehose, erfrischte mich an einer Meerwasser-Schwall-Brause und danach im Pool, ließ mir ein kleines leichtes Essen mit gebratenem Gemüse und Fisch zubereiten und bezog dann Position auf Deck im Liegestuhl neben Stavros. Wenn mich meine Freunde aus Deutschland hätten sehen können, hätten sie mich wahrscheinlich für eines der seltenen Exemplare gehalten, die bisher bei einem Lottospiel den Jackpot geknackt hatten. Ich nahm mir vor, mich wenigstens so zu fühlen.

Stavros fing einfach an zu erzählen. Er berichtete mit glänzenden Augen, welch tolles Erlebnis für ihn die Mitarbeit im Arbeitskreis der Schildkrötenschützer bisher gewesen war. Sie hatten sich darauf geeinigt, auf den Grundstücken auf alle Fälle eine Schildkrötenstation zu erbauen. Einmal sollten dort kranke und verwundete Tiere gepflegt werden. Diejenigen Tiere, die wieder gesund wurden und dazu fähig waren, sollten wieder ins Meer beziehungsweise in die Berge und Flüsse entlassen werden. Die anderen aber konnten bis an ihr Lebensende in den Becken und Gehegen leben. Der Arbeitskreis hatte nämlich die

Idee geboren, nicht nur für Meeresschildkröten, sondern auch für die verschiedenen Arten von Süßwasser- und Landschildkröten Griechenlands einen Ort für Schutz und Pflege zu erbauen. Und zugleich einen Ort zu schaffen, der den Menschen der Region und den Touristen vor Augen führte, welchen Schatz diese Tiere für Griechenland und die Welt darstellten.

»Wahrscheinlich läuft es auf eine Art Schildkrötenfarm mit Besucherpark und geführten Exkursionen hinaus. Wir diskutieren gerade, ob wir nicht wenigstens einige Exemplare von Riesenschildkröten und so weiter aus anderen Ländern mit aufnehmen, um die Attraktivität und die Erlebnisqualität des Besucherparks zu steigern. Und für den Strand und die empfindlichen Gelege werden wir ähnliche Lösungen finden wie auf Zakinthos oder zum Beispiel auch in Florida. Ich werde die nächste Zeit zusammen mit Susan wahrscheinlich nach Florida fliegen und vor Ort Erkenntnisse sammeln!«

Aufgrund seiner roten Ohren vermutete ich, dass sein Enthusiasmus für die Schildkrötensache angefeuert wurde durch seinen Enthusiasmus für die zarte englische Studentin. Ich hielt nicht viel von bloßen Vermutungen und fragte ihn direkt:

»Stavros, du hast dich in die kleine Engländerin verliebt? Und weiß sie von ihrem Glück?!«

»Du hast recht und Susan scheint mich nicht eben abzulehnen. Und das ist mit ein Grund, warum ich dich und deine Hilfe brauche!«, erwiderte Stavros mit großem Ernst.

»Ich werde alles tun, was in meiner Macht steht. Nur habe ich augenblicklich selbst Probleme mit meiner eigenen Beziehung und weiß nicht recht, ob ich in dieser Hinsicht ein guter Ratgeber sein kann!«, antwortete ich. Ich war wirklich allmählich so durch den Wind, dass ich nur darauf wartete, mit seiner Mutter darüber reden zu können.

»Es geht gar nicht um meine Beziehung zu Susan. Ich habe einen sehr großen und dummen Fehler gemacht, der sich durch meine Begeisterung für die Schildkrötensache und für Susan zur Katastrophe für mich und meine Familie auszuwachsen droht.

Ich brauche dich als Freund und vor allem als Kriminalist!«, kam die Antwort.

Und dann fing Stavros an, endlich von dem zu reden, was ihn seit der Zeit, seit der ich ihn kannte, bedrückt hatte. Mitten in seine Sinnkrise hinein hatte er ein anonymes Schreiben erhalten. Darin wurde er aufgefordert, wenn er seinem Vater helfen und vor einer Intrige bewahren möchte, sich bei einer bestimmten Internetadresse zu melden. Es war keine andere als die Adresse der Firma Nadelstiche!

Bei dieser Mitteilung wäre ich beinahe aus meinem Liegestuhl gefallen. Ich musste an mich halten, um nicht aufzuspringen oder Stavros mit einer Kaskade von Fragen zu überschütten. Ich tat es nicht, ich würde um so mehr erfahren, je besser ich zuzuhören vermochte.

Stavros fuhr fort, dass er der Aufforderung schon aus Neugierde gefolgt sei. Ihm wurde von dieser Firma im Internet berichtet, dass sein Vater heimlich die Schildkrötengrundstücke gekauft habe. Weiter wurde behauptet, mächtige Gegner und Konkurrenten wollten ihn wegen dieses Kaufes als hemmungslosen Spekulanten denunzieren. Es solle der Öffentlichkeit so dargestellt werden, dass das Gerede von Naturverträglichkeit und Naturschutz nichts anderes sei als eine Geschäftsmasche. Dieser Skandal könne schlimmstenfalls auch die Stimmung für das riesige Tourismusvorhaben kippen, das sein Bruder im Südwesten des Peloponnes leite. Stavros wolle doch sicher auch endlich Taten vollbringen, die ihn als echten Spross der Vardakastanis-Dynastie auswiesen. Die Firma Nadelstiche sei auf das, was jetzt getan werden müsste, spezialisiert. Als er nachfragte, um welche Maßnahmen es sich dabei handeln würde, bekam er Andeutungen wie »dezenten Druck ausüben auf diese Kreise«, »dezent werben und aufklären bei jenen, die gefährdet waren, der Denunziation auf den Leim zu gehen« und so weiter. Da er einerseits durch die Heimlichtuerei seines Vaters verletzt war, sich andererseits um den Ruf und die Geschäfte des Vaters Sorgen machte, ging er (»dumm wie ich war!«) auf diesen Vorschlag ein. Besonders die Idee, dem Vater und dem Bruder zu beweisen, dass er auch fähig war, in dieser Welt mitzuspielen, habe ihn dazu verleitet. Er überwies also fünftausend Euro auf das angegebene Konto einer Bank auf einer der Caymaninsel. Lange Zeit hörte er dann nichts mehr und ging bald davon aus, hereingelegt worden zu sein. Aber dann kam der Überfall auf die Schildkrötenschützer in Koroni, gipfelnd in der Gewalt gegen Helga. Er wünschte sich nichts sehnlicher, als dass dieser Vorfall nichts mit seinem erteilten Auftrag zu tun haben möge. Ein anonymes Schreiben, sich bei der Firma Nadelstiche zu melden, machte aber all diese Hoffnung zunichte.

Ich hielt die Luft an. Meine Kreuzfahrt schien den Schlüssel zu liefern für die Erklärung des Überfalls in Koroni. Und ausgerechnet Stavros war darin verwickelt. Mir graute vor den Konsequenzen, die sich da auftaten.

Stavros berichtete dann, dass die Firma in dem Schreiben zutiefst bedauerte, auf welche Weise der Überfall auf die Schildkrötenschützer durch das Eingreifen einer fremden Macht etwas aus dem Ruder gelaufen sei. Es hätte aber Gefahr im Verzug bestanden, da Mitglieder des Vereins sich mit den Gegnern seines Vaters zu verbünden drohten. Übrigens seien der Firma durch die entstandenen Schwierigkeiten zusätzliche Kosten entstanden. Man bitte höflichst um die Überweisung von weiteren fünftausend Euro auf das angegebene Konto. Stavros zahlte und teilte umgehend der Firma Nadelstiche unter seinem Passwort mit, dass er nie mehr etwas mit diesen Ganoven zu tun haben möchte. Daraufhin kam der Gewehrschuss auf das Auto seines Vaters und danach eine schriftliche Drohung, innerhalb von zwei Tagen Kontakt mit der Firma aufzunehmen. Ansonsten drohe eine Katastrophe. Notgedrungen und in zunehmender Verzweiflung meldete er sich wieder bei dieser Firma. Kühl wurde er aufgefordert, für das permanente Risiko, das die Firma Nadelstiche eingegangen sei, monatlich zweitausend Euro auf das Geschäftskonto der Firma zu überweisen. Gedroht wurde mit der Veröffentlichung seiner Rolle bei dem Überfall, aber auch mit Gewalttakten gegenüber der Familie und auch gegenüber seinem neuen deutschen Freund Michael Kramer(!). Sollte aber der Millionärssohn innerhalb der nächsten drei Jahre einen größeren Auftrag für die Firma haben, würden die bezahlten monatlichen Raten auf die dann entstehenden Kosten angerechnet. Die Firma Nadelstiche sei nämlich an weiterhin guten Geschäftsbeziehungen mit dem Millionärssohn sehr interessiert und könne zukünftig Pannen wie in Koroni ausschließen.

»Was, bitte Michael, soll ich bloß tun. Ich habe jetzt einfach die erste Rate überwiesen. Wenn die Ganoven von meinem neuen Engagement für den Schildkrötenschutz erfahren, werden sie sicher die Preise erhöhen. Jetzt, wo alles gut zu werden scheint, muss ich einen derartigen Mist bauen! Ich schäme mich vor meinen Eltern, vor dir und vor den Idealisten des Vereins – und Susan wird mir das auch nie verzeihen!«, schloss der junge Mann und saß (wieder) wie ein Häufchen Elend vor mir.

War das eine verrückte Wendung. Ich starrte auf das strahlende Meer und auf die verbauten Strände von Santorin und merkte, dass mein Prozessor heiß zu laufen drohte. Dagegen gab es nur ein Mittel: Ich bestellte mir bei dem dienstbaren Geist, der übrigens eine automatische Pistole in seinem Schulterhalfter hatte, eine nicht zu kalte Cola auf meine Kabine, bat Stavros, mich in zwei Stunden wecken zu lassen, legte mich in meinem klimatisierten Rückzugsraum zu Bett und war kurz darauf eingeschlafen.

Wach wurde ich durch ein leises Schaukeln. Die Jacht »EVA« löste sich von ihrem Liegeplatz und glitt auf das offene Meer hinaus. Stavros' Eltern mussten also an Bord gekommen sein. Ein Blick auf meine Uhr sagte mir, dass ich fast zwei Stunden geschlafen hatte. Ich blieb liegen und überprüfte, ob mein Unterbewusstsein in der Zwischenzeit in Sachen Stavros irgendwelche verwertbaren Vorschläge zu machen hatte. Es hatte.

Die Polizei war gerade dabei, den windigen Privatdetektiv Perikles Chatsis genauer unter die Lupe zu nehmen. Wir wollten wissen, ob er nur gegen Provision Kunden an die Firma Nadelstiche vermittelte oder ob er im schlimmsten Falle selbst der Betreiber der Firma war. Oder sich zumindest mit an deren Wirken und Schandtaten beteiligte. Ich hatte vor meinem kreativen Schlaf erfahren, dass sich diese Firma unter anderem Stavros angedient hatte und für den Überfall in Koroni verantwortlich gewesen war. Stavros wurde danach erpresst. Er musste, sollte sein »Auftrag« bekannt werden, mit dem Ende seiner eben begonnenen sinnvollen Rolle als kreativer Naturschützer rechnen. Und der Ruf und – als Drohung auch das Leben – seines Vaters waren ebenfalls gefährdet. Da man mich durch die Aufträge des deutschen Notars kannte und offensichtlich auch von meinen Beziehungen zur Millionärsfamilie wusste, wurde auch ich mit in das Bedrohungsszenario eingebaut. Indirekt wurde übrigens nebenbei bestätigt, dass der Angriff auf Helga zwar, wie uns bekannt, zusammen mit den Leuten der Firma erfolgt war. Diese miese Firma hatte aber, wenn sie Stavros nichts vorgemacht hatte, den ukrainischen Schläger nicht ganz freiwillig und mit wenig Begeisterung mitgenommen. Aus ihrer Sicht war der Überfall dann »aus dem Ruder gelaufen«. Die Erpressung des reichen Millionärssohns war, was die monatliche Summe anging, eher moderat. Die Firma Nadelstiche wollte offensichtlich Stavros als Kunden an sich binden und von dem wohlhabenden Nachwuchs zu anderer Zeit lukrativere Aufträge an Land ziehen.

Klar war für mich, dass die Polizei über die Verwicklung des jungen Mannes und über die mir jetzt bekannten Fakten umgehend in Kenntnis gesetzt werden musste. Natürlich erst dann, wenn Stavros' Eltern darüber restlos aufgeklärt worden waren.

Stavros und am besten auch sein Vater mussten dann aber der Polizei etwas anbieten können, das eine Anzeige begründet überflüssig machte. Und das verhinderte, dass der Vardakastanis-Clan in ein schiefes Licht gerückt wurde. Mein Unterbewusstsein hatte da so eine Idee geboren! Ich nutzte mein bisschen Willensfreiheit und überprüfte diese Idee von allen Seiten. Ich fand, sie könnte passen!

Daher stieg ich für meine Verhältnisse beschwingt aus dem Luxusbett – wo ich verdammt noch mal ohne Helga geschlafen hatte! – und war wieder einmal geplättet. Wir fuhren in die Abenddämmerung hinein, es war »die Blaue Stunde« und ich erwischte per Zufall auch noch den beginnenden Sonnenuntergang. Die Szenerie von Bord aus gesehen, kombiniert mit Fahrtwind und wohltuender Abkühlung nach einem heißen Tag, war hart an der Grenze zum Kitsch. Da kam auch noch der weiß gekleidete Stuart und bot Getränke und einen Happen zu essen an. Ich kniff mich heimlich in den Oberschenkel, der Exlehrer Kramer beschwerte sich über diese Behandlung. Es war also alles um mich wirklich, soweit ein Mensch das zu sagen vermochte!

Auf diese Weise wirklich war auch der bedrückte Stavros, der wieder große Ähnlichkeit hatte mit dem unglücklichen jungen Mann, den ich vor Tagen auf der Millionärsdatscha kennengelernt hatte. Da seine Eltern sich kurz zurückgezogen hatten und erst in einer guten halben Stunde auf Deck kommen wollten, hatte ich genügend Zeit, um Stavros meinen Plan auseinanderzusetzen. Ich konnte beobachten, wie sich der Jungmillionär in seinem Liegestuhl zunehmend entspannte und Hoffnung schöpfte. Wir schmückten dann die Details des Planes weiter aus, wobei wir zunehmend Gefallen daran fanden und herzlich darüber lachen mussten. So trafen uns dann eine schöne und damenhafte Eva Vardakastanis und ihr braun gebrannter Gatte an. Sie amüsierten sich über unser anscheinend lausbubenhaftes

Verhalten. Ich wurde herzlich begrüßt und der Millionär erzählte kurz, dass er sich die letzten Tage für seinen Sohn Stavros bis zur Erschöpfung abgearbeitet hätte. Der Ertrag des Geschäftes, das in Holland eingefädelt und in Santorin besiegelt worden war, betrug nach Abzug der Steuern an die zwanzig Millionen Euro. Er werde jeden Cent Stavros für seine Pläne mit den Schildkrötengrundstücken als Stiftung zur Verfügung stellen. Stavros verlor kurz seine wieder gewonnene Hochstimmung und suchte erkennbar nach einem Einstieg in das zu erwartende schwierige Gespräch. Ich tat mich als Unbeteiligter leichter:

»Ich nehme an, Kirie Vardakastanis, dass Stavros mit etwa zwanzig- bis dreißigtausend Euro aus dieser Summe spekulieren darf?! Soviel braucht er nämlich wahrscheinlich nach meiner Schätzung, um seinen Fehler auszubügeln und der Familie Vardakastanis einen öffentlichen Skandal zu ersparen!«

Damit war der Anfang gemacht. Die aufgeschreckten Eltern zogen sich mit uns auf eine überdachte Sitzgruppe mit grandiosem Panoramablick an Bord der Yacht zurück und wir besprachen den missglückten Versuch des jüngsten Sohnes, ebenfalls in der Geschäftswelt Einfluss auszuüben. Stavros war nahe an den Tränen, seine Eltern zeigten Größe und Verständnis. Und so war bald der zentrale Gesprächsstoff mein Plan, wie daraus Vorteile für die Ermittlung gewonnen und zugleich die Familie Vardakastanis als großzügige Unterstützerin der Polizei in der Öffentlichkeit wahrgenommen werden könnten. Wir spielten noch andere Möglichkeiten durch. Am Ende aber bekam ich die Zusage der größtmöglichen Hilfe des reichen Mannes für das Vorhaben, der Polizei diesen Plan schmackhaft zu machen. Und so fuhren wir in die Nacht hinein, genossen ein fantastisches Abendessen und wurden nicht müde, unsere Gedanken über Gott und die Welt auszutauschen. Oder einfach unseren Gedanken nachzuhängen und gemeinsam und freundschaftlich zu schweigen. Es war leider für mich bereits wieder ein Abschied. Die Yacht steuerte die Insel Kythera im Süden des

Peloponnes an. Entgegen der ursprünglichen Planung wäre die Familie mit mir dann am nächsten Tag die Westküste des Peloponnes bis zur Insel Zakynthos hinauf geschippert. Dort, so der neue Plan, sollte das aufsehenerregende Schutzprogramm für die Meeresschildkröten unter die Lupe genommen werden. Kirios Vardakastanis hatte bei den Zuständigen in Zakynthos mit dem Versprechen, einen größeren Betrag für das Schutzprogramm zu spenden, bereits alle Türen geöffnet. Danach wäre für fast eine Woche freies Kreuzen im Mittelmeer zwischen den Ägäischen Inseln auf dem Plan gestanden. Das, was mir Stavros erzählt hatte und das, was dabei auf dem Spiel stand, ließ uns aber den Plan kippen. Ich plante statt dessen, mich von der Insel Kythera aus am nächsten Morgen mit der Polizei in Verbindung zu setzen und ein Treffen zu vereinbaren. Mit dem Hubschrauber sollte ich dann zu dem Treffen geflogen werden. Stavros konnte, sobald die Polizei es wünschte, ebenfalls von Zakynthos aus mit dem Hubschrauber zur Vernehmung nachkommen. Die ganze Zeit über war der Vater Vardakastanis erreichbar und, wenn gebraucht, auch per Fluggerät zur Stelle. Die geplante Kreuzfahrt wurde auf unbestimmte Zeit verschoben.

»Dann kann hoffentlich auch Ihre Helga dabei sein«, meinte Eva Vardakastanis erfreut. Diese Helga rief ein wenig später auf der Jacht an und berichtete, dass ihr Vortrag ein voller Erfolg gewesen sei. Sie würden diesen Erfolg gerade feiern, was durch das Telefon gut hörbar war. Selbst der Dekan sei anwesend und habe ihr angeboten, gleich anschließend ein mehrwöchiges Ferienseminar für höhere Semester zu halten. Helga meinte, sie wisse noch nicht, ob sie es solange ohne mich aushalten würde. Ich wollte mir meine Angst nicht anmerken lassen und eierte etwas herum. Was natürlich am anderen Ende der Leitung wahrgenommen wurde. Ich erklärte ihr, sie müsse sich keine Sorgen machen, aber der Fall habe eine so überraschende Wendung genommen, dass ich die begonnene Kreuzfahrt abbrechen würde. Wir vereinbarten für den nächsten Tag ein neues Gespräch, ich legte etwas mutlos auf. Danach musste ich lang geübte Techniken anwenden, um mich wieder aufzurichten. Da es schon spät war, fand ich keine Gelegenheit mehr, länger mit Stavros' Mutter Eva zu sprechen. Ich war auch nicht unbedingt in Stimmung dazu. So beobachteten wir lang nach Mitternacht das Anlegemanöver in Kythera und gingen dann auf unsere Kabinen. »Sie kommt bestimmt bald wieder!«, hatte mich die Millionärsgattin überrascht, als ich ihr eine gute Nacht wünschte. Es war mir nicht klar gewesen, dass ich meine eigene Verwirrung so schlecht hatte verbergen können!

Nachts war ich dann zwischendurch wach gelegen und hatte um eine Position in meinen Beziehungsproblemen gerungen. Ich hatte mich mit mir darauf verständigen können, Helga auf keinen Fall einzuengen. Ich wollte es mit Vertrauen versuchen. Grundsätzlich, so schien es mir im Bett meiner Luxusyacht sehr einleuchtend, war es gut, dass Helga weit weg war und blieb. So hatte ich den Rücken frei und musste nicht auch noch Angst haben, sie irgendwann wieder in diese Welt von Verbrechen und Gewalt mit hineinzuziehen. Seit Stavros' Bericht musste ich nämlich mit noch größerer Wahrscheinlichkeit davon ausgehen, dass es neben der Firma Nadelstiche noch eine Macht gab, die es direkt auf mich und Helga abgesehen hatte. Und meine neue Haltung zu meinen Partnerproblemen war abgesehen davon wesentlich intellektueller und aufgeklärter als die des Notars, der sich voll (oder wenigstens fast) von seinem Stammhirn oder sonstigen primitiveren Gehirnregionen steuern ließ!

»Ein Denker muss irgendwann auch so handeln, wie er denkt!«, hatte es aus einem der anspruchsvolleren Lappen meines Großgehirns getönt.

Ich hatte mir daraufhin die Zunge herausgestreckt, beschlossen, in nächster Zeit weniger Bücher über Gehirnforschung zu lesen und war mit einem herzlichen Gruß an meine Beziehungsprobleme wieder eingeschlafen.

Kirios Vardakastanis ließ meinen Transfer zur Polizei in Kalamata generalstabsmäßig vorbereiten. Mein Anruf bei dem örtlichen Polizeidirektor hatte vorher sofort Wirkung gezeigt. Hatte ich doch etwas geheimniskrämerisch eine sensationelle Wendung in unserem Falle angekündigt. Zugleich hatte ich einen Plan in Aussicht gestellt, wie wir die Beziehung des Detektivs Perikles Chatsis zur Firma Nadelstiche klären und vielleicht sogar diese Firma beziehungsweise deren Mitarbeiter auf frischer Tat ertappen könnten.

»Wenn Sie so weiter machen, werden Sie bald meinen Posten als Polizeidirektor von Kalamata einnehmen. Dafür werde ich dann mit einem Millionär auf Kreuzfahrt gehen!«, lachte der väterliche Oberpolizist.

Er versprach, nach Möglichkeit auch Jannis zu einem Treffen um elf Uhr in seinem Büro in Kalamata zu bewegen. Die Verabschiedung von der Familie Vardakastanis verlief herzlich. Stavros umarmte mich und der Vater bezeichnete mich »als Glücksfall für sich und die Seinen«. Dermaßen aufgerichtet, ließ ich mich von dem schwedische Piloten nach Kalamata fliegen. Da Teile des Luftraumes des Südpeloponnes militärisches Sperrgebiet und für Privathubschrauber verboten waren, hatten wir einen Anlass gefunden, über unser Dorf und vor allem über mein Anwesen zu kreisen. Über eine Außensprechanlage grüßte ich aus mäßiger Höhe die Superhausverwalter Eleni und ihren Onkel Nikos. Da Nikos mit der Flinte auf der Terrasse erschien und ich mir nicht sicher war, ob er mein miserables Griechisch auch wirklich verstand, ergriffen wir die Flucht und trollten uns nach oben. Auf dem Flughafen von Kalamata landete dann direkt nach uns ein Polizeihubschrauber, dem ein lächelnder Jannis entstieg. Wir wurden von einem Polizeiauto in Begleitung zweier Motorradstreifen mit Blaulicht nach Kalamata zur Polizeizentrale gefahren. Hoffentlich konnte ich bald wieder mit meinem alten Moped unbeschwert und allein durch die griechische Gegend knattern. Vorerst aber war ich erst einmal bedeutend!

Die Besprechung beim Kirios Direktor, erweitert noch um seine Assistentin – und zugleich meine Dolmetscherin – Marina, die erwartungsgemäß wieder hinreißend aussah, verlief wie ich gehofft hatte. Zunächst einmal herrschte ungläubiges Staunen über die Verwicklung des Jungmillionärs in den Überfall auf die Schildkrötenschützer. Ich musste mehrfach und genau berichten, was Stavros über seine Kontakte zur Firma Nadelstiche alles erzählt hatte. Nach einer Auswertung der Fakten war die Freude des Polizeidirektors von seinem Gesicht abzulesen. Wir besaßen nun zum zentralen Fall unserer Ermittlungen, dem Anschlag in Koroni und dem vorhergegangenen Drohbrief, endlich erstes Hintergrundwissen. An dieser Stelle erfuhr ich dann, dass die Observierung des Detektivs Chatsis bisher noch keine weiteren gravierenden Ergebnisse gebracht hatte. Er sammelte offenbar gerade Material über einen Geschäftsmann aus Athen, der sich in Nauplia in einem bestimmten Hotel öfters mit einer jungen Frau traf. Sie verbrachten dann eine gemeinsame Nacht. Die Frau arbeitete tagsüber in einem Modegeschäft. Der Detektiv hatte massenhaft Fotos gemacht und, nachdem er den Hotelangestellten an der Rezeption bestochen hatte, auch das Gästebuch abgelichtet. Das Liebespaar wurde von der Polizei überprüft und galt als unbescholten. Die Polizei war auch (Jannis: »nicht ganz legal, aber richterlich abgesprochen!«) in den Computer des Detektivs eingedrungen und hatte dort für ein Einmanndetektivbüro keine außergewöhnlichen Fälle gefunden. Und vor allem nichts, was in irgendeiner Hinsicht auf die Firma Nadelstiche verwiesen hätte. Übrigens konnten auch in den abgehörten Telefongesprächen keine solchen Hinweise entdeckt werden.

»Bisher sieht es ganz so aus, als würde Kirios Chatsis nur mögliche Kunden mit Wünschen, die ihn überfordern oder die ihm zu heiß sind, gegen Provision an die Firma Nadelstiche weiterempfehlen. Und dafür empfängt er ein monatliches Fixum in mäßiger Höhe. Ob er auch danach eine Erfolgsprämie erhält, war bisher nicht zu klären. Auf den uns bekannten Konten fanden sich dafür keine Hinweise. Auch sein Lebensstandard ist eher bescheiden. Er hat seine Haushälfte von seinen Eltern geerbt, fährt einen Mittelklassewagen und verkehrt in ganz normalen Lokalen«, berichtete Jannis.

»Hat denn das Hotel, in dem er gerade ein Liebespaar beobachtet, eine ungeschützte WLAN für seine Gäste?«, wollte ich wissen.

»Nein, sie vergeben dazu an ihre Gäste immer die gleiche Zahlenkombination als Schlüssel. Allerdings, wenn der Detektiv durch Bestechung das Gästebuch fotografieren darf, dürfte es für ihn auch ein Leichtes gewesen sein, das Passwort in Erfahrung zu bringen. Wir konnten ihn aber noch nie dabei beobachten, dass er in der Nähe des Hotels in seinen Laptop getippt hätte«, war die Antwort von Jannis.

Nachdem uns zu diesen Ermittlungsergebnissen nichts mehr einfiel, wandten wir uns der Problematik der Situation zu, in die Stavros Vardakastanis sich und seine Familie gebracht hatte.

»Ich bin jetzt wieder in der unangenehmen Situation, den größten Gönner Messeniens beziehungsweise seinen Sohn vorzuladen und unter Umständen irgendwann vor den Staatsanwalt und die Gerichte zu bringen. Es sei denn, sein Beauftragter Kirios Kramer hat der Polizei etwas anzubieten, was die Chancen auf Aufklärung der Machenschaften der Firma Nadelstiche und eventuell auch des Privatdetektivs Chatsis wesentlich vergrößert. Kirios Kramer hat am Telefon entsprechende Andeutungen gemacht. Ich hoffe, seine Vorschläge sind so vielversprechend, dass ich ihnen ohne Rechtsbeugung zustimmen kann!«, sagte ein ernster Polizeidirektor.

Ich wollte gerade mit der Erläuterung beginnen, als wir unterbrochen wurden und ein Beamter seinem Vorgesetzten Kirios Marinopoulos einen Bericht und eine Plastikhülle mit einem aufgerissenen Umschlag überreichte. Der Polizeidirektor von Kalamata überflog den Bericht und blickte dann besorgt zu mir. Dann erfuhren wir von ihm, dass Eleni heute Vormittag den

Umschlag ohne Adresse und Absender in meinem Briefkasten gefunden habe. Da Nikos das nicht ganz geheuer vorgekommen war, habe er den Umschlag aufgerissen. Er fand darin einen mit dem PC geschriebenen Zettel in deutscher Sprache, den weder er noch seine Nichte lesen konnten. Also habe er Eleni zu einer deutschen Familie geschickt, die den Zettel las und daraufhin die Polizei in Koroni verständigte. Diese wiederum sandte den Drohbrief, um so einen handle es sich nämlich, umgehend an die Zentrale in Kalamata. Marina zog sich auf Geheiß ihres Chefs Plastikhandschuhe über, holte den Umschlag aus der Hülle und dann den Zettel aus dem Umschlag. Dann las sie den Text zuerst auf Deutsch vor und übersetzte ihn dann ins Griechische:

»Michael Kramer, verschwinden Sie innerhalb einer Woche aus Griechenland. Sie kommen uns zu nahe. Wir werden bald keine Rücksicht mehr auf Sie nehmen!«

»Da kann aber einer sehr gut Deutsch!«, war meine erste Reaktion.

Sollte das jetzt Teil der Drohung gegen Stavros sein oder kam jetzt die »anonyme Macht« aus der Deckung? Wir diskutierten ernsthaft und heftig darüber, konnten uns aber nicht klar darüber werden. Unserer Meinung nach war keine der Möglichkeiten auszuschließen. Auf meiner Überwachungsanlage war nach Angaben der Polizei aus Koroni der Überbringer der Nachricht klar erfasst worden. Es war ja längst Tag gewesen. Es handelte sich um einen wahrscheinlich männlichen Motorradfahrer, der das verspiegelte Visier seines Helmes heruntergeklappt hatte. Das Nummernschild, das bei dem Blitzstart des Mannes ebenfalls gefilmt wurde, war überklebt worden.

»Lange wirst du nach dieser direkten Drohung nicht mehr in deinem Haus wohnen können!«, meinte Jannis besorgt.

Ich kündigte dazu für später einen Wunsch an. Zunächst wollte ich unbedingt den gemeinsamen Vorschlag der Familie

Vardakastanis und ihres Beauftragten vortragen. Wiederum kam es zu einer intensiven Erörterung. Mehrmals wurde ich gefragt, ob dieser Vorschlag tatsächlich ernst gemeint sei. Der örtliche Polizeidirektor Marinopoulos war sich als Erster schlüssig und klopfte mir mehrmals anerkennend auf die Schulter.

»Das könnte funktionieren!«, meinte er. »Und der Ausrutscher des Vardakastanis junior wäre durch diese Maßnahme mehr als wettgemacht. Bei seinem Vergehen wäre außer dem Skandal wohl entweder ein Freispruch wegen Naivität oder eine Geldstrafe zu erwarten gewesen. Und Geld zu zahlen beziehungsweise zu riskieren ist ja Teil dieses Plans. Ich schlage vor, wir versuchen das. Könnte sehr spannend werden!«

Auch Jannis stimmte dem Plan zu. Die Staatspolizei benötige aber dringend noch ein paar Tage Zeit, um die Falle aufzubauen.

»Auch der Millionär braucht ein paar Tage, um die Vorbereitung für den Plan ausführen zu lassen«, informierte ich zustimmend. »Übrigens passt dazu mein angekündigter Wunsch: Nachdem ich jetzt persönlich bedroht werde, möchte ich gerne dem Vorschlag meines Freundes Jannis folgen und den Aufenthaltsort wechseln. Vielleicht ist ja der Spuk bald vorbei und wir können feststellen, dass die von uns erledigte Firma Nadelstiche hinter dieser Drohung stand. Ich würde mir meinen Kinnbart abrasieren, eine dicke Hornbrille tragen und mein Outfit wechseln. Und in Nauplia kennt mich sowieso kein Mensch!«

»Was in aller Welt willst du in Nauplia?«, fragte Jannis belustigt. »Willst du vielleicht die Staatspolizei bei der Errichtung der Falle beraten?«

»Jetzt bekomm das bitte nicht in den falschen Hals. Ich liebe diese Stadt nicht nur, weil der aus Bayern stammende König Otto als erster griechischer König der Neuzeit dort seine ersten Gehversuche gemacht hat. Zudem habe ich den Verdacht, hier wird sich in Kürze Entscheidendes für unseren Fall tun. Und ich könnte mitten in der Altstadt unerkannt in einem wunderbar renovierten Stadthaus deutscher Freunde wohnen!«, gab ich zur Antwort.

»Dafür brauchen wir aber wenigstens einen deutsch sprechenden Personenschützer. Ich schlage unsere Marina vor. Sie hat bereits in dieser Branche gearbeitet und ist dafür bestens ausgebildet. Und wir in Kalamata wissen dann immer, was die Staatspolizei dort unternimmt!«, lächelte der Polizeichef von Kalamata.

Marina schien die Aussicht auf diese Aufgabe Spaß zu machen. Ich aber fand die Idee absolut nicht berauschend. Die Frau war liebenswert, jung und schön und sprach auch noch in einem charmetriefenden Wiener Dialekt. Ich erlebte augenblicklich für meinen Geschmack genug an Verwirrung!

»Ich finde Marina sicher sehr geeignet ...«, fing ich etwas unbeholfen an, während ich noch nach unverfänglichen Argumenten dagegen suchte, dass ich die nächsten Tage auf engem Raum mit dieser jungen Frau verbringen musste.

Der Polizeidirektor kam mir zu Hilfe: »Ich ahne es, was Herrn Kramer Probleme bereitet. Aber keine Angst, ich kann Ihnen versichern, Marina wird sicher nur ihren Dienst tun!«

Diese Ansage fand jetzt ich wieder alles andere als charmant, aber Marina lächelte ihr betörendes Lächeln:

»Mein großer Chef meint, da ich lesbisch bin, werde ich auf keinen Fall Anstalten machen, Sie zu verführen. Würde mich ja auch meinen Job kosten!«

Wahrscheinlich hatte ich jetzt einen roten Kopf. Ich wollte das Thema möglichst schnell hinter mich bringen:

»Hiermit gebe ich zu Protokoll: Ich freue mich, wenn Marina mir die nächsten Tage meinen Leib und mein Leben beschützen würde!«

»Na also, geht doch!«, griente Jannis und dann war das Thema endlich erledigt.

Der Polizeidirektor stellte mir in der Polizeizentrale ein Zimmer mit Telefon zur Verfügung, damit ich meine Organisationsaufgaben schnell und problemlos erledigen konnte. Zunächst telefonierte ich mit Kirios Vardakastanis. Er war hörbar erleichtert. Nachgerade begeistert versprach er, innerhalb von drei Tagen ein Grundstück aus seinem riesigen Baugebiet im Südwesten des Peloponnes so vorbereiten zu lassen, dass es als Falle dienen könnte. Und zwar in enger Abstimmung mit der Polizei, wozu er gleich nach unserem Gespräch den Polizeidirektor anrufen wollte. Zugleich regte ich an, er möge doch Stavros dabei behilflich sein, für die Firma Nadelstiche einen Text zu finden, der diese innerhalb eines mit der Polizei abgestimmten Zeitrahmens aktiv werden ließe. Nachdem er nachfragte, schlug ich vor, doch von einem Zerwürfnis und einer unerträglichen Spannung zwischen Vater und Sohn zu reden. Der Sohn Stavros wolle deswegen die aus seiner Sicht nächste Heuchelei des verlogenen Millionärs verhindern, der mitten im planierten Tourismuskomplex angeblich ein Naturschutz- und Rückzugsgebiet für Lurche und Frösche, bedrohte Fledermäuse und ebensolche Vogelarten einrichte.

»Verletzter und unbeachteter Sohn rächt sich an erfolgreichem Übervater, könnte die Botschaft sein, die dieser Text unterschwellig transportieren würde!«, war der Kern meiner Idee.

»Bo bo bo – hoffentlich glauben Sie das nicht wirklich, was Sie da vorschlagen!«, meinte der größte Gönner Messeniens etwas betroffen.

»Keine Angst, dann würde ich nicht mit Ihnen reden!«, war meine Antwort.

Nachdem das geklärt war, stimmte der Vater sich mit dem Sohn darüber ab, dass Stavros noch an diesem Tag nach Kalamata fliegen würde. Die Polizei wollte keine Zeit verlieren. Stavros würde seinen Laptop mit den Aufzeichnungen aus seinen Kontakten mit der Firma Nadelstiche mitbringen. Zugleich wollte Stavros die Haushälterin und Vertraute Gorgo anrufen, damit diese nach seinen Angaben aus Stavros' Zimmern im Haus der Vardakastanis weitere Unterlagen zu diesem unrühmlichen Vorgang suchte. Der Fahrer, der sowieso später Stavros in Kalamata abgeholt hätte, würde diese rechtzeitig zur Anhörung bei der Polizei abliefern.

Nach dem Vater sprach ich noch mit dem Sohn Stavros, der mir überschwänglich für meinen Einsatz dankte. Er versprach, dass er zusammen mit der Familie alles erledigen und organisieren würde, was zum Gelingen unseres Planes beitragen könnte. Er wünschte, dass ich bei der Anhörung heute Nachmittag dabei sein sollte. Ich sagte zu, die Polizei dafür um Erlaubnis zu fragen. Als Nächstes rief ich meine Freunde in Deutschland an und informierte sie, dass ich für ein paar Tage meinen Schlüssel für ihr Haus in Nauplia nutzen wollte. Wir hatten vor längerer Zeit für solche Fälle Schlüssel unserer Anwesen ausgetauscht. Wie zu erwarten bekam ich eine ganze Liste von Aufträgen, was ich alles tun beziehungsweise kontrollieren sollte. Daraus sprach das nur bedingt bedauernswerte Los derer, die einen zweiten Wohnsitz im fernen Süden hatten!

Als Letztes setzte ich mich noch mit Marina und Jannis zusammen, um die Tage in Nauplia zu planen. Wie sich herausstellte, war die Einsatzzentrale der Polizei, die zugleich Jannis als Büro diente, nicht weit vom Haus meiner deutschen Freunde entfernt. Jannis wollte die Vorbereitung der vereinbarten Falle zusammen mit dem Kollegen aus Nauplia persönlich leiten. So konnten wir uns bei Bedarf sehen, was für mich beruhigend war. Ansonsten vereinbarten wir, dass mich Marina am nächsten Tag frühzeitig mit ihrem Auto abholen würde. In Tripolis wollte ich mir den Kinnbart abrasieren lassen, zusammen mit Marina neue Kleidung und eine andere Brille kaufen und dann mit ihr in einem neutralen Leihwagen nach Nauplia fahren. Marina war extrem gut gelaunt. Danach gingen wir zusammen mit Kirios Marinopoulos zum Essen, wobei mein »Arbeiterlokal« wieder den Zuschlag bekam. Die direkte Drohung gegen mich machte den Polizisten Sorge, mein kurzfristiges Untertauchen in Nauplia wurde nochmals ausdrücklich begrüßt. Meinen Mittagsschlaf hielt ich danach in einer blitzsauberen Zelle der Polizeizentrale. Vorher hatte ich noch von einem milde lächelnden Polizeidirektor erfahren, dass sein Stellvertreter Kirios Leonidas Margaritis seit einigen Tagen auf einer sehr wichtigen Tagung in Brüssel sei.

»Zu unser aller Glück!«, meinte er und Marina nickte heftig.

Stavros kam zuverlässig zur Anhörung, ebenso der Karton mit Zusatzunterlagen aus seinen Zimmern. Er wirkte befreit und locker. Er wollte nach der Anhörung noch bei Susan vorbeifahren. Der Besuch in Zakynthos habe ihm wichtige Anregungen für den Schildkrötenschutz gegeben. Er habe auch Fehler gesehen, die sie in Koroni tunlichst vermeiden wollten. Ich freute mich für ihn. Sein Laptop wurde von Jannis (»mein Steckenpferd!«) genau unter die Lupe genommen. Über die Firma Nadelstiche erfuhren wir aber nichts großartig Neues. Längere Zeit feilten wir noch an dem Textentwurf, den Stavros zusammen mit seiner Familie erstellt hatte. Es war ein Auftrag an die Firma Nadelstiche gegen eine erste Rate von zwanzigtausend Euro, dem angeblich verhassten Vater seine Pläne mit einem Grundstück inmitten des geplanten Abschnittes aus dem Megabaugebiet bei Pilos zu durchkreuzen. Da der Vater den Schaden direkt erleben sollte, wurde als Tatzeit – wie mit der Polizei abgesprochen – die Zeit zwischen Mitternacht und zwei Uhr früh in drei Tagen gefordert. Diese Nacht wollte nämlich der Millionär, so die erfundene Begründung, in einem Hotel in unmittelbarer Nähe des Bauabschnittes verbringen. Die zweite Rate, deren Höhe noch zu vereinbaren sei, würde unmittelbar nach der Ausführung des Auftrages überwiesen. Eine Rückantwort der Firma war für den nächsten Tag zwischen acht und zehn Uhr abends gewünscht, da Kirios Vardakastanis senior dann garantiert nicht zu Hause sei und auch die Geldüberweisung ohne Probleme über die Bühne gehen könnte. Danach würde Stavros den genauen Lageplan des Grundstückes übermitteln. Das Grundstück werde dann in der Natur mit Stöcken abgesteckt, die im Schein von Taschenlampen oder Scheinwerfern phosphoreszierend aufleuchteten. Je mehr Texte hin und her gingen, um so eher waren die Rolle des Detektivs und der Sitz der Firma Nadelstiche zu enttarnen, so unsere Hoffnung.

Wir einigten uns schließlich auf einen Text, Stavros ging nach der Anhörung zusammen mit Jannis in ein Internetcafé, um die erste Botschaft abzusetzen. Ich selbst wurde von einem Polizeiauto zu meinem Ferienhaus gebracht, wo mich Nikos und Eleni herzlich empfingen. Ich teilte ihnen mit, dass ich angeblich für einige Tage nach Deutschland fliegen und die Bewachung meines Besitzes die Polizei von Koroni übernehmen werde. Nikos, inzwischen ohne Gips, war froh, sich wieder um seine eigenen Geschäfte kümmern zu können. Elenis Dienstausfall machte ich mit einem größeren Zusatzbetrag wett. Sie ließ es sich übrigens nicht nehmen, mich abends noch zu bekochen, während Nikos' Hund Sam gelassen wieder seinen alten Bewachungsjob aufnahm. Während Eleni mit Feuereifer in der Küche hantierte, saß ich mit Nikos bewaffnet auf der Terrasse hinter der Mauer. Wir radebrechten über alles Mögliche, über Fliegen mit dem Hubschrauber, Drohbriefe und die Güte der ersten Weintrauben. So nebenbei erfuhr ich, dass er »zufällig« noch hundert Schuss Munition für meine Schrotflinte gefunden habe und »natürlich« ausprobieren musste. Er fand, dass meine Schrotflinte aus dem Bestand des Millionärs ein außergewöhnliches Gewehr war. Ich versprach ihm, wenn hier der ganze Wahnsinn vorbei sei, mich für ihn bei Kirios Vardakastanis einzusetzen. Vielleicht konnte ich ihm ja dann die Flinte schenken. Der Bauer strahlte wie ein Kind zu Weihnachten. Ich schwor mir, mich von keiner Macht der Erde jemals auf Dauer von meinem Grundstück in Griechenland vertreiben zu lassen! Spät in der Nacht holte mich dann das Klingeln des Telefons aus dem Bett. Es war Helga, die sich vielmals entschuldigte. Sie hätten gestern abends im Hause des Professors nochmals gefeiert und sie habe gegen ihre Gewohnheit etwas viel Alkohol getrunken. Deswegen habe sie heute verschlafen. Manchmal ist es wirklich ein Fluch, eine blühende Fantasie zu besitzen! Ich informierte sie, dass ich wegen einer direkten Drohung gegen mich für einige Tage abtauchen und den Ort wechseln werde. Erschrocken fragte sie, ob sie sich Sorgen machen müsse. Und dann antwortete es völlig unzensiert aus meinem Stammhirn oder aus welcher kleinkarierten Gehirnregion auch immer, weil ich gegen die verdammten Bilder einer betrunkenen Helga in den Armen eines blonden Porschefahrers ankämpfen musste:

»Keine Angst, die hiesige Polizei hat mir die junge Marina als Leibwächterin aufgedrängt!«

»Ja dann, dann kann ja gar nichts schief gehen!«, kam es etwas spitz über den Teich.

»Ich sehne mich danach, dich wieder zu sehen!«, sagte ich aus vollem Herzen. Keine Antwort.

Ich erinnerte Helga noch daran, mich die nächsten Tage nur unter meiner Handynummer anzurufen. Irgendwie war das Gespräch aber schief gelaufen. Helga wünschte eine gute Nacht und legte auf. Ich verfluchte mein kleinkariertes Stammhirn und seine Hilfstruppe. Es schien sich aber nicht besonders beeindrucken zu lassen.

~

Am nächsten Morgen holte mich Marina wie vereinbart ab. Ich war immer noch stinksauer auf mein Stammhirn und die beteiligten Gehirnregionen, die drauf und dran gewesen waren, mir mit ihren billigen Rachegelüsten meine Beziehung kaputtzumachen. Marina war zwar noch recht jung, ich versuchte trotzdem auf der Fahrt gegen Norden nach Tripolis, meine mich belastende Situation ins Gespräch zu bringen. Zu meinem Erstaunen war diese junge Frau nicht nur schön, sondern ausgesprochen reif in ihren Einsichten. Sie hatte sich wie so viele Menschen in den westlichen Industriegesellschaften intensiv mit der buddhistischen Anleitung, nicht unglücklich zu sein, auseinandergesetzt. Sie fand getreu ihrer Vorbilder, dass Angst, in meinem Fall vor Verlust meiner neuen Partnerin Helga, in der mangelnden Einsicht in die Flüchtigkeit des Daseins begründet war. Sieg und Niederlage, Gewinn und Verlust waren, hatte man erst diese Flüchtigkeit begriffen, nicht besonders aufregend, sondern normal und gelassen zu ertragen. Mir war das alles andere als fremd. Ich wollte von Marina erfahren, ob sie ihr Wissen nur aus Büchern bezogen und nur einen neuen Glauben gesucht und gefunden hatte – oder ob sie diese Lebenspraxis konkret übte. Marina erzählte mir, wie sie seit Jahren, wo immer es ging, Übungsseminare besuchte und im Zusammenhang mit ihrem Kampfsport auch diese Lebenspraxis beziehungsweise Einstellung fast täglich übte. Die wichtigsten Erfahrungen und Anleitungen hatte sie ihren Aussagen nach in einem Camp eines deutschen Bio-Olivenbauern auf der Halbinsel Mani machen können. Allerdings nicht der deutsche Leiter Siegfried H. Weise hatte sie beeindruckt, sondern ein buddhistischer Mönch und Philosoph aus Vietnam, der dort alle Jahre ein »Retreat«, also eine Art »Besinnungsseminar« veranstaltete. Dieser Mönch habe übrigens unter anderem in Heidelberg studiert.

»Soviel ich weiß, gibt der Mönch Chan Phap in ein paar Tagen wieder auf der Mani seinen zweiwöchigen Sommerworkshop. Leider habe ich meinen Urlaub schon für ein anderes Seminar in Athen weitgehend aufgebraucht!«, sagte sie voller Bedauern.

In mir keimte ein Entschluss. Wenn alles nach Plan lief, waren wir mit unserem Fall in ein paar Tagen einen wichtigen Schritt weiter. Ich war Pensionist und kein Polizist, wurde bedroht und bedrohte selbst durch meinen Mangel an Gelassenheit meine frische und bis vor Kurzem wunderbare Beziehung. Helga wird sicher ihr Ferienseminar halten, davon konnte ich ausgehen. Warum sollte ich nicht die Gelegenheit nutzen, wieder zu mir zu kommen!?! Ein bisschen mehr Lebensklugheit einüben konnte nicht schaden. Marina, mit der ich sehr schnell auf ihre Bitte hin zu dem vertrauten »Du« übergegangen war, versprach sofort, mich von Nauplia aus anzumelden.

»Wir werden dich unter einem anderen Namen anmelden und werden in Griechenland verbreiten, du seist nach Deutschland geflogen. Wenn du schon in Griechenland bleibst, solltest du möglichst schwer zu finden sein. Ich denke, dieses klosterähnliche Anwesen ist der letzte Ort, wo man dich suchen wird! Ich beneide dich!«, sagte sie und strahlte.

Auf der weiteren Fahrt machten wir uns gegenseitig schlau über den jeweils anderen. Gefragt nach ihrer Rolle bei der Polizei in Kalamata erzählte Marina, dass Kirios Marinopoulos, also der Polizeidirektor selbst, massiv von unbekannten rechten Extremisten bedroht werde. In diversen Botschaften wurde er aufgefordert, mit den Ausländern härter zu verfahren. Man vermisste bei ihm in diesen Droh- und Schmähschreiben ein »echtes« griechisches Nationalgefühl. Es wäre besser, so in einem der letzten dieser aus Zeitungsbuchstaben zusammengesetzten und natürlich anonymen Briefe, wenn er durch einen anderen Fachmann mit nationaler Gesinnung ersetzt würde. Aufgrund dieser Drohungen wurde Kirios Marinopoulos als Polizeidirektor von Kalamata unter Polizeischutz gestellt. Da er aber auf diese Weise kaum mehr arbeitsfähig war, einigte er sich mit seinen Vorgesetzten auf eine andere Lösung: Er bekam eine als Personenschützerin ausgebildete und erfahrene Assistentin. Natürlich werden sein Haus und selbst seine Frau (»so ähnlich wie bei dir!«) von anderen Polizeikräften überwacht. Aber die meiste Zeit verließ sich der Polizeidirektor auf Marina, die vorher die Familie des Justizministers in Athen beschützt hatte. Ich war gerührt.

»Und wer passt jetzt auf den Polizeidirektor in Kalamata auf?«, wollte ich wissen.

»Ein Auto voller Kollegen von der Staatspolizei!«, sagte

Marina. »Wenn wir nicht wollen, dass der ausgesprochen nette Mensch depressiv wird, müssen wir die Sache in Nauplia schnell über die Bühne bringen.«

In der Stadt Tripolis hatten wir dann richtig Spaß. Marina war eine stilsichere Beraterin. In kürzester Zeit sah ich in meinem etwas unmodischen Leinenanzug, meinem hellen, dazu passenden Hut, eleganten Halbschuhen und den auf einen Oberlippenschnauzer reduzierten Bart und der Sonnenbrille aus wie ein alternder Lebemann. Sogar einen mächtigen falschen »Goldring« musste ich tragen. Dagegen wirkte Marina an meiner Seite jetzt etwas zu gediegen und brav. Also verfügte ich aus dem Etat des Millionärs eine Komplettausstattung für Marina. Danach sah sie eher aus wie eine junge Frau mit einem Hang zum leichten Leben, die allem Anschein nach auf das Restgeld des älteren Herrn aus war. Wir erfreuten uns an der Maskerade, liehen uns einen in die Jahre gekommenen Mercedes und fuhren, mit einem kleinen Umweg zu den Ausgrabungsstätten von Tiryns, nach Nauplia.

Das denkmalgeschützte Haus meiner Freunde lag mitten in der nach und nach renovierten Altstadt von Nauplia. Zuerst waren es vor allem Lehrer, Architekten, Makler und so weiter aus dem europäischen Ausland gewesen, die entdeckten, welche Möglichkeiten in dieser direkt an Meer und Hafen gelegenen, den Hang hinauf bis zu den mächtigen Festungsmauern gehäufelten alten Stadtsiedlung steckten. Viel Geld wurde verbaut und viel Schweiß vergossen, bis aus den verfallenen Mauern und undichten Dächern eine verwinkelte Altstadt neu entstand. Meine Freunde hatten es hervorragend verstanden, die alte Substanz und Einfachheit ihres Gebäudes zu erhalten und es dennoch mit dem notwendigen Komfort auszustatten. Der kleine Hang-Garten, Mauer umfriedet, ein Ölbaum, einige Zitronen- und Orangenbäume, ein wunderbarer Blick auf Hafen und die vorgelagerte ehemalige Sträflingsinsel waren gigantisch. Am Fuße des Hanges dann eine mittlerweile quirlige Altstadt mit einer Reihe historischer Gebäude wie zum Beispiel klassizistische Wohnhäuser von hohen Beamten des bayerischen Königs Otto, natürlich orthodoxe Kirchen und sogar eine katholische – und eine als Ausstellungsgebäude genutzte ehemalige Moschee. An den Wochenenden war diese Unterstadt mit ihren Boutiquen, guten Lokalen, Cafés, Hotels und Galerien und natürlich Andenkenläden voll mit jungen und meist reichen Athenern und Touristen aus aller Herren Länder. Der Jachthafen war in den Sommermonaten, wie ich es in Kurzbesuchen früher auch schon erlebt hatte, überfüllt mit mehrheitlich prachtvollen Schiffen. Nauplia war schick geworden. Da die Altstadt eine Art auswuchernde Sackgasse in einer Bucht in der großen Bucht war, verhinderte der wenige Platz den Absturz ins Gigantische und Nur-Touristische. Es ließ sich, so mein Eindruck, in den Lagen den Hang hinauf gut leben. Wobei die meisten Einwohner Nauplias aber an der Zufahrtstraße entlang der bewohnbaren Hälfte der großen Bucht lebten und arbeiteten. Dort war verstärkt im neunzehnten und zwanzigsten Jahrhundert vor der Altstadt eine neuere Stadt entstanden. Hier dominiert noch viel Grau, hier hat sich neben Modernem aber auch noch »echte« griechische Lebensart aus den letzten Jahrzehnten erhalten.

Marina fühlte sich in unserer Bleibe sofort wohl. Sie machte mir klar, dass sie aus Sicherheitsgründen das Zimmer neben dem meinen beziehen müsse und erinnerte mich charmant, dass sie seit Jahren mit ihrer Lebensgefährtin zusammenlebte. Und so war ich die nächsten Tage umgeben von einem aus der Sicht eines älteren Mannes beinahe vollkommenen Geschöpf, das sich ungeniert nackt im nicht einsehbaren Teil des Gartens sonnte und im Haus meist nur mit einem meiner Hemden und einem kurzen Höschen bekleidet war. Allerdings fehlten nie Waffe und Handy. Und sie bestand darauf, dass auch ich meinen unpraktischen Revolver immer in Reichweite lagerte. Marina verbreitete eine schier unendlich gute Laune. Jannis runzelte zunächst etwas die Stirn, als wir in unserer Maske in seinem schlichten, mit Computern, Telefonen und anderem technischem Gerät vollgestellten Büro nicht weit von unserer Bleibe in der angrenzenden neueren Stadt auftauchten. Er bat uns, wenigstens die nächsten Stunden in der Öffentlichkeit nicht zu sehr »herumzualbern« und Aufmerksamkeit zu erregen. Unser Plan kam nämlich in die erste entscheidende Phase. Wie Stavros in seinem Text an die Firma Nadelstiche gefordert hatte, musste heute zwischen zwanzig und zweiundzwanzig Uhr die Antwort der Firma Nadelstiche erfolgen. Sie sollte sich erklären, ob sie mit den Konditionen einverstanden war und ob sie den Auftrag ausführen wollte. Nach Jannis' Angaben waren zwei Abhörfahrzeuge und insgesamt nochmals drei unauffällige Autos der Polizei unterwegs, um jede Bewegung des Privatdetektivs zu erfassen. Ebenso wurden sein Telefon, sein Handy und sein PC »angezapft«. Stavros saß zusammen mit dem gut bewachten Polizeidirektor zu Hause in Messenien. Abends gab es dann eine Standleitung zu Jannis' Büro in Nauplia, damit eine notwendige schriftliche Reaktion auf die Antwort der Firma abgestimmt werden konnte. Ich hielt uns, und ganz besonders mir selbst, die Daumen. Sobald die Firma Nadelstiche oder wenigstens der Privatdetektiv in die Falle lief, hatte ich zumindest Klarheit, ob die Bedrohung damit zu Ende war. Auf alle Fälle wollte ich dann »untertauchen« und zwei Wochen Auszeit nehmen, was Jannis zustimmend zur Kenntnis nahm.

Von Helga war übrigens kein weiteres Lebenszeichen über den Teich gekommen. Dagegen sprach ja auch die Zeitverschiebung. Zudem war Helga ein ausgesprochener Morgenmuffel und kam erst frühestens gegen zehn Uhr in die Gänge. Ich schrieb ihr eine Email, gab den Stand unserer Arbeit durch und meinen Entschluss, danach für zwei Wochen abzutauchen. Später unternahm ich mit meiner Personenschützerin noch eine Erkundungsfahrt in unserem alten Mercedes.

Das Haus des Detektivs nahm etwa ein Drittel eines lang gezogenen Gebäudes an einer der Ausfahrtstraßen der neueren Stadt ein. Die restlichen zwei Drittel des Zwischenkriegsbaus bestanden in der unteren Etage zu einem großen Teil aus riesigen Schaufenstern. Sie gehörten zu einem Geschäft für »Feuerwehrbedarf, Mittel für die Brandbekämpfung und Feuerwerkskörper«, wie mir Marina übersetzte. Soweit wir im Vorbeifahren erkennen konnten, stand im Laden ein altes, restauriertes Feuerwehrauto mittlerer Größe. Weiter machten wir einzelne Löschpumpen, jede Menge Feuerlöscher in unterschiedlichsten Größen und zahlreiche Schaufensterpuppen in Feuerschutzanzügen aus. Das lange Gebäude füllte den Raum aus zwischen zwei Seitenstraßen der großen Straße, die zum Städtchen Argos beziehungsweise nach Tripolis führte. Wir wollten um keinen Preis auffallen. Beide hatten wir noch den missbilligenden Blick des Staatspolizisten Jannis über unseren Auftritt in Erinnerung. Also begnügten wir uns mit einem ersten Eindruck. Am Ende unserer kleinen Rundfahrt mit einem Abendessen in einem Strandlokal außerhalb der Stadt stellten wir unser Auto auf der Straße zur Festung über der Altstadt ab, von der aus durch ein altes Stadttor das Haus meiner Freunde bequem zu erreichen war. Wir wechselten unser Outfit, ohne unsere Rollen ganz aufzugeben. Danach schlenderten wir nach einem wiederum wunderbaren Sommertag durch das bunte Treiben der unteren Altstadt und auf der Hafenpromenade zu Jannis' Büro.

Die Spannung im Raum war zu spüren. Jannis begrüßte uns freundlich, konnte aber seinen Blick kaum von den Bildschirmen und den Telefonen abwenden. Zwei der Bildschirme waren von Beamten in Zivil besetzt. Ich wurde von der Erwartungsspannung sofort angesteckt, zunächst aber hart auf die Probe gestellt. Eine Stunde lang tat sich nichts. Kurz nach einundzwanzig Uhr aber klingelte eines der Telefone und auf einem der Bildschirme blinkte ein roter Punkt.

»Der Detektiv hat sein Haus verlassen und ist in sein vor der

Tür geparktes Auto gestiegen!«, erklärte ein erregter Jannis.

Jannis hatte offensichtlich Verbindung mit einem der Fahrzeuge, die dem Verdächtigen folgten. Der Detektiv fuhr bis Argos und parkte vor einem großen Hotel. Wenig später piepste ein zweiter Bildschirm und Kurven und Zahlen flimmerten auf.

»Er tippt in seinen Laptop!« freute sich Jannis. »Wir werden Zeit und Länge der Übertragung festhalten. Und wenn unser Polizeiauto in einer günstigen Position ist, werden wir den Mann in seinem Auto auch noch auf einem Film festhalten. Wenn der Millionärssohn zusammen mit der Polizei die Botschaft aufruft, sind dort Zeitpunkt und Ort der Absendung ebenfalls feststellbar. Damit haben wir die ersten handfesten Beweise!«

Danach fuhr der Detektiv gemächlich zurück zu seinem Haus. Sonst gab es in dieser Nacht von seiner Seite nichts Auffälliges mehr zu sehen oder zu hören. Jannis meldete die Beobachtungen weiter nach Messenien, Stavros und der Polizeidirektor loggten sich ein und hatten die Bestätigung der Firma Nadelstiche auf dem Bildschirm.

»Wir können den Auftrag übernehmen. Die zweite Rate von zwanzigtausend Euro ist am Tag nach der Erledigung des Auftrages zu überweisen. Wir warten auf Bezahlung der ersten Rate und die Bestätigung des Auftrages!«

Jannis und der Polizeidirektor beglückwünschten sich und einigten sich auf einen Antworttext. Stavros überwies per Internet die erste Rate von zwanzigtausend Euro auf die ferne Caymaninsel und bestätigte dann den Auftrag. Zusätzlich gab er die genaue Lage des Grundstückes durch, wiederholte den Verweis auf die reflektierenden Stöcke und erinnerte daran, dass der vorgegebene Zeitplan einzuhalten sei.

Wir atmeten auf, der Plan schien aufzugehen. Mir blieb eine Blamage erspart und die Chance wuchs, dass sich mein Leben wieder zu normalisieren begann. Wir fragten uns allerdings auch, ob es möglich war, dass der Detektiv seit der ersten Anfrage von Stavros keinerlei Außenkontakt gesucht hatte. Wenn das wirklich der Fall war, führte er die Firma Nadelstiche tatsächlich als Einmann-Betrieb! Allerdings musste er für die Durchführung des Auftrages auf alle Fälle Helfer haben. Es blieb spannend. Später kam dann noch ein ziviles Polizeifahrzeug mit zwei Polizisten und lieferte Aufzeichnungen mit einer hoch auflösenden Kamera ab. Die DVD zeigte zunächst einen relativ großen Mann mit Sommerhose und dunklem Poloshirt, der in sein Auto stieg. Auffallend war eine Art breites »Schweißband« an seinem rechten Handgelenk, ähnlich wie es Tennisspieler zu tragen pflegen. Die nächste Sequenz zeigte ihn nur teilweise scharf in seinem parkenden Auto, wie er in seinen Laptop tippte. Der Detektiv musste nun irgendwann wieder zu einem Hotel fahren und die Rückantwort von Stavros lesen. Er tat dies am nächsten Vormittag an einem Strandhotel in Paleá Epidavros (Alt-Epidauros) an der Ostküste, etwa fünfzig Kilometer von Nauplia entfernt.

Marina und ich hatten uns bald von Jannis und seinem Team verabschiedet und waren auf einem kurzen Umweg zu unserer Bleibe in der oberen Altstadt zurückgeschlendert. Marina hatte von einem Lokal gehört, in dem Livemusik, vor allem Rembetiko, gespielt und gesungen wurde. Die Griechen sind von einer Musikalität und musikvernarrt wie kaum ein zweites Volk. Und ich fing gerade an, ihre anspruchsvollere Musikwelt zu entdecken. Wir waren nicht zu lang geblieben und saßen danach noch längere Zeit in dem traumhaften Garten und genossen den spannungsfreien und alles in allem erfolgreichen Abend und die laue Nacht. Irgendwann erzählten wir uns Geschichten, wobei Marina eine blühende Fantasie bewies. Für morgen früh vereinbarten wir ein unauffälliges Sektfrühstück in einem der teueren Hotels am Hafen. Ich machte mir nicht viel aus solchen Events, aber schließlich war ich gerade »alternder Lebemann«.

Und Marina schien sich darauf zu freuen. Bevor ich schlafen ging, küsste ich Marina noch auf die Wange. Leben konnte so friedlich sein! Helga mailte einen kurzen Satz:

»Es wird alles gut!«

Ich schrieb zurück:

»Es ist alles gut! Und der erste Teil des Plans hat geklappt!«

Der nächste Tag war zwischen Marina und mir vereinbart als »unser Tag«. Wir quälten uns ziemlich zeitig aus den Federn, um uns endlich unseren fernöstlichen Einflüssen hingeben zu können. Marina hatte seit ihrer Kindheit eine Ausbildung in Kampfkunst und Selbstverteidigung genossen. Im Zentrum ihrer Praxis stand seit langer Zeit Wing Tsung, eine angeblich von einer fernöstlichen Nonne entwickelte Art, sich hoch konzentriert zur Wehr zu setzten und Gegner jeglicher Art auszuschalten. Ergänzt hatte sie ihr Programm durch Kickboxen (»da es zurzeit bei Kriminellen weit verbreitet ist.«), Messer- und Stockkampf. Und natürlich stand für eine Personenschützerin der professionelle Umgang mit Schusswaffen ganz oben auf dem Anforderungsprofil. Bei anderen Kampfsportarten wie Taekwondo, Judo und so weiter trainierte sie ab und an mit, um deren Ansätze kennenzulernen. Die fantasiebegabte Marina erzählte mir über die Gründerin von Wing Tsung eine lange und spannende Geschichte, wobei ich mir nicht sicher war, was sie dabei gerade erfunden hatte. Marina nahm auch an Turnieren teil, bei denen, bewehrt mit Helm, Bein- und Brustschutz, echt gekämpft wurde. Im Traumgarten von Nauplia übte sie Ihre Formen, braun gebrannt, leicht bekleidet und versehen mit wienerischen Kommentaren und Erklärungen mit starkem griechischen Akzent. Das waren so »Verwöhnmomente«, wie sie das Leben überraschend parat hat. Sie brachte mir auch ein paar Grundelemente der Selbstverteidigung bei. Blieb nur zu hoffen, dass sich ein späterer Angreifer an die Regeln halten würde. Danach zog sie sich zu ihrer Meditation zurück und ich konzentrierte mich auf mein TaiChi, das ja auch gerne als »Meditation in Bewegung« bezeichnet wird. Ich fing an, mich auf den bevorstehenden Aufenthalt in dem klosterähnlichen Seminar einzustimmen.

Vorerst aber standen nochmals weltliche Genüsse auf dem Stundenplan. Aus dem Sektfrühstück wurde ein Frühstück unter anderem mit Champagner und dem in meinen Augen grässlichen Kaviar. Jedenfalls hatte ich hinterher ein derart schlechtes Gewissen, dass ich dem erstbesten Bettler fünfzig Euro in den Hut warf. Der Mann war verdutzt und rief mir laut etwas nach, was bei Marina einen Lachanfall auslöste. »Er hat dir tatsächlich ›reicher Stinker‹ nachgerufen!«, übersetzte sie mir, nachdem sie sich einigermaßen wieder im Griff hatte. Ich konnte den Mann allerdings verstehen!

Da es zunehmend heißer wurde, zogen wir uns in den Garten zurück, genossen Dusche und Schatten und ich schlief fast zwei Stunden selig und mit dem Bewusstsein, gut und in vieler Hinsicht fast vollkommen bewacht zu werden. Danach begann ich mit einem Brief an Helga, der mir aber nicht so flüssig wie gewohnt von der Feder ging. Ich wollte endlich ansprechen, was mich beschäftigte. Marina übte in der Zwischenzeit mit einer ungeladenen Pistole und einem Hartgummimesser. Am späteren Nachmittag fuhren wir zum Baden an einen irgendwann für die längst abgezogenen amerikanischen Verbündeten angelegten weiten Strand. Zu lange blieben wir allerdings nicht. Für Marina war die Aufgabe, mich in diesem offenen Gelände zu beschützen, kaum zu lösen.

Zu Hause in der oberen Altstadt bekamen wir einen Anruf vom väterlichen Polizeidirektor aus Kalamata. Er berichtete uns, dass die Vorbereitung des Grundstückes allen Beteiligten, auch der Familie Vardakastanis, einen riesigen Spaß bereite. Sie kämen sich vor wie ungezogene Kinder, die einen Streich aushecken. Er fand übrigens, dass allein der gestrige Erfolg und die für die Polizei gewonnenen Erkenntnisse schon Grund genug waren, meinen Plan als gelungen zu betrachten. Und dass diese Erfolge den Millionärssohn bereits jetzt vor einem Skandal bewahrt hätten. Diese Sicht tat mir gut. Er übermittelte mir auch herzliche Grüße von dem Vizepolizeipräsidenten für ganz Griechenland, Kirios Dimitrios Mikrojannis. Mein selbsternannter Freund – was mich sehr ehrte! – hatte gerade wieder einmal heftige Probleme mit seinem aufgeblasenen Vorgesetzten Kirios Stephanopoulos. Der inkompetente Mann stufte die ganze Aktion gegen die Firma Nadelstiche als Kinderkram und Geldverschwendung ein und wollte sie einfach abblasen. Sein Stellvertreter Mikrojannis musste wie so oft wieder die Politik bemühen und »Gefahr in Verzug« und »Chance auf Aufklärung einer Reihe von Kapitalverbrechen« ins Feld führen. Erst das Eingreifen des Millionärs, der hinter den Kulissen Druck ausübte, schien eine Wende einzuläuten.

»Was treibt diesen Hohlkopf bloß an?«, seufzte der Polizeidirektor. »Wahrscheinlich gönnt er seinem Stellvertreter keinen Erfolg, ich kenn das ja umgekehrt von meinem Stellvertreter!«, schloss er und wünschte sich und uns für morgen ein gutes Gelingen.

Auch Jannis, den ich daraufhin anrief, hatte die Probleme mitbekommen und war in Sorge um die geplante Aktion. Er fand die »politische Besetzung von hochrangigen Posten wie die des griechischen Polizeipräsidenten« als »Verbrechen gegen die Menschlichkeit«. Wie zu erwarten, endete die Klage in der resignierten Standardfloskel der Griechen: »Was kannst du machen!?« Ansonsten aber lief alles nach Plan. Der Detektiv schien nicht bemerkt zu haben, dass er auf der Fahrt nach Paleá Epidavros beschattet worden war.

»Ich rechne fest damit, dass wir morgen die Firma Nadelstiche knacken werden!«, fand Jannis dann doch wieder zu seinem Optimismus zurück.

Abends gönnten Marina und ich uns ein besonderes Highlight. Jannis hatte uns über Beziehungen Karten ergattert für ein Euripides-Schauspiel im Freilichttheater des in den Bergen gelegenen historischen Epidauros. Das Erlebnis ist kaum zu beschreiben. Ein lauer Abend nach einem heißen Tag, ein trockner Pinienwald mit der Duftstärke der Parfümabteilung von Großkaufhäusern, nur weniger süßlich und echter. Wie bestellt ein Mond, mehr als zweitausend Menschen in einem großartigen Rund und eine Übersetzerin, die alle Vorteile der Wiener und der Griechen zu verkörpern scheint. Verbrechen und Gewalt nur auf der Bühne. Ich war halb besoffen und erlebte gerade wieder einen Gipfel meiner Griechenlandbegeisterung. Die irre Akustik nicht zu vergessen. Was haben diese alten Griechen nicht alles vorgedacht und vorgemacht, im Guten wie im Bösen. Danach noch ein Fischessen in einem Strandlokal, das diesmal hielt, was es versprochen hatte. Der Tag endete in einer Stimmung, die ich als lebensfromm zu benennen pflege – wenn sie sich selten genug einmal einstellt! In der Nacht fand ich dann endlich den richtigen Ton für meinen Brief an Helga, ohne aber, feige wie ich sein konnte, darin den blonden Porschefahrer zu erwähnen.

Der Vormittag des »Tages der Entscheidung«, wie wir ihn nannten, gehörte noch Marina und mir und unserer Neigung zu Fernöstlichem. Ab dem Nachmittag wurde gearbeitet. Eigentlich wurde Schadensbegrenzung versucht, da der hinterhältige Präsident aller griechischen Polizisten einfach einen großen Teil der Beamten in Nauplia abgezogen hatte. Angeblich musste ein Staatsgast besonders aufwändig geschützt werden, da eine terroristische Bedrohung nicht ganz auszuschließen sei. Jannis, unterstützt von dem vor Wut kochenden Vizepräsidenten Mikrojannis, versuchte fieberhaft die Lücke zu füllen. Es gelang zwar teilweise, allerdings war ein eingespieltes Team auseinandergerissen worden. Gegen drei Uhr Nachmittag rief Jannis die neu zusammengesetzte Truppe in seinem Büro zusammen.

Es waren einschließlich Jannis neun Polizisten, später wurden sie noch um zwei Beamte einer Polizeistreife aus Nauplia ergänzt. Zu Jannis' Leidwesen standen auch einige Experten wie ein Sprengstoff-Fachmann und zwei Elektronikspezialisten nicht mehr zur Verfügung. Die Aufgabe, die auf die Polizei zukam, war nur schwer vorherzusagen. Sollte, wie immer er das durchziehen konnte, der Detektiv zugleich die Firma Nadelstiche sein, bestand die Aufgabe nur darin, den Mann festzunehmen. Allerdings erst dann, wenn so eindeutig wie möglich feststand, dass keine Firma Nadelstiche existierte, die damit gewarnt werden könnte. Nach Jannis' Schätzung konnte das bis in den frühen Vormittag dauern. Da aber auf alle Fälle die Ausfahrtsstraße und die beiden Seitenstraßen wenigstens kurz abgesperrt werden mussten, reichte das Personal dazu mit Sicherheit nicht aus. Der Vertreter der Polizei aus Nauplia, ein sympathischer und sachlicher Mensch um die vierzig, griff zum Telefon. Da die Feuerwehr der Stadt ihren Sitz ganz in der Nähe von Jannis' Büro hatte, kam kurz darauf der diensthabende Kommandant mit zwei Mann Begleitung. Die Feuerwehr übernahm es, bei Bedarf die Straßen an den vereinbarten Punkten abzusperren. Der Kommandant setzte dazu einfach eine Notfallübung an. Da die Firma Nadelstiche aber irgendwo in und um Nauplia ihren Sitz haben konnte, mussten zumindest vier Mann bereitstehen, um notfalls mit ihrem Auto schnell dort hinzukommen. Verblieben also nur fünf Beamte, um die Festnahme beziehungsweise schlimmstenfalls die Erstürmung des Hauses vorzunehmen und abzusichern. Marina schlug vor, sich zusammen mit mir in der Seitenstraße zu platzieren, die an der Stirnseite des Geschäfts für Feuerwehrbedarf vorbeiführte. Da eine hohe Mauer den Hof hinter dem lang gestreckten Gebäude die Grundstücke des Detektivs und des Ladenbesitzers Odyseas Kaliabris abteilte, war ein Fluchtversuch des Verdächtigen in diese Richtung mehr als unwahrscheinlich. Jannis akzeptierte den Vorschlag als Übergangslösung, wenn auch mit Bauchgrimmen. Sobald Verstärkung eintreffen sollte, wollte er uns ablösen lassen. Damit ich Marina bei eventuellen sich überstürzenden Ereignissen nicht abhandenkam, gab sie mir einen kleinen Sender, den ich mir um den Hals hängen sollte. Sie selbst trug einen Empfänger, mit dem sie mich bis auf einen Kilometer orten konnte. Der Vizepräsident aus Athen, mein Freund Mikrojannis, rief mehrmals an und konnte am Abend wenigstens zusagen, am frühen Morgen mit weiteren sechs Mann einer Spezialeinheit einzutreffen. Er habe sie aus einer Übung am Fuße des Olymps einfach abkommandiert. Jannis entspannte sich. Aus dem Hause des Detektivs waren keine verdächtigen Aktivitäten zu erkennen. Marina und ich bezogen gegen dreiundzwanzig Uhr unsere Posten als Hilfspolizisten. Ich parkte unseren Mercedes etwa fünfzig Meter in der uns zugeteilten Seitenstraße mit Blick in Richtung Ausfahrtstraße und Seitenfront des Feuerwehrladens. Marina besaß ein Funkgerät und trug natürlich ihre Grundausstattung an Waffen am Körper, auf dem Rücksitz lag zugedeckt noch eine Maschinenpistole. Wir hatten uns auch mit Getränken und Nahrung eingedeckt. Die Seitenstraße war schlecht ausgeleuchtet und es herrschte nachts kaum Verkehr. Mit unseren getönten Scheiben war die Gefahr, Aufsehen zu erregen oder entdeckt zu werden, äußerst gering.

Die nächsten wichtigen Ereignisse fanden aber plangemäß mehr als zweihundert Kilometer südlicher statt. Gegen ein Uhr früh fuhren dort vier schwarz gekleidete Motorradfahrer von verschiedenen Seiten mit gedrosseltem Motor und abgeblendeten Scheinwerfern auf ein abgelegenes Grundstück südöstlich von Pilos. Sie zogen eine Art maschinell gefertigte Molotowcocktails aus den Taschen auf den Tanks ihrer Maschinen. Jeder von Ihnen riss genau zur gleichen Zeit an einer Zünderschnur und warf die Brandsätze in das Gebüsch. Synchron gab es viermal ein zischendes Geräusch, Funken stobten und dann schossen Flammen hoch. Die Fahrer schlossen die Visiere ihrer Helme – und waren in gleißendes Scheinwerferlicht getaucht. Dicke Wasserstrahlen schossen in das Gebüsch, die vier Männer versuchten mit Vollgas aus dem Licht zu entkommen, eine laute Stimme forderte sie auf, sich zu ergeben. Nacheinander wurde einer nach dem anderen durch einen dicken Hochdruck-Wasserstrahl eines Wasserwerfers von seiner Geländemaschine gefegt. Einer der Gestürzten sprang auf, riss eine Handfeuerwaffe aus dem Gürtel und schoss auf den örtlichen Polizeidirektor, der am Oberarm einen Streifschuss erlitt. Seine Personenschützer erwiderten das Feuer, der Mann fing sich einen Beindurchschuss und ein zerschossenes Schulterblatt ein und lag schreiend am Boden. Feuerwehrautos kamen von allen Seiten auf das Grundstück, in gut fünf Minuten war die letzte Glut gelöscht. Drei der Männer lagen mit Handschellen gefesselt bewacht in einem vergitterten Kastenwagen, einer wurde von der Besatzung eines Krankenwagens verarztet und in Polizeibegleitung in das nächste Krankenhaus gebracht. Der leicht verletzte Polizeidirektor mit Verband und Schlinge um den Oberarm informierte den Millionär Vardakastanis, der im Jagdoutfit mit seinem Sicherheitsdienst in gebührendem Abstand gewartet hatte. Er ließ den Millionär kurz mit den drei Gefangenen reden, Kirios Vardakastanis kam strahlend zurück und sagte:

»Sechs Uhr früh und hier ist die Telefonnummer in Nauplia!«

Der Millionär hatte als Gegenleistung den Ganoven einen gewissen Betrag versprochen, damit sie sich wenigstens Anwälte ihrer Wahl leisten konnten. Der Polizeipräsident verglich die Telefonnummer mit der auf einem Zettel aus seiner Jackentasche. Es war die Nummer des Detektivs, der um sieben Uhr über den Ausgang des Überfalls informiert werden wollte. Der Polizeipräsident ließ sich mit Jannis verbinden, gab den Erfolg des Hinterhalts durch und die Tatsache, dass der Detektiv über den Ausgang der Brandstiftung um sieben Uhr morgens angerufen werden wollte. Dann wurden mit ziemlicher Hast die Gefangenen abtransportiert und außer der Spurensicherung und einer Feuerwache alle Einsatzkräfte abgezogen. Es sollte auf alle Fälle verhindert werden, dass die Medien zu früh davon berichteten und der Detektiv und eine eventuell dahinter stehende finstere Organisation gewarnt würden. Kirios Marinopoulos, der Polizeidirektor mit Hang zum Fronteinsatz, erlitt einen Schwächeanfall. Er ließ sich ins Krankenhaus und danach nach Hause fahren.

Der nächste Akt des Geschehens wurde wieder nach Nauplia verlegt. Trotz aller Lausch- und Abhöraktionen drang aus dem Haus des Detektivs bis zum Morgen kein verdächtiges Geräusch. Jannis wollte warten, ob vielleicht nach sieben Uhr der Detektiv Anstrengungen unternahm, die ominöse Firma Nadelstiche über das Ausbleiben einer Rückmeldung zu informieren oder einen der Gefangenen anzurufen. Deren Telefone waren kurzerhand von Kalamata aus für einige Stunden abgeschaltet worden. Um acht Uhr sollte dann, wenn vorher nichts Unvorhergesehenes passierte, der »Zugriff« erfolgen.

Marina und ich hatten uns abgewechselt. Immer einer von uns »Hilfspolizisten« beobachtete die Straße, während der andere sich entspannte oder schlief. Kurz vor sieben Uhr wurden wir abgelöst, die Verstärkung aus Athen war eingetroffen. Allerdings ohne den Vizepräsidenten Mikrojannis. Er hatte sich kurzfristig entschlossen, in der Zentrale zu bleiben, um weitere Intrigen seines Chefs besser abwehren zu können. Marina und ich überließen einem jungen Polizisten aus Nauplia unser Auto als Beobachtungsstation, da ein Autowechsel vielleicht aufgefallen wäre. Der Morgenverkehr hatte auch unsere Seitenstraße erreicht, wir beide wanderten müde weg von dem zu beobachtenden Gebäude etwa fünfzig Meter diese Straße hinauf zu einem traditionellen griechischen Kafenion. Es war um diese Zeit schon mäßig gefüllt mit Einheimischen, die auf dem Weg zur Arbeit oder von dieser auf dem Heimweg waren. Wir ließen uns nieder und bestellten bei einem mürrischen Kellner süßen griechischen Kaffee und Sesamkringel. Jannis funkte Marina an und wollte genau wissen, wo wir derzeit zu finden wären. Er fand, dass wir uns genügend weit aus der Schusslinie niedergelassen hatten. Aus dem Gangsterhaus war bislang nichts Verdächtiges auszuspähen und daher wurde wie geplant für acht Uhr der Zugriff eingeleitet. Kurz vor acht Uhr kam die Feuerwehr mit Blaulicht angefahren, sperrte vor uns die Seitenstraße ab und versperrte uns damit die Sicht. Es bildete sich eine erste Autoschlange, im Nu sammelten sich Schaulustige auf der Straße und aus den Fenstern links und rechts schauten neugierige Bewohner auf die beunruhigenden Vorgänge in ihrer Straße. Wir konnten trotz der zahlreicher werdenden Menschen um uns herum erspähen, dass sich unerwartet an der Einmündung unserer Straße in die große Ausfahrtstraße eine Menschentraube gebildet hatte. Wir reckten die Hälse zusammen mit den anderen und sahen noch, wie der Polizist aus unserem Auto sprang und zu dem Menschenauflauf lief, außerdem setzte sich ein Teil der Feuerwehrmannschaft dorthin in Bewegung. Der Rest der verbliebenen Feuerwehr wurde von den Neugierigen einfach überrannt. Am Ende saßen Marina und ich relativ verlassen an unserem Kaffeehaustisch auf dem Gehsteig. Ein hektischer Jannis funkte Marina an:

»An der Ecke zu euerer Straße ist eine alte Frau aus dem Fenster gefallen. Wahrscheinlich war sie einfach zu neugierig. Bitte Marina, hilf mit, das Chaos zu beseitigen. Offenbar hat auch der Detektiv Wind bekommen und starke automatische Eisengitter an Eingängen und Fenstern herab gelassen. Wir müssen jetzt reingehen. Kramer soll um alles in der Welt im Kafenion sitzen bleiben!«

~

Marina küsste mich komischerweise auf die Stirn und glitt kommentarlos davon. Ich saß jetzt allein mit meinem Tisch auf dem Gehsteig, selbst das Bedienungspersonal und alle Gäste hatten sich in Richtung Schauplatz abgesetzt. Ein dunkler Van rollte die Straße herauf, sorgsam auf die Menschen achtend, die ihm entgegen kamen. Er fuhr ohne Probleme zwischen den Feuerwehrautos hindurch. Mir wurde plötzlich bewusst, dass sich keine Autos mehr vor dem Kafenion und den Feuerwehrautos stauten. Wenige Minuten später wusste ich, dass ein schlauer griechischer Rentner die Initiative ergriffen und den Verkehr an der nächsten Querstraße abgeleitet hatte. Er musste den Stau quasi rückwärts aufgelöst haben. Da saß ich aber schon in dem dunklen Van, der von einem Mann einhändig gesteuert wurde, während er mit der anderen eine Pistole auf mich richtete. Der Mann war kein anderer als der Detektiv Perikles Chatsis, den ich aufgrund der Aufnahmen der Polizeikamera ohne Schwierigkeiten erkannt hatte.

Ich saß mit Handschellen gefesselt auf dem Beifahrersitz neben dem erstaunlich ruhig und gelassen wirkenden Mann. Der Detektiv Chatsis trug heute kein Schweißband um das Handgelenk. Der Grund für dieses Frotteearmband war, wie ich blitzartig begriff, nicht nur eine Marotte gewesen. Über dem Handgelenk des rechten Armes zeigte sich eine mehrere Zentimeter lange dunkelrote Narbe, die verdächtig nach Brandverletzung aussah. Er war es also gewesen, der Nikos Nichte unter Druck gesetzt hatte, sodass mich der Hitzkopf von Bauer mit seiner Grabgabel vom Esel fegte! Der windige Detektiv hatte die Handschellen einfach aus dem aufgeklappten Handschuhfach seiner Edelkarosse gezogen, wobei die Kette an der Rückwand des Handschuhfachs befestigt war.

»Eine Spezialanfertigung – übrigens eine Erfindung von mir!«, erläuterte der Mann auf Englisch, als ich mich für meine Fesseln näher interessierte.

Aber da hatte sich bereits ein gewisses Vertrauensverhältnis eingestellt. Meine anfangs hirnlose – besser: aus den Teilen des Gehirns, die für Flucht und Überleben zuständig waren gesteuerte – Panik war bereits im Abklingen und wir im teuren Lancia-Gefährt auf der Fahrt Richtung Argos. Der dunkle Van war davor überraschend neben meinem Kaffeehaustisch auf den flachen Gehsteig gefahren. Die Seitentür ging auf, der Fahrer winkte mich zu sich und ein Schwall griechischer Worte schwappte aus dem Autoinneren. Ich hielt den Mann zunächst für einen weiteren Neugierigen, bis ich an die offene Beifahrertür trat und in eine Pistolenmündung blickte. Ich bekam einen fürchterlichen Schreck, als ich meinen naiven Irrtum begriff. Die erste Frage des Mannes, der mich mit seiner freien Linken am Ärmel meines zerknitterten Leinenanzuges ruckartig auf den Sitz gezogen und dann festgekettet hatte, war:

»Sprechen Sie Englisch?«

Darauf stieg er ohne Hast auf seiner Seite aus, ging um das Auto herum und schloss mit einer kleinen Verbeugung die Seitentür. Er kam zurück, das teure Auto mit viel Edelholz im Inneren fuhr rückwärts auf unsere Straße und dann Richtung Argos aus der Stadt.

»Sie müssen entschuldigen, ich brauche Sie maximal für zwei Stunden als Begleitung und eventuell als Lebensversicherung für eine Fahrt nach Norden. Dort wartet ein Hubschrauber auf mich, der mich zu einem anderen Ort fliegt, von dem aus ich außer Landes gebracht werden kann. Aber das muss Sie nicht interessieren. Bitte unternehmen Sie keinen Versuch, auf sich und uns aufmerksam zu machen. Ich müsste Sie nämlich sonst erschießen. Es hat gerade eben schon eine Unbeteiligte ihr Leben verloren. Ansonsten haben Sie von mir nichts zu befürchten. Wären Sie jetzt so freundlich und würden Sie mir verraten, wen ich mir als meine Begleitung für meinen Trip ausgesucht habe? Sie sind ja offensichtlich Ausländer?«

Der Mann war doch nicht so cool, wie er sich gab. Sonst würde er nicht so viel reden. Meine sämtlichen Gehirnregionen liefen auf Hochtouren. Ein großer Teil davon war damit beschäftigt, meine Panik zu bekämpfen. Der andere Teil begriff, dass der windige Detektiv mich nicht erkannt hatte, und suchte verzweifelt nach Ausweg und Plan. Und wenn ich auf der Suche nach kreativen Lösungen war, konnte ich mich in der Regel auf mein Team im Exlehrerkopf verlassen.

»Ich bin Österreicher aus Salzburg«, log ich, »und ich bin froh, dass der Zufall uns zusammengeführt hat, Kirie Chatsis!«

Der Privatdetektiv erschrak zutiefst darüber, dass ich ihn offensichtlich kannte, und griff instinktiv nach seiner Waffe.

»Ich wollte Sie sowieso heute noch besuchen!«, fuhr ich schnell fort. »Aber erstens bin ich gestern mit einer wunderschönen jungen Griechin den Verlockungen des Nachtlebens von Nauplia erlegen«, womit mein zerknitterter Anzug, mein sicher erkennbarer unausgeschlafener Zustand und auch mein Besuch um diese Zeit in einem Kafenion erklärt werden konnten. »Und zweitens war um Ihr Haus herum heute Morgen ein reges Treiben der Polizei festzustellen, das mich abschreckte. Mein Name ist Gustav Breiter und ich bin ein Freund und Vertrauter des Geschäftsmannes Kirios Vangelis Michou, den Sie nach unserer Kenntnis seit geraumer Zeit beschatten. Kirios Michou hat eine Affäre, seine Frau hat Sie damit beauftragt, dieses Verhältnis an den Tag zu bringen. Ich soll Ihnen nun im Auftrag meines Freundes Kirios Michou ein Angebot machen!«

War ich froh, dass ich dem Zwischenbericht von Jannis über die ersten Ausspähungen des Detektivs durch die Polizei so genau gefolgt war. Sollte Kirios Perikles Chatsis irgendwann meinen Revolver entdecken, war auch der durch die Lügengeschichte hinreichend erklärt. Selbst der Sender um meinen Hals passte notfalls dazu. Nur dass in meiner erfundenen Welt mein angeblicher Freund Kirios Michou den Empfänger hatte, als Vorsorge für Unvorhergesehenes. Der Detektiv Perikles Chatsis steckte seine Waffe wieder weg und musste erst einmal seinen Schrecken weglachen. Er überdachte offenbar längere Zeit meine Erklärungen und fragte dann:

»Und wie hoch wäre dann das Angebot Ihres Freundes Michou?«

Meine Antwort: »Wenn wir die Sicherheit bekommen, dass spätere Erpressungen ausgeschlossen sind, reden wir etwa von achttausend Euro! Und ich könnte darüber schweigen, dass Sie mich zu einer Spazierfahrt eingeladen haben!«

Der Detektiv warf mir einen schiefen Blick zu:

»Und wie teuer wäre dann Ihr angebotenes Schweigen?«, griente er plötzlich.

»Sagen wir mit Spesen schlappe eintausend Euro. Dann könnte ich mir einen zweiten Anzug leisten und noch einmal meine griechische Göttin ausführen.«

Ein Dialog unter zwielichtigen Ermittlern! Nach einer kurzen Pause hatte Kirios Perikles Chatsis offenbar einen Entschluss gefasst:

»Also gut! Da ich sowieso bald in Geld schwimmen werde, erhalten Sie von mir die eintausend Euro auf der Fahrt nach Argos. Dort wollte ich sowieso bei einem Bekannten in einem großen Hotel meine Reisekasse noch etwas aufstocken. Und Ihrem Freund Kirios Michou sagen Sie, ich bin gerade auf einer längeren Geschäftsreise. Er kann also sicher sein, dass meine Ermittlungen zunächst ruhen werden. Wenn ich in ferner Zeit zurückkommen sollte, erhalte ich von ihm zwölftausend Euro für mein Schweigen. Die Summe ist leider so hoch, weil es gegen meine Prinzipien verstößt, eine Klientin zu belügen. Und weil ich einem Ermittler aus Österreich dann nochmals dreitausend Euro für sein Schweigen zukommen lassen will!«

»Das könnte der Beginn einer wunderbaren Freundschaft sein!«, zitierte ich wieder einmal meinen Lieblingsfilmhelden Humphrey Bogart.

Relativ entspannt fuhren wir beide weiter Richtung Argos. Es sah von außen wohl wie eine Fahrt von Freunden oder Geschäftskollegen aus. Nur dass ich ziemlich kurz mit Handschellen an den Boden des Handschuhfachs gekettet war. Hoffentlich hatte Marina meine plötzliche und unfreiwillige Abwesenheit sofort bemerkt und hoffentlich funktionierte der Sender um meinen

Hals. Sonst flog der Verbrecher neben mir in ein paar Stunden unverdient Freiheit und Wohlstand entgegen. Und vielleicht überlegte er es sich doch noch anders und opferte für den Zeugen seiner Flucht am Ende noch eine Kugel aus seiner Pistole. Es war ja schon eine Unbekannte gerade eben zu Tode gekommen! Ich horchte dem Satz nach und kam zu dem Schluss, dass damit nur die aus dem Fenster gestürzte Frau gemeint sein konnte. Ich wagte wie nebenbei noch eine letzte Frage:

»Kirie Chatsis, Sie werden einem Kollegen sicher nicht verraten, wie Sie seelenruhig aus einem Haus fliehen konnten, das von Polizisten umstellt war!?«

»Ach wissen Sie, Kirie Kollege, dazu braucht man nahe, sehr nahe Freunde!«, lächelte er sehr geheimnisvoll und etwas kokett.

»Solche Freunde, deren Parfumduft in diesem Auto zu riechen ist?«, fragte ich nach.

Er blickte mich anerkennend an: »Gut gerochen, Spürnase!«.

Wodurch sich ein gewisser Anfangsverdacht bei mir verfestigte. Nach etwa drei bis vier Kilometern fuhr Kirios Chatsis auf den Parkplatz eines großen Touristenhotels.

»Ich werde also kurz Geld für mich holen und auch Ihre eintausend Euro Schweigegeld mitbringen. Bitte keine Tricks. Ich mache sofort Ernst, glauben Sie mir Kirie Breiter!«

Sagte es und verschwand im Hotel. Er war noch keine zwei Minuten aus meinem Blickfeld verschwunden, bog auch schon ein Motorradfahrer mit Marina auf dem Sozius in den menschenleeren Hotelparkplatz ein. Marina hatte den Empfänger in der Hand und blickte kurz in Richtung meines Gefängnisses mit vier Rädern. Dann aber sagte sie etwas zu dem Motorradfahrer und sie bogen um eine Umgrenzungsmauer der Stellplätze vor dem Hotel. Mir blieb kurz der Atem weg. Sollte ihr Gerät so ungenau sein und sie hatten meine Spur verloren? Eine Minute später erwiesen sich meine Ängste und die aufkommende Panik als unbegründet. Leises Klopfen an der Fensterscheibe der Beifahrertür. Marina hatte sich auf meiner Seite an das Auto herangeschlichen. Das Fenster war verschlossen und meine Hände fest an das Handschuhfach gefesselt. Wir mussten uns auf meine Oberkörpergebärden und Grimassen verlassen. Marina konnte mir locker verdeutlichen, dass sie den Aufenthalt des Detektivs wissen wollte. Ich zeigte mit einer Kopfbewegung zum Hotel. Marina deutete mit einem Finger zum Hotel, ob sie richtig verstanden hatte – ich nickte. Schwieriger war es dann ihr zu vermitteln, dass Perikles Chatsis bewaffnet war. Erst als sie sich die Nase an der Scheibe platt drückte, konnte ich ihr mit Zusatzunterstützung durch meine gefesselten Hände klar machen, dass er unter der Jacke eine Waffe trug. Sie nickte, machte einen Kussmund und tauchte ab.

Jetzt wurde es spannend. Der Detektiv kam gemächlich aus dem Hoteleingang, sicherte nach allen Seiten und schlenderte dann auf unser Auto zu. In der Hand trug er einen dicken Umschlag. Er war kurz vor dem Van, als der Motorradfahrer mit Vollgas um die Ecke kam und hart vor ihm bremste. Kirios Chatsis hatte sich unwillkürlich in Richtung Motorrad gedreht, ging in Abwehrhaltung und griff unter seine Jacke. Da der Motorradfahrer aber beschwichtigend beide Hände hob, zögerte er und brüllte den Mann an – und erhielt von Marina mit umgedrehter Waffe von hinten einen mächtigen Schlag auf den Kopf. Er sank auf die Knie, war im Nu entwaffnet und mit Plastikbändern an Händen und Füßen gefesselt. Der Motorradfahrer blieb bei dem stöhnend am Boden liegenden Detektiv, Marina kam mit Autoschlüssel und Schlüssel für die Handschellen zu mir:

»Dich kann man auch keine fünf Minuten aus den Augen lassen!«, lachte sie und wieder gab es einen Kuss auf die Stirn.

Endlich war ich frei! Ich erzählte in Kurzfassung, was sich zugetragen hatte. Und was ich erfahren konnte und welche Schlüsse wir meiner Meinung nach daraus ziehen mussten. Marina war elektrisiert und rief sofort Jannis an, der reichlich frustriert wirkte. Die Durchsuchung der Detektivbleibe hatte außer zerstörten Türen bisher nichts gebracht. Als er aber von der Festnahme des geflüchteten Detektivs und nebenbei von meiner Entführung und geglückten Befreiung erfuhr, änderte sich seine Stimmungslage schlagartig. Er versprach, wie vorgeschlagen ab jetzt das ganze Gebäude, also auch den Laden für Feuerbekämpfungsmittel, beobachten zu lassen und wollte in wenigen Minuten bei uns sein.

Bevor der Polizeiwagen eintraf, kniete ich mich zu dem am Boden liegenden Kirios Chatsis. Er musste länger in Amerika gewesen sein, denn er beherrschte eine ganze Latte von typisch amerikanischen Schimpfwörtern, die er mir entgegenschleuderte.

»Sie hätten einfach nicht meinen griechischen Freund über seine Nichte aufhetzen dürfen, sodass dieser mir am Ende seine Grabgabel auf den Kopf donnerte!«, machte ich ihm klar.

Seine Augen weiteten sich: »Sind Sie wirklich der Deutsche, der bei Koroni ein Haus in den Bergen hat und an dem die Polizei einen Narren gefressen hat?!«, fragte er sichtlich erschüttert.

»Genau, Sie haben durch Zufall genau den Falschen entführt!«, antwortete ich.

»Verflucht noch mal!«, er schüttelte seinen Kopf, was ihm aber offenbar Schmerzen verursachte. Marina war nicht gerade zimperlich gewesen.

»Jetzt wird es eng für Sie. Am besten ist, Sie machen reinen Tisch«, empfahl ich ihm.

»Ach gehn Sie doch zum Teufel, Sie verfluchter Polizeispitzel!«, presste er zwischen den Zähnen hervor.

Ich wollte dann noch wissen, ob er geplant hatte, mich auf dem Hubschrauber-Landeplatz zu erschießen. Aber er hatte ab jetzt den Ton abgestellt. Ich gab ihm noch eine Aufgabe, mit der er sich in seinem selbst gewählten Schweigen beschäftigen konnte:

»Sie wissen wahrscheinlich noch nicht, dass die Polizei von Unbekannten auf Ihre Spur gebracht wurde. Wir vermuten, dass es dieselben Leute sind, die Ihnen den Überfall in Koroni durch den ukrainischen Schläger verdorben haben«, schwindelte ich. »Wenn Sie der Polizei also alles berichten, was Sie über diese Ganoven wissen, könnten Sie wenigstens an diesen Unbekannten Rache nehmen!«

Vielleicht half uns das ja weiter. Marina berichtete, dass sie kurz nach meiner Entführung zurückgelaufen war, weil der Empfänger Alarm geschlagen hatte. Sie sah, dass der rote Punkt sich in Bewegung setzte und wie das dunkle Auto gerade noch in der Ferne verschwand. Sie stoppte daraufhin den nächst besten Motorradfahrer und wies sich als Polizistin aus. Da sie dem Mann nach meinem Vorbild auch noch zweihundert Euro versprochen hatte, konnten sie sofort mit ihr auf dem Sozius die Verfolgung aufnehmen.

»Ich werde wohl die versprochenen zweihundert Euro aus der eigenen Tasche zahlen müssen!«, sagte sie und glaubte selbst nicht daran.

Ich schlug eine unbürokratische Lösung vor. Darauf öffnete Marina mit Plastikhandschuhen aus ihrem Bestand den Umschlag des Detektivs und zahlte aus dem Bündel zweihundert Euro an den Biker aus. Schließlich waren ja eintausend Euro darin als Schweigegeld für mich gedacht gewesen! Der junge Mann bedankte sich und fuhr danach in den Schatten. Er wartete mit uns auf den Einsatzwagen, der wenige Minuten später mit quietschenden Reifen und Blaulicht auf den Parkplatz einbog. Jannis und drei weitere Beamte sprangen heraus. Der jüngste Hauptkommissar der Staatspolizei rannte auf uns zu, umarmte mich und danach Marina.

»Gott ist das schön, dass ihr heil seid und wir endlich entscheidende Fortschritte machen. Ich glaube fast, wir müssen dich auch noch zum Ehrenmitglied der griechischen Staatspolizei ernennen!«, meinte er und blinzelte mir zu.

Danach ging er kurz zu dem verbittert wirkenden Privatdetektiv, informierte ihn über seine Rechte und ließ ihn von dem uniformierten Polizeiarzt kurz untersuchen. Nach dieser Prozedur wurde Kirios Perikles Chatsis in den Einsatzwagen getragen. Jetzt war ich an der Reihe und musste berichten, was vorgefallen war und was ich von dem Detektiv alles erfahren hatte. Jannis fand übrigens mein spontanes Rollenspiel während der Entführung »unglaublich!«. Am wichtigsten war dem Hauptkommissar aber, was ich aus all dem für Schlüsse zog:

»Der Detektiv Kirios Chatsis ist mit größter Wahrscheinlichkeit schwul. Der Ladenbesitzer Odyséas Kaliabris dürfte dann mit Sicherheit der Freund oder Lebensgefährte des Detektivs sein. Das edle Auto gehört dem Ladenbesitzer oder wird häufig von ihm benutzt. Es duftet innen stark nach einem Männerparfum, das nicht mit dem des Detektivs identisch ist. Jedenfalls stand der Van auf dem Parkplatz des Ladens. Für mich ist der Ladenbesitzer der eigentliche Betreiber der Firma Nadelstiche. Nebenbei würde mich interessieren, ob die Brandstifter von letzter Nacht Brandbeschleuniger aus diesem Laden benutzt haben. Ich vermute sehr, dass das Archiv und die Computer der Firma Nadelstiche irgendwo in diesem Haus zu finden sein werden. Weiter muss es eine Verbindung zischen beiden Häusern geben. Das würde erklären, warum der Detektiv zwischenzeitlich weder telefonierte noch Emails absetzte und problemlos durch den Hintereingang des Ladens flüchten konnte. Wenn ich den Hinweis von Kirios Chatsis auf den Tod einer Unbeteiligten kurz vor seiner Flucht richtig interpretiere, muss einer der beiden Männer die neugierige Frau aus dem Fenster gestoßen haben. Im Tumult um diesen Vorfall ist der Detektiv dann gelassen in den Wagen gestiegen und hat ausgerechnet mich als Geisel und damit als Rückversicherung gegen irgendwelche Polizeiaktionen genommen. Ob er mich trotz meiner Lügengeschichte am Ende erschießen wollte, kann ich nicht beurteilen. Jannis, ihr müsst das Ganovenhaus auseinandernehmen und den Vizepräsidenten Mikrojannis so bald wie möglich verständigen. Wenn ihr die Unterlagen findet, werdet ihr lange Zeit beschäftigt sein, in die vielen alten Fälle von Brandstiftung und Gewaltdelikten Klarheit zu bringen!«

Jannis drückte mich noch einmal:

»Wahnsinn, Wahnsinn – für die griechische Polizei könnte das wie ein Lottogewinn werden. Um das Auto kümmert sich die Spurensicherung, ein Beamter wartet auf sie. Wir nehmen dich und Marina mit nach Nauplia. Der Detektiv wird noch einmal gründlich von einem Arzt untersucht, eingesperrt und heute Nacht verhört. Jetzt aber auf zum Feuerwehrladen des ehrenwerten Kirios Odyséas Kaliabis – hoffentlich erweist sich wenigstens ein großer Teil von dem, was du annimmst, als richtig!«

Wir rasten, vorbei an den ersten Schaulustigen auf dem Hotelparkplatz, zurück nach Nauplia. Nachdem alle Polizisten der alten Truppe, Mikrojannis sei Dank, wieder zurückgekommen waren, verfügte Jannis jetzt über genügend Personal für die geplanten Aktionen. Marina und ich wurden nicht mehr gebraucht und schlenderten, müde und aufgekratzt zugleich, zurück zu unserem Haus in der oberen Altstadt. Die Vorfälle der letzten Stunden hatten mehr an meinen Nerven gezerrt, als ich mir zugestanden hatte. Aber ich hatte mich meiner Einschätzung nach wacker geschlagen, wenn ich auch anfangs sehr naiv in die Falle getapst war. Hilfspolizist eben! Marina dagegen hatte sich als Vollprofi gezeigt. Ich erzählte ihr, dass ich bereits zwei junge Frauen in Deutschland als Quasitöchter gewinnen konnte. Leider sei keine davon lesbisch veranlagt. Sie werde darüber nachdenken, war die Antwort und ich erhielt von ihr an diesem Tag bereits den dritten Kuss auf die Stirn. Danach duschte ich lange und schlief dann mehr als vier Stunden, bis mich Marina weckte. Der Vizepräsident der Polizei Griechenlands, Kirios Dimitrios Mikrojannis, stand in schicker Uniform in unserem Wohnzimmer und strahlte über das ganze Gesicht.

»Das werde ich dir nie vergessen, Michael! Du hast Jannis eigentlich fast alles zutreffend schon vor der leider notwendigen gewaltsamen Erstürmung des Hauses von Kirios Odyséas Kaliabis vorhergesagt. Wir haben die Firma Nadelstiche geknackt und in einem der alten Feuerwehrautos im Hof die Archivkassetten gefunden. Wir konnten auch die Verbindung zwischen beiden Häusern ausfindig machen. Die beiden Ganoven hatten sogar von Wohnzimmer zu Wohnzimmer für das ›Gespräch zwischendurch‹, ein Abwasserrohr geführt, das jeweils durch einen Deckel verschlossen und mit einem Bild überdeckt war! Wir sind auch gerade dabei, das Konto der beiden Herren auf diplomatischem Weg leeren zu lassen. Selbst den Mord an der alten Frau können wir ihnen höchstwahrscheinlich nachweisen. Die Frau schlug relativ weit in der Straße auf. Sie hätte entweder einen Anlauf nehmen müssen oder war eben hinausgestoßen worden. Und es gab jede Menge Fingerabdrücke. Der Vermieter der Wohnung ist übrigens Kirios Odyséas Kaliabis. Und er besitzt einen Schlüssel! Ich war auch bereits beim Innenminister. Er hat sofort eine ganze Sonderkommission eingesetzt. Auf den ersten Blick werden wir mindestens fünfzehn bis zwanzig Fälle von großen Brandstiftungen aufklären können, darunter solche, bei denen es Tote gegeben hat. In die Machenschaften sind selbst Parlamentsabgeordnete und ein Staatsekretär verwickelt und natürlich Bodenspekulanten und Baulöwen. Einige von denen sind übrigens später von der Firma Nadelstiche erpresst worden. Und mein Chef wird vom Minister persönlich eine Rüge erhalten! Ein guter Tag, Michael, ein sehr guter Tag!«

In den nächsten Tagen waren die griechischen Medien voll damit beschäftigt, über die Fahndungserfolge der Polizei zu berichten. Im Mittelpunkt standen dabei die Machenschaften der Firma Nadelstiche und die Hintermänner und Auftraggeber dieser Verbrechen. Ich hatte bereits vor der endgültigen Enttarnung der beiden Ganoven mit meinen Freunden und Bekannten bei der griechischen Polizei vereinbart, dass mein Name und meine Rolle in diesem Kriminalfall nicht erwähnt werden sollen. Dazu war meine eigene Sicherheits- und Bedrohungslage immer noch zu ungeklärt. Auch wollte ich so bald wie möglich wieder zu meinem stinknormalen Pensionistenleben zurückkehren und friedlich und unbehelligt in Griechenland einen großen Teil meiner Restzeit verbringen. Groß herausgestellt wurde in den Medien dagegen durch gezielte Informationen der Polizei die Rolle des Millionärs Kirios Vardakastanis. »**Millionär Vardakastanis hilft mit Geld und Tricks der Polizei bei der Lösung eines der größten Kriminalfälle der vergangenen Zeit!**« oder »**Von Millionär finanziertes Täuschungsmanöver wird zur Falle für die verruchtesten Brandstifter des Landes!**« waren zwei der vielen Schlagzeilen zum Thema. Herausgestellt wurde, auch im Fernsehen, dass der Versuch, den Millionärssohn Stavros Vardakastanis zu erpressen, in enger Abstimmung mit der Polizei der Anfang vom Ende dieses verbrecherischen Duos war. Die Polizei streute zusätzlich noch Filmaufnahmen und Fotos an Agenturen und Redaktionen, die zeigten, wie die Handlanger der Brandstifter mit dem Strahl eines Wasserwerfers von ihren Motorrädern gefegt wurden. Vorausschauend waren bei der Aktion zwei von dem Gönner Messeniens finanzierte Fotografen vor Ort gewesen. Diese Bilder gingen übrigens um die Welt.

Und natürlich gab es täglich neue Meldungen dazu, wer alles diese Brandanschläge und Gewalttaten in Auftrag gegeben hatte. Ein Parlamentsabgeordneter flüchtete in eine Selbstanzeige, ein anderer wollte sich nach Südamerika absetzten und wurde am Flughafen aufgegriffen. Der beteiligte Staatssekretär nahm Schlaftabletten und konnte gerade noch rechtzeitig gefunden werden. Ein Baulöwe wollte sich durch einen Schuss in den Mund töten und wird wohl den Rest seines Lebens querschnittsgelähmt an das Bett gefesselt sein. Aus Wirtschaftskreisen kamen übrigens in den ersten Tagen direkte und indirekte Bestechungsangebote »in Millionenhöhe«, wie der Vizepräsident der griechischen Polizei allem Anschein nach amüsiert einem Reporter des öffentlichen Fernsehens erzählte – worauf die Angebote spärlicher wurden! Insgesamt konnten innerhalb von drei Tagen über fünfzehn Personen festgenommen werden, darunter vier wegen des dringenden Verdachts auf mehrfachen Mord.

Die beiden festgesetzten Betreiber der Firma Nadelstiche schwiegen zu all den Anschuldigungen. Nur zu den Hintergründen des Angriffs auf Helga gab der Exdetektiv (»geradezu wütend«, so Jannis) bereitwillig Auskunft: Die Firma Nadelstiche ist seit einigen Jahren selbst Opfer von Drohung und Erpressung geworden. Irgendeine mächtige griechische Organisation war plötzlich auf demselben Server aufgetreten und hat unter Androhung von Enthüllung der Geschäftspraktiken der Firma Nadelstiche Aufträge diktiert. Selbst die Höhe der Bezahlung wurde von dieser Organisation selbstständig festgelegt. Allerdings lagen die Beträge in der Regel über dem »Tarif« der Firma Nadelstiche. Zu solchen zum Teil hochriskanten erpressten Aufträgen gehörten die Einschleusung des ukrainischen Schlägers bei dem Überfall in Koroni und später noch die Überbringung des Drohbriefes durch einen Motorradfahrer, obwohl die Überwachung des Anwesens bekannt gewesen war. Daraufhin hatte übrigens die Polizei die festgenommenen Motorradfahrer mit den Filmaufnahmen auf meiner Überwachungsanlage verglichen und war fündig geworden. Für mich und Helga wurde durch diese Aussage leider endgültig bestätigt, dass der Überfall in Koroni von einer unbekannten Macht benutzt wurde, um uns zu bedrohen und Helga zu verletzen oder gar zu töten. Alles, was danach an Bedrohung folgte, erklärte sich bis auf den Inhalt des letzten Drohbriefes in unserem Briefkasten aus den Machenschaften der Firma Nadelstiche. Die Konsequenz dieses Ergebnisses erfasste ich aber im Strudel der der aktuellen Ereignisse so richtig erst einige Tage später.

Der Polizei gelang es, bereits am zweiten Tag mit Hilfe von Angaben aus dem Archiv der Firma Nadelstiche die gesamte Organisationsstruktur der Handlanger, vor allem die der brandstiftenden Motorradfahrer, zu zerschlagen. Die Firma hatte ihre insgesamt drei Gruppen zu je drei Fahrern aus Mitgliedern von Clubs der Geländefahrer gewonnen. Eine Gruppe war laut Unterlagen in Megalopolis im Süden des Peloponnes angesiedelt, eine zweite im Nordwesten bei Patras und die letzte im Norden von Athen. In jeder Gruppe gab es einen Anführer, der bewaffnet war und über Internet Aufträge und Anweisungen erhielt. In dringenden Fällen kam dann und wann auch ein Anruf »im Auftrag der Firma Nadelstiche«, der mit Sicherheit von dem Exdetektiv stammte. Es war eine feste Regel, dass keine Gruppe in ihrer näheren Umgebung eingesetzt wurde. So bestand die bei der versuchten Brandstiftung auf dem Grundstück des Millionärs aufgegriffene Gruppe aus den drei Mitgliedern aus Patras, ergänzt um einen Mann aus Athen. Dieser brach nach mehreren Stunden Verhör ein und verriet Namen und Adresse seiner beiden restlichen Gruppenmitglieder. Da es in Megalopolis nur einen Motorradclub für Geländefahrer gab, konnte die Polizei binnen zwei Tagen auch diese Gruppe festsetzen. Bei anderen Gewalttaten hatte die Firma Nadelstiche örtliche kriminelle Gruppen benutzt, meist aus Athen oder Saloniki. Über Abrechnungen konnten später in beiden Städten sogenannte »Vermittler« ausfindig gemacht und verhaftet werden. In Athen fassten sie dabei den Mann, der im Auftrag der Firma Nadelstiche auch den Überfall in Koroni organisiert und geleitet hatte.

Ach ja, der Polizeipräsident für ganz Griechenland, Kirios Petros Stephanopoulos, hatte seine ministerielle Rüge erhalten. Gleich darauf war er, als wäre nichts gewesen, seinem Hobby nachgegangen. Er kreuzte, wie sein Stellvertreter Mikrojannis berichtete, mit Begeisterung auf einem Zollboot im Mittelmeer, angeblich auf der Jagd nach Drogen- und Menschenschmugglern.

Wie immer das auch zustande gekommen war, auf einer relativ kleinen Sektion östlich des Peloponnes war diese Aufgabe der Staatspolizei übertragen worden.

»Der Mann muss enorm viele Leichen anderer einflussreicher Menschen im Keller haben, sonst könnte er nicht in solchem Maße Narrenfreiheit genießen!«, meinte der Vizepräsident Mikrojannis nicht ohne Grimm. »Allerdings stört er dabei augenblicklich wenigstens nicht bei unserer aktuellen Arbeit!«

Die Sonderkommission arbeitete die ersten Tage verbissen an der Aufklärung, wohl wissend, dass sonst einige der Spuren verwischt werden könnten. Hauptkommissar Jannis hatte Ringe unter den Augen und sein Chef Mikrojannis gestand am Telefon, dass er jeweils nur drei Stunden geschlafen hatte. Alles in allem aber war die Lösung dieses Kriminalfalls ein Knüller und landauf landab wurde ein Loblied auf die Polizei gesungen. Und selbst die Kommission der Europäischen Union beglückwünschte Griechenland zu diesem Erfolg, woraufhin der Ministerpräsident den Etat der Polizei in der ersten Euphorie um sieben Prozent aufstockte.

~

Ich selbst genoss mit meiner Leibwächterin Marina trotz der weiter existierenden Bedrohung drei freie Tage. Unsere Maskerade hatten wir aufgegeben. Mein abrasierter Kinnbart durfte also wieder wachsen! Nur innerhalb unseres Hauses spielten wir aus Spaß manchmal noch »alternder Lebemann und junge Verruchte«, wobei insgesamt zwei Flaschen Champagner verbraucht wurden. Wir genossen den griechischen Sommer und gingen zum Baden. Jannis bestand darauf, Marina dabei in ihrer Aufgabe mit einer Streife aus Nauplia zu unterstützen. Wir unternahmen mit unserem Mercedes auch einen Ausflug in den Norden von Nauplia, wobei wir nach Angaben von Eva Vardakastanis das verlassene Bergkloster suchten, das ihrem Mann als

Vorbild für seinen Wochenendpalast gedient hatte. Die mir bekannten Mitglieder der Familie Vardakastanis riefen übrigens abwechselnd jeden Tag an und schienen richtig erleichtert und dankbar, dass ihnen nach Stavros' »Dummheit« der drohende Skandal erspart geblieben war. Ich schlenderte zusammen mit Marina durch die Überreste der Ausgrabungen in Mykene, die der historischen Zeit unter anderem des von Homer später besungenen Trojanischen Krieges für die Nachwelt den Namen gegeben hatte. Wir nutzten auch unsere Freiheit, um nach Kalavrita zu fahren. Das Dorf in siebenhundert Meter Höhe zu Fuß des über zweitausend Meter hohen Aroania-Massivs erinnert etwas an die Alpen. Es erinnert auch daran, dass im Dezember 1943 die Deutschen als Besatzer hier ein Massaker veranstalteten, dem als Racheakt für einen Partisanenüberfall über eintausendzweihundert männliche Griechen aus dem Dorf und der Umgebung zum Opfer fielen. Ein junger deutscher Soldat, so wird in Kalavrita berichtet, habe nachts die in einer Schule oder Scheune eingesperrten Frauen und Kinder befreit. Das Gebäude sollte nämlich angezündet werden, der Soldat wurde am nächsten Morgen standrechtlich erschossen. Schlimm für eine Zeit, die solche Heldentaten nötig hatte! Die Fahrt von Kalavrita hinab bis in die Weinbaugebiete der Argolis gehören für mich zum Schönsten, was der Peloponnes zu bieten hat.

Helga sandte zu dieser Zeit nur knappe Emails. Sie musste innerhalb kürzester Zeit das Konzept und die ersten Lektionen ihres Ferienkurses fertig haben. So nebenbei erfuhr ich, dass die Hochschule vorhatte, ihr eine Anstellung für drei Jahre anzubieten. Ich war im Augenblick nicht unter Stress und konnte einigermaßen meinem Ideal der Gelassenheit nahe kommen. Der blonde Porschefahrer bereitete mir zwar immer noch Albträume. Es gelang mir aber immer öfter, auch meine Albträume nicht zu ernst zu nehmen. Wir hatten ja auf Helgas Anregung über unser Bett den Vorsatz angebracht: **»Wir sind doch nicht blöd!«** Ich wollte der Flüchtigkeit des Daseins, wie Marina das formuliert hatte, meinen Tribut zahlen und meine Restzeit intensiv erleben. Am besten mit Helga. Sollte doch die Zukunft entscheiden. Ich war lange Zeit damit beschäftigt, ihr alles zu berichten, was vorgefallen war. Die erste Email darauf bestand aus »Mein Gott! Du fehlst mir – Helga«.

Am Tag, bevor ich in meine von Marina gebuchte »Besinnungszeit« gehen wollte, hielt die Sonderkommission der Polizei in Kalamata eine Regionalkonferenz ab. Sie wollten eine erste Bilanz ziehen, Daten abgleichen und die nächsten Schritte besprechen. Die Familie Vardakastanis hatte die gesamte Kommission, mich nebst Marina und dazu einige weitere an den Vorfällen beteiligte Gäste, danach zu einem Abendessen geladen. Dazu hatten sie ein feines Restaurant unweit Kalamata an den Hängen beziehungsweise Ausläufern des Taigetosgebirges gemietet. Bei leiser Musik wurde natürlich ausgezeichnet gegessen und getrunken. Der väterliche örtliche Polizeidirektor mit seiner Mannschaft versprühte trotz Arm in der Schlinge Tatkraft. Es fehlte wieder einmal der Vizedirektor von Kalamata, Kirios Leonidas Margaritis. Er musste auf Befehl von »ganz oben« den Polizeipräsidenten Griechenlands auf seinem Zollboot begleiten. Die Gruppe aus Athen wirkte überarbeitet, aber mit sich und der Welt zufrieden. Ich freute mich riesig, den Millionär, seine Frau Eva und ihren jüngsten Sohn Stavros wieder zu sehen. Der aufgekratzte Jungmillionär (Marina: »Mächtig in der Balz!«) hatte den gesamten Vorstand der Schildkrötenschützer geladen. Natürlich die zarte englische Studentin Susan, die offensichtlich auch den Millionärseltern gefiel, den gut gelaunten Studenten Italo und weitere Vorstandsmitglieder aus Koroni. Selbst der große Vorsitzende, Kirios Konstandinos Manevis aus Athen, war gekommen. Als Ehrengast wurde der Fischer Petros aus unserem Dorf präsentiert, der mir um den Hals fiel, weil Helga und ich ihm aus Dankbarkeit für den rettenden Einsatz in Koroni seinen nur sporadisch funktionierenden Schiffsdiesel komplett überholen hatten lassen. Das Verfahren wegen Totschlags gegen ihn war übrigens von der Staatsanwaltschaft eingestellt worden. Die Polizisten aus Kalamata waren sichtlich stolz, dass neben Jannis Konstandinos von der Staatspolizei selbst der Vizepräsident Dimitrios Mikrojannis aus Athen gekommen war.

Nach einer launigen Begrüßung durch den Millionär gab es zunächst noch Formales zu erledigen: Marina erhielt aus den Händen des Vizepräsidenten eine Auszeichnung für ihr besonnenes und professionelles Verhalten bei meiner Entführung. Dazu eine stattliche Geldprämie, gestiftet von der Millionärsfamilie, was Marina zu einem außerprotokollarischen Luftsprung veranlasste. Und dann wurde ich mit Urkunde und Dienstmütze zum Ehrenmitglied der Polizei von Kalamata ernannt und zusätzlich mit einer Medaille »Bürgerliches Engagement für die Sicherheit Griechenlands« ausgezeichnet. Letzteres durch meinen Freund Mikrojannis. Es wurde ein schöner Abend unter Freunden und Bekannten. Ich vereinbarte mit der Familie Vardakastanis für Anfang September die ausgefallene Kreuzfahrt (hoffentlich dann zusammen mit Helga!) nachzuholen und lauschte den begeistert vorgetragenen Plänen Stavros' und seiner Freunde für die Schildkrötengrundstücke.

»Mein Leben beginnt sich zu normalisieren!«, dachte ich beim Essen mit Blick auf die Runde. Da kam wenig später ein junger Polizist und übergab eine Nachricht für den örtlichen Polizeidirektor Kirios Marinopoulos. Dieser überflog sie, machte ein ernstes Gesicht und bat mich in das Innere des Gebäudes. Dort eröffnete er mir, dass heute vor einer Stunde kurz vor Ladenschluss mein Auto auf dem Parkplatz einer deutschen Supermarktkette bei Messini in die Luft gesprengt worden war. Der Bauer Nikos war in Begleitung von Eleni mit meinem Auto, wie früher auch, zum Einkaufen gefahren. Eleni, die zum Auto zurücklaufen wollte, um den vergessenen Einkaufszettel zu holen, wurde durch die Explosion umgeworfen und durch einen Splitter am Unterschenkel verletzt. Sie konnte allerdings nach einer ambulanten Behandlung im Krankenhaus zusammen mit dem geschockten Onkel von einem Polizeiauto nach Hause gefahren werden. Auf meinem Anrufbeantworter fand die Polizei, die mein Anwesen bewachte, danach eine Botschaft in deutscher Sprache. Der Anrufer hatte dabei offenbar ein Taschentuch über die Muschel gelegt:

»Wir haben Ihr Auto in die Luft gesprengt, Kramer, damit Sie nicht vergessen: Sie verlassen in zwei Tagen Griechenland, sonst wird es für Sie ernst!«

»Keine Schonzeit für Sie, Herr Kramer!«, bedauerte der väterliche Polizeidirektor Marinopoulos.
Und auch die anderen anwesenden Polizisten und die informierte Millionärsfamilie zeigten sich betroffen.
»Es ist gut, dass du uns zwei Wochen Luft gibst, damit wir im aktuellen Fall nichts versäumen!«, meinte Jannis.
»Und wenn Sie zurückkommen, lösen wir gemeinsam auch diese Herausforderung!«, ergänzte der Vizepräsident der griechischen Polizei.
Ich war genervt und enttäuscht, hatte aber letztlich damit rechnen müssen.
»Na dann«, sagte ich resigniert, »auf ins Kloster!«

Hammerschläge

Ich hatte die letzte Nacht unter verbeamteter Aufsicht in der Polizeizentrale geschlafen. Davor telefonierte ich noch – angeblich aus Deutschland – mit meinem Freund Nikos, dem sie mein Auto in die Luft gesprengt hatten. Er fluchte laut und heftig auf alle Verbrecher dieser Welt. Erst meine Information, dass ihm der Millionär definitiv später das Gewehr in meinem Haus schenken werde, konnte ihn wieder etwas beruhigen. Eleni ging es den Umständen entsprechend gut. Ich versprach ihr für später zusammen mit Helga (man wird ja noch hoffen dürfen!) einen Ausflug nach Athen. Auch ich kam in den Genuss der Großzügigkeit des reichen Kirios Vardakastanis. Da ich offiziell immer noch sein Beauftragter war, erklärte er den gewaltsamen Verlust meines Autos quasi zum Dienstunfall und damit zur Angelegenheit der von ihm abgeschlossenen Versicherung. Meiner Meinung nach war ich aber innerlich schon ganz auf den Zugewinn an Weisheit und Gelassenheit in den kommenden zwei Wochen eingestellt, sodass mir der materielle Verlust angeblich augenblicklich gerade wenig bedeutet hätte. Da mich die Geste des Millionärs allerdings sehr freute, bekam ich selbst leise Zweifel an diesem angenommenen Grad meiner beginnenden Erleuchtung.

Jetzt war ich gerade mit Marina am Steuer in ihrem kleinen japanischen Privatauto unterwegs in Richtung Mani. Hinter uns fuhr ein ziviles Polizeifahrzeug mit weiteren zwei Personenschützern. Es wurde also Ernst mit Auszeit im »Kloster«. In der Tasche hatte ich ein Schreiben des Polizeidirektors von Kalamata an den Leiter der Seminareinrichtung. Darin wurde ich als Herr Pfeiffer und Mitglied eines Zeugenschutzprogramms der hiesigen Polizei bezeichnet, der unter erhöhtem Polizeischutz stehe und dringend den Wunsch nach Einkehr und Ruhe habe. Die Veranstalter wurden zur größtmöglichen Verschwiegenheit aufgefordert und gebeten, jeden Tag einmal unter einer bestimmten Nummer die Polizei in Kalamta anzurufen. Obwohl die Polizei vom Verbot des Außenkontaktes während eines Seminars wisse, müsse Herr Pfeiffer jeden dritten Tag die Möglichkeit bekommen, sich persönlich in Kalamata zu melden. Sollte er das Seminar frühzeitig verlassen wollen, ist die Polizei zu verständigen, um ihn abzuholen.

Marina verströmte eine bisher an ihr völlig unbekannte Niedergeschlagenheit. Darauf angesprochen bat sie darum, an einem ihr bekannten straßennahen Platz halten zu dürfen. Sie wollte dringend mit mir reden. Ich hatte nichts dagegen und sie verständigte über Funk das zweite Polizeiauto. Der Platz war eine größere Lichtung beziehungsweise Schneise mit Blick auf das etwas tiefer liegende nahe Meer. Auf der Lichtung lagen ein größerer Felsbrocken und kleinere Felsenstücke unterschiedlicher Größe verstreut. Der Boden war bedeckt mit abgeschliffenen Steinen und die Schneise diente wohl im Winter manchmal als Bett für einen Sturzbach aus den Bergen in unserem Rücken. Darauf deutete auch, dass zusätzlich ein paar Stämme von entwurzelten Bäumen gebleicht in der Vormittagssonne lagen. Gesäumt wurde der Platz auf zwei Seiten von Gebüsch und holzigem Strauchwerk. Ein idyllischer Ort. Marina wählte für uns zwei Felsen von etwa einem halben Meter Durchmesser als Sitzgelegenheit. Der größere Brocken schirmte uns von hinten ab. Die beiden Polizisten aus dem Auto platzierten sich nach einem kurzen Rundgang schwer bewaffnet links und rechts von uns am Rand der Schneise. Marina fing sofort an zu reden.

»Gestern im Laufe des Tages haben die Kollegen im Haus des Feuerwehrladens nochmals einen brisanten Fund gemacht. Versteckt im Fußboden wurde ein Archiv entdeckt mit genauesten Angaben von erledigten Aufträgen zur Brandstiftung. Es konnten nochmals sieben Auftraggeber, alle aus Politik und Wirtschaft, entlarvt werden. Zugleich wurde in dem Fund das ganze dazu gehörende Netz an Korruption und Bestechung dargestellt. Offenbar, um auch Unterlagen und Daten für eine spätere Erpressung zu haben. Heute Nacht konnten daraufhin vierzehn hochrangige Personen festgenommen werden, die Presse berichtet lang und breit von diesem neuerlichen Erfolg der Polizei und nennt die Namen der Beschuldigten. Klingt doch gut, oder? In einem normalen Land, vermute ich, wäre auch die Erleichterung groß. Aber was ist in Griechenland!? Der Innenminister hat sofort den Polizeivizepräsidenten Mikrojannis zu sich gerufen und ihn informiert. Es gibt massive Bestrebungen bis hinein in die Staatsanwaltschaft und natürlich unsere Polizeispitze, den Vizepräsidenten abzulösen. Er habe Griechenland durch seine voreilige Veröffentlichung größten Schaden zugefügt. Der ganze internationale Erfolg der letzten Tage sei in das Gegenteil verkehrt. Auch der Innenminister selbst vermutet sich als gefährdet, weil er dies nicht verhindert habe. Da unter den Beschuldigten hochrangige Mitglieder der beiden großen Parteien sind, ist von keiner der Parteien Unterstützung und Schutz zu erwarten! Was ist bloß los mit meinem schönen Land? Ich könnte verzweifeln, entschuldige bitte Michael, dass ich dich damit belaste.«

»Ich bitte dich, Marina! Und was sagt der Innenminister? Was empfiehlt er meinem Freund Mikrojannis?«, wollte ich wissen.

»Er sagt, sie beide sollten weiter machen. Wenn sie wirklich ihre Position verlieren sollten, hätten sie genügend Material, um wenigstens ein sorgloses Altenteil zu verbringen! Ist das nicht Wahnsinn? Weißt du übrigens, dass eine Reihe von Personen seit einiger Zeit einen ›**Bund für ein demokratisches Griechenland ohne Korruption und Vetternwirtschaft**‹ geschlossen haben? Der Vizepräsident der Polizei in Athen, der Innenminister, der Polizeidirektor von Kalamata, der Hauptkommissar Jannis Konstandinos, eine große Zahl von Beamten aus allen möglichen Richtungen, einige Schriftsteller und Journalisten, Ärzte und so weiter und auch ich gehören dazu. Wir sind leider noch zu wenige Personen, um das nötige Gewicht zu haben. Übrigens hat mir gestern der Millionär Vardakastanis versprochen, den Bund zu unterstützen und bei den Reichen und Einflussreichen mit entsprechender Einstellung dafür zu werben. Michael, hast du eine Erklärung, warum wir das geworden sind, was wir heute sind?« Marina war sichtlich mitgenommen.

»Ich bin als Ausländer vielleicht nicht die richtige Adresse für deine Frage. Ich halte aber schon aus Sympathie für mein Gastland die Augen offen und lese jede Menge Erklärungsversuche. Da ist zum Beispiel die lange Isolierung von Europa bis nach der Militärdiktatur 1974 und danach die steile und rasante Entwicklung unter anderem durch den Tourismus. Ab 1981 kam dann zusätzlich die Förderung durch die Europäische Union. In dieser Zeit hat sich eine Gruppe der Fortschrittsgewinnler bis hinein in euere Kirche etabliert, die den Reichtum und die Lebenschancen heute ziemlich rücksichtslos unter sich und ihren Nachkommen aufteilt. Ich sehe gegenwärtig viel Frust und Wut vor allem bei vielen jüngeren Leuten, besonders aus der Mittelschicht. Sie können einfach nicht verstehen, dass Recht und Gesetz so nachlässig gehandhabt werden. Typisch die Brandstiftungen. Ohne Menschen wie dich und deinen Bund wäre wieder alles im Sande verlaufen. Glaube jedoch ja nicht, dass ihr mit eueren Problemen alleine seid. Stell dir vor, du lebtest in Süditalien oder im heutigen Rumänien! Und auch in Deutschland oder Amerika ist weiß Gott nicht alles, wie es sein könnte. Ein Journalist hat aber einmal vermutet, nirgends klaffe das Idealbild von euch selbst als Mutterland der Demokratie und die alltägliche Kümmerlichkeit und Unvollkommenheit so auseinander wie im modernen Griechenland. Die hoch entwickelten Gesellschaften haben, verstärkt durch die Form der Wirtschaft, alle zusammen die Tendenz, ›Ichlinge‹ hervorzubringen. Also Menschen, denen es nur um den eigenen Vorteil geht. Bei euch spielen aber aufgrund euerer Vergangenheit und Entwicklung Korruption und Kuhhandel allem Anschein nach eine zu große Rolle. Das muss jedoch nicht so bleiben. Ihr habt nicht nur einmal in der Geschichte widrige Umstände überwunden. Vielleicht hilft euch auf Dauer Europa, vielleicht erneuern sich eure großen Parteien, wenn sie merken, dass ihnen die Bevölkerung den Rücken kehrt. Du hast recht, so ein schönes Land. Es lohnt sich für Idealisten wie dich, den Glauben daran nicht zu verlieren. Und deine Lebenslust und Lebensweisheit, die ich so sehr an dir bewundere!«

Marina lächelte mich an. Gott, war das ein schöner Mensch! Sie wollte etwas sagen, aber einer der beiden Polizisten kam angelaufen mit seinem Handy in der Hand.

»Marina, ein Anruf von der Zentrale. Auf das Haus des Polizeidirektors Marinopoulos hier in der Nähe ist ein Anschlag verübt worden. Eine Mörsergranate hat das Dach getroffen und teilweise zerstört. Der Chef und seine Frau sind unverletzt. Die beiden Leibwächter fordern Verstärkung. Sie wollen den Direktor auf keinen Fall alleine im Haus lassen. Vielleicht sollen sie ja weggelockt werden. Wir sind die Polizeieinheit, die dem Tatort am nächsten ist. Sollen wir zwei die Kollegen dort unterstützen, bis unsere Kräfte vor Ort sind?«

Marina überlegte nicht lange. »Nehmt meine Maschinenpistole und überlasst mir ein Gewehr mit Zielfernrohr. Wenn ihr dort nicht mehr gebraucht werdet, meldet euch über Funk bei mir. Vielleicht habe ich dann Herrn Kramer schon in seinem Kloster abgeliefert und ihr könnt gleich Feierabend machen. Und jetzt ab mit euch und bitte Vorsicht bei Leuten, die mit Mörsern schießen!«

Die Polizisten tauschten mit Marina Gewehr gegen Maschinenpistole, rannten zu ihrem Auto und starteten mit quietschenden Reifen.

»Ende der Diskussion über die Probleme deines Gastlandes. Wir müssen uns jetzt allein um unsere Sicherheit kümmern. Ich werde zuerst einmal mit dem Zielfernrohr die Umgebung absuchen. Wenn alles ruhig ist, bleiben wir bitte noch einige Minuten sitzen. Ich bin gerade dabei, mein inneres Gleichgewicht wieder zu finden. Ist das gut, dass der Chef nicht noch einmal verletzt wurde!«, meinte Marina und ging auf Pirsch.

Ich machte zur Einstimmung auf kommende Tage ein paar Atemübungen und konzentrierte mich auf die Schönheit des Augenblicks. Danach wechselte Marina ihren Sitzfelsen, um auch die Rückseite zur Straße hin im Blick zu haben. Mir hatte sie das Gewehr gegeben und ich suchte in ihrem Auftrag mit dem Zielfernrohr weiter Strand und Gebüsch ab. Dabei ließ ich mir von meiner Leibwache das Gewehr erklären, die Entsicherung zeigen und die beste Art, das Schießgerät zu halten und damit zu zielen. Mein zwiespältiges Verhältnis zu Waffen ließ mir aber das Gerät bald überdrüssig werden. Ich wollte es gerade weglegen, als ich durch das Zielfernrohr eine Bewegung wahrnahm. Sekunden später sah ich einen uniformierten Mann, der auf einen liegenden Baumstamm stieg und ein Gewehr mit Zielfernrohr auf uns richtete.

»Marina, Deckung!«, brüllte ich voller Schreck und sah gleichzeitig ein Mündungsfeuer aufblitzen. Marina warf sich neben ihrem Sitzstein in Deckung und schrie dabei auf. Weitere Schüsse fielen.

»Michael, schieß doch, bitte schieß! Der Mann wechselt seine Stellung, damit er mich besser treffen kann!«, flehte Marina voller Angst.

Da hatte ich den Uniformierten schon im Visier und drückte ab. Obwohl ich das Gewehr vorschriftsmäßig an mich gedrückt hatte, bekam ich einen fürchterlichen Schlag gegen die Schulter. Der Mann riss beide Hände hoch, sein Gewehr flog in hohem Bogen seitwärts und er wurde regelrecht von seinem Standplatz auf dem Baumstamm in die Luft geschleudert und in die Kieselsteine geworfen. Ich richtete mich vorsichtig auf, der Mann lag komisch verdreht auf dem Rücken und bewegte sich nicht. Voller Panik robbte ich zu Marina. Sie stöhnte und hielt sich die Schulter.

»Du hast mir gerade das Leben gerettet. Der hatte es auf mich abgesehen! Der erste Schuss hat mich an der Schulter erwischt. Ich blute und es tut höllisch weh. Da liegt mein Funkgerät. Drück auf den roten Knopf und gib es mir in die linke Hand. Bitte nimm Deckung hinter dem Stein und schau durch das Fernrohr, ob sich der Angreifer bewegt!«

Der Mann in Uniform lag immer noch seltsam verdreht und reglos auf dem Boden. Marina redete sichtlich erregt in ihr Funkgerät. In mir war zwischenzeitlich ein Kampf entschieden.

»Ich gehe und schaue, ob der Mann Hilfe braucht!«, sagte ich zu Marina. Sie sah mich kurz an und nickte dann. Zitternd und das durchgeladene Gewehr im Anschlag näherte ich mich dem Liegenden. Irgendwie begriff ich schon aus größerer Entfernung, dass dem Angreifer nicht mehr zu helfen war. Er blutete aus dem Oberschenkel, obwohl ich auf seine rechte Schulter gezielt hatte. Seine Hose hatte dort ein Loch und der Knochen war anscheinend zertrümmert, da das Bein in einem unnatürlichen Winkel zur Seite stand. Zusätzlich musste er sich beim Sturz von dem Baumstumpf das Genick gebrochen haben. Marina hatte sich hinter mir hergeschleppt.

»Mein Gott, das ist ja ein Kollege von mir. Warum in aller Welt wollte er mich erschießen?«

Sie fiel auf die Knie und tastete nach seinem Puls. Sie schüttelte resigniert und unendlich traurig ihren Kopf. Jetzt erkannte auch ich den Mann. Es war jener Polizist Spiros, der Marina und mich zu dem Bergbauern Christos, der auf das Millionärsauto geschossen hatte, nach Petrachori in den Taigetos gefahren hatte. Die Welt um mich wurde immer verrückter und ich hatte es, verflucht noch mal, wie vor einem Jahr endlich wieder geschafft, einen Menschen zu töten! Marina schwankte, ich zerriss mein Hemd und legte ihr schlecht und recht einen Druckverband um die blutende Schulter.

Das Krankenauto kam zuerst. Bei dem Angreifer konnte auch der begleitende Arzt nur den Tod feststellen.

»Tod durch Genickbruch – die Schussverletzung hätte er wohl überlebt, wenn danach das Bein abgebunden worden wäre!«, lautete sein Kommentar.

Marina wurde gerade erstversorgt, als zwei Polizeiautos und kurz danach die Spurensicherung auf den Platz fuhren. Dem Auto der beiden Kollegen, die mich vor Kurzem zusammen mit Marina beschützt hatten, entstieg mit Armschlinge und sichtlich mitgenommen der örtliche Polizeidirektor Kirios Marinopoulos, dem gerade mit einem Mörser das Dach seines Hauses zerstört worden war. Besorgt stürzte er zuerst zu Marina, die im Krankenwagen von Arzt und Sanitäter behandelt wurde. Der Arzt konnte ihn beruhigen. Marina habe zwar viel Blut verloren und sich eine neue Narbe eingefangen.

»In spätestens drei oder vier Tagen aber wird sie das Krankenhaus wieder verlassen können!«, meinte er. »Der andere junge Kollege dort im Flussbett allerdings hat wohl für immer den Dienst quittiert.«

Fassungslos stand der Polizeidirektor vor seinem toten Mitarbeiter.

»Ich habe den Jungen sehr gemocht. Er wirkte so unkompliziert und zupackend und hatte Freude am Leben und seiner Arbeit. Warum nur wollte er Marina erschießen, ohne Vorwarnung und heimtückisch? Hatte der Überfall auf mein Haus vielleicht gar den Zweck, die beiden begleitenden Polizisten wegzulocken, um leichter an Marina heranzukommen? Wer oder was steckt dahinter, woher kamen die Logistik, der eingesetzte Mörserwerfer, das ›Bedienungspersonal‹ für diese Waffe? Ausnahmsweise scheint dieser Vorfall mit Ihnen nichts zu tun zu haben. Wir müssen uns aber vor voreiligen Schlüssen hüten. Vielen Dank übrigens, dass Sie geschossen haben. Ich kann mir vorstellen, wie Ihnen jetzt zumute ist. So wie sich die Situation darstellt, hätte Marina ohne Sie keine Chance gehabt zu überleben. Der Kollege Spiros ist, nein war unser bester Gewehrschütze. Marina schätzt, höchstens noch drei Schüsse und er wäre am Ziel gewesen. Gehen wir an die Arbeit, vielleicht verrät uns ja der Tatort noch irgendetwas Wichtiges.«

Während die Polizisten und die Spurensicherung ihrer Arbeit nachgingen, besuchte ich Marina im Krankenauto. Der Arzt war wieder jener Mediziner, der mich und Helga nach dem Überfall in Koroni ins Krankenhaus begleitet hatte.

»Wollen Sie wieder einen heißen süßen Tee und einen noch süßeren Keks als meine Spezialmittel gegen schockierende Erlebnisse?«, fragte er fürsorglich lächelnd.

Ich wollte. Marina war etwas benommen von den verschiedenen Medikamenten, die ihr der Arzt verabreicht hatte. Sie strahlte mich trotzdem an und wünschte sich, dass ich mich zu ihr hinunter beugte. Darauf bekam ich einen Kuss auf die Stirn und etwas Schönes zu hören:

»Hiermit stell ich nach reiflicher Überlegung den Antrag, als deine dritte und einzige lesbische Tochter adoptiert zu werden!«

Sprachs und dämmerte in einen durch die Medikamente bedingten Schlaf. Als ich gerührt das Krankenauto verließ, winkte mich Kirios Marinopoulos zu sich und dem Toten.

»Schauen Sie, was der dumme Kollege bei sich trug. Hätte ich nie im Traum gedacht, dass er dafür empfänglich war!«

Er zeigte mir eine Art Flugblatt und übersetzte mir den Text:

»Schluss mit den Lügen und der Hetze der Volksfeinde vom ›Bund für ein demokratisches Griechenland ohne Korruption und Vetternwirtschaft‹. Dieses Gesindel will alle anständigen Griechen den Ausländern ausliefern!«

»Wie vermutet, geht dieser Anschlag allem Anschein nach auf das Konto von griechenlandinternen Streitigkeiten, in die auch ich und Marina verwickelt sind. Dass diese Rechtsextremen gar vor Mord nicht zurückschrecken, ist mir neu. Wer weiß, vielleicht sind ja maßgebende Kreise aus dieser Szene an den Verbrechen beteiligt, die wir mit Ihrer Hilfe aufgeklärt haben! Meine Mitarbeiter haben gerade nicht weit entfernt von hier das Privatauto des toten Kollegen gefunden. Er wusste ja dienstlich über Marinas Auftrag Bescheid, wir haben ihm alle vertraut! Er musste euch gefolgt sein und auf eine Gelegenheit für sein Attentat gelauert haben. Wahrscheinlich waren seine Mitverschwörer vorsorglich in der Nähe meines Hauses in Stellung gegangen, um gegebenenfalls die beiden Personenschützer von Marina und Ihnen wegzulocken. Als Marina auf diesem Platz einen Stop einlegte, schien für die verrückten Täter die Gelegenheit günstig. Soweit unsere vorläufige Erklärung. Ich bin maßlos enttäuscht und zugleich zutiefst erschüttert! In Bezug auf Sie, Herr Kramer, bleiben wir trotzdem bei unserem Plan. Wenn die beiden Kollegen, die Sie bis hierher begleitet haben, am Tatort entbehrlich sind, werden Sie von ihnen zu Ihrem Seminar gefahren. Wir werden alles tun, um in der Zwischenzeit bei uns hier aufzuräumen. Und dann kümmern wir uns gemeinsam um jene Leute, die Sie unbedingt aus Griechenland hinausekeln wollen.«

Und so stand ich dann nach gut zwei Stunden, nachdem ich einen Menschen erschossen hatte und zum Abschied von dem Polizeidirektor aus Kalamata herzlich umarmt worden war, etwas verspätet vor dem gewaltigen Eingangstor der ersehnten »Insel der Ruhe«.

∼

Der mittlere Finger des Peloponnes, die Mani, ist eine wilde und schroffe Landschaft mit angeblich eben solchen Menschen. Jedenfalls muss es in der Vergangenheit so gewesen sein. Sowohl die Spartaner als auch die Römer haben sich an diesem Volk der Bergbauern und Seeräuber die Zähne ausgebissen.

Und die Türken hatten jahrhundertelang ebenfalls vergeblich versucht, die freiheitsliebenden Manioten zu unterwerfen. Auch die Umgangsformen zwischen Familien und Clans waren zumindest seit dem siebzehnten Jahrhundert ruppig. Die männliche Ehre war offenbar das Wichtigste in dieser abgeschiedenen Welt. Die Blutrache und das Misstrauen untereinander führten dazu, dass Häuser zu Wehrtürmen mit dicken Wänden wurden, aus deren Schießscharten und geschützten Dachterrassen der Nachbar und Feind beschossen werden konnte. Praktisch war, dass Frauen davon in der Regel ausgenommen waren und deshalb die harte Arbeit auf den steinigen und steilen Feldern alleine verrichten durften. Der erste Ministerpräsident des neu gegründeten Staates Griechenland wurde übrigens gleich nach der Staatsgründung in Nauplia von einem Clanführer aus der Mani erschossen. Man ist versucht anzuzweifeln, ob die Griechen ohne die Hilfe und den Druck damaliger Großmächte jemals ihre Staatsgründung geschafft hätten. Ich würde das aber nie zu einem Griechen sagen! In der Nachkriegszeit erlebte die Mani lange Zeit einen Dornröschenschlaf, eine große Anzahl von jungen Manioten hat das unwirtliche Gebiet verlassen und ist in die griechischen Städte und vor allem ins Ausland gezogen. Erst in den letzten Jahrzehnten wurde die Mani schick. Die Wehrtürme wurden zu Wohnhäusern (anfänglich häufig für Ausländer) oder Hotels um- und ausgebaut. Dort, wo es die felsigen Steilküsten erlaubten, entstanden kleinere Tourismuszentren. Trotzdem dominiert immer noch die wilde Natur, der höchste Berg ist über zweitausendvierhundert Meter hoch, es gibt unendlich viele menschenleere Landstriche.

Die »Insel der Ruhe« des Deutschen Siegfried H. Weise lag noch in der oberen (nördlichen) Hälfte des Mani-Fingers – also in der Éxo (Äußeren) Mani – in schroffem Taigetosgebirge. Soviel ich von Marina erfahren hatte, war er einer der ersten Olivenbauern in Griechenland gewesen, der seine Tausende von Olivenbäumen nach den strengen Regeln des biologischen

Landbaues bewirtschaftete. Sein landwirtschaftlicher Grundbesitz befand sich schwerpunktmäßig an und in den nördlichen Westhängen des Taigetosgebirge in Richtung Kalamata und konnte vor Jahrzehnten sicher billig erstanden werden. Weise musste ein begnadeter und zäher Wirtschafter sein. Er vermarktete seine Olivenprodukte selbst, baute eine eigene Ölmühle und einen eigenen Vertrieb auf und könnte heute, so Marina, das Zigfache verkaufen. Er war schon lange praktizierender Buddhist, stark beeinflusst von einem in allen westlichen Ländern bekannten vietnamesischen Mönch. Er hatte eine langjährige Ausbildung – auch in Asien und in einem Zentrum dieses Mönches in Frankreich – hinter sich, als er sein eigenes kleines Zentrum auf der Mani gründete. Dieses Zentrum stand unter der »geistigen Aufsicht« des vietnamesischen Mönches und seines inneren Zirkels, was ein reges Interesse bei vielen nach Spiritualität dürstenden Mittel- und Nordeuropäern ausgelöst hat. Es war das ganze Jahr über ausgebucht. Bald hatte Weise nebenbei auch noch einen schwungvollen Handel für Bedarfsgüter dieser neuen Welle der Innerlichkeit aufgebaut und importierte und vertrieb europaweit vom Weihrauch bis zur Buddhafigur alles, was in diesem Bereich gekauft wurde. Vor Jahren übertrug er die Leitung des Zentrums einer buddhistischen Nonne namens Chan Khong, einer asiatischstämmigen Deutschen, die vorher ein Jahrzehnt in der Nähe von Regensburg in einer klosterähnlichen Gemeinschaft des vietnamesischen Mönches verbracht hatte. Das Zentrum »Insel der Ruhe« war ein reiner Seminarbetrieb. Die Bewirtschaftung allerdings wurde von weiteren buddhistischen Nonnen aus Europa und einer Zahl wechselnder Sinn suchender junger Menschen, meist Frauen, aus Europa und Amerika, bewältigt. Die buddhistischen Lehrerinnen und Lehrer wechselten und kamen aus ganz verschiedenen Ländern. Alle führten sie vietnamesische Mönchs- und Nonnennamen und eine Art Dienstgrad nach dem Stadium ihrer Ausbildung und Spiritualität. Auch Weise leitete ab und an solche Seminare. Der Star der Ausbildertruppe war nach Marina aber der koreanische Mönch Chan Phap, der aus dem innersten Kreis der Gemeinschaft stammte, unter anderem in Heidelberg studiert hatte und zu dessen Seminar ich gerade unterwegs war.

Das Tor zur »Insel der Ruhe« war gewaltig. Es riegelte zusammen mit mächtigen Mauern mit Stahlspitzen den etwa fünfzig Meter breiten Eingang zu einem von Bergen umstellten Seitental ab. Dieser Talkessel verbreiterte sich einige Meter nach dem Einlass bis auf etwa fünfhundert Meter. Er führte dann kaum bewachsen wieder enger werdend stetig bergwärts bis auf die Kuppe eines eher sanften Hügels. Auf dieser Kuppe waren die mit Natursteinen verkleidete lang gezogene Tagungsstätte, ein Schlaftrakt und ein Speiseraum mit integrierten Wirtschaftsräumen sowie das kleine Rückzugskloster für die Nonnen erbaut worden. Gleich nach dem Eingangstor gab es einen Parkplatz, auf dem etwa zwanzig Autos mit unterschiedlichsten Kennzeichen standen. Das Tor öffnete sich nach meinem Klingeln automatisch. Ich registrierte eine ganze Batterie von Überwachungskameras. Ein freundlicher und weise lächelnder Asiate in Mönchsoutfit aus einer Art Pförtnerloge überprüfte meinen – von der Polizei gefälschten – Ausweis mit Aufenthaltsgenehmigung für Griechenland und suchte dann meinen (Deck-) Namen Pfeiffer auf einer Liste. Danach erhielt ich von ihm einen luftbereiften Handwagen für mein Gepäck, wurde gefragt, ob ich alleine den Berg hoch käme und der Mönch wünschte mir auf Deutsch »Frieden«. Etwas zurückversetzt entdeckte ich ein Wächterhaus mit mindestens drei Uniformierten. Eine breite Sandstraße führte durch den Parkplatz und bog danach ab zur rechten steilen Bergflanke des Talkessels. Dort lag, geschützt durch eine nochmalige Mauer mit breitem Tor, das Wirtschafts- und Handelszentrum von Siegfried H. Weise. Es bestand aus einem mit einem Schornstein bewehrten Produktionsgebäude und aus Lagerhallen mit Laderampen. Weiter konnte ich einen Parkplatz für Lkws sowie Türen direkt in den Berg ausmachen. Diese Türen führten, wie mir später erklärt wurde, zu Räumen für Waren und Güter, die nach kühler und trockener Lagerung verlangten. Eine der Türen allerdings verschloss, wie ich später erleben sollte, einen Gang, der im Berg nach wenigen Metern links abbog und nach etwa dreißig Metern zu Quelle, Pumpanlage und dem Wasserspeicher der gesamten Anlage führte. Ich zog mit meinem Handwagen langsam und trotzdem in der Mittagssonne schweißgebadet auf einer schmaleren Straße den Hügel hinauf zum Tagungshaus. Oben angekommen erkannte ich, dass die Hügelkuppe ein natürliches Plateau war und das Tal danach weiter nach oben führte, sich zunehmend verengte und nach etwa fünfhundert Metern an steilen Felsen endete. Es gab also nur den einen Zugang am Taleingang mit dem Hochsicherheitstor. Ich konnte mir nicht vorstellen, dass am anderen Ende diese Bergrücken ohne Seil und Haken vom Tal aus zu überwinden waren. Und das alles war im Besitz von Siegfried H. Weise. Der Mann hatte ein Gespür für Örtlichkeiten! Mich erinnerte die Landschaft um mich herum an die Kulissen von Karl-May-Verfilmungen, fehlten nur noch die Indianer.

Im Empfangsbüro des Zentrums wurde ich von der Leiterin Chan Khong begrüßt. Vor mir stand eine etwa vierzigjährige rundliche Frau, eine Asiatin sicher unter eins sechzig, strahlend und begnadet mit einem breiten Niederbayrisch. Sie war von einem Ehepaar auf einem Einödhof nahe Deggendorf adoptiert worden. Wir waren uns allein schon aus Zugehörigkeit zum selben bayerischen Stamm sofort sympathisch. Sie trug eine hellgraue Schwesterntracht, die ihr gut stand. Frau Chan Khong runzelte zwar die Stirn, als sie mein Begleitschreiben der Polizei von Kalamata durchgelesen und entziffert hatte, fasste aber ganz schnell den Entschluss, die Bedingungen zu akzeptieren. Wie alle Teilnehmer musste ich mein Handy abgeben. Auf Anraten Marinas hatte ich allerdings vorher meine Simkarte herausgenommen. Ich erhielt ein Zimmer mit herrlichem

Blick über den Talkessel und auf die schroffen Felswände zugeteilt. Frau Chang Khong verwies mich auf ein kaltes Büffet. Der Seminarbetrieb begann erst später um sechs Uhr abends mit einem gemeinsamen Abendessen im Speisesaal.

∼

Als ich mich, gestärkt nach dem Besuch des kalten Büfetts, auf mein Bett legte, überfiel mich plötzlich mit voller Wucht das Erlebte aus der Anreise. Ich hatte zwar Marina das Leben gerettet, dafür aber wieder einen Menschen getötet. Alle die schrecklichen Bilder aus meiner ersten Tätigkeit als Ermittler für meinen gestörten Schulfreund vermischten sich mit dem Bild des verrenkten Toten vom späten Vormittag. Ich glaubte zu ersticken und flüchtete panikartig nach draußen. Ich hatte das wirklich nicht gewollt. Wer in aller Welt verfolgte mich und zog mich immer wieder in diesen Sumpf von Gewalt und Verbrechen?! Es hätte so schön und friedlich sein können – mit Helga, es hätte, es hätte ... Ich war den Pfad in Richtung Ende des Tals hinaufgestürmt. Nach etwa zweihundert Metern stand ein knorriger und hart kämpfender Olivenbaum am Weg. Ich setze mich in den kümmerlichen Schatten, lehnte mich gegen den rauen Stamm und heulte mich erst einmal aus. Irgendwann kam hinter einem größeren Felsbrocken ein kleines zartes Mädchen von schätzungsweise knappen zwölf Jahren hervor. Sie trug einen Stoffhasen im Arm und lächelte mir begütigend zu.

»Soll ich dir meinen Kuschel leihen?! Der hilft mir fast immer, wenn ich traurig bin!«

Dankbar und gerührt nahm ich diese Geste der Anteilnahme an.

»Das ist sehr lieb von dir, ich kann deinen Kuschel gut gebrauchen. Sagst du mir, wer du bist? Ich bin der Michael Pfeiffer und war gerade fürchterlich traurig!«

»Und ich bin die Julia Bögner aus Miesbach und bin mit meiner Mama Marion oft hier in Griechenland beim Sigi«, kam als Antwort.

Ich drückte ihren abgeliebten Stoffhasen an mich, es war wirklich tröstend.

»Der Sigi, das ist der Siegfried Weise, der Chef von dieser Anlage?«, fragte ich zurück.

»Ja natürlich, meine Mama ist die Freundin vom Sigi. Eigentlich hat der Sigi ja mehrere Freundinnen. Meine Mama sagt aber, sie hat er besonders lieb!«

»Und Julia, wie findest du den Sigi so?«

»Ich weiß nicht, so ganz fest mag ich ihn nicht. Weil ..., weil irgendwie ist er nicht so ganz echt!«, kam als Antwort.

»Kannst du mir das näher erklären?«

»Das ist doch einfach. Der Sigi, der spielt, meine ich, immer irgendwie Theater!«

»Wen magst du dann besonders gern?«, fragte ich nach.

»Meine Mama Marion und auch meinen Papa, aber der lebt nicht bei uns. Und ich kenn auch jemand, den ich überhaupt nicht mag!«, erklärte mir Julia. »Das ist der Dr. Georgious, der ist richtig böse und gemein!«

»Ist das dein Arzt?«, wollte ich wissen.

»Nein, natürlich nicht! Das ist ein Freund vom Sigi, der riecht so schlecht. Und wenn er da ist, dann benimmt sich auch der Sigi so komisch. Soll ich dir einmal ein Foto von ihm zeigen?«

»Wenn es dir nichts ausmacht, gern. Glaubst du, wir können uns die nächste Zeit öfters sehen? Ich bin nämlich gerade sehr allein und alle sind mir fremd!«, klagte ich Julia mein Leid.

»Aber natürlich, ich bin die ganzen Sommerferien hier! Willst du heute beim Abendessen neben mir sitzen? Beim Essen dürfen wir zwar nicht reden, aber ich glaube, danach kann ich mit dir ganz gut reden!«, sagte Julia, das Mädchen mit den blonden Zöpfen und den großen Kinderaugen.

»Es würde mich sehr freuen. Und ich bring dir dann auch deinen Kuschel wieder zurück!«, antwortete ich und es ging mir merklich besser.

»Gut, dann gehen wir jetzt zurück und du legst dich mit Kuschel ein bisschen ins Bett. Und wenn du wieder traurig wirst, brauchst du nur alles dem Kuschel erzählen. Der wird dich garantiert trösten!«, empfahl mir meine neue Lebensberaterin.

So verbrachte ich die Zeit bis zum Abendessen mit einem Stoffhasen im Bett. Und wenn die ängstigenden Bilder wieder kommen wollten, gab ich ihnen den Befehl, sich an Kuschel zu wenden. Der war nämlich ein echter Angstvertreiber!

Ich war etwas früher im bereits halb gefüllten Speisesaal. Unser Trainingsseminar hatte einen gekennzeichneten Bereich zugewiesen bekommen. Parallel zu unserem Seminar lief offensichtlich ein zweites, geführt von einer dunkelhäutigen indischen oder pakistanischen Nonne im weichen hellen Samtgrau. Es wurde gedämpft gesprochen. Julia und ihre Mutter Marion saßen bereits an einem Tisch. Als Julia mich erblickte, lief sie quer durch den Speisesaal und umarmte mich ungeniert und heftig. Kein schlechter Einstieg, wie ich fand. Wir gingen zu Marion, die mich huldvoll begrüßte. Ich wollte Julia ihren Angstvertreiber zurückgeben, das Mädchen legte den Kopf schief und blickte mich nachdenklich an:

»Ich glaube, du brauchst den Kuschel noch eine Nacht!«, flüsterte sie, weil alle anderen auch flüsterten. »Ich habe noch eine Puppe dabei, die ist nicht so gut wie der Kuschel. Aber eine Nacht geht das schon!«

»Oho!«, flüsterte Mama Marion, »da hat aber bereits einer auf meine Tochter einen großen Eindruck gemacht!«

»Schwache Männer haben manchmal auch ihre Chancen!«, gab ich zurück und Mama Marion wiegte zweifelnd ihr rotblondes Haupt.

Diese Frau musste sehr früh Mutter geworden sein. Ich schätzte sie auf etwa dreißig und ihre Tochter, wie gesagt, auf zwölf. Mutter Marion war attraktiv, die Art wie sie sprach und lächelte verriet aber eine gewisse Unfertigkeit. Die Frau für starke Männer eben, auch wenn diese schon mehrere andere Freundinnen hatten. Ich war mir sicher, dass Marion auf der Suche war und durch die komplette Esoterik-Szene wanderte, verbot mir oder besser meinen unanständigen Gehirnregionen aber gleich darauf derart herabwürdigende Fantasien. Der Saal hatte sich fast gefüllt, unser Seminar bestand aus zweiundzwanzig Teilnehmerinnen und Teilnehmern. Die größte Gruppe stellten die Deutschen, die zweitgrößte sprach Englisch. Ich zählte weiter vier Frauen unterschiedlichen Alters aus Italien, dazu ein griechisches Ehepaar und einen ebensolchen älteren Herren. Das griechische Ehepaar mittleren Alters aus Athen hatte sich zu uns an den Tisch gesetzt. Ich war froh darüber, dass die Seminarteilnehmer recht unterschiedlich alt und wenigstens auch zu etwa einem Drittel männlichen Geschlechts waren.

Und dann kam unser Lehrer Chan Phap in einer Art von samtgrauem Hausanzug, wobei das Oberteil gerade geschnitten war und über der Hose getragen wurde. Er war mittelgroß ohne ein Gramm Fett am Körper, war kahl geschoren, hatte etwas abstehende Ohren und ein ernstes Gesicht, hinter dem ein Lächeln darauf lauerte, freigesetzt zu werden. Die Profis unter uns wie Marion und Julia wussten, dass beim Erscheinen des Lehrers die Gruppe sich zu erheben und das Sprechen einzustellen hatte. Wie mir Marion vorher erklärt hatte, wird sich der Lehrer jede Abendmahlzeit an einen anderen Tisch setzten. Chan Phap kam wie gesagt aus Korea und war um die vierzig. Ich fand es gut, dass er sich nicht an unseren Tisch gesetzt hatte. So konnte ich ihn ungestört beobachten und mir einen ersten Eindruck bilden.

Schwester Chan Khong begrüßte beide Gruppen in Englisch und in einem bayrisch gefärbten Deutsch und verwies auf wichtige Regeln des Zusammenlebens. Nach dem Essen war zusammen mit der Lehrerin beziehungsweise dem Lehrer ein erstes Treffen in den Seminarräumen geplant. Dort sollten sich die Teilnehmer kennenlernen und den Ablauf ihres Seminars besprechen. Sie gab uns den Rat, sich für die nächsten Tage nichts vorzunehmen und darauf zu warten, was »sich ereignen« würde.

Das Treffen in unserem Seminarraum danach war ungeplant kurz, der Mönch musste nach fünfzehn Minuten noch dringend mit seinem Orden in Asien Kontakt aufnehmen. Er wirkte gelassen, absolut ausgeglichen und lächelte viel. Wir erhielten den Ablaufplan. Der nächste Termin war am kommenden Morgen um sieben Uhr die Morgenmeditation im Seminarraum und danach gab es Frühstück. Ich saß nach der kurzen Einführung noch mit Julia und ihrer Mutter zusammen. Julia erzählte von der Schule, ihrer besten Freundin, ihrer Katze und ihrem Zimmer in Miesbach. Mir war alles recht. Ich wollte nur nichts mehr hören und spüren von Drohungen, keine Gewalt erleben und sehnte mich nach angstfreien Tagen. Die erste Nacht war dabei gesichert: Ich hatte ja wieder Julias Kuschel, den professionellen Angstvertreiber, mit in meinem Bett.

Wahrscheinlich lag es dann auch an Kuschel, dass ich mich ausgeschlafen fühlte, als mich der Wecker noch vor sechs Uhr aus den Federn holte. Ich hatte mir in den Kopf gesetzt, noch vor der Frühmeditation meine TaiChi-Übungen vor grandioser Kulisse im Freien zu machen. Auf dem Rückweg vom knorrigen Olivenbaum mit der neuen Bekanntschaft Julia hatte mir das Mädchen etwas abseits vom Pfad angelegte »Besinnungsplätze« gezeigt für die Arbeit der Gruppen im Freien. Ich wollte mein inneres Gleichgewicht festigen, bevor ich auf meine eigene Gruppe stieß. Zu meiner Überraschung entdeckte ich auf einem der Plätze unseren Lehrer Chan Phap. Selbst aus der Entfernung konnte ich erkennen, dass er ähnlich wie Marina Kampfsportformen übte. Ich suchte mir einen höher gelegenen Platz und startete mein Programm. Die Übungen verliefen ziemlich unrund und holprig, kein Wunder bei meiner ungewohnten Lebensweise. Ich war eben kein Auftragskiller! Seltsamerweise fand ich diese Feststellung aus einem meiner klügeren Gehirnlappen ungemein beruhigend. Nach etwa zehn Minuten kam unerwartet unser Lehrer zu mir auf den Übungsplatz.

»Guten Morgen, gegen wen oder was kämpfen Sie denn an? Sie sind so verkrampft, dass ich Angst habe, Sie könnten sich selbst bei Ihrem langsamen TaiChi verletzen!«, sagte er lächelnd.

»Na ja«, entfuhr es mir, »ich habe gestern in Notwehr einen Menschen erschossen und ich bin kein Auftragskiller!«

Kaum hatte ich das gesagt, bedauerte ich es ungemein. Mein »Entschuldigung, ich wollte davon nicht sprechen!«, konnte das auch nicht mehr ungeschehen machen.

»Bitte sagen Sie das niemandem hier. Ich stehe unter Zeugenschutz der Polizei, habe einen falschen Namen und verrate mich gleich bei der ersten Gelegenheit. Als pensionierter Lehrer wächst mir meine Situation anscheinend gerade etwas über den Kopf! Ich wollte hier nur ein wenig Ruhe finden!«, trat ich die Flucht nach vorne an.

Der Mönch hatte mich nur interessiert und irgendwie wohlwollend betrachtet.

»Ich bin ganz gut in TaiChi«, sagte er dann, und »wenn Sie nichts dagegen haben, üben wir gemeinsam.«

Und so kam ich in den Genuss einer geführten Übungseinheit, wobei Chan Phap nur selten etwas sagte und mich nur sanft durch Berührung korrigierte. Danach bedankte ich mich und wir gingen ohne alle Verlegenheit schweigend zurück zum Zentrum. Bevor wir uns trennten, sagte der Mönch noch:

»Wir werden heute in der Frühmeditation viel Gehmeditation üben. Damit Sie nicht nur sitzen und in die Luft starren müssen!«

Und so war es dann auch. Der Seminarraum war dezent mit Blumen dekoriert, die Stühle hingen an Haken an der Wand. Für uns gab es leichte und leicht unterscheidbare Sitzkissen. Der Mönch sprach nur wenig und dirigierte mit einem angenehmen Gong Beginn und Ende von Übungen. In mir wirkte das gemeinsame Üben auf dem Meditationsplatz im Freien nach und ich konnte die Gruppenübungen fast alle richtig genießen.

Anders das Frühstück, bei dem übrigens die Seminarleiter und die Zentrumschefin Schwester Chan Khong an einem eigenen Tisch saßen. Ich kam wieder etwas überpünktlich, Marion war schon da und schien auf mich zu warten. Irgendwie überraschte sie mich, weil sie mich nicht bloß herzlich, sondern auch kokett begrüßte. Vielleicht hatte sie ja morgens einen besonders hohen Hormonspiegel:

»Schön dass du da bist. Ich habe heute Nacht von dir geträumt, aber hallo!«, flüsterte sie anspielungsreich. »Ich glaube, ich muss dich irgendwann besuchen!«

Ich war durch die überraschende Anmache noch total verwirrt, als sie auch schon das Thema wechselte.

»Stell dir vor, in der Zeitung stand, dass es gestern gar nicht so weit entfernt von uns einen Toten gegeben hat! Es soll ein Beziehungsdrama gewesen sein. Ein Polizist wollte aus Eifersucht seine Kollegin erschießen. Die Polizistin wurde verletzt, konnte aber zurückschießen und hat den Mann in Notwehr getötet. Furchtbar!«

Da hatte sie recht! Ich war dankbar, dass Polizei und Staatsanwalt eine eigene Version des Tathergangs gefunden hatten. Der Polizeidirektor von Kalamata war ein derart ausgebuffter Profi und nebenbei ein großartiger Mensch! Wahrscheinlich stand auch seitenweise darüber in der Zeitung, dass ihm sein Dach zerschossen wurde. Ich wollte das aber alles im Augenblick verdrängen. Und Marion wurde an weiteren Erzählungen und eventuell auch erotischen Anspielungen gehindert, da eine neue Figur die Bühne betrat. Siegfried H. Weise, der Besitzer dieser Anlage und, wie ich bald erleben konnte, irgendwie auch von Marion, betrat den Raum und setzte sich zu uns.

Der leicht schwäbelnde Deutsche Weise war nach meiner Schätzung knapp über fünfzig, ein hagerer Mann mit graumelierten Bürstenhaaren, kantigem Gesicht, schmalen Lippen und stechenden Augen. Er war ein Willens- und Machtmensch, wie mir bald klar wurde. Marion veränderte sich in seiner Gegenwart flugs zum willenlosen Weibchen. Sie hing an seinen Lippen und schien nur mit Mühe eigene Sätze formulieren zu können. Und sie machte unter den strengen Augen dieses Machos offenbar alles falsch. Bald nach Weise war Julia hereingekommen. Sie wirkte noch leicht verschlafen und sehr zerbrechlich. Julia nickte Weise zu, gab ihrer Mutter einen flüchtigen Kuss und ich bekam eine dicke und hemmungslose Kinderumarmung.

»Ich mag das nicht, wenn das Kind so verwirrt wird!«, presste Weise durch die Zähne und Marion setzte eins drauf.

»Weißt du Julia, du könntest ja ausgehorcht werden!«

»Du bist vielleicht blöd!«, wurde sie daraufhin von Weise angeschnauzt.

Julia hatte anscheinend für solche Situationen bereits ein eingeübtes Verhalten parat. Sie ignorierte einfach die unbegreiflichen Bezugspersonen. Das Mädchen drückte ihren Kuschel, den ich mitgebracht hatte. Es setzte sich auf seinen Stuhl und fragte mich ungerührt:

»Habt ihr denn gut geschlafen, du und mein Kuschel?«

»Besser ging es nicht – ich bin dir sehr dankbar, Julia!«, gab ich zurück.

»Das freut mich aber!«, kam es sehr erwachsen zurück.

»Herr Pfeiffer, ich muss Sie heute nach dem Mittagessen dringend im Büro der Tagungsstätte sprechen!«, sagte der Platzhirsch streng.

»In Ordnung!«, antwortete ich friedfertig. Ich hatte andere Sorgen und war absolut nicht in Stimmung für irgendwelche Männer-Machtspielchen.

»Soll ich mich an einen anderen Tisch setzen?«, war aus meiner Sicht die konsequente Frage meinerseits.

»Nein«, rief Julia und fasste meinen Arm.

»Wie kommen Sie denn auf diese blöde Idee!«, knurrte der erfolgreiche Wirtschafter und erfahrene Buddhist. Irgendwie schien ihm aber heute früh sein Buddhismus abhandengekommen zu sein. Ich zuckte mit den Schultern und nach dem Einmarsch der Lehrkräfte begannen das für mich wohltuende Schweigen und das Frühstück.

Obwohl mich der Besitzer des Tales während der Morgenmahlzeit immer wieder verärgert und fast feindlich angestarrt hatte, gelang es mir, den Vormittag zu genießen. Gehmeditation und Atemübungen standen im Zentrum. Es entsprach meinem Bedürfnis, dass ich den Verstand nicht einfach ausschalten musste. Auch dass nicht permanent »Erleuchtung« angekündigt wurde. Nachmittags sollten sogar unter anderem stressige Alltagssituationen und ihre buddhistische Bewältigung simuliert werden. Der Mönch in seiner lässigen, ausgeglichenen und unspektakulären Art gefiel mir. Er hatte Humor und ein großes Geschick gepaart mit entsprechendem Wissen, um locker Beziehungen knüpfen zu können zur westlichen Psychologie, zur europäischen Philosophiegeschichte und zur christlichen Religion. Er war kein Eiferer, er bot nur etwas an. Marina hatte mir nicht zu viel versprochen!

Das Mittagessen fand ohne den großen Siegfried H. Weise statt und war entsprechend entspannt. Das griechische Ehepaar war freundlich, aber ziemlich untypisch zurückhaltend und mit sich beschäftigt. Julia ihrerseits schien sichtlich glücklich, dass der Theaterspieler Sigi uns mit seiner Abwesenheit bestrafte. Und Marion mimte wieder den Vamp und kam mir bedenklich nahe. Als sie anfing, noch vor dem Essen unter dem Tisch meinen Oberschenkel zu streicheln, musste ich Klartext reden beziehungsweise flüstern.

»Marion, bitte lass das. Hast du vergessen, wie dein Freund Weise schon fürchterlich sauer auf meine harmlose Beziehung zu Julia reagiert hat? Außerdem habe ich gerade Probleme mit meiner neuen Freundin, die anscheinend überlegt, ob sie nicht in Amerika bei einem blonden Porschefahrer bleiben soll. Und dann muss ich gleich nach dem Essen zu Weise, weil er offensichtlich sein Revier abstecken will!«

Marion reagierte überraschend. Sie bekam feuchte Augen und bat mit kläglicher Flüsterstimme:

»Bitte sag dem Sigi nicht, dass du mich nicht attraktiv findest!«

Ich war erst einmal platt, dann fing ich an zu begreifen. Ein seltsamer Vogel, dieser Weise.

»Hat dein Sigi dich auf mich angesetzt? Solltest du nett zu mir sein und mit mir ins Bett gehen, um mehr über mich zu erfahren?«, fragte ich nicht ohne Bissigkeit.

Marion liefen Tränen über die Wangen.

»Ich mach einfach alles verkehrt. Jetzt weißt du auch das und Sigi wird eine fürchterliche Wut auf mich bekommen!«, sagte eine potz-unglückliche und verängstigte junge Frau.

Julia mischte sich ein:

»Mama, du machst nur alles verkehrt, wenn wir beim Sigi sind! Sonst bist du sooo tüchtig und gescheit!«

Von Julia konnte man lernen. Die war selbst ein kleiner Kuschel.

»Marion, komm, nimm es nicht so schwer. Ich finde dich eigentlich sogar sehr attraktiv, bin aber leider gebunden. Und deinem Sigi werde ich garantiert nichts von unserem Gespräch erzählen. Dazu kann ich ihn viel zu wenig leiden!«, versuchte ich die Frau zu beruhigen. Sie tat mir ehrlich leid.

Das Mittagessen verlief daraufhin in schweigender Eintracht, nur Julia stupste mich mit einem Fuß und flüsterte:

»Das hast du richtig gut gemacht!«

Sie wurde mir dadurch weiß Gott nicht weniger sympathisch.

Das Gespräch bei Weise begann sehr typisch. Er hatte sich hinter einem beeindruckenden mächtigen Schreibtisch aufgebaut und sich mit Machtinsignien wie Telefon, Diktiergerät, Stempeln und einem Stoß Akten umgeben. Der bedeutende Mann blickte zuerst gar nicht auf, grummelte »Moment!« und musste noch schnell etwas fürchterlich Wichtiges bearbeiten. Der Stuhl vor dem Schreibtisch war niedrig und hart. Ich hatte zu lange mit Verwaltung zusammengearbeitet, um dieses Gehabe nicht zu durchschauen. Also setzte ich mich an den Besprechungstisch in einen der vier bequemen und vor allem gleichwertigen Ledersessel. Als er aufblickte und meinen Regelverstoß entdeckte, schwoll ihm sichtbar der Kamm.

»Tut mir leid, Herr Weise, ich habe Rückenprobleme. Harte und niedrige Stühle sind für mich Gift, ich bin eben nicht mehr der Jüngste. Ich wäre Ihnen dankbar, wenn wir das Gespräch hier führen könnten. Ich möchte Ihnen übrigens zu Ihrer hübschen und netten Freundin Marion gratulieren.«

Notgedrungen musste er sich zu mir bequemen. Er war sichtbar bemüht, seinen Ärger zu unterdrücken. Ich selbst nahm mir fest vor, die ganze Situation im buddhistischen Sinne zu bewältigen.

»Lassen Sie Marion aus dem Spiel. Ich will Ihnen gleich sagen, Herr Pfeiffer, wenn ich gestern bereits hier gewesen wäre, wären Sie im hohen Bogen wieder aus dem Zentrum geflogen!«, verkündete er mir mit grimmigem Gesicht.

»Ich habe den Buddhismus bisher immer als sehr mitfühlend erlebt. Dann war es also ein Glück für mich, dass Sie nicht anwesend waren. Sie sagen mir sicher gleich, was Sie an mir so stört?!«, stellte ich mich der Attacke.

»Machen Sie sich bitte nicht dümmer als Sie vielleicht sind!«, blaffte er. »Unter meiner geistigen Führung haben wir noch nie zwielichtige Gestalten aufgenommen – Zeugenschutzprogramm, dass ich nicht lache!«

Endlich rückte er damit heraus, was ihm angeblich nicht gefiel. Er war mir ein bisschen zu erregt, um seiner Begründung zu glauben.

»Wissen Sie, Herr Weise, ich sehe nichts Ehrenrühriges, unter Polizeischutz zu stehen. Für Gangster und Verbrecher wird der sehr selten gewährt. Sie haben ja sicher meine Papiere überprüft und bei der Polizei in Kalamata angerufen?!«, erwiderte ich freundlich. Der aufgeblasene Mann fing an, mir eher leidzutun.

»Sie müssen mir trotzdem schon genauer sagen, warum der griechische Staat so einen Aufwand für Sie betreibt. Ich muss doch wissen, wer da an unseren Seminaren teilnimmt!«, sagte er und war deutlich bemüht, sich unter Kontrolle zu bekommen.

»Sie werden sicher verstehen, Herr Weise, dass Ihnen zu dem Kriminalfall, in den ich mehr zufällig verwickelt wurde, wenn überhaupt nur die Polizei in Kalamata Hinweise geben darf. Andererseits habe ich volles Verständnis, wenn Sie wissen wollen, warum ich ausgerechnet an einem buddhistischen Seminar teilnehmen will. Soviel kann ich Ihnen verraten: Ich bin entnervt von Drohungen, Mord- und Sprengstoffanschlägen gegen meine Freundin, mich und mein Auto und will einfach ein Stück Gelassenheit und Ruhe zurückgewinnen!«, gab ich zur Antwort und war fest entschlossen, keinen Deut mehr von meiner Situation zu verraten.

Das schien auch nicht nötig zu sein. Siegfried H. Weise war entsetzt und verwirrt.

»Das tut mir leid, das tut mir aufrichtig leid. Dann war es wahrscheinlich Ihr Auto, das laut Zeitungsbericht vor dem Supermarkt in die Luft geflogen ist!?«

Ich hob nur undefinierbar meine Schultern. Ich hatte gesagt, was ich preisgeben wollte.

»Herr Pfeiffer, bitte entschuldigen Sie mein harsches Verhalten. Ich konnte ja nicht wissen …«

»Keine Ursache. Ich bitte nur darum, dass Sie das niemandem weitersagen. Sie gefährden damit mich und Ihre Einrichtung!«

Herr Weise nickte nur, sichtlich betroffen. Ich stand auf und wollte nur noch eine letzte Klärung:

»Haben Sie jetzt immer noch etwas dagegen, wenn ich mit Julia, der Tochter ihrer Freundin, Kontakt halte? Ich mag Kinder und war nicht umsonst einmal Lehrer.«

»Natürlich nicht. Ich bin auch nicht eifersüchtig auf die etwas dämliche Marion. Fühlen Sie sich wohl bei uns!«, murmelte Weise und blieb geistig abwesend einfach sitzen. Ich hatte nichts dagegen einzuwenden und überließ ihn gerne seinen Gedanken.

Als ich am nächsten Morgen zu nachtschlafender Zeit zu meinem TaiChi-Übungsplatz kam, wartete unser Lehrer Chan Phap bereits auf mich. Nach einem freundlichen »Guten Morgen« begannen wir wie selbstverständlich mit den Übungen, wobei er als Einstieg in die Konzentration eine kurze Gehmeditation wählte.

Seit dem gestrigen Gespräch mit Weise und seinem für mich überraschenden Ausgang hatte ich keinen Kontakt mehr mit dem seltsamen Buddhisten-Macho gehabt. Die nachmittägliche Lektion bei unserem Lehrer mit seinen nachgestellten Alltagssituationen hatte dieser geschickt genutzt, um ein paar Grundregeln buddhistischen Verhaltens zu demonstrieren. Ich jedenfalls für meine Person hatte mich in meinem Leben zu spät und zu selten mit Verhaltens- und Einstellungstraining befasst. Mir war schon lange aufgefallen, dass hochintellektuelle Menschen in unserem Kulturkreis emotional und damit in ihrem Verhalten völlig »unausgebildet« und vor allem ungeübt waren. Ich konnte gut damit umgehen, dass ich in vielen Lebenssituationen mit Unveränderbarem leben musste, meine Einstellung dazu und meine Gewichtung des Geschehens aber oft – auf sehr entlastende und befreiende Weise – bis zu einem gewissen Grad in meiner Hand lagen. Es hatte eine Zeit gedauert, bis ich begreifen konnte, dass dabei die Auseinandersetzung mit der Flüchtigkeit alles Lebenden keine Angstmache war. Vielmehr half es,

Gutes und Schlechtes in seiner Vergänglichkeit nicht zu ernst zu nehmen. Und es half, jeden Augenblick bewusst als kostbar zu erleben. All dies ist, wie mir bewusst war, gerade sehr in Mode. Aber es ging ja aus meiner Sicht um keine Glaubenssätze, sondern darum, diese Haltung zu üben und zu praktizieren. Im Grunde nichts Aufregendes, uralt und auch dem westlichen Denken nicht fremd. Ohne Weise war meine Beziehung zu Julia und ihrer Mutter übrigens ungetrübt. Wir spielten abends Julias neues Würfelspiel. Im Bett danach dachte ich wieder einmal voller Sehnsucht an Helga und all das Schöne, das hinter uns lag.

Nach etwa der Hälfte der Zeit, die wir bis zur Morgenmeditation hatten, beendete Chan Phap überraschend unsere Übungen und sagte ernst zu mir:

»Herr Pfeiffer, jetzt bin ich auf Ihr Vertrauen angewiesen. Obwohl ich Sie im Augenblick nicht in alles einweihen kann, was vorgeht, brauche ich über Sie mehr Informationen. Später kann ich Ihnen dann hoffentlich alles erklären. Sie hatten gestern ein Gespräch mit Herrn Weise. Danach ist hier nichts mehr wie vorher. Herr Weise ist nicht mehr ansprechbar, telefoniert ständig und zeigt echte Anzeichen von Panik. Das muss mit Ihnen und vor allem dem Inhalt des gestrigen Gespräches zu tun haben. Klären Sie mich bitte auf, ich muss das verstehen. Das ist wichtig für unseren Orden, wichtig für mich und wahrscheinlich auch für Sie.«

Ich war zwar nicht gerade begeistert, dass mein anscheinend mieses Karma mich bis in das ersehnte buddhistische Seminar verfolgte, hatte aber zu dem Mönch bereits größtes Vertrauen gefasst. So wanderten wir noch ein Stück den Berg hoch, während ich erklärte, wer ich war und was ich in letzter Zeit zuerst in Deutschland und dann ich Griechenland erlebt hatte. Ich erzählte, wie ich vor einem guten Jahr gemeinsam mit der griechischen Polizei einem Heroinschmuggel über Griechenland nach Bayern auf die Spur gekommen war. Leider war es damals den Heroinhändlern noch rechtzeitig gelungen, alle Spuren in Griechenland zu verwischen. Trotz einer Sonderkommission konnte die griechische Polizei bis heute diese Verbrecher und ihre Organisation nicht finden. Auch erfuhr der Mönch, dass vor wenigen Wochen unser Aufenthalt in meinem Ferienhaus in der Nähe von Koroni plötzlich überschattet wurde von einem Anschlag auf meine Freundin Helga in Koroni. Chan Phap erhielt dann noch in groben Zügen Information darüber, wie es weiter ging und Drohungen und Sprengstoffanschlag auch dann noch stattfanden, nachdem im Zuge der Ermittlungen ein Brandstifter- und Erpresserduo entlarvt werden konnte.

»Irgendeine Macht will unbedingt, dass ich Griechenland verlasse. Auch die Polizei schließt einen Zusammenhang mit dem alten Heroinfall nicht aus. Nachdem sie aber mit den Auswirkungen des Erpressungs- und Brandstiftungsfalles, der mittlerweile ganz Griechenland erschüttert, total überlastet und ich nervlich am Ende war, wollte ich mich in Ihr Seminar zurückziehen. Ich musste dringend mein inneres Gleichgewicht wieder finden!«, schloss ich.

»Und was haben Sie davon Herrn Weise erzählt?«, wollte Chan Phap noch wissen.

»Nur, dass ich unter Polizeischutz stehe, zufällig in einen Kriminalfall verwickelt worden war und vor Drohungen, Erpressungen und Sprengstoffanschlägen in diesem Zentrum Abstand gewinnen wollte«, sagte ich wahrheitsgemäß.

»Und hatte Weise nachgefragt und wie hat er insgesamt reagiert?«, hakte der Mönch nach.

»Er wollte noch wissen, ob es mein Auto war, das vor zwei Tagen in die Luft geflogen ist, worauf ich keine Antwort gab. Insgesamt schien er mächtig betroffen, hat sich für sein schroffes Verhalten entschuldigt und mir versichert, er habe nichts gegen meinen Kontakt mit Julia und ihrer Mutter Marion. Übrigens hat mir Marion gestanden, Weise habe sie angewiesen, mich zu verführen und dabei auszuhorchen. Das war aber schon vor meinem Gespräch mit ihm. Ich habe zum Schutz für

Marion auch gegenüber Weise nicht erwähnt, dass ich Marion sozusagen enttarnt hatte!«

Der Mönch machte ein ernstes Gesicht. Er dachte längere Zeit nach und äußerte dann eine ungewöhnlich Bitte:
»Wären Sie so freundlich und packen Sie ein Notgepäck, mit dem Sie ein paar Tage leben könnten. Und sagen Sie davon bitte nichts der Polizei, wenn Sie sich morgen zurückmelden. Ich weiß, ich verlange viel. Aber es steht auch viel auf dem Spiel. Hier haben Sie übrigens einen kleinen Sender, drücken Sie den roten Knopf, wenn Sie in Schwierigkeiten kommen sollten. Und ich bitte Sie weiter, jeden Morgen zu unseren TaiChi-Übungen zu kommen.«

»Verdammt, nicht schon wieder!«, dachte ich mir und beäugte zweifelnd den Sender, der dem von Marina in Nauplia benutzten sehr ähnlich sah. »War denn nichts mehr das, was es zu sein hatte. War ein Mönch nicht ein Mönch sondern – ja was war dieser Mönch denn dann und wovon redete er?« Ich war deprimiert und verwirrt.

»Gehen wir zu unserer Morgenmeditation! Wir werden uns wieder viel bewegen, damit Sie die Spannungen aushalten, die diesmal ich zu verantworten habe. In spätestens zwei oder drei Tagen werde ich Ihnen alles erklären. Und ich bin sicher, Sie akzeptieren dann meine Geheimniskrämerei!«, schloss der Mönch und wir gingen zum Tagungshaus zurück.

Der weitere Tag verlief dann in einem gemächlichen Rhythmus und ohne Herrn Siegfried H. Weise. Es gelang mir über weite Strecken, dem etwas unheimlichen oder auch nur gestörten Besitzer der ganzen Anlage zu verbieten, in meinem Bewusstsein herumzugeistern. In der Mittagspause saß ich mit der kleinen Julia im Schatten und wir philosophierten unter anderem darüber, ob es Elfen gibt und was denn eigentlich deren Beruf ist. Julia litt unter Menschen, die in ihrer Freundschaft und Zuneigung unzuverlässig waren. Und sie fürchtete für Mama

Marion, dass diese sich zu sehr und zu ausschließlich auf ihre Esoterik konzentriere. Das Seminar war auch an diesem Tag ein Gewinn, abends packte ich dann mein Notgepäck und freute mich, dass ich lebte.

～

Am nächsten Morgen TaiChi-Übungen wie gehabt. Der Mönch versicherte mir kurz, dass die Vorbereitungen besser liefen als geplant, und ich bald die volle Wahrheit erfahren werde. Noch vor dem Frühstück hatte ich mich bei der Polizei in Kalamata zu melden. Ich hoffte inbrünstig, es später nicht bereuen zu müssen, dabei nicht auch von dem zu sprechen, was mich beunruhigte. Erleichtert wurde mir meine Entscheidung, als am anderen Ende der Leitung sich ein mir fremder Beamter meldete. Er überprüfte meine Echtheit, in dem er mich nach Geburtsdatum, Hausnummer in Deutschland und dem Nachnamen meiner Freundin fragte. Ich selbst erkundigte mich nach dem Gesundheitszustand von Marina und dem des Polizeidirektors und erfuhr, dass beider Genesung große Fortschritte machte. Abschließend versicherte ich, mich in drei Tagen wie abgemacht wieder persönlich zu melden.

Julia war beim Wiedersehen vor dem Frühstück sehr aufgeregt.
»Ich kann dir jetzt den Menschen zeigen, den ich gar nicht mag. Der Dr. Georgious ist gestern spät eingetroffen und Sigi spinnt wie immer, wenn der fiese Doktor da ist. Ich glaube, der Dr. Georgious ist Sigis Chef! Du brauchst mit mir nur einen anderen Weg zu deinem Zimmer zu gehen, und ich kann ihn dir zeigen. Er frühstückt immer mit Sigi auf dessen Terrasse. Meine Mama kommt heute auch nicht. Sie muss die beiden Männer bedienen und dafür sorgen, dass der Doktor alles bekommt, was er braucht. ›Der Doktor bringt das meiste Geld!‹, sagt der Sigi immer. Ich mag ihn trotzdem nicht!«, stellte Julia fest und hatte sich richtig in Rage geredet.

Ich hatte zwar keine große Lust auf alles, was mit diesem Siegfried H. Weise zusammenhing. Aber Julia schien es sehr wichtig zu sein, dass ich mir ihr Erzekel anguckte. Und neugierig gemacht hatte mich das kleine Fräulein auch. Also spazierten wir gemeinsam nach dem Frühstück in einem Bogen um den Wohntrakt herum. Und tatsächlich saßen da Siegfried H. Weise und sein Gast beim Frühstück auf der Terrasse, während Marion gerade mit einem Tablett in das Gebäude eilte. Was ich da zu sehen bekam, fuhr mir durch alle Knochen. Und auch dieser angebliche Dr. Georgious hatte mich erkannt, war aufgesprungen und durch die Terrassentür gestürzt. Aber er musste mitbekommen haben, dass ich ihn wiedererkannt hatte. So ein verfluchter dummer blöder Umstand. Da saß einträchtig mit Weise der griechischstämmige Albaner, der unter anderem als Dr. Antonio und Dr. Larislaus Monoupoulakis in Niederbayern und als Dr. Astino in Griechenland bei dem Heroinschmuggel im letzten Jahr eine zentrale Rolle gespielt hatte. Und der untertauchen konnte und unauffindbar war und jetzt Siegfried H. Weise »das meiste Geld brachte«. Waren Weise und sein Handelszentrum also die Quelle für das Heroin in Griechenland!?? Himmel – ich drehte auf dem Absatz um und lief mit Julia so schnell ich konnte zurück zum Speisesaal, der aber bereits leer war. Julia wollte wissen, was denn ich mich gefahren sei. Auf keinen Fall sollte auch noch das Kind gefährdet werden. Also sagte ich ihr, mir sei schlecht geworden und ich müsse dringend auf die Toilette und mich danach hinlegen. Worauf mir Julia wieder einmal ihren Kuschel zusteckte, den sie die ganze Zeit mitgeschleppt hatte.

»Wir sehen uns beim Mittagessen!«, rief ich ihr zu und rannte um die Ecke zum Büro. Ich hoffte von ganzem Herzen, dort jemanden anzutreffen, damit ich die Polizei in Kalamata anrufen konnte. Es war abgesperrt. In zunehmender Panik hetzte ich zu meinem Zimmer, versperrte die Türe und versuchte einen klaren Kopf zu bekommen. Ich hatte keinerlei Waffen und auch Kuschel war kein Nahkampfspezialist. Was sollte ich nur tun?! Ich war statt in einen abgeschirmten Ort tollpatschig und ruhebedürftig in die Höhle des Löwen gelaufen. Und ich hatte dem Mann, der so gut wie sicher Helga überfallen ließ und die Sprengung meines Autos angeordnet hatte, genau davon erzählt. Eine kleine Chance war, dass die Polizei jeden Tag einen Anruf des buddhistischen Zentrums erwartete und in drei Tagen wieder einen von mir persönlich. Aber die beiden Ganoven mussten handeln, und zwar jetzt! Ich musste unbedingt versuchen, in den Schutz der Gruppe zu gelangen. Vielleicht wusste ja der Mönch einen Ausweg. Ich fand es zu gefährlich, den normalen Ausgang zu nehmen und wollte über den kleinen Balkon am Ende des Flurs vom ersten Stock irgendwie auf den Boden und auf Umwegen zum Seminarraum gelangen. Ich kam ganze fünf Meter den Gang entlang, da flog eine Tür auf und ich blickte in eine automatische Waffe.

»Endlich lerne ich dich einmal persönlich kennen, du Mistkerl«, grinste Dr. Georgious oder wie immer er wirklich hieß. »Du hast mir schon einmal meine Existenz zerstört. Diesmal werden wir dich vorher beseitigen. Geh zurück in dein Zimmer, oder willst du auf dem Gang sterben?!«

Der Mann redete mit einem grässlichen Akzent und Julia hatte recht, schoss es mir durch den Kopf: Der Mann roch schlecht! Mir versagten fast die Beine, als ich mich mit dem Lauf der Waffe am Hinterkopf in mein Zimmer schleppte. Ich musste mich auf dem Bauch auf mein Bett legen.

»Du brauchst dir nicht in die Hosen zu machen. Das Sterben hat noch etwas Zeit. Davor müssen wir für die Polizei noch ein bisschen Theater vorbereiten. Du bekommst jetzt gleich eine Spritze, damit du leichter zu transportieren bist. Halte dich ruhig und genieße deine letzen Tage!«, knarzte der böse Doktor über mir.

Ich klammerte mich wie ein Ertrinkender an den Strohhalm, dass ich bis zu meiner Hinrichtung vielleicht noch einige Tage

Zeit haben könnte. Ich versuchte, mich auf meinen gehetzten Atem und mein rasendes Herz zu konzentrieren und bewusst die Panik zu verdrängen. Ich spürte und hörte, wie die Tür aufging und zwei weitere Personen in den Raum kamen.

»Ach Kramer, vielleicht ist ja wirklich alles so blöd gelaufen und Sie sind uns ohne böse Absicht auf der Suche nach Erleuchtung direkt vor die Flinte geraten. Unser erster Versuch, Sie und Ihre Freundin aus Griechenland zu vertreiben, ist ja gründlich schief gegangen. Die Geschäftspartner aus Bulgarien, die uns den Ukrainer für den Überfall in Koroni vermittelten, hatten unseren Wunsch leider als Mordauftrag verstanden. Und auch unsere spätere Hoffnung, die Tölpel der Firma Nadelstiche würden Sie ohne unser Zutun von Griechenland verscheuchen können, zerplatzte nach kurzer Zeit. Aber jetzt sitzen Sie ja in der Falle und schon wegen Ihrer Sturheit haben Sie das auf alle Fälle verdient. Ich war nur kurz verwirrt, wie wir Ihr endgültiges Verschwinden der Polizei schmackhaft machen sollten. Der geniale Dr. Georgious, wie er gerade heißt, hat die Lösung gefunden. Wir heuern diesmal selbst einen Killer an, der irgendwie in unsere Anlage eindringt und Sie erschießen wird – und im Gegenzug werden unsere Wachleute den Killer auf frischer Tat ertappen und ebenfalls erschießen. Damit gibt es keinen Täter, den die Polizei verhören kann. Und die Polizei wird sich im Nachhinein ärgern, Sie allein auf dieses dämliche Seminar geschickt zu haben. Vorher wird schön unser Labor zerlegt und verräumt, damit die blöden Beamten nicht auf dumme Gedanken kommen. Natürlich werden wir auch das Heroin verstecken. Genial, was! Und jetzt schlafen Sie gut!«, sagte Friedrich H. Weise, der Verbrecher mit niedrigen Instinkten und angebliche Besitzer höherer Grade fernöstlicher Weisheit. »So ein Schwein!«, dachte ich noch, da verspürte ich einen schwachen Stich und es wurde dunkel um mich.

Als ich nach mehreren Anläufen wieder zu mir kam, lag ich auf einer Trage und zwei kräftige Männer standen mit mir als Last vor einer Tür in einer Felswand. Friedrich H. Weise, wie ich allmählich realisierte, hatte Schwierigkeiten mit dem Schloss. Als er es endlich schaffte, ging die Reise in einen beleuchteten Felsengang um eine Kurve und dann schätzungsweise dreißig Meter gerade. Der Gang mündete in einer kleinen Halle, die beherrscht war von Wasserrauschen und spürbar feuchterer Luft. Von der Trage aus, auf der ich vorsorglich festgebunden war, blickte ich auf eine einen halben Meter hohe und mit Edelstahl verkleidete Wand quer durch den Raum. Darüber war eine verschiebbare Wartungsbrücke, ebenfalls aus Edelstahl. Das Becken für die Wasserversorgung der Anlage also, das etwa ein Drittel der Halle ausmachte! Meine Träger warteten auf Weise, der von der Verkleidung der Beckenwand ein etwa zwei Meter langes Stück ausklinkte, direkt neben uns auf dem Boden legte und nach vorne schob. Als Weise vor uns herging, geräuschvoll eine Türe aufsperrte und öffnete, folgten ihm die beiden Wachmänner vorsichtig nach. Das Stück der Beckenverkleidung fungierte als Brücke über einen mehr als einen Meter breiten Zufluss zum Becken, der am vorderen Ende der Halle aus dem Felsen kam. Die Längswand der Halle war also zugleich die eine Seitenwand des Kanals. Unsere Reise endete in einem kleineren Raum, der spärlicher beleuchtet und niedriger als die Wasserhalle war.

»Die Freiheitskämpfer und später die Partisanen haben tolle Vorarbeit geleistet. Wir mussten die Anlage nur noch auf den neuesten technischen Stand bringen!«, erklärte Weise wie ein Fremdenführer. »Ich habe Ihre Todeszelle auf die Schnelle etwas dekorieren lassen. Wenn ich mit Dr. Georgious den Abbau und die Verladung des Labors durchgesprochen und mich von ihm verabschiedet habe, werde ich nochmals zurückkommen und Sie nach Ihren letzten Wünschen fragen. Wir werden Sie nämlich mit Stil hinrichten lassen. Da Sie eine Uhr tragen, erfahren Sie auch gleich den Zeitplan. Heute können Sie sich noch ausruhen und Ihr Leben genießen. In der Nacht kommt dann der Lastwagen, und wir beginnen früh mit der Verladung des Labors und einem Teil unseres Heroinvorrates. Ab dem späten Vormittag werden wir Sie leider stören müssen, da müssen Sie Ihr Versteck mit dem größten Teil unseres gut verpackten Heroins teilen. Am Nachmittag kommt dann der Killer und wenig später, so gegen fünf Uhr, wird er Sie erschießen. Soweit das Protokoll – und jetzt helft Herrn Kramer auf die frisch bezogene Matratze! Er wird noch etwa eine knappe halbe Stunde mit Lähmungen an Armen und Beinen kämpfen, dann aber wieder fit sein«, gab Weise mit einem hinterhältigen Lächeln Anweisung. Kaum lag ich ziemlich schwindlig und mit dem Schlaf kämpfend auf der mit Zudecke und Kopfkissen ausgestatteten Lagerstelle, verbeugte sich der Theaterspieler, zog Julias Kuschel unter seinem Hemd hervor und warf ihn mir auf das Bett.

»Soviel ich von Marion gehört habe, halten Sie Kindskopf genau so wie die versponnene Julia diesen Stoffhasen für einen Angstvertreiber. Nachdem er in Ihrem Bett lag, kann es ja sein, dass Sie ohne ihn nicht schlafen können. Einen Schnuller konnten wir leider in der kurzen Zeit nicht auftreiben!«, sagte der falsche Buddhist mit seinem gemeinen Grinsen, verbeugte sich nochmals und zog mit seinen Mannen ab.

Das Schließgeräusch dröhnte in meinem Kopf. Ich konnte mich weder bewegen noch brachte ich einen Ton heraus. Also gab ich meinem Bedürfnis nach und kippte nochmals in einen bewusstseinslosen Schlaf. Als ich schätzungsweise nach über einer halben Stunde wieder zu mir kam, fuhr mir der Schreck durch alle Glieder und ich stand kerzengerade auf meiner Matratze.

»Was ist das für eine verfluchte und irre Situation. Es geht um mein Leben, ich muss etwas tun, um nicht wahnsinnig zu werden!« Ich zwang mich, auf die Uhr zu sehen. »Kurz vor zehn Uhr vormittags, die Gruppe wird gerade mit Atemübungen beschäftigt sein, Helga noch tief schlafen, Julia sich Sorgen machen und die Polizei hat keine Ahnung. Aufhören! Aufhören! Ruhig atmen und den Raum durchsuchen!«, befahl ich mir. Ich griff mir Kuschel und setzte mich mit ihm auf die

Matratze. »Lass dir bitte etwas einfallen, du Angstvertreiber!«, forderte ich Kuschel auf und fing mit meiner Bestandsaufnahme an. Ich legte den Inhalt meiner Taschen auf den Boden. Der Zimmerschlüssel, eine Packung Tempo und Kugelschreiber mit zwei Blättern Schmierpapier, auf denen ich mir interessante Übungen beziehungsweise gute Gedanken des Mönches notieren wollte. Nicht gerade berauschend. Danach zerlegte ich meine Liegestatt, fand aber nichts, was mich weiter brachte. Anschließend durchsuchte ich meine Kleidung und stieß auf den Sender um meinen Hals. Endlich, ich hatte ihn schlicht vergessen! Ich drückte auf den roten Knopf und wünschte inbrünstig, die Felsen mögen das Signal durchlassen. Große Hoffnung durfte ich mir allerdings nicht machen, ich wusste es. Aber ich hatte die erste Maßnahme ergriffen, um nicht einfach alles passiv über mich ergehen zu lassen. Danach fand ich unter meiner Kleidung bloß noch die Schnürsenkel meiner knöchelhohen Freizeitschuhe, die vielleicht irgendwie verwendbar waren. Als Nächstes suchte ich systematisch die etwa drei Meter hohen Felswände meines nackten Gefängnisses ab. Von einer Stelle oberhalb der dicken Tür kam ein leichter Luftzug. Ich einigte mich mit mir, dass dort kurz unter der unebenen Decke ein nicht zu großes Belüftungsloch in den Wasserraum führen musste. Ersticken musste ich also nicht, aber mein Schreien würde kaum draußen in der Halle zu hören sein. Da ich die Matratze hochgeklappt hatte, fand ich erst, nachdem ich sie resigniert wieder flach legte, eine weitere Gemeinheit des gestörten Verbrechers Weise. Er hatte Zeitungsartikel über den Anschlag auf Helga in Koroni und den Sprengstoffanschlag auf mein Auto mit einer Art großer Reißnägel an den an dieser Stelle tuffähnlichen Felsen nageln lassen! So ein kläglicher Wicht. Ich löste die Artikel von der Wand und hatte am Ende nach etwas Anstrengung sechs dieser etwa einen Zentimeter langen Nägel, die solchen in alten Polsterstühlen ähnelten, in Händen.

Danach setzte ich mich auf die Matratze und erzählte Julias Kuschel, was ich alles gefunden oder auch nicht gefunden hatte. Und dass ich mich mit einem der blöden Nägel auch noch kräftig in den Finger gestochen hatte. Und da zeigte mir Kuschel eine zweite Möglichkeit, an meiner Rettung zu arbeiten. Ich legte den Stoffhasen auf den Bauch und zog vorsichtig den kurzen verdeckten Reißverschluss auf seinem Rücken auf. Kuschel war innen mit Lagen einer watteähnlichen Faser gefüllt. Ich holte mein Schmierpapier und schrieb in meiner schönsten Schrift:

»Julia, Schatz, zeig diesen Zettel keinem anderen außer dem Mönch Chan Phap. Dein Kuschel ist schlau, wie du auch! Michael

An Chan Phap: Bin in einem Raum im Felsen eingesperrt, der von dem Raum für die Wasserversorgung mit dem Becken im Felseninneren aus erreichbar ist. Zu der Wasserversorgung führt die linke Felsentüre innerhalb des Handelszentrums. Zu meinem Gefängnis kann man eine Edelstahlverkleidung an der Außenseite der Beckenmauer lösen und als Brücke über den Zufluss benutzen. Ich soll morgen Nachmittag um fünf Uhr erschossen werden.

Michael Pfeiffer/Kramer«

Danach fertigte ich noch eine Skizze von der Lage meines Gefängnisses, faltete den Zettel auf eine Größe von fünf mal fünf Zentimeter und steckte an allen vier Ecken einen Nagel hindurch. Diese Nägel führte ich von hinten durch die erste Lage Fasern und schob diese Lage wieder vorsichtig in das Kuschelinnere. Meine Hoffnung war, dass Julia ihren Kuschel drückte, dabei die Nägel durch den Stoff drangen und sie daraufhin den Stoffhasen öffnete. Hatte etwas mit Lottospielen gemein, war aber eine weitere kleine Hoffnung.

Zuletzt sinnierte ich noch, ob nicht doch irgendein Hilfsmittel zu finden sei für eine Selbstverteidigung. Ich hatte in einem Fernsehkrimi gesehen, wie ein Serienheld einen Verbrecher besiegte, indem er ihm einen Kugelschreiber in den Hals rammte. Also steckte ich den Kugelschreiber wieder in die Hosentasche. Kurz darauf kam mir die Idee, ob ich nicht mit der Metallfeder am Ende des Kugelschreibers das Türschloss öffnen könnte. Ein kurzer Blick auf das Schloss sagte mir aber, dass es sich um ein modernes Sicherheitsschloss handelte. Keine Chance! Langsam kam die Panik wieder hoch. Filmbösewichter erdrosseln ihre Opfer auch mit ihren Schuhbändern. Wenn ich aber die Schuhbänder aus meinen Schuhen löste, war ich extrem am Weglaufen gehindert. Ich ließ resigniert alles, wie es war.

Langsam musste ich der Möglichkeit ins Auge blicken, morgen erschossen zu werden. Ich versuchte es mit Atemübung und Meditation im Sitzen. Aber jedes Mal, wenn ich mir die konkrete Möglichkeit des baldigen Sterbens vor Augen führte, packte mich ein unbeschreibliches Entsetzen und ich war nahe daran, vor Angst zu brüllen. Besser erging es mir mit der Gehmeditation. Ich wollte gar nichts mehr bedenken, nur noch gehen und mich spüren. Nach einer halben Stunde war ich soweit, dass ich merkte, wie müde ich nach der Betäubungsspritze noch war. Ich kroch ins Bett und schlief tatsächlich noch einmal ein.

So fand mich dann Weise vor, als er mit zwei Mann Begleitung wiederkam. Der eine Wachmann trug mein Essen in Plastikgeschirr und mit Plastikbesteck, der andere eine automatische Handfeuerwaffe. Weise war also äußerst vorsichtig, was meine Chancen massiv verringerte.

»Ich wundere mich, dass Sie noch schlafen können! Vielleicht haben Sie ja die ausweglose Lage, in der Sie sind, noch nicht begriffen?! Jedenfalls beeilen Sie sich und sagen Sie mir Ihre letzten Wünsche, ich stehe nicht zuletzt wegen Ihnen unter Zeitdruck!«, drängte mein Entführer.

Ich hoffte inständig, jetzt ja keinen Fehler zu machen.

»Erstens wünsche ich, dass Sie Julia so schnell wie möglich ihren Kuschel zurückbringen lassen!«, hörte ich mich mit erstaunlich ruhiger Stimme sagen. »Wahrscheinlich haben Sie nicht die geringste Ahnung von Kindern!«, provozierte ich überlegt und setzte dann nach: »Und zweitens wünsche ich mir, dass Sie mir erklären, wie ein ausgebildeter buddhistischer Meister von Ihren Graden dermaßen das Gegenteil tun kann von dem, was er lehrt und übt!«.

»Der erste Wunsch zeigt mir, wie sentimental und kindisch Sie wirklich sind! Nicht zu fassen! Lege den alten vergammelten Stoffhasen auf dein Tablett und stelle ihn samt der Unterlage in das Zimmer von Julia!«, befahl er auf Deutsch dem Mann, der mein Essen getragen hatte. »Lass dich dabei nicht sehen. Die überdrehte Julia wird sicher glauben, ihr ekliges Knutschtier haben ihr die Elfen zurückgebracht! Und Ihren zweiten Wunsch, Herr Kramer, werde ich nicht erfüllen. Das geht Sie nichts an!«

»Schau an, der ach so coole Herr Weise hat Angst, sich in seine schwarze Seele blicken zu lassen!«, bohrte ich mit Erfolg nach.

»Sie eingebildeter blöder Laffe von Schullehrer! Sie können es gern hören und bis zu Ihrem baldigen Tod darüber nachdenken, wie verschlungen die Weltläufte sind – von mir aus! Ich hatte einen um fast zwanzig Jahre jüngeren Bruder, der nach dem Tod unserer Eltern ab seinem zwölften Lebensjahr bei mir aufwuchs. Und dieser Bruder starb, nein verfaulte regelrecht mit zwanzig Jahren an Krebs. Ich war am Ende und holte mir Rat bei der ganz Großen unserer Gemeinschaft. Natürlich verwies mich der Oberguru auf die Flüchtigkeit des Daseins und das Mysterium, das unser Leben darstellt. Doch mich überkam dabei wie ein Blitz der Gedanke, wieso eigentlich sollte ich als Konsequenz daraus moralisch, mitfühlend und gut sein, wenn alles flüchtig ist und sich so sinnlos zeigt. Und die Antwort sehen Sie in meinen Handlungen! Und wenn Sie den ganzen

Kinderkram mit Wiedergeburt und Ausbruch aus dem ewigen Kreislauf und so weiter weglassen, müssten Sie mir recht geben. Aber dafür steckt ja ein Kramer viel zu tief in seiner Moralsoße!«, funkelte er mich an und zog mit seiner Leibgarde ab. Es sollte das letzte Mal sein, dass ich diesen Mann zu Gesicht bekam.

Jedenfalls hatte ich für die nächsten Stunden ein Thema gefunden. Ich konzentrierte mich zunächst auf das hervorragende Essen und danach schrieb ich eine grundsätzlich Erwiderung an Siegfried H. Weise, den unglücklichen Nihilisten, der Tausende von Menschenleben ruinierte, weil er mit seinem eigenen nicht fertig wurde. Und als ich meinen Zettel vollgeschrieben hatte, beschrieb ich die aufgesparte weiße Serviette und dann den weißen Pappteller. Danach schlief ich erschöpft wieder fast zwei Stunden. Als der Servierer und zwei Bewaffnete mir das Abendessen brachten, zeigte ich ihnen meine vollgeschriebenen Seiten und bat um Papier und Bleistift. Die Männer zogen erst kommentarlos ab. Kurze Zeit später kamen Sie wieder mit einem Schulheft und einem Bleistift »aus dem Wachraum!«, wie der Servierer auf Deutsch sagte. »Der Hase sitzt in Julias Zimmer!«, ergänzte er noch und weg waren sie.

Ich war über das Geschenk der Wachleute so gerührt, dass mir die Tränen kamen. Danach machte ich mich an die Reinschrift und Korrektur meiner Erwiderung an den Verbrecher Weise. Ich arbeitete verbissen wie ein Irrer. Als ich zwischendurch auf meine Uhr blickte, war es elf Uhr nachts, später ein Uhr früh. Da war ich dann mit der vorläufigen Fassung meines Textes leidlich zufrieden und wollte nur noch ins Bett gehen. Doch zu meinem Entsetzen hörte ich, wie plötzlich das Türschloss aufgesperrt wurde. Ich rechnete mit dem Schlimmsten und flüchtete ohne zu überlegen in den äußersten Winkel meines Verlieses. Die Tür ging langsam auf und vor mir stand eine in einer Art schwarzem Trainingsanzug gekleidete Gestalt mit einer ebensolchen Gesichtsmaske. Die Gestalt hatte die gleiche Waffe wie die Sicherheitsleute in der Hand, legte einen Finger an die Lippen und zog sich dann die Mütze ab. Vor mir stand der Mönch Chen Phap und lächelte.

»Wir müssen uns beeilen!«, sagte er.

Ich hatte das dringende Bedürfnis, meinem Retter um den Hals zu fallen. Aber er machte mit einer abwehrenden Geste deutlich, dass wir Wichtigeres zu tun hatten. Er holte katzenhaft einen schwarzen Rucksack aus dem Wasserraum.

»Darin sind unter anderem das Notgepäck aus Ihrem Zimmer einschließlich Ihrer Herzmedizin«, erklärte er, »und auch Ihre Teleskopstöcke, damit Sie die Bergtour, die wir machen werden, überstehen.«

Er kramte aus meinem Rucksack einen schwarzen Kampfanzug, wie er ihn trug. Ich zog mich in Windeseile um, stopfte meine verknautschte Hose und meine Aufzeichnungen in den Rucksack. Der Mönch ging mit der Waffe in der Hand voran über die kleine Brücke in den Raum der Wasserversorgung. Im Gang stand ein Feldbett mit einem Wachmann darauf, der anscheinend tief schlief. Chan Phap gab mir seine Waffe, schulterte überraschend locker den offenbar Betäubten und schleppte ihn in mein Gefängnis, wo er den Mann auf das Bett legte. Danach zog er einen großen Schlüsselbund aus einer Art Kängurutasche an seinem Kampfanzug, versperrte die Türe und baute die Brücke ab. Unter dem Feldbett des Wachmanns hatte er seinen eigenen Rucksack verstaut, er nahm ihn auf und öffnete dann vorsichtig und mit der Waffe sichernd die Türe ins Freie. Es war wohl Halbmond, das Licht reichte aus, um sich einigermaßen orientieren zu können, obwohl wir uns direkt neben der Felswand im Schatten des Mondlichtes bewegten. Der von Weise angekündigte Lastwagen für Labor und Teilheroin stand vor der dritten Tür in den Felsen. Die Mauer um das Handelszentrum überwanden wir mit einer Strickleiter, die

Phap dort platziert hatte. Warum keine der Überwachungskameras uns erfasste, war mir ein Rätsel. Genau so, wie der Mönch in den Besitz der Schlüssel gekommen war, mit deren Hilfe er auch unsere Felsentür wieder verschlossen hatte.

»Erklärungen gibt es später!«, sagte Chan Phap, als hätte er meine Gedanken erraten. »Zuerst müssen wir aus diesem Talkessel herauskommen.«

Wir wanderten im Mondschatten der Felswände auf einem schmalen Pfad am Kesselrand entlang. Nach fünfzig Metern stand eine Holzbank am Rand des Pfades.

»Hier hätten Sie heute Nachmittag erschossen werden sollen!«, erklärte der Mönch, worauf ich zutiefst erschauderte. »Sie sollten an die Bank gebunden werden, ein medizinisches Rachenspray sollte ausschließen, dass Sie um Hilfe gerufen hätten. Vergessen wir das so schnell wie möglich!«

Unser Pfad stieg beständig an und führte um die Gebäude des buddhistischen Zentrums herum. Nach insgesamt fast einer Stunde seit unserer Flucht über die Mauer erreichten wir oberhalb des Seminarzentrums den Platz im Freien, auf dem ich mit dem Mönch TaiChi geübt hatte. Der Pfad Richtung Talende war zunächst besser ausgebaut und flacher, sodass wir schneller vorankamen. Da die Gefahr, gehört zu werden, nicht mehr gegeben war, durfte ich ab jetzt meine Stöcke einsetzen. Was für meine schmerzenden Knie eine große Erleichterung war. Bald aber wurde der Weg wieder unbequemer und verlief dann als schmaler Fußweg in vielen Serpentinen sehr steil nach oben. Meine Kondition war nicht mehr die beste, der Mönch gab mir zu trinken und fütterte mich mit Energieriegeln. Wir marschierten im Schneckentempo, nach einer Ewigkeit wichen die Gipfel etwas zurück und das nächste Teilstück des Pfades führte jetzt wirklich ekelhaft steil und fast gerade die Bergflanke hinauf.

»Unser Basislager ist in Sicht. Sehen Sie den geschichteten Steinwall da oben, ab da sind wir einigermaßen sicher und können längere Zeit lagern!«, lächelte der Mönch, für den dieser Aufstieg anscheinend ein Spaziergang war.

Mit letzter Kraft schaffte ich auch noch diesen Anstieg, war dann aber absolut erledigt. Zu meinem Erstaunen holte Phap aus einer mit Steinen getarnten Höhle im Steinwall eine größere, versperrte olivgrüne Armee-Blechkiste und hatte auch dafür an seinem Schlüsselbund den passenden Schlüssel. Er entnahm der Kiste zwei Schlafsäcke, Isoliermatten und eine Plane, mit der er im Nu zur Bergseite hin ein schräges Dach für einen Unterschlupf bastelte. Dazu hievte er noch ein unhandliches Maschinengewehr und eine Kiste Munition aus dem Vorratsbehälter. Ich wunderte mich über nichts mehr. Nur benommen nahm ich wahr, dass das gesamte Tal bis hin zur Absperrungsmauer entlang der Autostraße vor uns im fahlen Mondlicht lag. Und dass aus unserem Steinwall, der etwa zehn Meter lang war und in der Mitte eine Aussparung für den Pfad hatte, links und rechts dieses Durchlasses bergwärts dicke Holzrundlinge ragten.

»Gehen Sie schlafen, Sie waren tapfer und schlau. Und lassen Sie bitte diese Holzstangen unberührt. Sonst kracht nämlich der ganze Steinwall in die Tiefe. Und das ist nur für die Bösen gedacht. Ich werde über Sie wachen«, sagte mein Befreier.

»Wenn Ihnen langweilig wird, ich habe in dem Schulheft in meinem Rucksack eine Antwort an den fiesen Siegfried Weise niedergeschrieben. Das hat verhindert, dass ich in meiner Todesangst durchgedreht habe ...«

Jetzt waren aber meine Batterien so gut wie leer. Als ich schon im Schlafsack lag und die Augen nicht mehr aufbekam, fiel mir noch eine Frage ein:

»Wie soll ich Sie eigentlich anreden?«, murmelte ich und der Schlaf kroch an mir hoch.

»Sagen wir doch Du und nenn mich einfach Charly«, hörte ich von weiter Ferne.

»Mich wundert aber rein gar nichts mehr!«, wollte ich antworten, wusste aber nach sechs Stunden nicht mehr, ob ich das noch gelallt oder schon geträumt hatte.

Als ich nach dieser Zeit wieder aus meinem Erschöpfungsschlaf auftauchte, war es taghell. Das Tal vor uns lag noch im Schatten, die Berge auf der anderen Seite der Autostraße aber waren in grelles Sonnenlicht getaucht.

»Es gibt Müsli mit Milch, und der morgendliche Kräutertee steht ebenfalls auf dem Speiseplan«, sagte der Mönch, der mit einem Fernglas das Tal beobachtete.

»Habe ich in meiner beginnenden Bewusstlosigkeit richtig gehört, ich soll Sie duzen und Charly nennen?«, fragte ich unsicher.

»Ganz recht, Michael, so haben mich meine Freunde genannt, als ich in Heidelberg studiert habe. Und nach deiner Erwiderung an Weise bestehe ich erst recht darauf. Er wird diesen Text mit deiner Erlaubnis in seiner neuen Heimat als Erstes zu lesen bekommen!«, war die Antwort.

Nicht schon wieder ein neues Rätsel. Zuerst einmal das Thema Anrede abhandeln!

»Aber in deiner Gemeinschaft hast du doch sicher einen hochrangigen Titel?«, hakte ich noch mal nach. »Übersetze ihn mir doch ins Deutsche, bitte!«.

Mein neuer Duzfreund Charly zierte sich etwas.

»Das geht nicht so einfach. Das klingt im Deutschen vielleicht etwas albern!«

»Jetzt mach es uns nicht so schwer!«, ermunterte ich den Mönch.

»Zu Deutsch heißt es ein bisschen weniger als ›Kleine Heiligkeit!‹ Jetzt lach aber ja nicht!«, rückte er endlich damit heraus.

»Also ›Kleine-Fast-Heiligkeit‹. Trifft es das wenigstens ungefähr?«

»Wie die Faust in die Magengrube!«, grinste Charly und wir mussten beide laut lachen.

Da dies aber ein Echo auslöste, ließen wir es sofort wieder bleiben. Es war ein herrliches Gefühl, am Leben zu sein, und heute wahrscheinlich auch nicht erschossen zu werden. Wir frühstückten in luftiger Höhe, während unten im Tal, wie ich durchs Fernglas sehen konnte, der Lastwagen mit dem abmontierten Labor und wahrscheinlich auch mit einem Teil des Heroins beladen wurde.

»Charly!«, sagte ich, »jetzt musst du mir aber einiges erklären!«

»Bist du aber neugierig!«, feixte seine »Kleine-Fast-Heiligkeit« und fing an, mich einzuweihen. Was ich da hörte, übertraf dann meine bestimmt nicht unterentwickelte Fantasie.

»Wir sind«, begann Charly alias Chan Phap, »wie du weißt, eine fast weltweit verbreitete buddhistische Richtung mit Ursprung in Vietnam. Wir haben uns vorgenommen, dazu beizutragen, die Welt mit unseren Möglichkeiten etwas besser und friedlicher zu machen. Wir betreiben keine Missionierung, wir zeigen vor allen in den Industrieländern denen, die Interesse haben, einen Weg, wie das gehen könnte. Der erste Schritt, so unsere feste Überzeugung, ist der Friede in und mit uns selbst. Wir betreiben aber auch das, was ihr Klöster nennt. Wie viele spirituellen Gemeinschaften glauben wir daran, dass solche intensive Lebensgemeinschaften auch der Welt helfen. Du bist, wie ich weiß, gut über diese Vorstellungen informiert. Wir sind durch viele Spenden und große Erbschaften nicht arm und unterstützen sowohl die Breitenförderung durch Seminare, aber ebenso die Gründung klosterähnlicher Gemeinschaften. Auch Friedrich H. Weise hat sein Zentrum mit unserer Unterstützung aufgebaut. Nun haben wir in den letzten Jahrzehnten einen regelrechten Boom erlebt. Fernöstliches ist schick geworden, es gibt aber auch ein echtes Bedürfnis nach Spiritualität und Innerlichkeit. Wo es Bedarf gibt, besteht die Gefahr, dass dieses Suchen missbraucht wird zum Geldverdienen oder gar zu kriminellen Machenschaften. Wir können das nicht verhindern, wenn dieser Missbrauch durch unabhängige Personen geschieht.

Anders sieht es aus, wenn Personen dahinter stecken, die aus der Mitte unserer Gemeinschaft kommen und gelobt haben, das Gute und den Frieden in der Welt zu mehren. Unsere Gemeinschaft hat schon vor über zwei Jahrzehnten auf die häufiger werdenden Missbrauchsfälle reagiert. Wir haben in unserem Ursprungsland, gekauft mit Gegenleistungen wie den Bau und die Unterstützung von Krankenhäusern und Schulen, eine Art Resozialisierungskloster hoch in den Bergen eines rauen und absolut einsamen Gebirges gegründet. Manche nennen das auch eine Hochsicherheitsanlage. Dorthin bringen wir nach genauester Prüfung die kriminell gewordenen Personen. Sie erhalten einen Paten oder Mentor und werden intensiv betreut. Aussichtslose Fälle übergeben wir ab dem dritten Jahr mit einem Bericht und entsprechenden Beweismitteln über ihre Verfehlungen der Justiz des jeweiligen Landes, was aber bisher nur einmal tatsächlich geschah. Die große Zahl der anderen Personen wird allerfrühestens nach zehn Jahren mit begrenzten Freiheiten in einem unserer Klöster weit weg von ihrer Heimat eingesetzt oder bleibt in unserem Resozialisierungskloster. Das alles setzt aber voraus, dass wir solche kriminellen Personen aus ihrem Heimatland entführen, was in allen Ländern der Welt naturgemäß strafbar ist. Dazu haben wir, wenn du so willst, eine Art buddhistischer Eingreiftruppe ins Leben gerufen. Sie muss, wo immer es geht, Gewalt gegen andere Personen vermeiden, ist bestens ausgebildet und wird intensiv auf das Land ihres Einsatzes vorbereitet. Alle Mitglieder sind Mönche und müssen einen bestimmten Grad erreicht haben!«

»Willst du damit sagen, dass du mit einem ganzen Trupp unterwegs bist?«, fragte ich ungläubig dazwischen.

»Natürlich, wir sind insgesamt über zwanzig Mönche, aufgeteilt in Untergruppen mit verschiedenen Aufgaben. Wir sind seit drei Monaten in Griechenland und die ›Einsatzleitung‹ habe ich. Und unsere ›Zielperson‹ ist natürlich Friedrich H. Weise.«

»Und wann werdet ihr den gruseligen Verbrecher fassen?«, wollte ich unbedingt wissen.

»Herr Weise ist seit gestern Nachmittag bereits, wie die Deutschen zu sagen pflegen, in unserem Gewahrsam. Nur hast du uns unsere großartige Planung insgesamt kräftig durcheinandergebracht!«

»Das musst du mir aber bitte näher erklären!«, erwiderte ich leicht pikiert.

»Nun, wir mussten ja eine hieb- und stichfeste Anklageschrift für unsere Gemeinschaft – und vielleicht später auch für den griechischen Staat – zusammenstellen, die auf Beweisen fußt. Die Entführung von Herrn Weise war erst in drei Wochen geplant. Da mir nach unserem Gespräch bei der zweiten TaiChi-Übungsrunde sofort klar wurde, dass Weise und sein Mitverbrecher Dr. Georgious dich beseitigen mussten, um nicht aufzufliegen, musste ich improvisieren. Meine Truppe hat Tag und Nacht gearbeitet, und wir mussten Herrn Weise sogar, ich denke höchstens noch zwei Tage, ›zwischenlagern‹. Solange muss ich dich bitten, mit mir in der Einsamkeit zu verbringen. Wenn Weise und dann auch ich außer Landes sind, kannst du ausgestattet mit allen Beweismitteln, die wir haben, wieder in dein normales Leben zurückkehren.«

»Und wie bist du ihm auf die Spur gekommen?«, interessierte es mich noch.

»Nun, ich leite jedes Jahr in seinem Zentrum mindestens zweimal ein Seminar. Mir ist seine Veränderung nicht entgangen. Den Anstoß gab aber dann Schwester Chan Khong, die offiziell bei unserer Gemeinschaft um Unterstützung bat. Weise verwandle sich immer mehr vom Mönch zum Ganoven, war ihre Begründung! Schwester Chang Khong ist übrigens absolut zuverlässig und wird das Zentrum, das zu achtzig Prozent uns gehört, weiter leiten. Sie ruft auch jeden Tag bei der Polizei an und sagt, dass du o. k. bist, was ja auch stimmt«, grinste Charly, die »Kleine-Fast-Heiligkeit«.

»Und was wird aus diesem Dr. Georgious? Er ist mindestens so schuldig wie Friedrich Weise.«

»Leider gehört er nicht zu unserer Gemeinschaft und somit

sind uns die Hände gebunden. Er ist übrigens aus heiterem Himmel nach Albanien gefahren. Wahrscheinlich wollte er weit weg sein, wenn bei deiner Hinrichtung etwas schief laufen sollte. Wir haben nur die Möglichkeit, dir alle Beweismittel und Fotos und so weiter zu überlassen. Auch Kleidung, damit die Polizei seine DNA abnehmen kann. Ansonsten haben wir von unserem Orden den Auftrag, alles Materielle, das mithilfe der kriminellen Geschäfte erwirtschaftet wurde, nach unserem Ermessen zu zerstören. Wir werden sicher seinen großen Mercedes und seine Lastwagen zerstören. Für das große Haus in Nordgriechenland und sein Ersatzlabor in einem alten Bauernhaus dort in der Nähe erhältst Du für die Polizei die Schlüssel. Ebenso können wir mit ein paar Kontonummern dienen. Wir werden übrigens auch wenigstens einen Teil des Heroins zerstören und das Labor auf dem Lastwagen unbrauchbar machen. Das Polizeiboot allerdings, das lassen wir ganz, um die griechische Polizei nicht zu verärgern!«, erklärte mir der Mönch.

»Bitte, was heißt das jetzt wieder?«, Charly war für jede Menge Überraschungen gut.

»Nun, ich habe dir ja gesagt, dass wir seit drei Monaten ermitteln. Wir wissen, wie das Heroin für Mitteleuropa Griechenland verlässt. In Weises Labor wurde es in seinen diversen Handelsgütern versteckt. So zum Beispiel in Weihrauch, in Plastik für esoterischen Schmuck oder in Biobohnen und Bioreis aus Asien. Ein großer Teil allerdings wurde einfach in Säcke eingeschweißt weiter verkauft. Und zwar an die bulgarische Mafia, die Wege gefunden hat, das Rauschgift von Nordgriechenland aus der Lagerhalle des Dr. Georgious (auch dafür bekommst du einen Schlüssel!) nach Bulgarien zu transportieren. Verrückter und unglaublicher noch ist die Methode, wie das Heroin bisher zu Weise kam. Nicht erschrecken, aber einer der besten Freunde Weises und sein heimlicher Geschäftspartner ist der Polizeipräsident für ganz Griechenland. Vielleicht weißt du ja, dass dieser Kirios Stephanopoulos es geschafft hat, für einen Abschnitt des griechischen Küstengewässers östlich der

Mani zuständig zu sein. Und dass es sein großes Hobby ist, mit einem hochseetüchtigen Polizeischnellboot nach Flüchtlingen und Schmugglern zu jagen. Ich konnte es nicht glauben, aber der dekorierte Herr benutzt sein Dienstfahrzeug auch dazu, selbst zu schmuggeln. Und zwar Heroin, das er von einem asiatischen Frachter unter panamesischer Flagge namens ›Freedom 12‹ übernimmt. Er war mit seinem Boot erst vor fünf Tagen wieder in einer Bucht hier ganz in der Nähe und Weises Männer haben dort die neueste Lieferung Rauschgift übernommen. Morgen wird das Polizeiboot auf seiner Patrouillenfahrt wieder aufkreuzen und diesmal Waffen geladen haben. Dieser saubere Polizeipräsident ist nämlich auch noch Chef einer Art rechten Wehrsportgruppe, die etwas südlich von der ›Insel der Ruhe‹ ein ähnliches Seitental wie Weise mit Clubhaus und geheimen Waffenlagern besitzt. Weise hat da kräftig mitfinanziert! Was wir darüber wissen, bekommst du von uns ebenfalls für die Polizei. Wir haben von allen Unterlagen auch eine Kopie angefertigt, die bei Schwester Chan Khong lagert. Sollte dir etwas passieren, wird sie alle Kopien der Polizei übergeben. Dann wird sie allerdings auch verdächtig sein und zu uns und unserem Treiben zumindest verhört werden. Also pass auf dich auf, wenn ich dich verlasse und du mir einen halben Tag Vorsprung gibst, um außer Landes zu kommen!«

Charlys Funkgerät oder Satellitentelefon oder was immer meldete sich und er führte ein Gespräch in einer asiatisch klingenden Sprache, mehr konnte ich nicht verstehen.

»Bevor wir jetzt gemeinsam TaiChi üben und dann unser Mittagessen genießen, müssen wir noch kurz arbeiten.« Er kramte aus seinem Rucksack einen Sender mit ausziehbarer Antenne und beobachtete per Fernrohr den Lastwagen mit dem Heroin und dem Labor an Bord. Sein »Telefon« schnarrte, Charly drückte auf den roten Knopf des Senders, im Wirtschaftszentrum schoss eine Explosionswolke nach oben, dann kam auch schon der Schall zu uns herauf. Als sich Rauch und

Staub gelegt hatten, fehlte dem Lastwagen etwa ein Drittel seiner Ladefläche völlig und der Rest war Schrott.

»Labor und einen Teil des Heroins vernichtet!«, meldete Charly an sich selbst. »Und jetzt komm, und lass uns mit Gehmeditation anfangen!«, sagte die »Kleine-Fast-Heiligkeit« zu mir.

War schon ein komischer Heiliger, der mir mitten in unseren Übungen noch erzählte, dass der Trick mit Kuschel funktioniert hatte und das Signal des Senders vorher nur schwach und ungenau zu orten gewesen war!

~

Nach dem Mittagessen aus Dosen übertrug mir Charly die Wache, meditierte im Sitzen und fiel dann regelrecht auf seine Matratze. Ich beobachtete in Abständen mit dem Fernrohr den Steig zu uns herauf, es blieb aber ruhig. Auch im Wirtschaftszentrum hatte sich nach der Explosion vom Vormittag die Aufregung gelegt. Der Chef der Wachmannschaft war offensichtlich entschlossen, trotz meiner Flucht und dem Verschwinden von Siegfried H. Weise das verbliebene Heroin wie geplant in meinem ehemaligen Gefängnis zu lagern. So wurden aus dem mittleren Lager im Berg eifrig verschweißte Säcke durch den Eingang zur Wasserversorgung geschleppt. Charly schlief vier Stunden, er hatte es sich verdient. Ich besaß alle Zeit der Welt, lungerte mit einer Flasche Wasser hinter dem Steinwall und ließ immer wieder die letzten Tage Revue passieren. Mein Ruhestand verdiente alles, nur nicht diesen Namen. Und »Insel der Ruhe« war wohl der Witz des Jahres! Aber immer noch erfüllte mich eine warme Freude, noch am Leben zu sein. Na ja, und ich sehnte mich nach Helga, war ja nicht verboten!

Charly wachte unvermittelt auf, erkundigte sich nach der Lage und übte etwa eine halbe Stunde seine Kampfsportformen.

»Ich habe nochmals gründlich überlegt, aber ich brauche für

meine Flucht diesen halben Tag Vorsprung!«, erklärte er danach. »Wir mussten, um dich zu retten, überstürzt abziehen und für unsere Verhältnisse schrecklich improvisieren. Ehrlich gesagt, wissen wir nicht so ganz genau, was uns nach meinem Abseilen im Tal auf unserem Weg außer Landes alles erwartet. Du könntest im schlimmsten Falle zwischen die Fronten geraten! Mir scheint, du bist hier in den Bergen am besten aufgehoben, bis wir es geschafft haben. Bleibt nur zu hoffen, dass unsere Vorkehrungen für deine Sicherheit ausreichen werden!«

Danach trainierte er mit mir noch »Abwehr eines Angriffes von vorne«. Dabei rannte er mit Stock beziehungsweise einer Wurzel bewaffnet oder nur mit Fäusten gegen mich an. Und ich musste immer wieder die gleiche Bewegung einüben: den Angriffsarm mit meinem linken Arm von mir weg nach oben, unten oder seitwärts lenken, sich nah an den Angreifer heran, also vorwärts, bewegen und »blitzschnell« Hals, Nase, Augen oder Halsschlagadern des Gegners mit den Fäusten oder meinem Kugelschreiber »bearbeiten«. Zur Verstärkung der Wirkung (und wenn man zu diesem Zeitpunkt noch am Leben war!) konnte man auch noch das Knie anziehen und dem Angreifer in den Bauch rammen. Ich war bald schweißgebadet, Charly hatte eine Engelsgeduld mit mir. Eine weitere Lektion bestand darin, dass ich den Stock oder Ähnliches in Händen hatte. Da stellte ich mich weniger blöd an, wenn ich auch nach Charlies Meinung verdammt langsam war. In beiden Situationen bestand nach Meinung des Mönchs meine Chance darin, dass ein Gewalttäter nicht mit meiner Gegenwehr rechnete. Und davonzulaufen, wenn es denn die Möglichkeit gab, war immer noch die beste Empfehlung, die mir »Seine-Kleine-Fast-Heiligkeit« geben konnte.

Danach opferte Charly für meine Hygiene eine Flasche Wasser. Später erfuhr ich von ihm, nachdem er mit Schwester Chan Khong telefoniert hatte, dass seiner Gruppe im buddhistischen

Zentrum erklärt worden war, ihr Lehrer Chan Phap hätte überraschend und unaufschiebbar zu seinem Heimatkloster reisen müssen. Und der Deutsche Pfeiffer sei aus gesundheitlichen Gründen schon am Tag vorher abgefahren. Der Kurs wurde von Schwester Chan Khong übernommen, die laut Charly eine fantastische Lehrerin und übrigens auch Kampfsportlerin sei. Julia und ihre Mutter Marion sind daraufhin in ein Hotel in der Nähe von Kalamata umgezogen und wollten einen Badeurlaub machen. Julia hatte der Schwester erzählt, dass sie sich ganz toll auf das Alleinsein mit ihrer Mutter freue und dass ihr der Michael sehr fehle. Vielleicht konnte ich sie ja später noch einmal sehen.

Danach lagen wir etwa zwei Stunden faul hinter unserem Steinwall. Charly freute sich, dass ich mich auch für die Ergebnisse der Gehirnforschung interessierte. Vor allem die aktuelle Diskussion, ob es denn überhaupt so etwas wie ein fassbares Ich gebe, brachte ihn als Buddhisten zum Schmunzeln. Ich gönnte ihm die Freude. Irgendwann nannte er mich ohne Vorwarnung lächelnd einen »ungläubigen Buddhisten«, dem ich nicht widersprechen wollte. Und dann sagte er mit Blick auf die grandiose Berglandschaft in der Abendsonne:

»Wie kann man nur diese wunderbare und empfindliche Erde durch Verbrechen so verschmutzen!?«

Ich hatte die letzten Stunden schon mehrfach ähnliche Gedanken. Wir zelebrierten unser Abendessen und ich durfte die erste Runde schlafen. Um zehn Uhr weckte mich »Seine-Kleine-Fast-Heiligkeit«, wir packten und machten uns an den Aufstieg. Da wir die Schlafsäcke, den Kocher und Charly sogar noch das unhandliche Maschinengewehr mitschleppten, war es eine ziemliche Plackerei. Die Munition und alles andere ließ der Mönch zurück:

»Wir hatten einfach nicht mehr die Zeit, um alles doppelt zu organisieren!«, sagte er fast entschuldigend.

Ich wunderte mich, dass er die Armeekiste mit dem Restinhalt nicht versteckte, sondern fast dreißig Meter vom Steinwall entfernt den Berg hinauf abstellte. Als wir bei ziemlich schlechtem Licht nach einer sehr steilen Ewigkeit oben ankamen, war ich wieder einmal fix und fertig, aber auch mächtig überrascht. Wir landeten in einer natürlichen Höhle mit vorgelagertem erweitertem Pfad. Dieser Vorplatz war mit einer Mauer aus erstaunlich großen, behauenen Natursteinen bewehrt.

»Ebenfalls ein Werk der Partisanen und Freiheitskämpfer«, erklärte der Mönch.

Der Blick nach unten hatte, soweit in der Fast-Dunkelheit erkennbar, an Dramatik zugenommen. Die Höhle war erstaunlich komfortabel eingerichtet. Sie führte nach einem schmalen Eingang circa zehn Meter in das Berginnere. In der Höhle gab es sogar elektrisches Licht aus einem Sonnenkollektor, ein Funkgerät mit Außenantenne und große Wasserbehälter aus Plastik. An einem dieser Tanks war dann auch noch eine Campingdusche montiert.

»Gesetzt den Fall, ich wäre aufgeflogen und hätte fliehen können, hätte ich mich zunächst hier verschanzt«, erläuterte mir Charly.

»Und wie wäre es dann weiter gegangen beziehungsweise geht es denn für uns weiter?«, fragte ich nicht ganz ohne Sorge.

»Nimm deine Taschenlampe mit und geh, wenn du noch kannst, mit mir dreißig Meter auf dem Pfad an der Höhle vorbei weiter. Keine Angst, es geht waagrecht!«, war die Antwort.

Ich tastete mich am Felsen entlang. Zum einen war die Sicht nicht besonders gut, zum andern fehlte hier für mich eine Brüstung oder ein Geländer. Einen Meter Pfadbreite maximal und dann das schwarze Nichts eines, wie es schien, bodenlosen Abgrundes! Der Pfad führte direkt in eine hüttenähnliche, überdachte Balkenkonstruktion und endete vor einem an einem Seil befestigten größeren Drahtkorb, zu dem über Rollen an einem

Balken aus dem Dach das Seil zurückführte und im Korb einen mächtigen Haufen bildete. Und daneben und darunter grinste wieder das schwarze Nichts!

»Mensch Charly, wie tief geht es da nach unten?«, fragte ich und konnte mein Grauen nicht verbergen.

»Nicht einmal ganz hundert Meter, und dann bist du in einem kleinen Seitental, das in die Straße mündet, die von der Ostküste der Mani kommt und nach Sparta führt«, erklärte Charly sachlich. »Michael, ich kann dir eine kleine Notfallübung unter erschwerten Bedingungen bei Nacht nicht ersparen. Stell dir vor, ich rutsche aus und stürze ab und von unten kommen die wütenden Angreifer den Pfad herauf. Und du weißt nicht, wie der Korbfahrstuhl zu bedienen ist!«

»Ich will zurück in mein Gefängnis!«, rief ich und mir zitterten die Knie.

»Da wärst du bereits tot!«, antwortete mein seltsamer Heiliger trocken und führte mich seinerseits in die Kunst des unfreiwilligen Selbstmordes ein.

Der Korb war etwa einen Meter unter unserer Höhe an einer Leiter gelandet, die an zwei hinausragenden dicken Balken befestigt war und zu uns hoch führte. Das Seil, das von den Rollen kam, war einfach in Schlingen um das Ende des längeren Balkens gewickelt.

»Wenn du mit dem Gesicht zur Leiter einsteigst, musst du bereits dieses Seilstück in die Hand nehmen, sonst saust du, wenn sich das Seil vom Balken löst, unfreiwillig in die Tiefe. Allerdings kommt, wenn das Seil dann lose ist, ein überraschend geringer Zug darauf. Du setzt dich auf den Korbboden, blickst am besten gegen die Felswand und gibst langsam und gleichmäßig Stück für Stück des Seiles frei!«

Und dann demonstrierte mir Charly seine Erläuterungen in der Praxis und entschwebte in das grinsende schwarze Nichts. Kurz darauf kam er wieder daraus hervor, wickelte Schlingen des

Seiles um den Balken und kletterte das kurze Stück der Leiter hoch. Dabei ließ er eine Hand immer am Seil.

Ich konnte es selbst nicht glauben, aber ich schaffte es, etwa zwanzig Meter in die Tiefe zu fahren, dann wieder heil nach oben zu kommen und auszusteigen. Danach allerdings musste ich mich erst einmal auf den Pfad setzen, und zwar noch innerhalb der Bretterverkleidung dieser windigen Bergstation.

»Michael, ich bin stolz auf dich. Der Korblift wurde von meinen Leuten heimlich wieder aufgebaut. Von dem alten Lift der Partisanen gab es nur noch ein paar verfaulte und verwitterte Balken. Wir haben größten Wert auf Sicherheit gelegt, wenn es auch nicht so aussieht. Es hätte ja auch sein können, dass wir Siegfried H. Weise auf diese Art hätten abtransportieren müssen. Die Konstruktion kann bis zu vier schwere Erwachsene tragen. Und jetzt zurück zur Höhle. Leider ist, wie du von hier aus ahnst, der Beginn des Liftgebäudes und der Pfad vor der Höhle von unten mit starken Ferngläsern zu sehen. Sei also vorsichtig und bleib so lang wie möglich in der Höhle oder hinter der Mauer des Vorplatzes. Ich übergebe dir jetzt alle Dokumente und Beweise, die wir haben. Es verblieb einfach keine Zeit mehr, um sie der Polizei schnell zukommen zu lassen. Wie gesagt, bei Schwester Chan Khong sind Kopien gelagert. Ruf sie bitte an, wenn du deine Unterlagen der Polizei übergeben hast. Handyempfang gibt es für dich übrigens erst wieder, wenn du mit dem Korb unten auf der Ostseite gelandet bist. Ich werde mich morgen spätestens um sechs Uhr früh abseilen. Ich zieh dir danach von unten den Korb wieder hoch. Du musst ihn dann oben am längeren Balken mit Schlingen fest machen, das Seil einholen und im Korb so verstauen, dass du noch Platz hast zum Einsteigen. Und jetzt ab ins Bett. Wenn es dir recht ist, werden wir im Zweistundentakt den Wachwechsel vornehmen. Du selbst darfst morgen nicht früher als um sechs Uhr Nachmittag nach unten schweben. Wenn du vorher von unseren Gegnern aufgegriffen wirst, finden diese sicher Wege, um dich zum Sprechen zu bringen. Und dann wäre außer dir unser ganzes Vorhaben in Gefahr, nicht zuletzt, weil der Polizeipräsident Griechenlands selbst einer dieser Verbrecher ist. Ich verlass mich also auf dich!«

»Bis in zwei Stunden, Charly! Wann erklärst du mir das schreckliche Maschinengewehr?«, fragte ich noch.

»Wir werden die letzte Stunde zusammen Wache halten. Ich will dir dann deine Bewaffnung erläutern. Bei deiner Abneigung gegen Waffen würdest du wahrscheinlich alles vergessen, wenn ich es dir jetzt schon erkläre!«

Er musste es ja wissen. Ich mochte diese »Kleine-Fast-Heiligkeit«. Schade, dass es mir nicht vergönnt war, in Ruhe das Seminar unter seiner Leitung bis zum Ende besuchen zu können. Die Wachen verliefen ohne besondere Vorkommnisse. Neu war für mich das Nachtsichtglas, das mich ohne Schwierigkeiten die ganze Strecke bis hinab zum Tagungszentrum und sogar bis zum Wirtschaftszentrum mit dem zerstörten Lastwagen kontrollieren ließ. In der gemeinsamen letzten Stunde kam dann durchaus so etwas wie Abschiedsschmerz auf, nur unterbrochen durch meine Lektion in der Bedienung eines mittelschweren Maschinengewehrs. Charly schärfte mir ein, dass dieses Gerät für mich lebensrettend sein könnte. Wahrscheinlich vermuteten nämlich die Wachleute und vor allem der sicher bald eintreffende »Affe von Polizeipräsident« mich zusammen mit dem Mönch und dem entführten Herrn Weise hier oben in der Falle sitzend.

»Sie werden deshalb versuchen, uns bald auszuschalten und Herrn Weise zu befreien oder ebenfalls zu vernichten, damit er nicht über sie aussagen kann! Also sei auf der Hut. Mit dem Maschinengewehr kannst du den gesamten Steig ab dem steilen Beginn bis zu deinem Bergnest erreichen. Du musst ja keinen töten, du kannst sie aber daran hindern, dir zu nahe zu kommen. Selbst noch einige Hundert Meter in Richtung Zentrum kannst du ihnen Angst einjagen. Und Munition lagert hier oben genügend. Zusätzlich lass ich dir meinen Sender da. In unserer Armee-Kiste in der Nähe unseres Basislagers ist ein Sprengsatz enthalten, der durch Drehen des Zündknopfes nach rechts hochgeht. Und nach links gedreht sprengst du einen mächtigen Teil aus der Bergflanke, die uns gegenüber hinter dem Steig aufsteigt. Innen in der Höhle liegt noch ein Gewehr mit Zielfernrohr, das ich dir jetzt noch erklären werde. Das muss reichen!«, schloss »Seine-Kleine-Fast-Heiligkeit« ihre Blitzeinweisung in das Kriegshandwerk.

Danach hatte Charly es eilig. Er gab mir noch dreitausend Euro in bar für Schwester Chan Khong, die ich ihr bei Gelegenheit übergeben sollte.
»Meine Leute erwarten mich mit ihren Geländewagen am Landeplatz des Korbes. Ab dann bin ich versorgt. Übrigens, ich werde in gut einem Jahr hoffentlich wieder ein Seminar in Europa, wahrscheinlich bei Regensburg, leiten. Studiere einfach unser Programm. Wäre schön, Michael, dich dort wieder zu treffen. Du darfst als Ehrengast gratis teilnehmen!«, lächelte der Mönch.

Danach kontrollierte er abschließend nochmals mit dem Fernglas die Lage. Charly zeigte dabei überraschend plötzlich Anzeichen von Freude.
»Auf den habe ich gewartet, schau doch einmal, wie sich dieser Polizeioberpräsident aufführt!«

Der Mönch hatte mehr als recht. Kirios Stephanopoulos, der Polizeipräsident für ganz Griechenland, trug eine Art Admiralsuniform. Sogar seine Orden waren zu erkennen. Und er sprang umher wie das Rumpelstilzchen. Schrie die Wachmänner an, deutete zu uns herauf, ballte die Fäuste.
»Ein irrer Feldherr im wahrsten Sinn des Wortes. Verzeih Michael, aber ich muss das tun!«, sagte Charly, holte einen weiteren kleinen Sender aus seiner Kängurutasche, spähte nochmals nach unten und drückte auf den Knopf.

Wieder eine Rauch- und Staubwolke aus dem Areal des Wirtschafts- und Drogenzentrums. Noch bevor der Schall bei uns ankam, neigte sich der hohe Kamin des Laborgebäudes und fiel berstend gegen die Felsenwand. Der schreiende Polizeipräsident und die Wachleute lagen alle auf dem Boden. Nach einer halben Ewigkeit reckten sie vorsichtig ihre Köpfe hoch und rappelten sich dann einer nach dem anderen wieder hoch. Und schon war Kirios Stephanopoulos offensichtlich wieder am Schreien und Fluchen. Er hatte wohl drei seiner Marinepolizisten mitgebracht. Zwei davon konnten aus seiner Raserei, wie es aussah, irgendwelche Befehle erkennen. Sie liefen im Laufschritt zu einem Polizeifahrzeug und brausten davon. Charly wischte sich die Lachtränen aus den Augen.

»Das, was ich da gerade getan habe, war nicht unbedingt im Sinne der buddhistischen Lehre. Ich muss mich zusammenreißen, sonst werde ich degradiert und muss wieder Boden wischen!«, gluckste er und wir eilten mit seinem Gepäck zu seinem Korb. Er umarmte mich, war im Nu samt seiner Habe im Korb und fuhr abwärts. Sofort kroch Bergeinsamkeit an mir hoch. Als der Korb zurückkam, musste ich mich fürchterlich am Riemen reißen, um auf die verdammte Leiter zu steigen und die Seilschlingen um den Balken zu wickeln. Während ich im schwankenden Korb saß und das Seil einholte, verfiel ich mehrmals in Höhenangststarre. Und selbst auf dem Weg alleine zurück zum Vorplatz der Höhle hatte ich dagegen anzukämpfen, mich nicht auf den Boden zu werfen und auf allen Vieren zu robben.

Hoffentlich war die letzte Aktion meines Mönchfreundes nicht zu viel des Guten gewesen! Vorsichtig spähte ich neben dem Maschinengewehr, das warum auch immer etwa zwanzig Meter links vom Höhleneingang über die Brüstung ragte, in die Tiefe. Die Szenerie war gespenstisch menschenleer, nur im buddhistischen Zentrum liefen noch einige Schaulustige umher, die aber bald zur Frühmeditation mussten. Die kluge Schwester Chan

Khong würde sicher irgendwelche einleuchtenden Erklärungen für das Spektakel finden.

Ich verschwand in meiner Höhle, packte für alle Fälle mein eigenes Marschgepäck und nahm dann mein Müslifrühstück mit warmer Milch mit nach draußen, um ja nichts zu verpassen. Ich war kaum zum Kräutertee übergegangen, als sich die Situation dramatisch zu verändern begann. Die zwei Polizisten fuhren durch das Mauertor. Auf dem Parkplatz wartete ein offener Jeep der Wachmannschaft mit dem dritten Begleitpolizisten am Steuer. Dieses Auto hatte ich im Morgenschatten glatt übersehen. Neben dem Fahrer saß der oberste Polizist Griechenlands, seines Zeichens Drogenkurier und zusätzlich Waffenschmuggler für seine national gesinnten Wehrsportler. Er trug jetzt zu seiner Admiralsuniform einen Stahlhelm. Die beiden Polizisten luden aus dem Polizeikombi zwei längliche Kisten auf den Jeep, sprangen in das Fahrzeug und dieses raste den Berg herauf. Sie umkurvten das buddhistische Zentrum und fuhren schnurstracks bis zum Einstieg in den schmalen Fußsteig. Ich fing an, nervös zu werden und bezog Stellung hinter dem Maschinengewehr. Neben mir lag der Sender für die Sprengladungen. Hoffentlich machte ich jetzt keinen Fehler. Drei Personen einschließlich des nach Charly »affigen« Kirios Stephanopoulos sprangen aus dem Jeep, holten zwei über einen Meter lange rohrähnliche Waffen aus den Kisten, steckten jeweils eine Art Panzerfaust in die Rohre und machten sich ohne Zögern an den Aufstieg. Der dritte Mann schleppte in Gurten an seinem Körper noch fünf solcher Panzerfäuste oder was auch immer hinterher. Der Jeep wendete und fuhr hinter einem größeren Geröllhaufen in Deckung.

Ich musste mich bald entscheiden. Es wäre in der Tat nicht besonders schwer gewesen, die Gruppe mit dem Maschinengewehr zu stoppen und wahrscheinlich sogar auszuschalten. Aber ich konnte mich um nichts in der Welt überwinden zu schießen. Das Bild des Getöteten von meiner Anreise stand mir erschreckend klar vor Augen. Ich wollte einfach nicht schon wieder Leben gefährden oder vernichten. Also griff ich zum Sender und drehte nach rechts. Die Armeekiste, verdeckt für die Gruppe durch den Steinwall, explodierte mit viel Getöse. Eine weiße Fontäne aus Rauch und Staub schoss nach oben. Durch die enthaltene Munition für das Maschinengewehr kam es zu mehreren Nachfolgexplosionen. Die Angreifer hatten im ersten Schrecken kurz versucht, Deckung zu finden. Der Polizeipräsident sprang dann als Erster wieder auf die Füße, ein Feuerstrahl fuhr bergwärts und mit einer heftigen Explosion in den holzgesicherten Steinwall, gefolgt durch einen zweiten aus der Waffe des anderen Polizisten. Der dritte Polizist begriff sofort, was die beiden vor ihm angerichtet hatten, und setzte zu einer Flucht nach unten an. Ich selbst schrie aus Leibeskräften »Nein!«, aber das Unheil nahm in wenigen Sekunden seinen Lauf. Der Steinwall zerschellte in Zeitlupe, eine immer größer werdende Geröll-Lawine stürzte in die Tiefe, erfasste einen nach dem anderen der Angreifer, begrub sie unter sich und donnerte ins Tal. Es folgte eine riesige Staubwolke und ein ohrenbetäubender Lärm, wobei einige Folgeexplosionen klar herauszuhören waren. Wahrscheinlich explodierten da unten gerade die restlichen Panzerfäuste am Körper des Mannes! Ich war bis aufs Mark erschüttert. Die verfluchte Spirale von Gewalt und Tod drehte sich immer weiter. Ich zitterte und hätte aus Wut und Verzweiflung beinahe mein Fernrohr und meinen Sender in die Tiefe geworfen.

»Ich will endlich raus aus diesem Wahnsinn, ich will nur raus!«, schluchzte ich und musste dann noch mit ansehen und anhören, wie der vierte Mann aus dem Auto sichtlich geschockt und verzweifelt ohne Deckung nach seinen Kollegen suchte und ihre Namen schrie. Irgendwann begriff er wohl, dass alles umsonst war, stieg mit hängenden Schultern von den Geröllmassen und schlurfte zu dem Jeep. Und dann fuhr er mit heulendem

Motor los, am Zentrum vorbei den Berg hinunter zu seinem Polizeikombi. Mir entging mit meinem starken Fernglas nicht, dass er ein größeres Funkgerät aus dem Polizeifahrzeug holte und wild gestikulierend hineinsprach. Dann nickte er mehrmals, grüßte dann sogar mit der unzweideutigen Gebärde des ausgestreckten Armes in sein Gerät. War also auch er nicht bloß Drogenkurier, sondern ebenfalls ein Mitglied dieser rechtsnationalen Waffennarren? Der Mann straffte sich, stieg in das Polizeiauto und parkte es im Schatten der Mauer. Danach blieb er abwartend im Auto sitzen. Ich musste noch viele Stunden ausharren, bis ich mich – ohne mein Versprechen gegenüber dem Mönch zu brechen – absetzen konnte. Ich kam mir verletzlich, einsam und ziemlich mutlos vor.

Allerdings passierte zuerst einmal nichts! Kein Versuch, die Toten zu bergen, keine Rettungskräfte, keine Polizei außer dem Marinepolizisten in seinem Auto. Immerhin lag unter den Geröllbergen der oberste Polizist Griechenlands. Umgekommen allerdings bei dem Versuch, mit Macht sein Doppelspiel zu retten. Es wurde Mittag, immer noch versuchte im Wirtschaftszentrum ein Trupp der Wachmannschaft seit Stunden, die verräterischen Überreste des gesprengten Lastwagens mit seiner Ladung aus Heroin und Drogenlabor-Einrichtung zu beseitigen. Erschwert wurde ihre Arbeit durch den Schutt des von »Seiner-Kleinen-Fast-Heiligkeit« eher unheilig in letzter Minute gesprengten, mindestens zehn Meter hohen Kamins. Der Trupp hatte einen Lastwagen mit Container organisiert, schaufelte, kehrte und spritzte mit Schläuchen. Gerade versuchten sie sich auch noch mit einer Art Flammenwerfer für die Unkrautvernichtung, um den festen Betonboden wirklich frei von Drogenspuren und so weiter zu bekommen. Ich gab ihnen keine großen Chancen dabei. Vorsichtshalber notierte ich dank Charlies Megafernrohr aber doch das Autokennzeichen des Container-Lasters, man konnte ja nie wissen.

Meine Nerven waren äußerst angespannt. Ich ahnte, die Ruhe war trügerisch. Die Seminarteilnehmer aus dem buddhistischen Zentrum wurden kurz nach dem Mittagessen auf dem Parkplatz von zwei Bussen abgeholt. Ich erinnerte mich, heute stand – nach Männern und Frauen getrennt – nachmittags der Austausch und das gemeinsame Meditieren mit orthodoxen Mönchen beziehungsweise Nonnen auf dem Programm. Ich wäre so gerne mitgefahren und wünschte, alles, was in der Zwischenzeit passiert war, wäre nur ein Traum gewesen.

Plötzlich hatte ich das Bedürfnis, meinen Aufbruch für heute am späten Nachmittag um sechs Uhr noch krisensicherer vorzubereiten. Ich kontrollierte in Windeseile noch einmal den vom Mönch gestifteten Rucksack. Allerdings nicht, ohne mehrere Male zurück zur Brüstung zu laufen und in die Tiefe zu spähen. Da ich nicht wusste, was mich nach der Landung meines Korbes erwartete, steckte ich noch zwei auch kalt essbare Konservendosen, Trockennahrung und eine vollgefüllte Wasserflasche mit ein. Danach lief ich nach einer eingehenden Kontrolle des Tales, die ohne neue Erkenntnisse verlief, in gebückter Haltung zu der windigen Bergstation. Ich hatte den Trick entdeckt, dabei die Augen genau auf die Innenkante des Pfades entlang der Felswand zu richten. Ich wagte mich tatsächlich in den Korb und verstaute meine sieben Sachen, sorgfältig darauf achtend, dass sie sich nicht in das Seil verheddern konnten. Als ich wieder oben ankam, war ich nass und verklebt. Die Hitze des Sommertages, der Angstschweiß und der wenige Schlaf ließen mich zum Erdferkel werden. Ich hetzte zurück und sicherte lange und gründlich. Keine Veränderung! In der Höhle selbst war es kühler. Ich hatte bei der Rucksackkontrolle auch Ballast abgeworfen und so lag unter anderem ein frisches T-Shirt neben dem Bett. Ich kämpfte mit mir und dann siegte der dünne, aber hartnäckig anerzogene kulturelle Überbau: Ich riss mir die Kleider vom Leibe und hüpfte unter die Campingdusche. Draußen oder besser unten lagen drei Tote und ich musste mit irgend-

einer lebensbedrohenden Gemeinheit der Drogenhändler oder
der nationalistischen Spinner rechnen. Es wurde wahrscheinlich
trotzdem eines meiner schönsten Duscherlebnisse – unterbrochen nur von kurzen Sicherungssprints an die Steinmauer.

Um vier Uhr bekam ich Hunger. Dazu reifte in mir der Entschluss, trotz Charlies dringender Bitte bereits eine Stunde früher das gefährdete Nest hier zu verlassen. Ich war mir nach der Beschreibung des Mönches sicher, im Talgrund ein Versteck zu finden, um dann erst zur vereinbarten Zeit meine Polizeifreunde zu informieren. Also schleppte ich zunächst ausreichend Nahrungsmittel für ein verspätetes Mittagessen hinter die Steinmauer, wobei ich mich möglichst nahe bei dem Maschinengewehr niederließ. Den Sender trug ich am Gürtel, das Gewehr mit Zielfernrohr lehnte geladen an der Felsenwand. Ich einigte mich mit mir auf einen Rhythmus von zehn Minuten für meine Sicherungskontrollen. Das Leben könnte so schön sein. Mir fiel eine Schlusszeile aus einem Gedicht ein, ich tippte auf Hölderlin: »Friedlich und heiter ist dann das Alter.« Der Mann hatte gut reden!

Ich war gerade mit dem Essen fertig, als ich über die Mauer spähte und erschrocken einen größeren Militärjeep mit drei Mann Besatzung und einem mit einer Plane abgedeckten Aufbau entdeckte. Er war dabei, den Berg hinauf zum buddhistischen Zentrum zu fahren und hatte eine blaue Fahne aufgesteckt. Ich entzifferte mühsam die in Weiß gehaltene Aufschrift »Freies und Nationales Griechenland«. Da kam also die erwartete Bedrohung! Das Gefährt benötigte meiner Schätzung nach um die acht Minuten bis zum Anfang des Steiges. Zeit, die Fliege zu machen! Es war sowieso schon kurz vor fünf. Ich rannte in die Höhle, holte den bereitgelegten Beutel mit dem Rest meiner Habe und wollte nach draußen stürzen. Da fiel mir siedend heiß ein, dass ich wenigstens meinen Revolver noch mitnehmen könnte. Also noch einmal zurück, natürlich lag er nicht da, wo er hätte sein sollen. Panisches Suchen, Verzweiflung, Aufgeben. Dann eben das sperrige Gewehr, das draußen an der Wand lehnte. Ich war auf dem Weg zum Ausgang, als es einen fürchterlichen Schlag gab. Es war ein Höllenlärm, ich spürte eine heiße Druckwelle und Staub und Pulverdampf fegten zum Höhleneingang herein. Ich wurde an die Höhlenwand gepresst, draußen grollte und toste Geröll irgendwo von mir aus gesehen rechts vom Eingang. Der Boden und die Wände der Höhle zitterten. Ich stürzte hustend und mit tränenden Augen ins Freie. Die Granate oder Rakete musste oberhalb des Maschinengewehrs in die Bergflanke eingeschlagen haben. Das Maschinengewehr und ein Teil der Brüstung waren mit dem Geröll in die Tiefe gerissen worden. Das Gewehr mit dem Zielfernrohr war ebenfalls weg. In Sekundenbruchteilen erkannte ich, dass das Militärfahrzeug viel früher als von mir erwartet gestoppt hatte und bereits kurz nach dem TaiChi-Übungsplatz in Stellung gegangen war.

Und schon der nächste Feuerstrahl, wieder eine gewaltige Explosion, die mich diesmal ungeschützt von den Beinen riss. Der Einschlag war auf gleicher Höhe, aber zum Glück etwas weiter weg als der erste erfolgt. Der Typ schoss sich ein! Mit zitternden Händen fummelte ich am Boden liegend nach meinem Sender und drehte den Knopf nach links. Ich löste eine Art Weltuntergang oder wenigstens einen Vulkanausbruch aus. Ein langes Stück der Talflanke gegenüber schien in die Luft zu fliegen. Gewaltige Massen Gesteins stürzten hinab. Ich hatte mich gerade aufgerappelt und wurde von dieser neuen Druckwelle erneut umgehauen. Als ich mühsam erneut hoch kam, sah ich die Männer davon stürzen. Die Gesteinslawinen bildeten eine Art Sperrmauer unterhalb des Militärfahrzeuges. Es war eingeschlossen, aber unversehrt. Mit dieser angstmachenden Erkenntnis stürzte ich zur Bergstation meines Korbes – Abgrund hin oder her! Der Start gelang leidlich. Wie lange werden die Soldaten brauchen, bis sie ihren Schock überwunden hatten und zu ihrem Tötungsgerät zurückgekehrt waren? Ich senkte mich so schnell ich konnte in die Tiefe. Es war höllisch weit hinunter zum Talgrund und dauerte ebenso lange. Als ich etwa zwei Drittel geschafft hatte, fuhren oben in Höhe der Bergstation Rauch und Feuer aus dem Berg, Bretter flogen durch die Luft und grollend kam der Schall aus den Bergen vor mir zurück. War dies das Ende!? Irgendwann musste es mich ja erwischen, verdammter Mist! Der Korb senkte sich weiter gleichmäßig und viel zu langsam in die Tiefe. Der Firstbalken hielt also noch! Ich hatte noch zwanzig Meter, noch fünfzehn, zehn – der Korb fing an zu schlingern, ich bekam einen Schlag auf die linke Schulter und ein stechender Schmerz fuhr mir den Rücken hinab. Noch fünf Meter, noch vier und dann freier Fall! Der Korb landete schräg, verbeulte sich und fing damit einen Teil des Aufpralls ab. Ich flog mit Gepäck in einen Schilfgürtel, das Seil schlug brennend vor mir auf dem Kies auf. Und dann kamen wie eine Bombe pfeifend und heulend auch noch die metallenen Flaschenzugräder des Firstbalkens geflogen und schlugen mit einem satten Geräusch etwa knappe zehn Meter neben mir eine regelrechte Lichtung in das Schilf. Ich torkelte mit meinem Gepäck an die Brust gedrückt entsetzt und geschockt einen trockenen Flusslauf entlang. Als ich ein flaches Wasserloch entdeckte, warf ich meinen Rucksack weg und stürzte mich der Länge nach in den verhältnismäßig klaren Tümpel. Es tat ungemein gut. Da das Wasser aber anfing, sich rot zu färben, kroch ich eilends wieder hinaus. Ich hatte wieder einmal überlebt, es war nicht zu fassen! Ich gönnte mir auf dem Bauch liegend eine längere Erschöpfungs- und Verschnaufpause und machte mich dann daran, meine Beschädigungen zu untersuchen.

Als ich zu diesem Zweck in meinem Rucksack nach dem kleinen Taschenspiegel kramte, entdeckte ich einen für mich unter Umständen folgenreichen Verlust. Mein Handy, mein kleines Wanderfernglas und ein paar weitere nicht unwichtige Dinge, die ich in einer Außentasche des Rucksackes verstaut hatte, waren beim Aufprall des Korbes samt Außentasche regelrecht zermalmt worden. Mir war also auch jetzt erst einmal der Kontakt zur Außenwelt und damit zur Polizei verwehrt! Das hieß das Tal hinab laufen, bis ich Menschen finden würde, die mich hoffentlich telefonieren ließen. Ich mutierte aber offenbar unter Schock langsam zum Bonsai-Rambo. Ich zuckte nur mit den Schultern und begutachtete zunächst meine einsehbaren Körperregionen. Aufgeschlagene und zerschundene Knie und Ellbogen als Folgen der Druckwellen auf dem Berg, kleinere Brandverletzungen auf der Brust, rundum zerkratzt und übersät durch kleinere Risswunden. Der Spiegel zeigte mir ein ebensolches Gesicht. Insgesamt aber nichts Lebensbedrohliches! Wirklich Kummer machte mir dagegen meine Schulter- und Rückenpartie. Sie schmerzte und brannte höllisch und von dort musste auch die rote Färbung des Flusstümpels gekommen sein. So sehr ich mich auch verrenkte, ich hatte keine Chance, die ungünstig gelegenen und wohl von einem herabstürzenden Brett herrührenden Verletzungen in Augenschein zu nehmen. Wie ich in letzter Zeit schon mehrmals erfahren konnte, war in solchen Notsituationen auf meine Gehirnlappen Verlass. Ohne zu zögern zog ich meine zerfetzte und dreckstarrende Oberbekleidung aus und streifte dann vorsichtig das einzige – und zum Glück weiße – frische T-Shirt aus dem Rucksack über. Ich ließ meine Blutungen auf den Stoff einwirken und zog danach das T-Shirt wieder vorsichtig über den Kopf. Das »Blutbild« auf dem Kleidungsstück verriet mir eine fast fünfzehn Zentimeter große Wunde unter dem rechten Schulterblatt. Die Blutung hielt sich Gott sei Dank in Grenzen. Eine Desinfektion und ein provisorischer Pressverband würden also vorerst reichen, wenn ich nicht zu lange durch die Gegend irren musste. Also holte ich die Apotheke aus dem Rucksack – Charly sei Dank. Zunächst desinfizierte ich meine erreichbaren kleineren Wunden. Das asiatische Mittel brannte und ließ mich einen ersten Veitstanz aufführen. Menschen, die so scharfes Zeug essen können, haben natürlich auch entsprechend scharfe Desinfektionsmittel! Verflucht noch mal! Und dann tränkte ich die Rückenpartie meines T-Shirts mit dem Teufelszeug und legte eine Bandage griffbereit daneben. Als ich danach das nasse T-Shirt über den Kopf streifte und mit einem Ruck die erste Lage der Bandage fest zog, blieben mir zunächst Luft und Stimme weg. Dann ab er brüllte und – Verzeihung! – fluchte ich ohne Rücksicht auf mögliche Feinde in Schilf oder Gebüsch. Ich benötigte Minuten, um mich wieder unter Kontrolle zu bringen.

Danach packte ich nach einer genauen Bestandsaufnahme meiner Habe den Rucksack, den ich wegen meiner Blessuren leider nicht mehr auf dem Rücken tragen konnte. Ich presste ihn also wieder gegen meine Brust und stolperte das Flusstal entlang, wobei nach etwa einer halben Stunde ein breiterer Weg meinen Marsch in die Zivilisation erleichterte. Bei meinem Start war es ziemlich genau sechs Uhr gewesen. Ich konnte also noch insgesamt über mindestens zwei Stunden mit ausreichender Helligkeit rechnen!

Nach einer halben Stunde Fußmarsch allerdings wurden meine Rückenschmerzen und auch meine Müdigkeit langsam unerträglich. Ich widersetzte mich dem Drang, mich in den Kies zu legen und zu schlafen. In Charlies Apotheke fand ich Schmerztabletten aus dem westlichen Kulturkreis und ein Koffeinpräparat. Danach schleppte ich mich weiter. Das Tal wurde langsam breiter und lichter, die Hänge links und rechts weniger schroff. Irgendwann mussten doch die verdammte Asphaltstraße und menschliche Siedlungen kommen! Ich versuchte zu singen, Gehmeditation zu üben und mir am Ende laut zu erzählen, was ich die letzten zwei Tage alles erlebt hatte. Als ich nach insgesamt eineinhalb Stunden Marsch anfing, an meinen eigenen Berichten zu zweifeln und schallend zu lachen, wusste ich, dass mir der Saft ausging und das Erlebte seinen Tribut forderte. Also ergab ich mich in mein Schicksal, nicht ohne alle Beteiligten aus meinem System für die bisherige Leistung zu loben. Besonders meine Beine bekamen ein dickes Kompliment, was sie aber, gefühllos wie sie inzwischen waren, ungerührt über sich ergehen ließen. Ich verfütterte zwei Energieriegel an mich, trank Wasser aus der Flasche, trampelte mir eine kleine Lichtung in einem Schilfstreifen und breitete eine beschichtete Alufolie auf dem Boden aus. Danach kletterte ich in meinen ultraleichten Textilschlafsack und bettete auf dem Bauche liegend mein Exlehrer-Haupt auf den unteren Teil des lädierten Rucksackes.

Nach Charlies Aussagen waren in diesem Rucksack, auf CD gebrannt, hochexplosive Informationen enthalten! Nicht nur dass der griechische Teil des gesamten Heroinhandelssystems über Griechenland nach Bulgarien und von dort nach Mittel- und Nordeuropa mit all seinen Beteiligten – und seinen Verflechtungen bis hinein in die Politik – aufgedeckt und beschrieben war. Auch der Weg des Heroins nach Griechenland von einem fernöstlichen Land mit genauen Daten der letzten Frachten auf der »Freedom 12« und auch das Datum der Ankunft der nächsten Ladung waren nach »Seiner-Kleinen-Fast-Heiligkeit« darauf verzeichnet. Letzteres als Geschenk für die griechische Polizei, die durch das mögliche Abfangen des Schiffes voller Heroin besänftigt werden sollte. Seine Organisation, so Charly »im Vertrauen« zu mir, werde nach dem Ablegen des Frachters in Asien die dortigen Lagerhallen und die »Infrastruktur« zerstören. Er hatte sich aber geweigert, den Namen des Landes preiszugeben, um »diplomatische Verwicklungen« zu vermeiden. Und dann war da noch das Material über die Splittergruppe »Freies und Nationales Griechenland«! Die Polizei musste nur noch das »Freizeitheim« der Wehrsportler durchsuchen und sie hatte zusammen mit Charlies Bericht alles, was sie brauchte.

»Und dann werden der Verbrecher von Polizeipräsident und die ihn deckenden Politiker hoffentlich endgültig aus dem Verkehr gezogen!«, hatte Charly gesagt.

Nun, den einen Teil hatte der Verbrecher von Polizeipräsident bereits selbst erledigt, in dem er dummdreist in die von Charlies Leuten aufgebaute Falle lief, dachte es in mir. Eigentlich müsste ich mit diesen Informationen aufopfernd rennen wie der erste Marathonläufer mit seiner Botschaft vom Sieg über die Perser. Aber alles in mir und an mir winkte ab. Ich war eindeutig nicht zum Helden geboren. Und ich hatte auch keine Ahnung, was die Griechen aus meinen Bomben machen würden. Vielleicht setzten sie ja doch lieber meinen Freund, den Vizepräsidenten, ab und kehrten alles unter den Teppich!?

»Schluss mit dieser unsinnigen Diskussion!«, befahl ich mir selbst. »Wenn überhaupt, wird die griechische Welt dann eben erst morgen gerettet!«

~

Ich rollte mich zusammen – und fuhr dann wie elektrisiert wieder in die Höhe. Gar nicht weit entfernt von meiner Kuhle im Schilf entstand plötzlich ein unerwartetes Getöse. Der Lärm von Kettenfahrzeugen, Lastwagen, Automotoren, Männerstimmen, Befehlen, flatternden Fahnen. Kies knirschte, Büsche wurden anscheinend niedergewalzt oder mit Sägen und Äxten bearbeitet. Mir stockte der Atem, bis ich mir sicher war, dass diese wilde Horde nicht näher kam. Sie lagerte, das war auch ohne Sichtkontakt auszumachen. Nach kurzer Zeit sangen kräftige Männerstimmen ein martialisches Lied. Es war darin die Rede von Freiheit, Vernichtung der Feinde und der Fremden – und immer wieder von Liebe zu Griechenland bis in den Tod und viel Hurragedöns. Verdammtes, verflixtes und verfluchtes Karma! Jetzt reicht es aber wirklich. Waren das die Irren, die heute mit dem zerquetschten Polizeipräsidenten durch mein Zutun ihren Anführer verloren hatten? Dann war ich gerade der, den sie wahrscheinlich im Augenblick am meisten hassten. Und schon folgte eine Ansprache, nein ein »Angeschrei« der Männer durch einen Führer, immer wieder unterbrochen durch eine Art Heilgerufe. Mir blieb nichts erspart, mir blieb gar nichts erspart!

Ich musste, auch wenn mir die Angst bis zum Halse stand, auf Nummer sicher gehen. Solange die Gruppe noch dem Schreier lauschte und mit Aufbau beschäftigt war, konnte ich es am ehesten wagen, einen Blick zu riskieren. Ich versteckte mein Hab und Gut im Schilf und schleppte mich durch die eher locker stehenden Pflanzen vorwärts in Richtung Getöse. Nach knappen fünfzig Metern machte ich dann eine überraschende Entdeckung. Ich stieß auf ein ähnliches Schilfnest wie meines, nur professioneller angelegt, unter anderem mit aufgespannter Plane gegen Sonne und Nachtkühle. Es war zum Glück gerade unbesetzt, gab mir aber Rätsel auf. Ich kämpfte gegen einen aufkeimenden Fluchtreflex, zwang mich jedoch, kurz in Richtung Pfad zu kriechen und aus dem Schilfgürtel zu spähen. Ich entdeckte einen größeren Geländewagen mit Schweizer Kennzeichen, der eng am Schilf geparkt war. Das kapiere einer!

Der bisher schreiende Anführer redete plötzlich etwas weniger laut und auf Englisch, das er danach ins Griechische übersetzte. Ich war allem Anzeichen nach nur noch höchstens vierzig bis fünfzig Meter von der Gruppe entfernt. Der Bewohner des Schilfnestes hatte innerhalb der großen, saftigen Pflanzen einen kleinen Schleichweg ausgetreten, der erst kurz vor dem Ende des Schilfgebietes hinaus auf den sandigen Pfad führte, wobei die letzten Pflanzenreihen vor dem Pfad unversehrt waren. So war ich relativ schnell und geräuschlos nahe an der Versammlung, legte mich vorsichtig auf den Bauch und starrte durch die letzten Reihen der saftigen Stängel auf eine große Lichtung. Was ich sah, wirkte auf den ersten Blick wie das Geschehen auf einer Operettenbühne. Ich schätzte die Rotte auf knappe fünfzig Männer in allen möglichen Bekleidungen, darunter einige wenige uniformierte Polizisten und ein paar Soldaten der griechischen Armee. Der größere Teil der Männer in Reih und

Glied trug aber des griechischen Mannes liebste Freizeitbekleidung: dem Kampfanzug nachempfundene Jagdbekleidung. Daneben gab es auch Männer in Jeans und Arbeitshosen. Alle aber trugen dunkelblaue Baseballkappen mit weißer Aufschrift »Freies und nationales Griechenland« und hatten »Knobelbecher« an den Füßen. Sie waren einheitlich mit Gewehren bewaffnet, trugen am Gürtel eine Pistole und identische lange Messer in einer Scheide aus Leder. Der Platz war umstellt von Militärfahrzeugen unterschiedlicher Art. Genauer konnte ich ein auf einem Jeep der Armee montiertes Maschinengewehr ausmachen, aber keinen Raketenwerfer und auf den ersten Blick keine Kanonen. Ich sah zwar auch zwei Kettenfahrzeuge, die allerdings eher wie gepanzerte Mannschaftswagen aussahen und bestimmt keine Kampfpanzer waren. Überall wehten große dunkelblaue Fahnen mit weißer Aufschrift ähnlich der, mit der auch der Raketenwerfer von heute Nachmittag bestückt gewesen war.

Der Anführer trug bis auf die blaue Mütze eine griechische Militäruniform und wirkte irgendwie dämlich und fanatisch. Neben ihm stand ein Mann zwischen vierzig und fünfzig mit Bürstenhaarschnitt. Dieser trug ein olivgrünes T-Shirt und eine ebensolche Hose, dazu Turnschuhe. Er war unbewaffnet und wirkte alles andere als glücklich. Der Anführer war gerade dabei, ihn seiner Truppe vorzustellen. Wobei er zuerst die englische Version, und dann die griechische absonderte. Ich konnte entnehmen, dass dieser Robert aus der Schweiz ein erfahrener Militär und Ausbilder war, der selbst in vielen Teilen der Welt gekämpft hatte. Und dass seine Aufgabe gewesen wäre, die verwegene Truppe zu trainieren. Leider hatte sich aber durch den heutigen Mord an dem General und Führer der Bewegung »Freies und Nationales Griechenland« die Situation laut dem Anführer völlig verändert. Es gab jetzt, wie er ausführte, »keine Zeit mehr für Spielchen«. Jetzt musste nach der Vorstellung dieses Truppenführers und, wie er sagte, des neuen Führers der Bewegung aus Kalamata gehandelt werden. Die Bewegung

»Freies und Nationales Griechenland« bedauere »zutiefst«, dass dieser Robert umsonst gekommen sei. Da alles Geld für den nationalen Umsturz gebraucht werde, könnten ihm nicht einmal seine Auslagen ersetzt werden.

»Wir wünschen dem großen militärischen Lehrer eine gute Heimreise. Ich verspreche hier bei unserer Ehre, nach unserem Sieg Kirios Robert zum General in unserer neuen Armee zu ernennen!«, sagte der dämlich wirkende Demagoge nicht ohne eine gewisse Herablassung.

Robert dem Schweizer war anzusehen, dass er mit der Entwicklung des Geschehens nicht ganz einverstanden war. Allerdings hatte er begriffen:

»Ich danke für die Einladung, wünsche den tapferen Männern der Bewegung den Sieg und würde mich freuen, später als General in einem neuen Griechenland dienen zu können!«, erwiderte der sichtlich um Fassung ringende Schweizer.

Er salutierte, drehte ab und ging den breiten Pfad zurück. Die operettenhaften Putschisten hatten kurz Beifall geklatscht und ihn dann ignoriert. Der Anführer der Truppe gab anschließend offenbar den Befehl zum Aufbau des »Armeestützpunktes«. Ich folgte Robert dem Schweizer in gebührendem Abstand auf dem von ihm angelegten Schleichweg. Kaum war er um die erste Biegung des breiten Pfades gegangen, fing er ungefiltert in echtem Schweizerdeutsch an zu fluchen, nannte die Truppe »einen Haufen Idioten« und sich selbst »den größten Narren«, da er diesen Auftrag angenommen hatte. Besonders schmerzte ihn als echten Schweizer der finanzielle Reinfall. Und völlig unvermittelt rief er auf Englisch zu mir ins Schilf:

»Und du kommst jetzt raus aus dem Schilf, sonst komm ich rein und schneide dir die Kehle durch!«

Ich war völlig überrumpelt, allerdings hatten meine verschiedenen Gehirnregionen offenbar seit einiger Zeit die neue Gesamtsituation bearbeitet. Ich flüsterte nach einer Schrecksekunde auf Deutsch zurück:

»Ich darf nicht gesehen werden. Ich bin unbewaffnet und habe ein Geschäft anzubieten! Treffen wir uns auf Ihrem Lagerplatz, ich zahle im Voraus!«

»Von mir aus!«, war die Antwort – und wir, er neben und ich im Schilf, marschierten zu seinem Lagerplatz.

Als er mich sah, war er dann allerdings doch sehr überrascht:

»Mann, wie siehst du denn aus! Bist du ein entlaufener Sträfling oder was?«, entfuhr es ihm.

»Nein, entlaufen schon, aber kein Sträfling. Ich bin jedenfalls der, von dem die Männer da vorne sicherlich berichtet haben, ich hätte ihren gestörten Häuptling auf dem Gewissen!«

»Dass mich ... Mann, und hast du ihn umgebracht?«, fragte der verdutzte Robert.

»Nein, der wollte mich mit Panzerfäusten oder Mörsergranaten erledigen und hat dabei eine Geröll-Lawine ausgelöst. So wurden er und zwei weitere Polizisten aus seiner Verbrechergruppe samt ihren beiden rohrähnlichen Waffen verschüttet und zerquetscht«, bekam er in einer Kurzfassung zu hören.

»Aber warum lebst du noch. Die Herren Putschisten sprechen davon, sie hätten dich unter Einsatz und leider auch Verlust ihrer wichtigsten Waffe, einem Raketenwerfer, vernichtet!?«

»Um ein Haar wäre es ihnen gelungen. Darum mein Zustand! Und jetzt bin ich durch diese wilde Horde vor uns schon wieder in Lebensgefahr! Und deswegen will ich dir ein Geschäft vorschlagen!«, erklärte ich ihm.

»Ich mache grundsätzlich nichts, was gegen Gesetze eines Landes verstößt!«, blockte Robert ab.

»Du kannst dich darauf verlassen, die griechische Polizei und die Politik werden dir sehr dankbar sein, wenn du mich hier rausholst. Sobald wir in Sicherheit sind, musst du mich einigermaßen verbinden und dann rufe ich mit deinem Handy meine Freunde von der Polizei an. Dazu gehören unter anderem der

Polizeichef von Kalamata und der Vizepräsident von ganz Griechenland. Und du sollst das alles nicht umsonst tun!«, warb ich mit Inbrunst. »Was hättest du übrigens von der Wehrsportgruppe an Geld erhalten?«, legte ich nach.

»Fünftausend Euro plus Spesen, und jetzt kann ich mit dem Ofenrohr ins griechische Gebirge schauen und gehe leer aus!«, antwortete Robert und sein Grimm kam erneut an die Oberfläche.

»Gut, wenn du mich durch dieses Feldlager schmuggelst und nach Kalamata fährst, zahle ich im Voraus zweitausendfünfhundert Euro in bar. Soviel habe ich in meinem Rucksack. Solltest du der griechischen Polizei oder vielleicht auch dem Militär alles verraten, was du über diese wild gewordenen Putschisten weißt, erhältst du weitere zweitausendfünfhundert Euro, dafür garantiere ich. Notfalls zahle ich sie dir aus meiner Tasche!«, war mein Angebot und ich hoffte, Robert war ein wirklicher Schweizer: prinzipientreu und auf Gewinn aus!

»Worauf warten wir noch?!«, kam prompt die Antwort. »Hol dein Zeug aus dem Busch und vergiss das Geld nicht. Je eher wir fahren, um so mehr sind sie noch mit ihrem Lagerbau beschäftigt!«

Ich humpelte, so schnell es ging, durch die alte Spur zurück zu meinem Basislager. In Windeseile war der Rucksack gepackt. Als ich zurückkam, hatte auch Robert seine Ausrüstung abgebaut und neben dem Geländewagen direkt am Schilfrand gestapelt. Sein großes Auto war bei umgelegten Rücksitzen halb voll mit Zusatzausrüstung. Robert hatte darin für mich eine mit seinem Schlafsack ausgelegte Kuhle vorbereitet. Ich kletterte mühsam hinein, nicht ohne vorher aus dem Geldstapel der »Kleinen-Fast-Heiligkeit« meine erste Rate für die Fluchthilfe zu bezahlen. Danach deckte er mich mit seiner Plane ab und verstaute das Restgepäck darauf, ohne dass ich darunter sonderlich gedrückt wurde. Und so fuhren wir los. Völlig unbehelligt und, wie Robert nicht ganz ohne Wut in der Stimme vermerkte: »Ohne auch nur mit einem Blick gewürdigt zu werden!«, rollten wir durch das Lager der Putschisten und weiter über die holprige Sandstraße. Nach etwa einer halben Stunde bog Robert, wie ich bemerkte, auf die Asphaltstraße.

»Ich werde noch etwa eine halbe Stunde in Richtung Kalamata fahren«, hatte er vorher erklärt und hinzugefügt, er wolle möglichst weit von den Putschisten entfernt anhalten und mich verarzten. »Und dann kannst du auch deine Polizeifreunde anrufen!«

Glück im Unglück. Dieser Robert hatte mir und den griechischen Freunden eben einen unschätzbaren Dienst erwiesen. Nur eines konnte ich nicht begreifen: Wieso hatte die »Bewegung für ein Freies und Nationales Griechenland« ausgerechnet in diesem Tal ihr Heerlager aufgeschlagen und mir dabei den Weg versperrt? Kaum hatte Robert nach der angekündigten halben Stunde abseits der Straße hinter einer Reihe von Büschen angehalten und mich vom Gepäck befreit, war dies auch der Inhalt meiner ersten Frage.

»Wir sollten dort ursprünglich unsere Übungen abhalten. Die Grundstücke gehören bis weit in die Berge hinein, wie mir erklärt wurde, einem deutschen Olivenbauern und reichen Manne, der zugleich ein mächtiger Förderer der Wehrsportgruppe sein soll. Damit hätten die Übungen auf Privatgrund stattgefunden. Sie wären dort nicht so aufgefallen. Aber jetzt wollen diese Dilettanten ja ganz Griechenland im Handstreich erobern!«, erklärte Robert.

Die Antwort machte mir klar, warum mir auch dieses lästige und bedrohliche Hindernis nicht erspart geblieben war. Dümmer hätte es gar nicht laufen können! Es war in der Zwischenzeit fast dunkel geworden.

»Bitte Robert, wechsle meinen Verband und während du weiterfährst, spreche ich mit der Polizei. Sei aber sparsam mit dem asiatischen Desinfektionsmittel, damit kann man eine ganze Armee umbringen! Und danach werde ich dir einen umfassenden Bericht über das geben, was ich erlebt habe«, drängte ich.

So wurde ich im Schein einer batteriebetriebenen Standlampe ziemlich fachmännisch und leider wieder unter Einsatz des asiatischen Kampfstoffes verarztet. Es war spürbar nicht die erste Wunde, die dieser, wie ich später erfuhr, ehemalige Fremdenlegionär und jetzige Militärberater zu versorgen hatte. Er erklärte mir, ich müsse mir die Rückenwunde so bald wie möglich nähen lassen. Und dann fuhren wir los und ich konnte endlich versuchen, Kontakt mit der Polizei aufzunehmen.

Ich stand vor der Entscheidung, trotz des zerstörten Handys aus vier Telefonnummern der griechischen Polizei auswählen zu müssen. Da mein Hosengürtel ein »Geheimfach« besaß, hatte ich die Nummern des Vizepräsidenten Mikrojannis in Athen, die des Staatspolizisten und Sonderbeauftragten für den alten Drogenfall, Jannis Konstandinos, in Tripolis und weiter die des Polizeidirektors von Kalamata durch die letzten Ereignisse retten können. Und auch die Telefonnummer meiner neuen Adoptivtochter Marina hatte ich noch bei mir. Ich entschied mich für Marina, da nur sie hervorragend Deutsch sprechen und verstehen konnte. Und Robert konnte mithören. Marina nahm sofort ab.

»Mensch Michael, wo steckst du denn?! Wir haben hier in der Polizeizentrale gerade beschlossen, mit vier Beamten zu dem buddhistischen Zentrum zu fahren. Die leitende Schwester dort hatte heute bei uns angerufen und uns deine Botschaft übermittelt. Wenn du dich bis elf Uhr in der Nacht nicht melden würdest, sollten wir so schnell wie möglich zu ihr kommen. Was in aller Welt ist denn los?«

»Der Teufel, Marina. Ich muss dir dringend einen Erstbericht geben und dann wird euere Beamtenruhe für weitere Wochen gestört sein! Ich sitze im Auto eines Militärberaters aus der Schweiz, bin ziemlich fertig und etwa in einer Stunde in

Kalamata. Hast du ein Aufnahmegerät oder kannst du ein paar Seiten mitschreiben? Wie geht es denn deiner Verletzung?«

»Alles im grünen Bereich! Und jetzt erzähl schon, ich höre und schreibe. Man darf dich einfach nicht aus den Augen lassen!«

»Weißt du«, begann ich, »ich glaube, ich bin zum Speck in der Mausefalle der griechischen Polizei geboren. Ich werde dir jetzt die Lösung zweier Kriminalfälle auf dem Silbertablett servieren können, bei denen ihr bislang nicht weiter gekommen seid: einmal den Heroinhandel, bei dem ihr im letzten Jahr die Spur verloren habt, zum anderen die rechtsnationalistische Bedrohung, die deinem Chef Drohbriefe gesandt und sein Hausdach zerschossen hat. Und die dir vor ein paar Tagen beinahe das Leben gekostet hätte!«

»Geht es nicht ein bisschen kleiner? Michael, du bist schon in Ordnung, oder?!«, antwortete eine verblüffte Marina nicht ohne Sorge in der Stimme.

»Bitte, hör einfach zu, hör einfach zu! Ich bin ziemlich lädiert und wirklich am Ende. Wahrscheinlich fällt mir nach kürzester Zeit sowieso das Handy aus der Hand!«, antwortete ich.

Und dann begann ich zu berichten. Zuerst über Friedrich H. Weises Doppelrolle, meine Erlebnisse mit ihm und dem verfluchten Dr. Georgious mit seinen vielen anderen Namen und all dem, was ich über die Organisation dieser Heroinhändler wusste. Von Weises Entführung und der Rolle »Seiner-Kleinen-Fast-Heiligkeit« sagte ich nur, was unbedingt zum Verständnis nötig war. Weise habe sich wahrscheinlich nicht ganz freiwillig ins Ausland abgesetzt, gab ich vage zu Protokoll. Als ich erklärte, dass der oberste Polizist Griechenlands zugleich ein Drogenschmuggler war, fiel Marina offensichtlich der Stift aus der Hand. Sie unterbrach mich entsetzt und atemlos.

»Michael, hast du denn für all das Beweise, was du da sagst? Wenn das stimmt, ist das ja ungeheuer und ist für das Ansehen Griechenlands eine echte Katastrophe!«, rief sie aus.

»Ich habe einen regelrechten Untersuchungsbericht der Klosterkommission in meinem Rucksack, genauer geht es kaum. Und dein oberster Chef hat bei dem Versuch, mich auszulöschen, leider sein Leben verloren!«, war meine Antwort.

Ich mutete meiner Adoptivtochter eine Menge zu. Mir aber auch! Mir wurde zunehmend übel und ich musste Robert bitten, auf der kurvigen Straße etwas langsamer zu fahren. Über das gewaltsame Ende des Polizeipräsidenten von Griechenland und seiner Kumpane, die zugleich auch Waffen schmuggelten, konnte ich dann leicht weiter über den geplanten Putsch der »Bewegung für ein freies und nationales Griechenland« berichten. Immer wieder unterbrochen durch Marinas wienerisch gefärbte Zwischenrufe wie »unglaublich!«, »furchtbar!«, »nicht zu fassen!« und natürlich »na servus!« Sie hatte übrigens sofort den Vizedirektor von Kalamata, Kirios Leonidas Margaritis, als neuen »Führer« in Verdacht. Er war heute ohne Kommentar aus dem Amt fortgestürzt und mit ihm drei weitere Beamte.

Mir ging es zunehmend schlechter und ich konnte nur noch mit äußerster Anstrengung berichten. Fast am Ende meiner Kräfte gab ich noch ein paar Hinweise, was aus meiner Sicht möglichst bald zu tun war. Die Berichte aus meinem Rucksack waren auszuwerten, das Gelände der »Insel der Ruhe« zu besetzten und das Wirtschaftszentrum gründlich zu durchsuchen. Dabei die Wachmannschaft, soweit noch vorhanden, festzunehmen und eine große Menge Heroin sicherzustellen. Als ich ankündigte, ich hätte für das Versteck des Rauschgiftes einen Schlüssel, bekam Marina eine Art hysterischen Lachanfall. Ich konnte nicht darauf eingehen, mein Zustand erlaubte keine Umwege mehr. Das Haus, das Labor und die Lagerhalle des bereits geflüchteten Dr. Georgious waren zu durchsuchen, wiederum erleichtert durch die Schlüssel aus meinem Rucksack! Auch könnte ja mit etwas Glück noch ein bulgarischer Drogenlastwagen abgepasst werden, wenn dieser verdammte Doktor seine Handelspartner nicht schon gewarnt hatte.

»Und natürlich muss das Polizeiboot des Verbrechers von Präsidenten sicher gestellt werden. Mindestens einer der Marinepolizisten war ja davon gekommen und irgendwer musste ja an Bord Wache geschoben haben. Und der eingeschlossene Raketenwerfer ist zu bergen, Vorsicht vor Steinschlag! Und überhaupt ist das Militär einzuschalten, das Freizeitzentrum der Wehrsport Gruppe auszuheben und ...«. Ab da war ich mit meiner Kraft am Ende. Ich deute Robert an, an den Straßenrand zu fahren, übergab mich aus dem Auto und japste danach ins Handy:

»Marina, ich kann nicht mehr! Kannst du einen Krankenwagen organisieren, der uns auf der Straße, die aus dem Taigetos nach Kalamata herunterführt, am Ortsschild von Kalamata abholt? Ich muss am Rücken mit ein paar Stichen genäht werden! Wo bitte soll ich hinterher hinkommen, ohne dass wir die Putschisten warnen?«

Marina war schnell von Begriff, ich wusste es.

»In etwa fünfzig Minuten stehen ein Krankenwagen und ein Polizeiauto am Ortsschild von Kalamata. Das Polizeiauto begleitet das Krankenauto zum Krankenhaus, ein anderer Polizist steigt in euer Auto und bringt den Gast aus der Schweiz zu unserem am Stadtrand gelegenen Untersuchungsgefängnis. Wenn du noch transportfähig bist, wirst du nach dem Krankenhaus dorthin gebracht. Ich organisiere gegen Mitternacht in diesem Gebäude eine Krisensitzung. Bitte Michael, halte durch. Du bist der Größte, weißt du das?!«

»Ach Tochterherz, was ist schon Größe?! Ich gebe dir jetzt Robert, den Rennfahrer. Während ich etwas frische Luft tanke, kann er dir vielleicht Genaueres über den geplanten Putsch berichten. Tut mir leid, dass ich dir einen gemütlichen Abend mit deiner Freundin kaputtgemacht habe!«, versuchte ich mich im Scherzen.

»Du Spinner!«, kam es aus dem Hörer.

Robert gab Marina militärisch knapp zwei Fassungen des geplanten Putschversuches durch. Dazu schickte er voraus, dass der Putsch eigentlich ein Fernziel der Gruppe gewesen war. Nur der Tod ihres Anführers verlangte nach Meinung des neuen Führers aus Kalamata sofort nach dieser »heldenhaften Tat«!

»Der muss mindestens so blöd sein wie der alte Anführer!«, schloss Robert daraus und gab zuerst den ursprünglichen Plan an Marina weiter.

»Die Wunderwaffe Raketenwerfer und zwei tragbare Mörserwerfer sollten helfen, das Polizeipräsidium in Kalamata zu übernehmen. Der amtierende Polizeidirektor war festzusetzen und im Untersuchungsgefängnis zu arrestieren. Vorher schon sollte die militärische Führung in der Kaserne von Kalamata ebenfalls festgesetzt werden, um den Putsch nicht zu stören! Danach war geplant, die Rundfunk- und Fernsehstation mithilfe der schweren Waffen zu erobern. Und als Krönung sollte dann eine Ansprache des Führers an das Volk von Griechenland folgen. Das Szenarium danach war etwas vage. Wenn der massenhafte Zustrom von Militär, Polizisten und gewöhnlichen Bürgern ausbleiben sollte, wollte man wenigstens eine ›Freie und Nationale Ost-Mani‹ ausrufen!«, erläuterte Robert der offenbar sprachlosen Marina.

»Wie mir der ebenfalls äußerst beschränkte militärische Führer der bunten Truppe vor Ort stolz erklärte, könne sie der Verlust ihrer schweren Waffen nicht davon abhalten, nach der Ermordung ihres Führers ein Zeichen zu setzen. Das verbliebene, auf einem Jeep montierte schwere Maschinengewehr fährt in der Morgendämmerung zusammen mit etwa zehn Mann nach Kalamata und erobert die Polizeizentrale. Der Direktor wird wie geplant festgesetzt und im Untersuchungsgefängnis eingesperrt. Danach wird die Rundfunk- und Fernsehstation erobert und es erfolgt die sagenhafte Ansprache des neuen Führers. Die Festsetzung der militärischen Führung fällt wegen Mangels an entsprechender Bewaffnung aus. Wenn sich wenig bewegt in Sachen Umsturz, zieht sich der Stoßtrupp auf die

Mani zurück, riegelt mit den restlichen Männern zusammen ein größeres Gebiet ab und ruft als Signal für alle national Gesinnten ›Die Freie und Nationale Ost-Mani‹ aus. Ansonsten fährt der Trupp mit zwei gepanzerten Truppentransportern und Privatautos nach Kalamata und setzt sich an die Spitze der Bewegung. Ein unbeschreiblicher Haufen von Spinnern!«, schloss Robert seinen Bericht.

Robert hatte das Handy auf »laut« gestellt. Ich hörte, wie Marina mehrmals tief durchatmete. Nach einer längeren Pause sagte sie nur:

»Bitte kommen Sie mit zu unserer Krisensitzung. Ich werde versuchen, auch einen Vertreter des örtlichen Militärs aufzutreiben. Schließlich sind ja Soldaten an dem geplanten Putsch beteiligt. Und ich werde mich darum kümmern, dass Sie das alles nicht umsonst tun. Bitte passen Sie auf Michael auf, der Mann liegt mir am Herzen!«

Als das Gespräch beendet war, schüttelte Robert längere Zeit nur seinen Kopf. Und dann fuhr er vorsichtig los, während ich am offenen Fenster saß und trotzdem gegen einen Erschöpfungsschlaf kämpfte.
»Was bist du eigentlich von Beruf?«, fragte er unvermittelt.
»Ich war Lehrer«, antwortete ich nur noch halb wach.
»Gestattest du, dass ich mich wundere?«
»Kannst du von mir aus gerne. Ich wundere mich selbst auch!«, hörte ich mich noch murmeln und wachte dann erst wieder auf, als ich durch helfende Hände in das Krankenauto verladen wurde.

∾

An Bord war wieder der anscheinend einzige Notarzt Kalamatas. Nach einer kurzen Erstuntersuchung meiner Wunde nahm ich dann schon aus Höflichkeit einen Schluck seines heißen und süßen Tees und zerbröselte einen noch süßeren Keks in meinem Mund. Erklären konnte ich ihm allerdings nichts, dazu fehlte mir zu diesem Zeitpunkt endgültig die Kraft.

Im Krankenhaus war der diensthabende Chirurg mit einem Verkehrsunfall beschäftigt. Kurz entschlossen übernahm mein Notarzt die Näherei. Bewacht wurden wir von drei Polizisten mit Maschinenpistolen. Obwohl es mir hundeelend war, konnte ich mich wenigstens an meiner offensichtlichen Bedeutsamkeit aufrichten. Einem der Bewacher wurde angesichts meiner chirurgischen Behandlung schlecht. Ich ahnte es im Voraus: Er bekam zuerst einen Schluck süßen Tees und dann einen noch süßeren Keks. Mein Doktor war übrigens alles andere als zimperlich, dafür aber im Nu fertig. Und dann ging es mit Blaulicht, ärztlicher Begleitung und polizeilicher Bewachung ab zum Untersuchungsgefängnis.

Das Untersuchungsgefängnis lag im Süden von Kalamata nahe an einem Kasernengelände und nicht weit entfernt vom Strand. Seit Kalamata eine neue Polizeizentrale hatte, diente es nur noch für jene Untersuchungsgefangenen, die länger auf den Beginn ihrer Verhandlung warten mussten. Kurz vor Mitternacht herrschte an diesem Tag emsiges Treiben. Das große Eingangstor wurde bewacht von Soldaten und Polizisten, im Innenhof parkten mehrere Polizei- und Militärfahrzeuge und an allen Ecken begegneten uns schwarz gekleidete Elitepolizisten. Die Wache am Tor hatte uns angewiesen, »den Patienten« auf die Krankenstation der Anstalt zu bringen. Der Arzt solle bei mir bleiben und die Bewachung durch die begleitende Polizei müsse lückenlos sein. In circa einer halben Stunde würde ich dann ärztlich bewacht für die Konferenz abgeholt.

Auf der Krankenstation wurde ich vom Direktor des Untersuchungsgefängnisses, Kirios Pelagos, in Empfang genommen. Die Polizisten postierten sich im Gang vor dem Zimmer. Mein

Leibarzt ließ sich vom Anstaltsdirektor den Weg in die Küche beschreiben. Er wollte kurz etwas anderes als Tee und Kekse zu sich nehmen. Der Abend, meinte er, sei doch eher turbulent verlaufen. Ich konnte entweder auf dem Bauch liegen oder mich, ohne mich anzulehnen, aufsetzen. Ich bat Kirios Pelagos, mir in die Sitzposition zu verhelfen. Die Wirkung der örtlichen Betäubung meines Rückens schien bereits nachzulassen und ich wollte testen, ob Sitzen erträglicher war.

»Können Sie mir genauer sagen, was hier abläuft?«, fragte mich der Anstaltsleiter auf Englisch. »Stimmt es, dass der Polizeipräsident von Griechenland bei der Verfolgung von Drogenhändlern umgekommen ist? Und was spielen Sie als Deutscher bei diesem ganzen Spektakel für eine Rolle?«

»Das ist eine lange Geschichte!«, winkte ich müde ab. »Sie werden sicher bei der Konferenz dabei sein und alles Wichtige erfahren!«

»Bitte, was ist mit unserem obersten Chef passiert?«, drängte Kirios Pelagos weiter in mich.

»Er ist tatsächlich tot! Er war hinter mir her und hat mit Mörserwerfern oder Ähnlichem in den Felshang geschossen. Dabei haben sich Tonnen von Geröll gelöst und ihn und zwei Kollegen in die Tiefe gerissen!«, erklärte ich ohne besondere Lust.

Die Wirkung meiner Aussage war jedoch völlig unerwartet. Kirios Pelagos riss entsetzt die Augen auf, stürzte zu einem Schrank, holte fluchend und schreiend einen langen Gummiknüppel daraus hervor und rannte mit erhobenem Schlagstock auf mich zu. Ich saß zunächst wie geschockt auf der Kante meines Krankenbettes und brachte keinen Ton heraus. Allerdings spulte ich, gesteuert fast aus dem Unterbewusstsein, die Bewegung ab, die mir »Seine-Kleine-Fast-Heiligkeit« am Tag vorher eingetrichtert hatte. Ich wischte mit meiner Linken den Knüppel außen an mir vorbei, was mir einen neuen brennenden Schmerz am Unterarm einbrachte. Und dann prügelte ich außer mir vor

Wut mit meiner Rechten auf Nase und Augen des Anstaltsleiters ein. Der hatte wohl nicht mit meiner Gegenwehr gerechnet, war bei griechischen Verhören des alten Stils ja auch nicht vorgesehen! Und er war außerdem kein Held. Er jaulte auf, ließ den Knüppel fallen und schlug beide Hände schützend vor sein Gesicht. Die Tür wurde aufgerissen, zwei meiner Schutzpolizisten stürmten herein und brüllten den Anstaltsleiter nieder. Sie schubsten ihn auf einen Stuhl und drohten ihm alles Mögliche an. Er wimmerte nur immer wieder, ich sei der Mörder seines Chefs. Da kamen Marina und der Arzt in unseren Aufruhr.

»Marina, könntet ihr alle Menschen, die in meine Nähe kommen, vorher aufklären, dass nicht ich den Polizeichef von Griechenland auf dem Gewissen habe und dass der ein verfluchter Drogenhändler und Waffenschieber war, Himmel noch einmal?!«

Marina war entsetzt und ließ ihre Wut ebenfalls zunächst laut und schnell schreiend an dem Anstaltsleiter aus. Und dann entschuldigte sie sich bei mir und wir fielen uns, wegen unserer Wunden vorsichtig, in die Arme. Der Arzt verband meine neue Platzwunde am linken Unterarm und ein Polizist versuchte, meine verformte Metallbrille wieder einigermaßen in den alten Zustand zu versetzen. Danach erhielt der Anstaltsleiter eine ärztliche Behandlung, die in einem Kopfverband mündete. Marina hatte beruhigend und erklärend auf den Mann eingeredet. Gegen Ende der Szene entschuldigte sich Kirios Pelagos zerknirscht bei mir und den Umstehenden.

»Auf alle Fälle ein loyaler Beamter, der Herr Anstaltsleiter!«, versuchte ich Marina gegenüber den Vorfall zu überspielen und ihn damit auch ein Stück zu bewältigen. Es trampelten einfach zu viele auf mir herum, das musste dringend enden!

Der Arzt bettete mich danach mithilfe der Polizisten wieder in Bauchlage auf das fahrbare Krankenbett. Und so wurde ich dann, um eine Blessur reicher, in den Konferenzsaal geschoben.

Dort befanden sich, neben mir unbekanntem Militär und fremder (schwarz gekleideter) Polizei, der Polizeidirektor von Kalamata, der Hauptkommissar Jannis Konstandinos und natürlich meine Adoptivtochter Marina. Und auch der Schweizer Militärberater Robert war anwesend. Die mir bekannten Personen empfingen mich wie einen Helden, die übrigen waren wenigstens über mich, meine Rolle und meine Erlebnisse im Bilde. Der Anstaltsleiter wich nicht mehr von meiner Seite und hatte sich eine automatische Waffe umgehängt. Die Konferenz versuchte als Erstes, sich ein gemeinsames Bild von dem aktuellen Geschehen zu machen, in das ich auf so blöde und hinterhältige Weise hineingeraten war. Zwischendurch wurde ausführlich bei mir nachgefragt. Vor allem die Vorgänge, die zum Tode des obersten Polizisten Griechenlands geführt hatten, waren von größtem Interesse. Wie auch meine Einschätzung der Rolle des buddhistischen Zentrums. Der Arzt musste mir im Verlauf der Konferenz zweimal eine Spritze geben, damit ich wach und »stabil« blieb. Die Runde schätzte die Unterlagen aus meinem Rucksack als »enorm hilfreich« ein. Auch die Verbindung hin zu der Bewegung »Freies und Nationales Griechenland« seien darin in größtmöglicher Klarheit dargestellt. Zu dem militärischen Teil des Putsches war es dann an Robert dem Schweizer, Auskunft zu geben und Vorschläge zu machen. Am Ende wurde der Militärberater offiziell für eine zeitlich begrenzte und bezahlte Mitarbeit gewonnen. Und dann fielen Entscheidungen und wurden zunächst Gegenmaßnahmen gegen den »Operettenputsch« (so der örtliche Polizeidirektor) beschlossen. Ich selbst konnte teilweise nicht mehr folgen, weil ich ständig wegkippte, wusste aber das Geschehen in guten Händen. Jannis berichtete danach, was alles im Heroinfall bereits angelaufen und weiter geplant war. Zu guter Letzt wurde mein weiteres Schicksal verhandelt. Die Runde einigte sich sehr schnell darauf, dass ich augenblicklich wahrscheinlich äußerst gefährdet war. Sie beschloss, mich vorerst im Hochsicherheitstrakt des griechischen Gefängnisses Korydallos bei Athen unterzubringen. In aller Frühe, wenn der Oberputschist und Exstellvertreter des Polizeidirektors und sein Stoßtrupp glücklich ausgeschaltet worden waren, sollte mich ein Hubschrauber der Antiterrorpolizisten in den Teil der Athener Anlage bringen, der für »Staatszeugen« reserviert war. Von mir aus hätten sie mich auch auf den Mond bringen können. Ich wollte nur noch schlafen und vergessen.

»Meine Herren, meine Freunde, ab jetzt müssen Sie und müsst ihr das wunderbare Griechenland ohne mich retten – ich brauche jetzt den Schlaf des Gerechten!«, war der letzte Satz, an den ich mich später erinnern konnte. Vielleicht hatte ich mir das auch nur eingebildet, aber mir war so, als hätte die Runde mich danach mit Applaus verabschiedet.

Leider klappte es dann nur bedingt mit dem Schlafen. Ich fuhr mehrmals schreiend hoch, hatte Schweißausbrüche und zitterte am ganzen Körper. Der Arzt, der fürsorglich mit mir im Krankenzimmer übernachtet hatte, überprüfte jedes Mal Puls und Blutdruck, redete begütigend auf mich ein und bot Tee und Süßes. Er werde mich bereits für den Flug nach Athen »in den Schlaf legen«. Und zwar für zwei Tage. Danach empfehle er medizinische Überwachung und psychologische Betreuung und die Befreiung von schlimmen Erinnerungen durch Niederschreiben, was ich auch vorhatte. Er versprach, »mit Athen« darüber zu reden. Vorerst sollten wir uns aber das historische Ereignis des geplanten Putschversuches nicht entgehen lassen. Er war dann so nett und leistete mir, unterbrochen von kurzen Schlafphasen seinerseits, gegen Morgen für fast zwei Stunden Schlaflosigkeit Gesellschaft. Während vor der Tür zwei Polizisten wachten und ein schwer bewaffneter Anstaltsleiter auf einem Stuhl sitzend vor sich hin schnarchte. Gegen sieben Uhr kamen dann die Putschisten mit mehr als einer Stunde Verspätung an dem salutierenden Wachmann am Tor vorbeimarschiert. Sie waren mit dem Dienstauto des stellvertretenden Polizeidirektors von Kalamata und ein paar Privatautos angereist. Das schwere Maschinengewehr und etwa zehn Mann Begleitung waren ihnen abhandengekommen. Wie ich später erfuhr, gestoppt durch eine Falle von Polizei und Militär etwa zwanzig Kilometer von ihrem Feldlager entfernt. Und noch einen Verlust hatten die Revolutionäre zu beklagen: Ein Greiftrupp der Antiterroreinheit hatte ihnen unter Begleitung von Robert dem Schweizer den militärischen Anführer von der Latrine weg geklaut. Der »nicht ganz dichte«, so Robert, große Stratege hatte ihm erzählt, dass er sich außerhalb des Lagers den Hang hinauf mit Blick über das Tal eine eigene Latrine habe einrichten lassen. Dort wollte er am Tag vor dem großen Ereignis die Einsamkeit pflegen und bei Mondschein eine Ode an die neue Zeit dichten. Dichten kann manchmal richtig gefährlich werden!

Jedenfalls marschierten der stellvertretende Polizeidirektor Kirios Leonidas Margaritis und sechs weitere mit Sturmgewehren bewaffnete Mannen direkt auf die Eingangstür des Untersuchungsgefängnisses zu. Sie reckten eine blaue Fahne der Bewegung gegen den Himmel und waren allesamt behütet mit den blauen Baseballmützen. Der frisch gebackene Oberführer Kirios Margaritis hatte wohl doch ein Gefühl dafür, dass seine ordensbehängte Polizeiuniform und die etwas simple Baseballmütze nicht so recht harmonierten. So hatte er sie mit einer Fasanenfeder aufgewertet, was dem Arzt neben mir am Fenster die Lachtränen in die Augen trieb. Die Tür des Untersuchungsgefängnisses wurde ihm von keinem Geringeren als seinem Chef, dem Polizeidirektor von Kalamata, persönlich geöffnet. Wie mir der Arzt erläuterte, lief bisher alles so wie heute Nacht geplant. Die Polizisten in der Polizeizentrale von Kalamata hatten auftragsgemäß die Revolutionäre informiert, dass sich ihr Chef und Polizeidirektor Kirios Marinopoulos angeblich zu einer Besprechung im Untersuchungsgefängnis aufhalte. Dieser Polizeidirektor ging freudestrahlend auf seinen Stellvertreter zu, der gerade zu seiner Verhaftungsformel ansetzen wollte. Er erklärte dem völlig überraschten Weltenveränderer, wie froh er sei, dass die Truppe endlich da sei. Er müsse vor seiner Verhaftung dringend mit seinem Stellvertreter reden, dieser und nur dieser könne eine Katastrophe verhindern. Und er bitte ihn darum in den Besprechungsraum. Dort wurde der Oberrevolutionär mit seinem gefangenen militärischen Anführer in Handschellen konfrontiert, während draußen im Hof die Sturmtruppe von sechs Mann durch die Elitepolizisten entwaffnet und festgesetzt wurde. Dem neuen revolutionären Führer wurde erklärt, dass seine Resttruppe auf der Mani von Polizei und Militär umstellt sei und bei Gegenwehr ohne ihren Anführer in kürzester Zeit unrühmlich aufgerieben würde. Der Polizeidirektor empfahl seinem irregeleiteten Stellvertreter die Unterzeichnung einer Kapitulation. Leider sei ja seine Truppe schon längere Zeit von der Polizei beobachtet und ausgespäht worden. Er versprach eine ehrenvolle Behandlung und warte auf eine Entscheidung – während sich der Raum mit Männern der Eliteeinheit füllte.

Der Vorfall hatte ein überraschendes, aber positives Ende. Der Anführer willigte nach kurzem Entsetzen in die Kapitulation ein und gemeinsam wurde ein telefonischer Kontakt zur Truppe in den Bergen hergestellt. Die Putschisten dort übergaben offenbar erleichtert ihre Waffen den Belagerern von Polizei und Militär, das auf Anraten Roberts des Schweizers sogar fünf Kettenpanzer in Stellung gebracht hatte. Die Männer wurden gefangen genommen und in Polizeibussen in Richtung Kalamata transportiert. Waffen und Gerät wurden eingesammelt und beschlagnahmt. Bald würde also Enge herrschen im Untersuchungsgefängnis von Kalamata! Der »große Anführer« und sicher nur noch Exstellvertreter des Polizeidirektors von Kalamata hatte seine Kapitulation allerdings an eine Bedingung geknüpft: Er wollte unbedingt einen Kassettenrekorder, um seine geplante Rede an das Volk von Griechenland für die Nachwelt zu erhalten. Der Wunsch wurde ihm erfüllt, der Untersuchungsrichter hatte später seine Freude daran. Zusätzlich bekam sein militärischer Führer ein leeres Schulheft und einen Stift, damit dieser seine Ode vollenden konnte. Und für diese Witzfiguren hatte sich ein junger, irregeleiteter idealistischer Polizist von mir erschießen lassen müssen! Später stellte sich übrigens heraus, dass dieser getötete Polizist mit zwei weiteren Kollegen aus der Polizeizentrale innerhalb der Bewegung eine »Geheimzelle« gegründet hatte. Sie planten, durch »Taten« auf ihre hehren Ideen aufmerksam zu machen und das »heilige Vaterland« von »Parasiten« zu säubern. Sie hatten auch mit einem alten Mörser und der einzigen Munition dafür das Dach des Privathauses ihres Vorgesetzten ruiniert, um die zwei Personenschützer von Marina wegzulocken. Beide Kollegen landeten später wegen Beihilfe zu einem Mordversuch und der Vorbereitung weiterer schwerer Straftaten vor dem Richter und wurden hart bestraft.

Kurze Zeit nach der Kapitulation der Putschisten landete mein Hubschrauber im Hof des Untersuchungsgefängnisses. Die Spezialtruppe hatte eine eigene Ärztin an Bord. Nach einem längeren Gespräch mit dem Kollegen aus Kalamata wusste die Medizinerin Bescheid und ich wurde auf das Krankenbett des Hubschraubers verlagert. Marina kam gerade noch rechtzeitig, um sich von mir zu verabschieden. Sie versprach zu versuchen, später in Athen zu meiner Bewachung eingeteilt zu werden. Und sie drückte meine Hand, während ich in den mehrtägigen Schlaf gespritzt wurde. Es war aber auch Zeit!

Gnadenerweise

Das Erste, was ich wieder wahrnahm, war ein weiblicher Weißkittel, der mir fürsorglich die Wangen tätschelte.
»Haben Sie auch süßen Tee und Kekse?«, fragte ich.

Sie hatte, der Kollege in Kalamata musste sie darüber ins Bild gesetzt haben. Ich lag in einem großen, hellen Schlafzimmer. Durch mächtige Scheiben (schuss-sichere, wie ich später begriff) öffnete sich mir der Blick auf eine große, mauerbewehrte Dachterrasse mit vielen Pflanzen. Die Ärztin stellte mir eine mütterliche Frau namens Voula als meine persönliche Pflegerin vor. Zunächst aber begutachtete sie selbst meine Wunden, überprüfte dann noch Temperatur, Puls und Blutdruck. Sie war sehr zufrieden. Als ich feststellte, ich hätte großen Hunger, machte ich anscheinend die zwei Frauen überglücklich. Und tatsächlich gab es bald darauf griechisches Hühnchen in einer Soße, die nach einem Hauch Pfefferminze schmeckte. Ein Traum! Danach wurde ich so gut wie möglich gereinigt, beim Rasieren unterstützt und in eine Art vornehmen Hausanzug verpackt. Dieser war weit genug, um meinen Oberkörperverband mit aufzunehmen. Ich durfte aufstehen und auf einen Stock gestützt die ersten kleinen Schritte laufen. Man hatte mich in mindestens einhundertdreißig Quadratmetern einer wunderschönen Dachterrassenwohnung mit allem Komfort untergebracht. Der Blick ging in Richtung Meeresbucht. Vom Hochsicherheitsgefängnis konnte ich nur eine äußere Sperrmauer sehen, die unser Gebäude mit umfriedete.

»In diesem Haus hier wohnen nur Beamte und der Chef des Gefängnisses«, klärte mich Voula auf. Sie sprach für eine Griechin angenehm langsam, sodass ich einfache Sachverhalte relativ schnell verstand.

»Sie werden heute bald Besuch bekommen!«, verriet mir die

Medizinerin Frau Dr. Sindichakis noch und überließ mich dann vorerst Schwester Voula.

Ich war satt, hatte nur mäßige Schmerzen und augenblicklich keine Angst. Die Zeit, wieder höhere Ansprüche an das Leben zu stellen, konnte warten. Der erste Besuch, der mit einem gläsernen Lift zu uns herauf geschnurrt wurde, war mein Freund und augenblicklich der Leitende Polizeipräsident für ganz Griechenland, Kirios Dimitrios Mikrojannis. Er wirkte gut gelaunt und fiel nach einer herzlichen Begrüßung und der Frage nach meinem Wohlbefinden gleich mit der Türe ins Haus:

»Mit deinen Unterlagen und deinen Aussagen konnten wir – während du den Schlaf des Gerechten geschlafen hast – gründlich aufräumen. In der Sache ›Bewegung Freies und Nationales Griechenland‹ haben wir auch die Hintermänner, Sympathisanten und einige ›Dulder‹ gefasst. Es ist jetzt völlig klar, warum sich mein toter Exchef solange alles erlauben konnte und welches eklige Netzwerk da geknüpft wurde. Erstaunlich, wie deine Mönche an diese Daten gelangt sind! Wie beim Brandstiftungsfall werden einige Politiker in der Versenkung verschwinden beziehungsweise gar im Gefängnis. Ich habe übrigens lange mit deinem Gönner, dem Multimillionär Vardakastanis gesprochen. Er hat sich nach dem Aufdecken erneuter korrupter Beziehungsnetze spontan entschlossen, in unseren ›Bund für ein demokratisches Griechenland ohne Vetternwirtschaft und Korruption‹ einzutreten. Zusätzlich lobte er einen jährlichen Preis für Personen aus, die sich im Sinne des Vereins große Verdienste erworben haben. Der diesjährige Preisträger steht schon fest: Es wirst du sein!«

»Meinst du nicht auch, er stünde vor allem der buddhistischen Gruppe um den Mönch Chan Phap zu?«, fragte ich zurück.

»Darüber muss ich später mit dir reden! Übrigens, im Fall des Heroinhandels ist es uns sogar gelungen, die neue Ladung der ›Freedom 12‹ aufzubringen. Der Frachter liegt jetzt beschlagnahmt im Hafen von Piräus fest, die Mannschaft ist festgenommen. Zusammen mit den Funden im Felsenkeller der Wirtschaftszone handelt es sich um die größte Menge Heroin, die wir jemals bei einer Fahndung sicherstellen konnten. In dem asiatischen Hafen, in dem die ›Freedom 12‹ Ladung aufgenommen hatte, sind übrigens kurz darauf mehrere Lagerhallen in die Luft geflogen! Weißt du vielleicht irgendetwas darüber?«, wollte Dimitrios wissen.

»Wenn ich darüber etwas wüsste, würde das sicherlich diplomatische Verwicklungen geben, oder?«, fragte ich zurück.

»Aha!«, lächelte der Mann, der bald offiziell den Posten eines Polizeipräsidenten für ganz Griechenland erhalten würde. »Und jetzt wird es ein bisschen heikel für mich. Ich spreche jetzt auch im Auftrag des Innenministers, der dich grüßen lässt und in ein paar Tagen persönlich vorbei kommen will. Wir Griechen haben uns ja in letzter Zeit vor allem in der Europäischen Union nicht gerade mit Ruhm bekleckert. Jugendunruhen, Bestechungsaffären, Gefangenenbefreiung aus unserem sichersten Gefängnis, ungeklärte Brandstiftungen. Wir waren gerade dabei, auch mit deiner Mithilfe, unser Image wieder zu verbessern. Wenn jetzt öffentlich wird, dass der Polizeipräsident Griechenlands jahrelang Drogen und Waffen schmuggeln und mit einer rechtsradikalen Vereinigung einen, wenn auch noch so dümmlichen Staatsstreich planen konnte, fallen wir wieder zurück auf das Ansehen einer Bananenrepublik!«

Ich ahnte, was kommen würde. »Was bitte erwartest du genau von mir?«

»Nichts Schlimmes, ich habe dir nur den Entwurf des Innenministeriums für eine Meldung an alle nationalen und internationalen Medienagenturen mitgebracht. Die Übersetzung stammt von Marina, die übrigens bald zu deiner Bewachung eingeteilt werden wird. Bitte lies die Texte durch und gib mir eine Einschätzung von der, wie soll ich sagen, leicht verzeichneten Wirklichkeit der Vorgänge. Hoffentlich wird dir nicht übel! Ich werde so lange im Schatten deiner Terrasse warten.«

»Dimitri, soll ich euch jetzt auch noch die Öffentlichkeitsarbeit abnehmen oder was?«, fragte ich leicht gereizt zurück. Ich wollte meine Ruhe und in dieser Ruhe mit der Aufarbeitung – sprich dem Niederschreiben – meiner weiß Gott nicht nur lustigen jüngsten Vergangenheit beginnen.

»Ich verstehe dich ja Michael«, antwortete der Oberpolizist gequält, »aber die griechische Regierung legt größten Wert auf eine Abstimmung mit dir! Du könntest ja zum Beispiel später deine Wahrheit an eine große Zeitung verkaufen und uns in Teufels Küche bringen. Die kennen dich eben nicht so gut wie ich!«, versuchte er sich in einer besänftigenden Erklärung.

Na dann, wunderbares Griechenland! Ich bestellte für Dimitrios bei Voula einen süßen griechischen Kaffee mit einem Glas kaltem Wasser und begann seufzend mit der Lektüre.

Zunächst widmete ich mich der Darstellung der Umstände, die zum Tode des ehemaligen Polizeipräsidenten Kirios Petros Stephanopoulos geführt hatten. Er wurde als unerschrockener Heißsporn und leidenschaftlicher Verbrecherjäger dargestellt. Die bisherigen Untersuchungen lassen vermuten, so wird dem Leser vorgegaukelt, dass er auf einer Patrouillenfahrt mit dem Polizeiboot den Drogenschmugglern auf die Spur gekommen war. Er hat wahrscheinlich dann die Gruppe der Schmuggler bis in ihr als Handelszentrum getarntes Quartier in einem Seitental des Taigetosgebirges verfolgt. Ohne Absicherung und gegen die Vorschriften ging er dort sofort zum Angriff über. Dabei ist wiederum zu vermuten, dass seine dazu benutzten eigentlich militärischen Mörserwaffen vorher einem Waffenschmuggler abgejagt worden waren. Die Polizei ist noch dabei, dies zu überprüfen. Die Drogenschmuggler hatten sich vor dem Angriff durch die Polizisten in die steilen Berghänge am Ende des Seitentals geflüchtet. Der Polizeipräsident war ihnen mit zwei weiteren Polizisten aus der Mannschaft des Polizeibootes bis dorthin gefolgt. Da er dann bei einem Schusswechsel eben auch die erbeuteten Granatwerfer einsetzte, kam es nach Darstellung der amtlichen Verlautbarung zu einem verhängnisvollen Ereignis. Ein Einschlag einer Granate in einer Felswand löste eine größere Geröll-Lawine aus, die den Polizeipräsidenten und seine beiden Kollegen unter sich begrub und in die Tiefe riss. Wahrscheinlich ist dabei auch der Chef der Heroinschmuggler, der Deutsche W., zu Tode gekommen. Trotz intensiver Bergungsarbeiten konnten die Leichen bis heute noch nicht gefunden werden. Die Suche wird erschwert durch die Tatsache, dass weitere Geröll-Lawinen und Steinschläge nicht auszuschließen sind. Die nahen Angehörigen der mit größter Wahrscheinlichkeit getöteten Polizisten haben bereits verfügt, dass eine Beerdigung unter Ausschluss der Öffentlichkeit im engsten Familienkreis stattfinden soll. Aufgrund dieser im wahrsten Sinne des Wortes letzten todesmutigen Aktion des Polizeipräsidenten konnte die griechische Polizei danach den spektakulärsten Heroinfund ihrer Geschichte verzeichnen. Insgesamt hat sie nach vorläufigen Schätzungen fast fünfzig Tonnen Heroin beschlagnahmt und dabei elf Personen in Gewahrsam genommen!

So war das also! Ich musste zuerst einmal durchatmen und nachdenken. Buddha hat angeblich einmal gesagt, dass nicht jeder zu jeder Zeit die volle Wahrheit vertrage. In diesem Sinne waren die griechischen Politiker aber gerade mächtige Buddhisten! Auf alle Fälle drang durch diese Darstellung weder über meine Person noch über das Wirken der Klosterkommission etwas an die Öffentlichkeit. Und der Verbrecher von Polizeipräsident hatte sich ja bereits selbst gerichtet!

Auch über das Treiben der »Bewegung für ein Freies und Nationales Griechenland« wurde eine für Griechenlands Ruf schonende Fassung der Berichterstattung vorgeschlagen. Nach der Logik der griechischen Regierung sollte dabei natürlich die unrühmliche Rolle des zerquetschten Polizeipräsidenten nicht vorkommen. Allerdings war von einer »Wehrsportgruppe« die

Rede, die verworrenes rechtsextremes Gedankengut gepflegt und sich in den Besitz von verbotenen Kriegswaffen gebracht hatte. Diese Wehrsportgruppe wollte nun, so der Text, vor zwei Tagen eine Art Manöver durchführen. Dazu bewegten sich die »Freizeitmilitärs«, ausgestattet mit Maschinengewehr, gepanzerten Mannschaftswagen und Sturmgewehren, in Fantasieuniform auf öffentlichen Straßen der Mani und in Teilen sogar bis nach Kalamata. Die Polizei hatte, so die weitere Behauptung, bereits V-Männer in die Gruppe eingeschleust (eine ironische Anspielung auf die Rolle des toten Polizeipräsidenten?) und den Vorfall benutzt, um ein Verbot zu erreichen und die Gruppe zu zerschlagen. Das gesamte Kriegsgerät der Wehrsportgruppe wurde beschlagnahmt, alle beteiligten Personen festgesetzt und dem Ermittlungsrichter vorgeführt. Gegen die Führungsriege erfolgte umgehend ein Haftbefehl, Teile der »Mannschaft« wurden unter Auflagen bis zu einer Gerichtsverhandlung auf freien Fuß gesetzt. Das Gelände der Wehrsportgruppe und das »Freizeitheim« in einem Seitental des Taigetos auf der Mani wurden gründlich untersucht und werden noch von der Polizei bewacht. Die griechische Regierung begrüßt diesen Fahndungserfolg. Der leitende Staatsanwalt hält die Gruppenmitglieder »mit Verlaub gesagt für ziemliche Spinner!«

Ich seufzte resigniert und musste zugleich lächeln. Odysseus ließ grüßen. Und meine Rolle als Moralapostel und Weltenretter war in Bezug auf Griechenland endgültig vorbei. Also bat ich meinen Freund Dimitrios Mikrojannis von der Terrasse herein und empfing ihn bäuchlings auf meinem Bette liegend wie ein verwundeter römischer Kaiser. Er hatte sich von einem Terrassentisch eine Tischdecke ausgeliehen und diese als Büßergewand um die Schultern gelegt:

»Darf ich im Namen der griechischen Regierung bei dem Retter unseres Gemeinwesens für diese Art der Darstellung auf Gnade hoffen?!«, feixte er.

Ich konnte, dank meiner niederbayerischen katholischen

Erziehung, sehr huldvoll mit einem Bibelpsalm antworten:

»Die Gerechten zeigen Gnade!«

Allerdings musste ich danach auch meinerseits um Gnadenerweise des griechischen Staates nachsuchen:

»Sag doch, ich bitte die Regierung des wunderbaren Griechenlands um drei Dinge. Einmal dürfen dem Mönch Chan Phap und dem buddhistischen Fortbildungszentrum aus den Vorfällen keine Nachteile entstehen. Ich würde mich sogar sehr freuen, wenn Mönch und Gruppe von der griechischen Regierung für ihren Einsatz in irgendeiner Form Anerkennung fänden. Zum Zweiten bitte ich, alles zu tun, damit mein Name auch in Zukunft nicht im Zusammenhang mit den Vorfällen genannt wird. Davon hängt ab, wie frei ich mich weiterhin in Griechenland bewegen kann. Und ganz wichtig ist mir drittens, dass gegen den zweiten Kopf der Heroinbande, den Dr. Georgious oder wie er wirklich heißt, ein internationaler Haftbefehl ergeht. Sehr beruhigend wäre dabei für mich, wenn dieser Haftbefehl durch das Ausloben einer Belohnung noch verschärft würde. Da ist einer entkommen, der abgrundtiefen Hass auf mich verspüren dürfte, weil ich ihm – aus seiner Sicht zum zweiten Mal – ›seine Existenzgrundlage‹ zerstört habe.«

Der Leitende Polizeipräsident wurde ernst.

»Michael, du kannst dich auf mich und in diesem Falle auch auf die griechischen Behörden verlassen. Wir haben bereits darüber diskutiert und sind zu ähnlichen Ergebnissen gekommen! Und jetzt lass uns bitte feiern, dass du noch lebst und der Spuk vorbei ist. Der Innenminister lässt dir ohne Wenn und Aber herzlich für alles danken!«

Auf seine Bitte hin brachte die umsichtige Voula eine Flasche Champagner, die er vorher hatte kühl stellen lassen. Und vier Gläser, was mich leicht verwunderte.

»Ist dir mit deiner geschulten Spürnase natürlich nicht entgangen. Es kommt noch Besuch!«, lächelte er.

Wer als Nächste mit einem überdimensionalen Blumenstrauß mein Schlafzimmer betrat, war Eva Vardakastanis, die Frau des Millionärs. Ich wurde vorsichtig geherzt, ihr Mann und der jüngste Sohn Stavros seien wie sie stolz auf mich und kämen in zwei bis drei Tagen vorbei. Und sie habe noch drei Geschenke der Millionärsfamilie dabei. Damit überreichte sie mir eine Urkunde, mit der ich als erster Preisträger der Stiftung des »Bundes für ein demokratisches Griechenland ohne Vetternwirtschaft und Korruption« ausgezeichnet wurde. Die damit ausgelobte Summe tut hier nichts zur Sache. Ich werde zwar bestimmt keine Steuern hinterziehen ... Eva erinnerte mich auch noch nebenbei an die versprochene Kreuzfahrt mit der Millionärsjacht, sobald ich wieder einsatzfähig sei. Mir fehlten bei all den angekündigten Besuchen die »normalen« Leute. Also bat ich die Gäste darum, ob es nicht möglich sei, dass mich auch mein Bauernfreund Nikos mit seiner Nichte Eleni besuchen könnte. Und ein andermal vielleicht die kleine Julia mit ihrer Mutter, die aus Miesbach stammten und Urlaub in einem Ferienhotel in Kalamata machten. Namen und Adresse gäbe es sicher im buddhistischen Zentrum. Spontan übernahm Eva Nikos und Eleni, während sich Dimitrios um meine kleine deutsche Freundin kümmern wollte, die mir wahrscheinlich das Leben gerettet hatte.

Eva hatte aber noch ein zweites Geschenk für mich. Sie überreichte mir einen Vertrag, mit dem Helga ein zeitlich nicht begrenzter Forschungsauftrag an der Athener Universität zugesprochen wurde, finanziert durch eine andere Vardakastanis-Stiftung. Ich hatte mich seit meinem Aufwachen noch um die Gedanken an Helga gedrückt. Aber jetzt schoss mir doch das Blut ins Gesicht:

»Mit diesem Köder und der Kreuzfahrt dürften wir den Fisch aus Amerika locken!«, freute ich mich irrsinnig und hielt es im Bett nicht mehr aus. »Helft mir doch heraus, damit ich Eva drücken kann!«

Kaum stand ich auf den Beinen und hatte Eva gedrückt, sagte diese:

»Du kannst hoffentlich trotz deiner Verletzungen noch bis drei zählen? Eines meiner Geschenke fehlt noch. Dreh dich doch einmal um!«

Und da kam Helga durch die Schlafzimmertür. Einen kurzen Moment zögerte ich noch, ob nicht doch ein blonder Porschefahrer hinterher geschlichen käme. Aber selbst mein Karma oder was auch immer zeigte Gnade. Und so rannte ich – ich neige zur Übertreibung, ich weiß! – also: humpelte ich los, so schnell es ging. Allerdings reichte es noch für eine derart stürmische Umarmung, dass Helga ihr schicker Pilotenkoffer aus der Hand fiel!

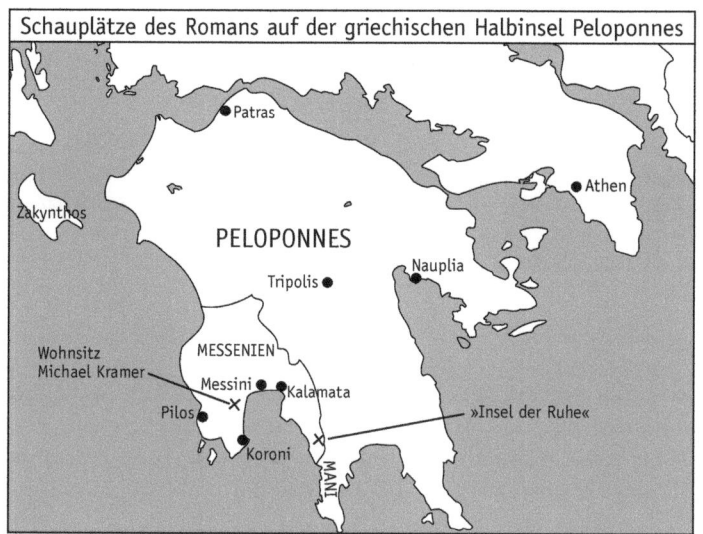

Buch I der Reihe Michael-Kramer-Kriminalromane:

Dietmar Gschrey
Number One in Niederbayern
Ein Michael-Kramer-Kriminalroman
Books on Demand, Norderstedt 2007
Neuauflage 2016
ISBN: 9783743115347

Mit Nora am Weiher, mit Monika im Bett und mit Helga den Plan, nach Griechenland zu flüchten – drei Frauen, vier Leichen und dazu reichlich Niederbayern. Im Zentrum des Buches steht ein fiktiver »Rottaler Skandal«. Michael Kramer, ein pensionierter pazifistischer Lehrer mit Wurzeln in Niederbayern, wird von einem ehemaligen Schulkameraden mit viel Geld dazu verlockt, Ermittlungen in einem sieben Jahre alten ungeklärten Mordfall aufzunehmen. Er gerät dabei in einen Strudel von Täuschung und Gewalt, dem er mit Einfallsreichtum, Glück, einfühlsamer Haltung und freundschaftlicher Beziehung zur Polizei zu entkommen trachtet. Dabei lässt der Autor sich die Handlung seines Erstlingsromans mit einem aberwitzigen Reichtum an Fantasie und Poesie und immer in spürbarer Liebe zu Land und Leuten seiner Heimat entfalten.

PRESSESTIMMEN:

»Als Erstlingswerk ist [der Roman] erstaunlich! ... Was an dem Buch besonders besticht, ist die liebevolle Charakterisierung der Personen ...: alles in allem ein spannender Lesestoff!«

    Edith Rabenstein in Passauer Neue Presse vom 9. Februar 2008

»Der frei erfundene ›Rottaler Skandal‹ wird über viele Umwege aufgeklärt. Und zwar so gekonnt, als hätte Lehrer Gschrey schon immer Krimis geschrieben ... Ganz ohne Zweifel: ›Number One in Niederbayern‹ macht Appetit auf mehr.«
Hanns Mutzbauer in Münchner Merkur/Ebersberger Zeitung vom 24. Juni 2008

»Dietmar Gschrey hat ›Number One in Niederbayern‹ nicht einfach hingeklatscht. Er hat ein komplexes Gebilde aus illegalen Machenschaften und verschrobenen, behutsam arrangierten Charakteren geflochten. Ein bisschen Sex ist auch dabei ... ein Genuss, der Appetit macht auf mehr.«
Nicole Werner in Süddeutsche Zeitung/Ebersberger SZ vom 12./13. Juli 2008